DU MÊME AUTEUR

Aux Éditions Gallimard

LE QUATRIÈME SIÈCLE, *prix Charles Veillon 1965.*

TOUT-MONDE *(Folio n° 2744).*

POÉTIQUE DE LA RELATION, *prix Roger Caillois 1991.*

INTRODUCTION À UNE POÉTIQUE DU DIVERS.

POÈMES COMPLETS : Le sang rivé – Un champ d'îles – La terre inquiète – Les Indes – Le sel noir – Boises – Pays rêvé, pays réel – Fastes – Les grands chaos

Dans la collection Poésie/Gallimard

LE SEL NOIR – BOISES – LE SANG RIVÉ.

À paraître

Essais

TRAITÉ DU TOUT-MONDE.

À paraître en réédition

Essais

SOLEIL DE LA CONSCIENCE (Poétique I).

L'INTENTION POÉTIQUE (Poétique II).

LE DISCOURS ANTILLAIS *(Folio-Essais).*

Romans

LA LÉZARDE, prix Théophraste Renaudot 1958.

MALEMORT.

LA CASE DU COMMANDEUR.

MAHAGONY.

Théâtre

MONSIEUR TOUSSAINT.

Suite de la bibliographie en fin de volume.

LE QUATRIÈME SIÈCLE

ÉDOUARD GLISSANT

LE QUATRIÈME SIÈCLE

roman

1946 → 4e siècle de rattachement / f... débute des Antilles fixes.

GALLIMARD

Je dédie ce livre à la mémoire
d'Albert Béville
1917-1962

Nous parlions de la Maison des Esclaves ; nous évoquions les bois sculptés grâce à quoi on repérait les marrons ; il me montra les fers qu'on leur attachait aux chevilles. Mais il regardait aussi vers l'avenir : et le présent lui est à jamais interdit. Son nom et son exemple sont pour moi inséparables de la quête que nous y menons.

LA POINTE DES SABLES

CHAPITRE PREMIER

— Tout ce vent, dit papa Longoué, tout ce vent qui va
pour monter, tu ne peux rien, tu attends qu'il monte jusqu'à
tes mains, et puis la bouche, les yeux, la tête. Comme si un
homme n'était que pour attendre le vent, pour se noyer oui
tu entends, pour se noyer une bonne fois dans tout ce vent
comme la mer sans fin...

« Et on ne peut pas dire, pensait-il encore (accroupi
devant l'enfant), on ne peut pas dire qu'il n'y a pas une obligation dans la vie, quand même que je suis là un vieux corps
sans appui pour remuer ce qui est fait-bien-fait, la terre avec
les histoires depuis si longtemps, oui moi là pour avoir cet
enfant devant moi, et regarde, Longoué, tu dis la marmaille,
regarde c'est les yeux Béluse la tête Béluse, une race qui ne
veut pas mourir, un bout sans fin, tu calcules : c'est
l'enfance – mais c'est déjà la force et le demain, celui-là ne
fera pas comme les autres, c'est un Béluse mais c'est comme
un Longoué, il va donner quelque chose, Longoué je te dis
qu'il va donner quelque chose, tu ne sais pas mais quand
même les Béluse ça change depuis le temps : et sinon et
alors pourquoi il vient, pourquoi il vient là sans parler, sans
parler papa Longoué tu entends, pourquoi tout seul avec toi
s'il n'y a pas une obligation, un malfini dans le ciel qui tire
les ficelles, ne tire pas Longoué ne tire pas les ficelles, tu

rabâches, tu dis : " La vérité a passé comme l'éclair ", tu es un vieux corps Longoué, il ne reste que la mémoire, alors hein il vaut mieux tirer ta pipe ne va pas plus loin, et sinon pourquoi vieux satan pourquoi ?... »

Pas une paille ne bougeait sur le toit de la case. Celle-ci était comme un bloc de boue et d'herbes figé au milieu du terre-plein – sur cet emplacement dont les eaux avaient creusé la surface de lames hérissées qu'il valait mieux éviter, tellement les rigoles avaient dressé la terre sur leurs bords et tellement la sécheresse avait ensuite durci ces crêtes coupantes – oui, une masse calcinée mais qui par un prodige de chaleur bruissait dans le matin comme un arbre obscur. Et alentour (quand l'un des deux personnages en présence se tournait vers les fougères et les bambous qui cernaient l'endroit et qu'il tâchait de prendre le vent, de surprendre le secret de cette richesse à demi pourrissante, à demi consumée par quoi la végétation, plus encore que par les ardeurs de sa sève, proliférait) on pouvait respirer les éclats d'un parfum si brûlant et si tenace qu'il semblait vraiment jaillir de la case crépitante, comme si ces éclats fusaient d'un brasier dont la case eût figuré le cœur roide et palpitant. Et ces deux hommes, le vieillard et l'enfant, ne faisaient pourtant qu'effleurer du regard le rideau des arbres autour de la place, bien moins pour s'assurer d'un spectacle dont ils avaient depuis longtemps l'habitude (derrière la première rangée de bambous ténébreux et silencieux, les mille brisures des fougères, leur claire profondeur, et plus loin encore la netteté tragique de la plaine apparue entre les trous du feuillage) que pour se donner le temps de suspendre la pesante méditation, pour se reposer ainsi du dialogue silencieux qui était leur partage, et peut-être aussi pour différer le moment où l'un d'eux devrait « penser à haute voix » un mot, une phrase, une parole qui marqueraient une nouvelle étape du chemin (par exemple papa Longoué disant, tranquille et amène, cachant l'agitation qui le soulevait : « Non vraiment, cette fois-là c'était un Longoué qui n'était pas maudit ») ; pour retarder en somme la nécessité d'aborder une autre confidence : car la parole appelle la parole.

Et ils regardaient aussitôt vers la terre, devant eux striée de ces lames parallèles que le vent avait régulièrement inclinées vers la porte en bois de caisse, ils contemplaient seulement la terre rouge, peut-être craignant de se trouver distraits de leur propos par tout ce bouleversement végétal autour d'eux. Attachés, plus qu'ils n'eussent voulu l'avouer, à leur muette recherche, ils redoutaient surtout l'irrémédiable puissance des mots dits à haute voix, – s'en remettant pour le reste à leur commune rumination des choses denses et obscures du passé.

Ils regardaient le feu devant eux, les trois pierres noircies, le charbon de bois sous sa cendre, les braises à vif, les soudaines bouffées de fumée quand le vent, tellement léger et insensible, arrivait enfin par le treillis des bambous. Et seule l'immobilité de toutes choses – la clairière, la terre labourée mais sèche et ardente, la case, le feu devant la case, les deux statues accroupies près du feu – donnait par contraste une apparence de vitesse à la fumée paresseuse dans l'air. Et le pétillement même du charbon ne semblait qu'un écho affaibli, un reflet intime et frissonnant du grand cri du soleil, lequel à cette heure flambait déjà haut dans le ciel.

Mathieu Béluse était venu très tôt le matin, comme il le faisait assez souvent – sans qu'on eût pu conclure de ces arrivées à une intention ni à une méthode d'approche. Et comme à chaque occasion il resterait bien sûr jusqu'à la nuit, face au vieillard, attendant avec une sorte d'indifférence sauvage les rares moments où celui-ci enfin continuerait la raide et paisible histoire des bisaïeuls. Un chaudron noir déjà rempli de bananes vertes, d'eau et de gros sel, était posé sur le feu. Implacable splendeur du ciel, de la terre, des humbles choses.

– On ne peut pas dire qu'il n'est pas né malin, tout un petit côté « je ne sais rien », mais papa Longoué est plus malin encore, mon fils ; tu veux savoir une histoire que tu sais déjà oui, sinon tu ne serais pas venu avec un vieux diable comme moi, sans argent tu viens sans consultation, pas de maladie pas d'ennemi, pas d'amour pas de tracas, tu veux savoir si un Béluse et un Longoué ça fait le même, mais Seigneur comment ce petit garçon peut-il connaître le but et le début, il y a si longtemps que hier est défunt, personne ne se rappelle hier, si longtemps il y a, Maître-la-nuit, si longtemps, et voilà un jeune plant, il pousse dans hier, il veut tracer la nuit, alors il faut parler Longoué il faut, bientôt tu seras mort et caduc, et même les chiens à gale ne voudront pas de toi...

Il attisa le feu devant lui, souffla sur un morceau de braise et, l'envoyant d'un geste preste dans le fourneau de sa pipe de terre, se remit à fumer. Sa peau noire se teintait par endroits de traînées violettes, à force d'être tendue sur les os. Ses cheveux d'un gris cendré étaient encore drus. Il ressemblait, dans son pantalon effilé vers le bas et son tricot sale collé à la peau par des années d'usage ininterrompu, à une momie noire à moitié dépouillée de ses linges. Oui. Mais les yeux étaient insoutenables, d'avoir repéré à la fois les subterfuges du présent et les lourds mystères d'antan. Quant à l'avenir, son état de quimboiseur indiquait assez que papa Longoué en était le maître. Et pour la parole, il en usait rarement : « Est-ce qu'il y a, dans toute la terre qu'on voit, un seul crier qui donne la science ? »

– Mais si tout venait par le commencement ? Longoué, ho ! À la fin de ta vie, l'enfance. Tu la vois, c'est lui ; la jeunesse. Il est sec peut-être, mais il a les yeux. Oui, le pouvoir. Il peut faire des choses. Ses yeux parlent pour lui, j'ai vu. Car celui-là est un Béluse mais c'est comme un Longoué oui. Deux heures tout fixe il reste. Il a la patience. Alors s'il faut parler, toi Longoué ?

16

   Il semblait ainsi que le poids du silence, cette accumula-
tion d'éclairs, cette masse de chaleur entassée dans la chaleur elle-même par le lent pouvoir des deux hommes, par
leur immobile patiente confrontation, à la fin précipitaient
chez papa Longoué (en cela plus vulnérable que son jeune
compagnon) le désir d'en finir au plus vite ; qu'ainsi
Mathieu parfaisait la tâche qu'il avait entreprise, d'amener
le vieil homme à parler (dans ce langage inappréciable, tout
en manières et en répétitions, qui n'en avançait pas moins
avec sûreté vers un savoir, au-delà des mots, que seul papa
Longoué pouvait deviner : car il ne prévoyait rien avec évidence et à vrai dire se laissait guider par la suite capricieuse
des paroles ; oui, de ce parler qui convenait si bien à l'épaisseur du jour, au poids de la chaleur, à la lente mémoire),
pour éclairer le passé et pour expliquer peut-être précisément cette ardeur du passé qui était chez lui Mathieu tellement inexplicable. Alors Longoué peu à peu cédait, sans se
rendre compte, non ? qu'il subissait la loi de l'adolescent,
mais au contraire pensant qu'il amenait celui-ci (un garçon
doué, qui acceptait d'écouter la parole des anciens et qui
avait l'éclat dans les yeux) petit à petit vers le moment où il
pourrait de lui-même comprendre et posséder la suite
magique des événements. Mais papa Longoué devinait chez
son jeune ami d'autres possibilités que le don des ténèbres ;
Mathieu de son côté savait que la logique et la clarté rebute-
raient le quimboiseur. Aussi avaient-ils peur des mots et
n'avançaient-ils qu'avec précaution dans la connaissance.
Ils pressentaient pourtant qu'ils se rencontreraient à un
moment ou à un autre, quoiqu'ils fussent (pensait Longoué)
un Béluse et un Longoué. L'homme cédait donc à l'enfant
et commençait à préparer ses mots, à suivre lui-même son
discours, à l'ordonner, à l'étendre.
   — Dis-moi le passé, papa Longoué ! Qu'est-ce que c'est,
le passé ?
   Pour le coup le quimboiseur ne fut pas dupe de l'appa-

rence. Il comprit très bien que sous cette forme enfantine la question allait l'engager tout à fait. Que cette forme n'était qu'une dernière concession que Mathieu avait voulu lui faire, lors même que le garçon eût pu demander simplement : « Que nous reste-t-il du passé ? », ou : « Pourquoi faut-il revenir sur le passé ? », ou poser toute autre sorte de question franche, nette, sans détour. Non, il avait réfléchi à la manière de dire cela. Longoué soupçonna pour la première fois que son *vis-à-vis* n'était plus si jeune qu'il le paraissait. Il voulut regarder Mathieu dans les yeux, sonder encore, quêter dans ces yeux une preuve ou un déni. Mais il résista, crainte peut-être d'y découvrir ce qu'il redoutait : une autre ardeur que celle de la confiance avide, une amorce de critique, de jugement ; il renonça avec sagesse et leva la tête vers le ciel flambant, comme pour chercher du secours. La pipe noire et rouge fumait dans sa main. La chaleur partout était si énorme et si douce.

Il mit le chaudron de terre sur le feu, d'un mouvement brusque et presque désespéré ; mais il surveillait cependant Mathieu, espérant que ce geste soudain l'aurait fait sursauter. Le garçon ne bougea pas : regardant, tranquille, les bananes vertes, l'écume grise à la surface de l'eau... « Ce n'est plus un enfant, pensa l'autre avec une sorte d'amertume, c'est un homme... » Déjà le manger ronflait sur le feu. Ce bruit dans le soleil, le parfum âcre des bananes, l'odeur sèche du charbon, les lentes ondulations des arbres (car le vent se levait) engourdissaient peu à peu. Mathieu et Longoué restèrent silencieux un long moment, oubliant le combat. Mais la trêve, cette absence, étaient un autre combat... À la fin, l'adulte parla doucement.

– Ils sont sots, par là-bas en bas. Ils disent : « Ce qui est passé est bien passé. » Mais tout ce qui passe dans les bois est gardé au fond du bois ! C'est pour autant que je marche dans les bois, sans descendre. Parce que je regarde du côté de mon père, et mon fils est parti. Celui qui dit : « Le passé », il dit : « Bonjour mon père. » Or regarde la vie, celui dont le fils est parti, il ne peut plus dire : « Bonjour, mon fils. » Et mon fils est parti.

– Ton fils est parti, dit Mathieu. Mais ce n'était pas tant la mort. Son fils était mort, bon. À la grande guerre de l'autre côté des eaux. Les Longoué ne pourraient plus veiller dans la forêt : la race allait s'éteindre. Car l'ancêtre avait engendré Melchior et Liberté le fils, et Melchior avait engendré Apostrophe et Liberté la fille, et Apostrophe avait engendré papa Longoué, et papa Longoué avait engendré Ti-René, lequel avait engendré la mort subite. Mais ce n'était pas tant la mort. C'était qu'il fallait disposer d'un descendant, choisi, élu. Un jeune plant par lequel vous avez des racines dans la terre du futur. C'était cela. Se raccrocher à demain par les forces de la jeunesse. Mais Ti-René était mort trop vite. Il n'y avait plus que ce Mathieu – un Béluse.

Oui. Le premier Béluse engendra Anne, celui-là qui avait tué Liberté le fils. Et Anne engendra Saint-Yves et Stéfanise, celle-là qui vécut avec Apostrophe, le fils du frère de l'homme que son père avait tué. Et Saint-Yves engendra Zéphirin. Et Zéphirin engendra Mathieu qui alla à la guerre sur l'autre bord en même temps que Ti-René ; mais il en revint, lui Mathieu. Et il engendra Mathieu le fils qui était présentement près de papa Longoué (pour lui poser des questions sans fin), comme son propre petit-fils aurait pu se trouver là aussi (« ah ! lui aussi ! ») si Ti-René son fils, vagabond sans attaches, n'avait pas été tué à la grande guerre de l'autre côté des eaux.

Voilà ce qu'on pouvait dire : que les Béluse avaient toujours suivi les Longoué au long du temps, comme pour les rattraper. Il y avait eu Anne Béluse pour tuer Liberté Longoué ; l'affaire ne s'était achevée que lorsque Stéfanise Béluse avait pris pour homme, en manière de réparation si l'on veut, le neveu de l'homme que son père avait tué. Il y avait toujours eu un Béluse aux trousses d'un Longoué : comme si ces Béluse depuis le jour de l'arrivage, après la longue agonie sur la mer, avaient voulu éteindre, en l'égalant, l'indomptable violence des Longoué. Mathieu le père avait ainsi suivi Ti-René à la grande guerre ; bien qu'ils eussent été officiellement mobilisés tous les deux il ne fallait pas croire qu'en fait Mathieu n'avait pas suivi René, – les actes du gouvernement avaient correspondu avec les nécessités du destin, voilà tout. Mais Mathieu était revenu de cette guerre. Ce qui fait que de toute façon les Béluse rattrapaient les Longoué. Non seulement parce que papa Longoué était à moitié Béluse par sa mère Stéfanise la femme d'Apostrophe, mais encore parce que les Longoué allaient tarir dans sa personne à lui papa Longoué, alors que Mathieu Béluse le fils vivrait, et engendrerait.

« Où est ta force, Maître-la-nuit, où est ta présence ? Déchire cette terre-là, fais sortir les mots comme des filaos !... »

Et papa Longoué riait doucement, car il pensait à ces Longoué depuis le premier qui avaient tous laissé des noms par quoi ils se distingueraient entre eux. Par exemple : Liberté le second fils de l'ancêtre, ainsi prénommé parce que son père avait refusé de croupir en esclavage sur la propriété l'*Acajou* : et ainsi de suite pour les autres, il y avait toujours une explication aux noms. Les noms s'étaient avancés dans la nuit, il avait fallu simplement les voir et les cueillir. Excepté, oui excepté pour l'ancêtre dont on ne connaissait pas la nomination, puisqu'il s'était enfui dans les bois le jour même et on peut dire à l'heure même de l'arrivage et que là il avait nommé ses fils mais s'était oublié, lui (en se retrouvant). Excepté donc ce premier sarment qui avait été le Longoué par excellence et – bêtise, bêtise – papa Longoué lui-même le dernier de la série, qu'on n'avait jamais nommé autrement que par ces deux mots : papa Longoué. Il y avait comme une ironie dans le fait de réunir

Forêt = famille
Souche.

de telles paroles : *papa* qui signifie la tendresse et la bonté, *Longoué* qui est la rage et la violence. Le dernier Longoué rejoignait ainsi le premier dans l'anonymat du nom de famille, mais l'un avait été un créateur sans reproche quand l'autre n'était plus qu'un voyant, à peine un bon quimboiseur. Et ainsi la race allait s'éteindre, comme elle avait commencé, par le seul nom de la souche. Sauf que le premier Longoué n'avait pas eu le temps d'être nommément un Longoué (même s'il avait porté en lui toutes les qualités de la famille) et que le dernier ne resterait dans la mémoire des hommes qu'à la manière d'un papa : papa Longoué. Sans autre qualité, sans autre dignité personnelle ; seulement comme la branche sans force dont on peut dire qu'elle faisait partie de l'arbre, point final. Et la branche est là par terre. Comme si toute cette forêt qui avait fait la famille, tout ce bois d'hommes tellement agités par le vent sec, toute cette résine d'hommes sauvages et drus qui avaient frémi dans l'épaisseur de chaleur et de nuit maintenant rentraient dans la terre, quittaient le ciel net et la foudre, ne laissant derrière eux à la surface du sol que cette dérisoire et dernière pousse, flétrie des marques de la tendresse et de la bonté.

Le vent commençait à pousser sur l'emplacement. Mathieu le sentait doux sur ses jambes, exactement comme une savane pas trop haute, un champ ras de lianes. Mais il poussait, ce vent, déboulé par sa propre force dans le goulet devant les arbres, il poussait dur : une mauvaise herbe qui bientôt prendrait appui sur la poitrine des deux hommes. C'était une eau qui montait dans la cuve de chaleur, jusqu'à vouloir noyer le soleil.

Ce qu'on pouvait dire encore, voilà : que les Béluse et les Longoué s'étaient en quelque sorte ralliés dans un même vent, avec une furie d'abord venue des Longoué, une force, mais qui s'était enracinée dans l'incroyable patience Béluse. Et (pensait papa Longoué le quimboiseur, le maître de l'avenir qui aurait en Mathieu voulu préserver l'avenir) la

21

dernière branche n'était-elle pas Béluse, sans rien qui vint des Longoué ?... « Sinon, pourquoi ils disent tous : papa Longoué ? C'est parce que je suis trop doux, oui ! » Peut-être que Stéfanise sa mère n'avait pas véritablement hérité les forces ? Il l'avait toujours cru, mais peut-être qu'elle était restée Béluse jusqu'à la fin, qu'elle avait transmis à son fils ce travers de douceur et de faiblesse.

Pourtant Longoué riait, il riait : pensant que le seul acte de violence officielle qu'on eût connu dans l'histoire des deux familles avait été le fait d'un Béluse, de cet Anne Béluse qui était le père de Stéfanise, donc son grand-père à lui, sans erreur. Qu'avait-il fait, Anne ? Il avait tué Liberté Longoué. Pour l'amour et pour la jalousie. Depuis ce temps il fallait croire que la violence était souterraine, elle dormait dans le sang. Ne pouvait-on pas dire qu'elle reparaissait chez Mathieu, malgré les études et l'instruction ?

Et puis, Stéfanise, née Béluse, était partie comme un Longoué : il y avait bien des preuves de cela. Elle avait eu le temps de changer. Papa Longoué seul (« moi Longoué, qu'ils appellent papa ») n'avait pas eu le temps : il n'avait presque pas connu son père qui était mort cinq ans après sa naissance. Et pour ajouter encore, il n'avait tout à fait pas connu son fils Ti-René, à cause de la tendance de celui-ci à toujours vagabonder par ici et par là, et à cause surtout (car dans le temps le quimboiseur avait espéré qu'à la fin son fils serait revenu dans la forêt), oui, à cause surtout de la grande guerre au-delà des eaux. Et ainsi papa Longoué (« moi Longoué, qui n'ai pas eu le temps ») était resté debout tout seul, il n'avait jamais pu rien raccrocher à rien, ni son père à son fils, ni par conséquent le passé à l'avenir. Il était la surface du vent qui caresse mais il n'était pas le vent dans sa force qui se bouscule au fond de lui-même, qui part du pied des arbres pour monter jusqu'au soleil.

– Tu m'as entendu, cria Mathieu, tu fais semblant !
– Ne pousse pas trop vite, jeune homme. Je te dis, tu pousses trop vite.

22

– Où ça, je pousse ? Qu'est-ce que tu dis, je pousse ?
Qu'est-ce que c'est, papa ?

Vraiment, ce vent montait. Les braises du feu s'avivaient
en poussées rythmées mais qui s'éteindraient bientôt,
consumées dans la violence de l'air. Le chaudron semblait
vaciller sur les trois pierres noires. La terre elle-même bougeait : on eût dit que les lames d'argile tanguaient vers la
case. Le vent n'avait pas encore atteint la hauteur de la taille
d'un homme, mais il montait avec régularité.

– Ce vent-là, dit Longoué. Oui ! Ce vent-là ! C'est ça que
tu demandes !

Il cria encore – capitulant de la sorte :

– Est-ce qu'on peut mesurer la force de ce grand vent qui
monte sur les mornes ?...

Car aujourd'hui dans leur petit coin de terre, ils se
traînent, et ils ne voient pas ! Où est ce vent ? Par où ?
Lequel ?

– Ils ne voient même pas le bateau !

– Le bateau de l'arrivage ?

– Le bateau de l'arrivage, dit papa Longoué.

Il en était venu des cents et des cents. – Tu comprends ?
Pourquoi auraient-ils vu passer dans les brumes de leur souvenir, avec ses planches moisies qui pendaient sur la coque
comme des bras sans mains, ce bateau-là ? Celui-là précisément. Entré dans la rade, un matin de juillet, sous une pluie
démente ?

Derrière les marécages de la Pointe, à peine apercevait-on
les murailles grises du Fort, lointaines falaises, couronnées
de fumées bleuâtres très vite disparues dans l'écran de pluie.
Sur tout le front de mer on ne voyait que les masses crou-
lantes d'une végétation incertaine, avec de loin en loin la
plaie lépreuse d'un chantier ou d'un entrepôt. Sur le bateau,
l'eau décapait le pont, ruisselait dans les soutes, noyait la
cargaison croupie. Le commandant avait fait ouvrir les
écoutilles, dégager les sabords, que l'eau roule. Il était neuf
heures trente, et le soleil brillait dans la pluie.

(La *Rose-Marie*. Elle était attendue avec impatience ; on manquait de bras dans le pays. Il avait fallu toute la science du maître de bord pour que parviennent *à bon port* les deux tiers des esclaves embarqués. La maladie, la vermine, le suicide, les révoltes et les exécutions avaient ponctué la traversée de cadavres. Mais les deux tiers, ça faisait une excellente moyenne. Et le capitaine avait échappé aux navires anglais. Un marin remarquable.)

La pluie lavait les bois, les toiles, les cordages ; elle soulignait encore la tache noire qui marquait l'emplacement de la tôle. On voyait les striures de bois noirci, gonflées par l'eau, là où la tôle chauffée avait été dressée, près du brasero. Et on voyait encore les traces épaisses de sang, autour de la tôle. Car la tôle servait à faire danser, au rythme du feu, les insoumis qui avaient refusé de marcher pendant la demi-heure hygiénique, sur le pont. Et la tôle elle-même était là, tordue, bossue, noircie, sanglante, et l'eau de pluie battant contre elle avec un crépitement allègre ne pouvait laver la lourde suie de sang et de rouille brûlés qui s'y était agglomérée.

À la proue, roulée comme un serpent gavé de proies gisait la corde. Elle servait à drainer les eaux avec les mutins choisis pour l'exemple. Ils étaient balancés dans la mer : comme pour draguer le fond, ou comme pour prendre la position et estimer la profondeur. Et la corde, chacun des misérables de la cale, quand ils surgissaient dans l'aveuglante clarté, après les premiers moments de ciel cru, de nuit flamboyante, ne pouvait s'empêcher de la regarder longuement, et parfois avec une volontaire, pesante concentration. Plus que la tôle, la corde avait mesuré la largeur de l'océan, lâchant à chaque fois ou presque, au fond des abîmes, son poids de viande noire...

« Plus vite, papa, plus vite, ça c'est connu, j'ai lu les livres ! »

Mais tout avait été laissé sous la pluie : les fouets à plombs, les lanières roides, la potence aux pendus (en vérité plus impressionnante qu'un gros mât), et le bâton crochu qu'on enfonçait dans la gorge de ceux qui tentaient d'avaler leur langue, et le grand baquet d'eau de mer où les marins plongeaient la tête quand ils remontaient suffoqués des profondeurs de la cale, et le fer à rougir, fourchette implacable pour ceux qui refusaient le pain moisi ou les biscuits arrosés de saumure, et le filet par lequel on descendait les esclaves, chaque mois, dans le grand bain de la mer : filet pour les protéger des requins ou de la tentation de mourir.

La pluie lavait, apprêtait pour la vente, absolvait. Dans la cale cependant l'odeur s'épaississait. L'eau charriait des pourritures, des excréments, des cadavres de rats. La *Rose-Marie*, à la fin lavée de ses vomissures, était vraiment comme une rose, mais qui tire sa sève d'un vivant fumier. C'est alors que le commandant décida d'achever par le bas la toilette du navire. Il était dix heures.

(Parce que l'heure importe dans cette cérémonie de l'arrivage par quoi s'ouvrait l'existence nouvelle. Non pas l'existence, ho ! mais la mort, sans espérance. Et pourtant l'espérance est à la fin venue. Parce que, dans cette journée, il faut marquer l'ordre des événements avec un minutieux scrupule. Et parce que les heures, leur lente appellation, étaient le seul recours jusqu'à la nuit, jusqu'à la fuite et l'ensevelissement dans les bois, devant les meutes de chiens et les chasseurs acharnés, tous conduits par le maître au regard bleu qui criait pour exciter les bêtes, pendant que l'autre, son si intime ennemi, le bossu à la voix ricanante, soufflait éperdument, implacable à se maintenir au niveau du chasseur pour le narguer par sa seule présence. Parce que les heures, après la longue nuit de cale, étaient quand même un ornement, un luxe inouï pour ceux qui sans fin avaient respiré la mort, au fond de l'indistincte marée des vagues. Parce que les heures, de simplement passer dans le ciel flambant, ouvraient peut-être une trouée vers quelque chose, une autre chose, qui ne serait pas, qui ne serait plus la poutre basse et pourrie d'une cale.)

« Tu vas te perdre dans ta pluie, à force d'attendre, à force ! Tu vas te perdre... »

Alors la corvée fit la chaîne avec de grands baquets : on commençait le décompte des esclaves. Ils remontèrent donc des profondeurs de cette cale. Quand ils titubaient sur le pont, chacun attaché au précédent par les chaînes de fer, on leur versait dessus un grand seau d'eau. Un marin leur frottait le corps au moyen d'un balai à long manche, raclant les plaies, arrachant des lambeaux de ce qui n'était déjà que bribes de toiles souillées. Un grand coup d'eau sous l'eau de la pluie, comme un baptême pour la vie nouvelle. Les hommes d'équipage se moquaient de ces gribouilles noirs et déments, deux fois trempés, par l'eau de mer et l'eau du ciel. La *Rose-Marie* épouillait son fumier.

Bientôt le pont fut encombré de cette troupe silencieuse et qui ne regardait même pas vers la côte, quoique celle-ci marquât sans aucun doute la fin du voyage. Les mâles, les femelles et les rejetons, serrés l'un contre l'autre baissaient la tête vers le pont, oui, comme si ce pont avait été une terre sèche et pourtant propice, eux qui connaissaient si bien les longues traverses de bois où ils avaient dû courir une fois tous les quinze jours. Comme si les lattes avaient été des lames de terre soulevées, aiguisées par l'eau et le vent, devant la cabane où se tenait le capitaine.

– Bonne traversée, monsieur Lapointe. Bonne traversée.

– Oui capitaine, répondait le second. Excellente vraiment !

Le débonnaire maître du navire contemplait sa cargaison. Elle n'avait, ma foi, pas mal supporté le voyage. On pourrait tenter la vente directe au Marché, en s'épargnant les quatre jours traditionnels d'engraissement. À peine un râle, de loin en loin, s'élevait de la masse noire.

– Je ne comprends pas, murmurait Duchêne, je ne comprends pas leur silence, tout soudain. Depuis dix ans que je pratique, je ne les ai jamais surpris à crier, ni gémir, ni même à regarder la terre, le rivage, quelque chose enfin, au moment de débarquer. À croire que la fin du voyage est le plus terrible pour eux.

Le second riait gauchement. Il ne s'intéressait pas aux énigmes, mais aux chiffres. Parfois le capitaine l'ennuyait, mais il n'osait pas se l'avouer. Il voyait là du numéraire, voilà. Bientôt il serait maître de son propre bateau, et alors on verrait.

Ce fut ainsi. Et à onze heures, tout était prêt. Terminé. La tôle remisée, la corde innocente tel un agrès pour les manœuvres, le gibet à nouveau insignifiant : un petit mât sans potence ni crocs ; les fouets dans la chambre d'armes, le fer à rougir aussi, et le filet toujours au même endroit, comme paré pour une pêche distrayante ; le bateau ainsi débarrassé de ses signes d'enfer ; un honnête navire marchand.

– Présage de vente, monsieur Lapointe, quand il pleut à l'arrivage !... C'est toute une moitié de la lessive et du récurage ! Belle journée. Les hommes sont contents, la *Rose* est propre !... Faites descendre la corvée des cales... Eh ! Nous voici de la visite !...

Il y avait toujours cette odeur de vomi, de sang et de mort que même la pluie ne pouvait effacer si vite. Mais le nettoyage avait été bien fait, l'odeur passerait ; jusqu'au prochain voyage. Jusqu'à la prochaine fadeur de mort qui s'ancrerait dans la rade.

(Pourtant je la sens, pensait papa Longoué. Depuis si longtemps. Depuis le premier bateau, quand ce commerce n'était encore qu'une aventure dont nul ne savait si les profits seraient convenables, jusqu'à la *Rose-Marie*, à l'époque où c'était devenu une affaire fructueuse, oui, jusqu'à ce matin qui vit les deux ancêtres débarquer de la *Rose-Marie* pour commencer l'histoire qui est vraiment l'histoire pour moi. Je la sens, cette odeur. Stéfanise ma mère me l'a enseignée, elle la tenait de son homme. Apostrophe qui la tenait

27

de Melchior qui la tenait de Longoué lui-même le premier monté sur le pont du négrier...)

(Non pas le premier absolument mais en tout cas par rapport à Béluse, ce qui fait que de ces deux-là qui seuls comptaient sur le bateau, l'un, Longoué, fut l'initiateur, celui d'avant-garde, le découvreur du pays nouveau. Et ni l'un ni l'autre à ce moment n'avaient décelé la puanteur fade qu'exhalait le navire, étant donné les pestilences qui les avaient étouffés dans les cales ; mais ils s'aperçurent de l'effet de cette odeur quand la barque accosta avec les autorités du port et ces deux hommes blancs dont l'un tenait un mouchoir sur sa bouche et son nez pendant que le deuxième, l'homme aux yeux bleus, méprisant les délicatesses de son ami, hélait gaillardement le capitaine et sautait sur le pont, tout près de la première rangée des moricauds, sans peur ni répulsion visibles : de sorte que ce geste provocateur – car n'était-ce pas une provocation à l'égard des misérables – de la part de l'homme aux yeux bleus révélait la force de l'odeur presque autant que le faisait le mouchoir du bossu. Et bien longtemps après, Longoué l'ancêtre sut que l'exhalaison imperceptible du bateau était certes aussi terrible que l'affreux remugle de la cale ; et il retrouva dans son souvenir, par-dessus l'épaisse masse des pourritures et des vermines du voyage, ce léger relent de mort balayé d'eau de pluie qui avait affolé l'homme à la bosse. Il le retrouva sous les bois et les racines. Et cette odeur, il sut la faire sentir à ses fils, de génération en génération, jusqu'à papa Longoué.)

« Ah ! Bon dieu la patience, protégez-moi ! Je te certifie, protégez-moi... »

L'homme sauta donc sur le pont. Le capitaine lui serra les mains avec affection et respect. Ce colon et son compagnon, lequel fut accueilli avec des manières trop compassées, étaient d'implacables ennemis : ils ne pouvaient se quitter.

– Le pauvre Senglis, dit La Roche en riant – et ses yeux

bleus s'allumaient – il ne se fera jamais aux relents des nègres. Mais il ne peut se résoudre à me laisser venir seul au-devant de vous.

Le commandant souriait avec douceur : il comprenait Senglis et son mouchoir délicat.

– Ça, mon ami, quelle belle cargaison ! J'espère que vous me réservez le meilleur ?

Duchêne hochait la tête ; il acceptait le rite, à chaque arrivée : la course entre les deux voisins pour s'assurer les meilleures occasions. La Roche gagnait toujours. C'était écrit. Il avait l'œil, et il n'avait pas peur des nègres. Il allait les tâter de près, là sur le pont, risquant sa vie parmi ces désespérés dont l'un finirait bien un jour par l'étrangler ou l'assommer avant que l'équipage pût intervenir. Et Senglis n'achetait pas.

– Voyons, Messieurs ! Je ne peux traiter avant l'exposition au Marché.

– À d'autres, Duchêne ! Je prends l'affaire sur moi. Messieurs du Port, allez-y, qu'on en finisse.

Les fonctionnaires entreprirent donc leur travail d'inspection. Une formalité, à vrai dire. La présence de La Roche rendait vaine toute observation des « autorités ». Le rusé capitaine le savait.

Alors (c'était midi), comme ils se dirigeaient, les deux messieurs, les deux officiers, les commis du Port, vers le poste de commandement où le maître de bord offrait à boire en l'honneur de l'heureux arrivage, à ce moment précis éclatèrent le tumulte, l'incroyable désordre dans le lot, qui d'abord firent croire à une mutinerie (en sorte que Senglis exhiba soudain un pistolet tandis que le second se précipitait vers la chambre d'armes) et dont on vit tout aussitôt qu'ils n'annonçaient pas une révolte, ce qui eût été assez naturel quoique improbable en un tel moment, mais, pour stupéfiant que cela pût paraître, une rixe parmi les nègres, autant dire un règlement de comptes.

Et le capitaine qui n'aurait pas eu peur d'une révolte, surtout dans cette rade, face aux rassurants créneaux du Fort-Royal, demeura pétrifié devant cette constatation : deux esclaves se battaient, ils roulaient et boulaient parmi leurs compagnons. Or ceux-ci ne s'écartaient pas, et tombant parfois sous le choc de l'un ou de l'autre, se redressaient sans un murmure, sans un cri ; comme s'ils n'avaient pas été bousculés par ces deux-là mais par un accident fortuit qui ne valait pas d'être pris en considération, ou plutôt par une puissance, tellement dangereuse qu'il était préférable de la subir sans essayer de l'expliquer, à plus forte raison de s'y opposer – et même, pour plus de sûreté, sans paraître y porter la moindre attention.

Les marins ne pouvaient comprendre, le capitaine tardait à réagir. La Roche éclata d'un grand rire clair et cria :

– Senglis, vous aviez donc un pistolet !

Ceci libéra les spectateurs qui aussitôt se précipitèrent.

Ils se précipitèrent, honteux de cette stupéfaction qui les avait d'abord retenus figés sur le pont. La rage les jeta au-devant de Béluse et de Longoué, lesquels furent assaillis de deux grappes humaines, suspendues à leurs corps noirs comme deux essaims de larves. Mais il n'y avait pas encore de Béluse ni de Longoué, du moins pas sous cette appellation toute nouvelle : il n'y avait que ces deux lutteurs, emportés d'un bord à l'autre. L'un des esclaves avait tenu son adversaire contre la balustrade, semblant vouloir lui casser les reins sur le bois mouillé ; mais leurs yeux à tous deux étaient pareillement exorbités, leurs souffles pareillement démesurés ; on n'aurait pu évaluer les forces, du milieu de ce déchaînement de forces. L'esclave qui avait eu le dessus fut emporté par un premier groupe de marins jusqu'à l'autre bord, où il continua à se battre. Son adversaire, au côté opposé, subissait un même sort, contre lequel il réagissait d'égale manière. Il fallut près de cinq minutes pour les mater, sanglants, les enchaîner. Et une minute encore, pendant laquelle les marins reprirent haleine : silencieux, comme si par contagion ils avaient eux aussi perdu l'usage de la parole. Ils regardaient tous vers le capitaine, attendant les ordres, craignant peut-être qu'on leur demandât de désentraver les deux nègres, que ceux-ci reprissent leur place dans la masse du troupeau.

– Je ne comprends pas, murmura Duchêne. Non. Comment peuvent-ils avoir la force de se battre ? Comment donc ? Et le désir ? Pour quel motif ? Quelle raison ?

– Il n'y a pas de raison, chuchota Senglis, vous ne les connaissez pas !

Ignorant ce rapide dialogue, La Roche cria vers le prisonnier qui avait semblé malmener l'autre. Oui, il s'adressa directement à ce nègre, quoique en vérité ses paroles concernassent le capitaine.

– Je veux celui-ci, mon ami, rien ne m'en fera démordre. Tudieu, Senglis, il vous faudra payer cher pour la monte, quand vous voudrez faire engrosser vos négresses.

– Et moi je prends l'autre, cria Senglis. C'est entendu, capitaine !

– Qu'on leur donne trente coups chacun, et qu'on les sépare du lot. Ils seront à votre disposition, messieurs.

– Eh là ! Vous me l'abîmerez. J'y tiens, Duchêne, j'y tiens ! Tenez, je le ferai châtier moi-même.

– Non. Pas à mon bord, monsieur. Je suis désolé de vous contrarier. Qu'on leur donne les trente coups. Rassurez-vous, nous avons d'excellents exécuteurs.

– Bien, bien, je vous fais confiance, dit La Roche. Et s'écartant délibérément de ce groupe, il alla examiner de près son acquisition.

Le nègre bavant et écumant était à grand-peine retenu sous des cordes et des chaînes par deux marins placides. La Roche le regarda longuement ; l'esclave soutint ce regard. Le colon lui saisit la tête et le fit basculer devant lui. On vit seulement la nuque ensanglantée, le dos lacéré, maintenus sous la botte.

Le planteur fixa les deux marins dont le regard inexpressif semblait planer sur un spectacle sans épaisseur ni réalité, à la limite de l'horizon.

– Détachez-le, ordonna-t-il.

Ces deux hommes sursautèrent, n'osant se tourner ouvertement vers le capitaine et n'osant refuser d'obéir à un Monsieur aussi puissant. Ils balancèrent sur leurs pieds, puis, s'assurant de leurs armes, ils désentravèrent les bras et les jambes du prisonnier. Celui-ci se releva, face à l'homme qui était déjà son maître. Il regarda autour de lui, prit une aspiration profonde, leva le bras et sourit presque : comme s'il prenait son parti de l'histoire, avec un air de dire qu'il remettait à plus tard les règlements, après quoi il traça dans l'air un signe de menace contre le colon, d'un geste rapide et semi rituel. Puis il se tint droit, immobile et lointain sous la pluie de juillet qui semblait non pas le mouiller mais surgir de son corps noir et nu, comme une rosée secrète. L'équipage attendit l'ordre de tuer, ou au moins de tailler dans cette masse ; il était d'ailleurs impensable que ce nègre ne fût pas pendu. Mais monsieur de La Roche se détourna lentement, avant de rejoindre le groupe des officiers.

– Un de ces jours vous y resterez, ricana l'homme bossu.

– Rude gaillard, capitaine Duchêne ! Êtes-vous sûr de ne pas me l'abîmer de trop ?

– Soyez sans crainte, monsieur, notre coq est un louable chirurgien. Par surcroît il disposera de tout le sel et de toute la saumure des cuisines, puisque nous voilà au port... Allons, ajouta le bonhomme, entrons boire ! Je crains pourtant d'avoir épuisé ma réserve de rhum, hélas.

– Qu'à cela ne tienne, j'avais prévu l'affaire. Je vous en ai fait tenir du meilleur. Venez. Venez.

– Ah monsieur, dit le capitaine en s'effaçant devant la porte du poste, vous êtes la providence d'un malheureux voyageur sans joie ni repos depuis de si longs mois.

Il s'établit dès lors une paix profonde sur la *Rose-Marie* :

32

non pas le silence des grands larges aventureux mais le bourdonnement tranquille des métiers honnêtes. Et ainsi se termina la première bataille, qui fut la plus courte. Sèche et ardente comme un vaillant charbon de bois. La première bataille silencieuse. Il n'y a plus rien à en dire, sinon qu'à deux heures de relevée le gros des esclaves était débarqué, y compris les acquisitions de La Roche et de Senglis. Ces derniers regagnèrent leur barque, après avoir bruyamment pris congé du capitaine. La pluie avait cessé, comme satisfaite d'avoir avec ponctualité rempli son office. L'eau verte et jaune de la rade était agitée de remous de plus en plus violents. La *Rose-Marie* tanguait, balançant ses mâts : c'était le symbole du calme et de la sérénité. Le navire méprisait la violence grandissante des flots, lui qui avait reçu le bain lustral de la pluie.

Dans la barque, Senglis supportait mal l'agitation de la mer. Il blémissait encore, sous les sarcasmes de son ami.

– Senglis, murmurait La Roche, qu'entendiez-vous faire de ce pistolet que vous cachiez ? Il ne faudra pas que j'en parle à nos connaissances ? N'est-ce pas ? N'est-ce pas ?

Puis il cria, par-dessus la rumeur clapante des vagues et le claquement des rames et le crissement des attaches d'avirons :

– Holà, vous autres, l'un de vous sait-il ce qu'a voulu dessiner ce nègre devant moi ?

Alors le maître de nage, qui avait embarqué avec eux, se tourna vers la silhouette de la *Rose-Marie* découpée sur le ciel net et l'eau rouillée (d'étrange façon, oui ; car il aurait dû, sachant quelque chose, regarder plutôt dans la direction des entrepôts où l'on avait emmené les deux esclaves) ; puis il cracha calmement dans la mer.

– Un serpent, dit-il.

CHAPITRE II

— Tu vois, tu vois toi-même, murmura Mathieu. Ils n'ont rien fait, ils ont imité, depuis le début !...

Le vent comme une rivière charriait maintenant des branches minuscules de fougère, les accrochant aux feuilles des bambous, là où ceux-ci ouvraient des lucarnes sur la plaine lointaine ; et le frémissement de ces brindilles transparentes sur le poil des bambous faisait de chaque lucarne une vraie fenêtre parfaitement riche, drapée de rideaux subtils et lumineux, et où il devait faire bon se poster par une belle nuit, pour attendre on ne saurait quoi de doux et d'inutile. Du moins, c'est ce que pensait Mathieu, au fond obscur de son être, quand le vertige de la mémoire se dessaisissait de lui ; non pas la mémoire elle-même, mais certes l'éblouissement né des paroles de papa Longoué. À travers les onomatopées, les réticences, les incertitudes du vieil homme, Mathieu égaré tentait d'avancer l'histoire, de mettre en ordre les événements ; et telle était sa passion de savoir qu'il se redressait impatient par moments (non pas lui, non pas son corps physique toujours accroupi près du feu, mais la force qui était en lui), se secouait et vraiment tâchait d'aller près d'une de ces lucarnes délicates ouvertes dans la masse des bambous, et il lui semblait alors échapper à l'ivresse, il lui semblait attendre (comme on fait dans les livres où toujours belle est la nuit) quelque chose d'inachevé mais de tangible, – et il ne voyait pas les vents, le seul vent, autour de son corps physique demeuré près du feu, il ne sentait pas les premières caresses du vent-montant au long de ses tempes, il ne comprenait pas que les premières pailles allaient bouger sur le toit, chassant bientôt par leur mouvement l'illusoire parfum de la case, et à peine, partagé ainsi entre l'effort d'assembler quelques révélations et l'envie calme de s'accouder à une de ces lucarnes, oui à peine entendait-il papa Longoué (mais il décantait tout ce que marmonnait le vieillard, car dans la seconde région de son être il triomphait de l'ivresse et, sans le savoir peut-être, commençait vraiment d'établir la chronologie de cette histoire), pendant que les braises s'éteignaient petit à petit, délaissées du vent-montant, et que le quimboiseur enfin distinctement demandait : « Pourquoi ça, imiter ? Je ne vois rien moi-même, je ne vois rien. »

– Et alors, cria Mathieu, soudain abandonnant sa lucarne, de nouveau sérieux et attentif pendant qu'il essayait d'accorder les battements de ses tempes et la pulsation du vent contre sa peau, et alors, on voit qu'ils se sont cognés sur tout le pont du bateau ! Au moment précis où les deux colons avaient quitté la barque. Et qu'est-ce qu'ils étaient, les deux colons ? L'un pour l'autre, des ennemis à mourir. Ils étaient des ennemis, oui, et alors les deux autres ont suivi, comme les bœufs à l'abattoir !

Et Mathieu allait à la lucarne pour se calmer, pensant quand même à Béluse et à Longoué qui s'étaient battus à la place des deux maîtres, lesquels n'avaient jamais pu régler une bonne fois leur différend, pour la raison que l'un d'eux faisait perpétuellement remarquer qu'il était bossu (comme si ça ne se voyait pas), et : « Il était désormais inutile de le dire, puisque les deux nègres s'étaient battus pour eux ! » De sorte qu'ils n'avaient fait (les esclaves) qu'hériter cela aussi, et encore du premier coup, le premier jour, comme ils le feraient tous par la suite dans ce pays, recevant la misère et la joie, et la haine et l'amour, pour un tel et contre un tel, au gré de leurs possesseurs, sans rien construire par eux-mêmes : si bien qu'il n'était pas étonnant qu'ils eussent tous dans ce pays oublié la *Rose-Marie*, sans compter la mer qu'elle avait traversée, et le pays d'où elle était venue et où elle avait ramassé sa cargaison de chair. Oui. Tout cela oublié dans chaque jour qui passait, avec chaque jour la main tendue vers les manières d'un autre dont on ne saurait jamais imiter tout à fait le geste ni la voix. Mais Mathieu revint encore de sa lucarne car il entendait papa Longoué déroulant un discours, plus vite que la cascade du Morne-Rouge, et :

– « Non, non, disait papa Longoué. Jeune garçon, ce que tu ne connais pas est plus grand que toi. Tu ne connais pas la mer ni le pays d'avant, tu ne sais pas ce qui était avant, tu es comme le dernier dans la file de la procession, il a beau dresser la tête, se tourner de tous les côtés, il ne sait pas si la Croix est au bout de la rue ou si elle est déjà dans l'église pour accueillir les cierges dans les paravents de papier, avec les vieilles femmes, chacune toute fière de sa bougie, qui se pressent et se bousculent derrière les bancs marqués, aux places qui appartiennent au premier arrivé. Celui-là, en queue de la procession, il aura beau faire, il reste sur les marches de l'église, il ne peut pas entrer. C'est comme ça qu'ils font. Et toi, petit-jeune-gens, tu ne sais pas ce qu'il y avait dans la *Rose-Marie*. Parce que dans la *Rose-Marie* il n'y avait pas la cale. C'était un espace au-dessus de la cale et non pas la cale elle-même, parce que le capitaine était un homme humain et organisé. À quoi servait d'en mettre huit cents dans les cales et d'arriver avec deux cents, si on pouvait à l'aise en aligner six cents entre les ponts et arriver avec quatre cents ? Et alors, le commandant monsieur Duchêne avait raboté son bateau (" Un brick, oui, avec ses deux mâts à voiles carrées et le troisième, sans voiles, d'où on avait des-

cendu un pendu l'avant-veille de l'arrivée "), il avait fait
l'espace entre les ponts, avec les barres pour la tête et les
pieds, avec les chaînes de fer. Et qui a dit que les marins
remontaient de la cale ? Je ne l'ai pas dit. En vérité ils
auraient préféré la cale à cette place entre les ponts, et
l'odeur de la cale n'étouffait pas. Et si j'ai dit que les esclaves
montaient sur le pont, il ne faut pas croire Mathieu mon fils
qu'ils montaient beaucoup : c'étaient trois marches entre le
plancher et le pont, car on était debout dans l'espace quand
on était cassé en deux, pas moins. Ce qui veut dire, certain
comme le jour, que le capitaine Duchêne était organisé,
puisqu'il ne voulait pas perdre un trop gros morceau de son
lot, et ça veut dire recta que là-bas aussi, de l'autre côté de la
mer sans fond, par-dessus l'orage et la maladie et la mort, il
avait forcément une prévoyance, un endroit pour s'approvi-
sionner, il avait un parc à nègres, tu vois. Il n'y avait pas la
cale dans la *Rose-Marie*, du moins pas la cale pour les nègres,
c'était prévu l'endroit, l'espace exprès, ce qui veut dire que
là-bas aussi il y avait l'ordre et la méthode. C'était prévu
exprès. Quand le capitaine arrivait il y avait déjà la cargaison, pas de temps perdu, on débarque le rhum de France, le
rhum sans canne, on embarque ce qu'il y a dans la pourriture du parc. C'est-à-dire tous ceux qui attendent la mort et
qui cependant ne sont pas encore morts, qui n'ont pas eu la
chance d'être déjà morts. Et sois sûr, quand la *Rose-Marie*
arrive devant la côte là-bas, le parc est déjà plein. Tout le
pays a été dragué, les mères ont vendu leurs enfants, les
hommes leurs frères, les rois leurs sujets, l'ami vend son
ami, pour le rhum sans canne. Et ainsi ils achetaient la mort
avec de la monnaie de mort. Pour pouvoir rouler, oui, dans
la mort de rhum. Ou simplement, pour ne pas embarquer
sur le bateau. Pour ne pas être obligé de faire le six centième
dans le parc. Et tu vois, tu ne sais pas cela, tu ne connais pas
ce qui s'est passé dans le pays au-delà de la mer... »
Le vieillard médita sur ce flot de paroles, supputant s'il les

avait réellement débitées, lui, ou plutôt un autre, un étranger inconvenant qui aurait pris sa place auprès du feu, frappant comme lui la pipe de terre contre la pierre la plus rapprochée ? Il s'étonnait d'un si long discours, et d'avoir pu l'écouter, à mesure qu'il le prononçait, sans impatience. Seigneur oui, c'était préférable une parole de temps en temps : chacun pouvait s'y retrouver. Bien mieux que dans le courant de tous ces mots trop raisonnés. L'orateur eut alors grand peur que Mathieu se moquât par-dessous ; il coula un regard inquiet vers le jeune homme : celui-ci était presque absent, tout fixé sur la ligne des bambous. Il rêvait.

— Tu veux faire croire, murmura-t-il enfin, qu'il y avait une histoire, avant ? C'est ça que tu dis ?

Ah ! Jeunesse... Il y a toujours une histoire, avant.

Ils n'avaient pas hérité la haine, ils l'avaient apportée avec eux. C'était venu avec eux, sur toute la mer. Tu mets le manger, le feu, l'eau, juste comme il faut. Tu allumes. Tu attends que le vent monte jusqu'au toit de la case. Le vent monte, il passe comme une grande chaleur, et quand il est là-haut, c'est fini, ton feu est mort, la banane est cuite, tout à point. C'est ainsi. Ils sont venus sur l'océan, et quand ils ont vu la terre nouvelle il n'y avait plus d'espoir ; ce n'était pas permis de revenir en arrière. Alors ils ont compris, tout est fini, ils se sont battus. Comme une dernière parade avant de s'attabler à la terre ; pour saluer la terre nouvelle et glorifier l'ancienne, la perdue. Ils voulaient mettre peut-être un point final à leur histoire ; ils ne désiraient pas se tuer, mais, si cela se trouve, seulement se couper un peu, pour que l'un d'eux puisse dire : « Tu marcheras dans ce pays nouveau mais tu ne seras pas intact ! Moi je suis intact ! » Et simplement s'arracher un bras, ou peut-être un œil ; pour que l'un crie à l'autre la victoire de la vieille haine sur la misère désormais promise. Comme si toute l'eau de la mer, depuis la dernière côte là-bas jusqu'aux végétations salies de cette rade, s'était dressée en muraille pour les pousser à ce combat, de même que ce vent d'un seul coup allume, flambe et éteint le charbon sous le canari de bananes. Car la haine voulait qu'ils vivent l'un et l'autre : non pas que celui-ci ou cet autre meure, mais que l'un des deux assiste impuissant au triomphe du second. Quel triomphe ? D'achever le voyage sans un soupir, d'entrer avec toute la force dans le pays inconnu, et surtout, surtout de savoir que l'autre ne serait rien qu'un infirme sur cette terre, qui ne pourrait jamais la posséder, jamais ne la chanterait ; que cela était l'œuvre du triomphateur ! Et le commandant monsieur Duchêne était certes capable de comprendre une pareille fureur : mais il connaissait le voyage, il ne soupçonnait pas que des haines pussent résister à la houle épouvantable du voyage ; que ces nègres sauraient encore trouver, non pas même la force mais le désir de se battre, après ces semaines de mort lente. Et il fut épouvanté d'une telle découverte : pensant du coup qu'il faisait vraiment commerce de bêtes, de bêtes fauves et non pas de dociles animaux domesticables.

Mathieu voulut d'un geste chasser le vent contre ses tempes : le garçon ne consentait pas à de telles explications, il n'entendait pas accepter des raisons si claires, si propres. Mais le vent qui monte ne peut être chassé.

– C'est cet arrivage, dit-il. Trop net. Trop simple. On voit la rade, le bateau, les nègres, tout clair et tranquille. Je ne peux pas !

Car il eût préféré entendre décrire, à une heure passé midi, la séance de fouet ; voir le maître d'équipage choisir avec soin un instrument efficace mais sans risques ; l'écouter consulter le coq sur la matière ou la forme (cuir large ou cuir rond, souple ou droit) ; et le maître de nage intervenait : « Gare, si tu les estropies, tu y passes » ; puis les rires, les deux esclaves ligotés au mât dos contre dos, en sorte que le deuxième reçoit comme un écho des coups assénés à l'autre et qu'il ressent, attendant son tour, le tremblement du poteau, le choc du corps contre le bois, chaque fois que le fouet tombe ; et les lanières qui ronflent, le halètement de l'exécuteur, les corps meurtris qui se tendent et soudain s'affaissent, le sang giclé, l'indifférence des marins habitués à pareil spectacle, qui s'affairent autour du lot, peut-être s'écartant légèrement de la trajectoire du fouet comme on s'écarte sur un chemin de la branche qui y pend, les deux nègres détachés, frottés de sel, de saumure et de poudre à canon, descendus dans les grandes gabarres, couchés sur le ventre à côté des autres qui ne les regardent même pas, et le silence, la profondeur tranquille du silence que seuls avaient ponctué les sifflements des fouets, le piétinement des pieds sur le pont, le bruit sourd des barques et des larges radeaux contre le flanc gauche du navire ; enfin cette sale, croupissante activité qui répondait si bien à la tristesse de la pluie finissante, avec de loin en loin les éclats de voix qui bouffaient hors de la cabine, ou peut-être le léger grondement des vagues contre la boue du rivage, là-bas...

Car il eût préféré ô gabarre moi gabarre et il moi sur le ventre la poudre moi bateau et cogne sur le dos le courant et l'eau chaque pied moi corde glisser pour et mourir la rade pays et si loin au loin et rien moi rien rien pour finir tomber l'eau salée salée salée sur le dos et sang et poissons et manger ô pays le pays (« la certitude que tout était fini, sans retour : puisque la gabarre et les barques s'éloignaient du bateau, qu'il n'était même plus permis de s'accrocher au monde-bateau flottant fermé mais provisoire ; qu'il faudrait maintenant fouler la terre là-bas qui ne bougerait pas ; et dans le vide et le néant c'était comme un souvenir des premiers jours du voyage, une répétition des premiers jours quand la côte, maternelle, familière, stable, s'était éloignée sans retour ; oui le bateau regretté, malgré l'enfer de l'entrepont, parce qu'il n'était certes pas apparu comme un lieu irrémédiable, jusqu'à ce moment où il avait fallu le quitter ») et moi dos si loin loin il siffle qui monte il monte moi la force moi maître (« très vite ho, les embarcations voguant à mi-chemin de la terre, cette main qui par un des sabords balança un paquet d'eau sale dans la mer, comme pour saluer ceux qui avaient définitivement quitté la *Rose-Marie* pour une existence inconcevable ; oui, ce geste familier, tellement familier, de ceux qui à l'escale nettoient leur bâtiment, et qui parut vraiment comme l'ultime paraphe dans le ciel lavé, du moins pour les deux ou trois parmi le troupeau qui avaient eu la force de regarder en arrière : l'ultime ponctuation, avec ce battement lourd de l'eau du lavage tombant dans la mer et ce raclement – ce cliquetis – du baquet contre le bois de la coque, puis encore le silence, le silence, le silence ») et moi boue sur le ciel avec quoi crier oho ! ho ! soleil vieux soleil dans la foule la mort accordé toi ici pour deux cents un bon lot toutes les dents vingt-deux ans une vierge la vierge sa mère ne peut rien inutile trop vieille sans la mère voici pour les champs un bon prix par ici au suivant regardez appréciez tâtez tâtez au grand jour sans secret et intact et santé et docile (« et bien sûr, les marins avaient frotté les corps de jus de citron bien vert et les corps avaient brillé, exhalant cette senteur âcre d'acide mêlé de sueurs qui avait étourdi les affamés ; mais le vent d'est avait chassé l'odeur, il ne restait que la belle et neuve carnation ; de sorte que les acquéreurs – qui faisaient lécher par leurs vieux esclaves la peau des nouveaux arrivés – en étaient pour leurs frais, étant donné que même le goût de citron avait disparu, dilué dans les sueurs tièdes et la crasse raclée et le sel de mer ») moi la fin sans espoir et visages visages des bêtes des cris des trous des poils mais sans yeux sans regard moi le vent et partir dans le fouet quand délire délire délire et – cria-t-il : « Même ! Est-ce que tu peux me dire comment ils avaient enlevé leurs fers, pour se battre ainsi dans tout le bateau ? »

Il réfléchit encore. « C'est des mensonges. Ils n'ont pas pu détacher les chaînes ! » Sa voix tranquille comme la brise sur l'herbe.

– Je sais ce qui t'embête, dit papa Longoué. Tu ne crois pas qu'ils se sont battus. Tu ne vois pas le voyage. Tous alignés dans cet espace, sans pouvoir se coucher, s'asseoir, se lever. Sans répit torturés par la nuit et les douleurs et l'étouffement. Ceux qui veulent se tuer, qui ne peuvent pas. Et ces deux-là, tout juste séparés par une dizaine de corps, et qui passaient leur temps à s'épier, qui comptaient les souffrances l'un de l'autre. Or à partir de la deuxième semaine, voilà que la mort fait des ravages dans la masse, de sorte qu'ils voyaient diminuer la distance qui les avait séparés : un premier, puis un second, puis un autre corps qu'on jetait dans la mer. Une dizaine, ce n'était déjà pas beaucoup pour séparer la haine de la haine. Mais le nombre diminuait avec régularité. De sorte qu'à la fin ils n'étaient loin que de deux corps, deux femmes qui râlaient jour et nuit. Mais il n'y avait pas de jour. Ils n'entendaient pas, ils n'écoutaient que leur propre souffle ; espérant l'arrêt de l'autre. Tu comprends, ils étaient les plus forts à la fin du voyage. Et quand on les fit monter sur le pont, on mit les hommes d'un côté, les femmes de l'autre (« les mâles, les femelles ») ; et ainsi, parce que les deux femmes étaient près d'eux, on les détacha pour les conduire au lot des hommes. C'est ainsi. Mais je sais ce qui t'embête. Tu as vu que Béluse avait presque perdu. Tu te demandes si c'était lui ? Hein ?

– Ce n'est pas vrai, dit doucement Mathieu.

Si c'était Béluse qui avait ainsi frotté ses reins contre la main courante du pont, sans le vouloir ? Ce ne pouvait être que lui puisque le second nègre fut par la suite emmené chez monsieur de La Roche. Le nègre marron, qu'on poursuivit toute une soirée avec les chiens, Longoué. L'esclave qui procréa sur la propriété Senglis, l'autre. L'autre, c'était Béluse. Il avait été projeté contre un des canons amarrés sur le pont, mais il s'était redressé aussitôt, c'est-à-dire avant que Longoué eût pu lui casser les vertèbres sur l'affût de la pièce, et il avait saisi une corde (la corde même du dragage, le serpent qui avait entraîné les corps sous la mer ; à ce moment il ne pouvait imaginer, réaliser qu'il l'avait touchée ni qu'il allait s'en servir) et il l'avait tenue comme un lacet, pour la passer autour du cou de Longoué. Mais Longoué avait glissé sous la corde et de tout son poids il avait maintenu Béluse contre les balustres, remplaçant simplement la fonte du canon par le chêne de la coque, comme s'il n'avait rencontré entre-temps qu'une négligeable résistance : alors qu'on voyait bien que Béluse était presque aussi fort que lui. Car Béluse, avant de tomber sur la gueule du canon, avait balancé Longoué dans les jambes des autres, non pas pour l'éloigner, non pas pour souffler, mais dans l'espoir de lui briser un bras, une jambe. Et s'ils avaient ensuite tenté de se prendre au cou, de se casser les reins, c'était moins par désir de meurtre que pour tenir commodément l'adversaire : sans résistance, tel un jouet. Le goût de tuer ne vint qu'ensuite.

Or tout cela, avant que l'équipage ait pu intervenir. Et certes si Longoué avait eu – mettons – quinze secondes de plus, il eût tué Béluse. Ce qui fait que Mathieu ne voulait pas croire à ce combat. Il ne voulait pas admettre, dans la région obscure de lui-même où l'ivresse et le vertige de connaître régnaient, que Béluse avait été si près de perdre (non pas de mourir, mais de perdre), de même qu'il ne consentait pas encore à ceci : que Béluse ait pu vivre mort-né sur la propriété Senglis, alors que Longoué s'en était allé loin de la Côte, dans la forêt sur les mornes.

– Ce n'est pas vrai. Ce n'est pas vrai !

Que Béluse, ayant oublié sa haine, soit ainsi resté dans le parc à huttes de la propriété Senglis (voyant passer les jours puis les années, et les huttes devenir des cases : mais en vérité la case était la hutte, un même assemblage de feuilles et de boues, au long des saisons), et qu'il ait ainsi engendré Anne, le meurtrier par amour – par jalousie...

Le vent le vent ô le vent. Il avait atteint le toit de la case, quittant la scène plate ; il faisait maintenant fleurir les pailles. La case était une torche plantée dans la sécheresse, dont le vent était à la fois l'âme et l'invisible porteur. Ou plutôt c'était ô le vent un cavalier sans limites labourant les flancs du toit. Et la torche n'éclairait pas – si ce n'est que le vent semblait se moquer des deux hommes traqués au sol par l'incertitude, par l'oubli, par la mémoire elle-même quand elle ne répondait plus à l'espoir ; – si ce n'est que le vent paraissait vouloir tout brouiller, tout confondre dans son emportement vers le ciel. Mais cette torche exaltait presque une passion, par la crue même et le débordement du vent moqueur, par ce crépitement infini du toit de paille, par cette lourde moiteur au pied de la case, là où papa Longoué accroupi devant le jeune homme – que tout à l'heure encore il croyait être un enfant – méditait avec poids et ténacité, loin du vent.

– Où est la présence, Maître-la-nuit ? Maître, trois fois sur pied ? Un petit jeune-gens qui vient pour la science. Mais Seigneur, ho, qui réclame ? Qui peut courir derrière les fantômes ? Et regarde. Celui qui penche vers l'arrière, le vent du sud le brûle ! Que cherche-t-il, ce garçon ? Je vois autour. Je vois en bas tous les carrés verts, la route goudronnée, la nuit sur la route. Comment pouvez-vous sans fin détailler le passé ? La mort vient. La mort, c'est la vague qui roule sur le sable d'hier. Ne remue pas le sable, ne foule pas la mort subite. Et vous, vous êtes heureux, hommes sans mémoire ! Voilà que vous serez défunts sans le savoir...

Est-ce qu'il n'y a pas une tornade partout, comme un ouragan qui dévaste, pour qu'on ne sache pas où est la terre, où le ciel ?

Pendant la tempête, souvenez-vous, il n'est plus question de commerce, c'est la vie ou la mort. On ne cherche plus, on lutte. Voyez. L'équipage entier est à la manœuvre, excepté la corvée d'entrepont qui s'occupe des esclaves, sous la direction du maître de nage. Attachés à des cordes, ils descendent dans l'enfer. Là les nègres attendent l'orage, le pur délire, ils espèrent mourir une bonne fois ou au moins profiter du moment pour se libérer des chaînes, sans penser qu'à ballotter ainsi au gré des flots ils n'obtiennent que de se casser les poignets ou les jambes dans les tenailles de fer qui labourent les chairs. Ces hommes de corvée risquent de se fracasser la tête contre les parois ou de se trouver pris dans l'étau des mains noires, alors que la tempête couvre les cris et que les camarades, bousculés par les roulis sauvages, ne peuvent accourir assez vite. Et si on pend l'étrangleur au jour d'après, et dix de ses voisins avec lui, ça vous fait une jolie consolation... La tempête est la complice des moricauds, elle ne choisit pas ses victimes.

Alors le maître de nage comme à chaque alerte vient d'abord vérifier les attaches de ces deux-là dont il a remarqué qu'ils ne crient jamais, n'essaient jamais de se tuer ni de tuer. L'un d'eux trace devant lui un geste rapide, soulevant avec difficulté, à hauteur des genoux, son bras rivé à la coque. Et, haussant les épaules, le maître de nage se contente d'un bon coup de fouet dont les voisins du rebelle prennent leur part. Il sait ce que signifie ce geste ; il a servi, avant d'embarquer sur la *Rose-Marie*, dans le parc à nègres sur la côte là-bas. Il a participé à la collecte des esclaves, débattu le nombre et la qualité avec les vendeurs de l'intérieur. Il connaît les coutumes de ces sauvages.

Voyez. Aujourd'hui dans leur motte de terre en plein dans l'océan, ils ne savent plus ce geste ! Comment ce jeune homme peut-il venir ! C'était marqué, dans toute la course des jours, qu'un jour un Béluse viendrait rendre compte (un enfant) de l'ancienne trahison là au-delà des eaux, pour qu'enfin les deux côtes se rejoignent par-dessus la tempête ? Par-dessus la honte de l'oubli ?

(« Oh ! Vois. Je dis. À toi je dis. Ce n'est pas vrai ! »)

Pourquoi recommencer, pourquoi épeler à haute voix le premier cri puisque toute l'histoire résiste, que nous voilà ici à tourner sans que le jour avance ? On force, on pousse, mais les mots roulent, ils sont dans les mèches du toit, ils font un mur de tourbillons. Qui a jamais pu pousser un mur de tourbillons ? C'est bientôt onze heures, non, midi va pointer, on ne peut pas.

— Mais savoir ce qu'ils débattaient dans la cabine ! dit soudain Mathieu. Si tu es fort, tu peux reprendre à partir de la cabine, pendant qu'on fouettait les deux autres !

Le garçon souriait, par défi.

— Je peux. Papa Longoué connaît tout. Où est l'impatience, mon fils ? Tu as lu les livres. Ce qu'il n'y a pas dans les livres, tu ne peux pas le savoir. Comment Béluse s'est battu sur le pont, et il a manqué perdre.

— Ah là là !...

— Bon. Passons comme l'eau... Voilà ! Dans la cabine on marchandait.

— Sûr. C'est pas sorcier, non ?

— Mais voilà. Tu peux voir la place, entendre le conte qui se parle. Parce que. Oui. Parce que papa Longoué sait tout...

Mathieu riait, Mathieu se moquait.

Mais soudain — pendant que le vent abandonnait déjà la paille sur la case, montant vers les nuages — et à midi précis la dernière brindille cessa de bouger, tout retomba dans la morne raide chaleur, avec seulement les cris venus de la plaine, cris lointains du travail des hommes, — et pendant que ces deux évoquants restaient silencieux, à nouveau silencieux dans le temps véloce et immobile, tellement qu'à peine les onze heures tombées, voilà, c'était déjà midi : un midi tranquille qui éclipsait l'autre midi du premier jour et du premier combat — soudain il vit la cabine étroite, à l'odeur forte, qui lui avait d'abord paru une cabane de caisse, où la commodité avait cédé au travail : les fusils et les pistolets cadenassés au mur, le coffre avec les livres de comptes qui sur ce bateau tenaient lieu de livre de bord, les flacons de ce rhum qui avait aidé à supporter le voyage, tous vides maintenant, et la caissette aux boules rouges pour marquer le nombre de morts dans la cargaison. Il vit le rhum nouveau sur le coffre, les six hommes entassés là autour des pots d'étain douteux, et il entendit les paroles, ne sachant même pas si papa Longoué les redisait à son intention ou si c'était le vent, dans tout ce cri des ouvrages d'antan, qui enfin marchandait le prix de la chair. Car dans la lutte autour des noms et des secrets du passé, Mathieu pour la première fois se trouva directement cerné par le pouvoir du quimboiseur, sans loisir d'étudier le vrai. Si le vieil homme avait eu connaissance d'un tel dialogue (mais comment ?) ou s'il avait deviné les mots d'après un modèle qu'il s'était fabriqué ? Et Mathieu entendit les mots, par-dessus les échos de la plaine.

– Voilà, Messieurs, dit le capitaine, il faut en finir.

Entre deux hoquets, il tentait de conclure l'affaire au meilleur prix, sans risquer cependant d'indisposer les colons.

– Le prix habituel, dit Senglis.

– Le prix habituel ! Voyez ma caissette. Elle est tellement pleine qu'elle en déborde. Non, Messieurs, je ne puis vous accorder ces pièces pour cinq cents. Le rhum est excellent, mais ceci ne rachète vraiment pas cela !

– Mais trente coups au débarqué, dit Senglis. Faites un rabais ! Voyons, capitaine ?

– Je ne gâcherais jamais une pièce, monsieur, dans la mesure du possible. Si je dis qu'ils ne risquent rien, vous pouvez me croire.

– C'est évident, dit La Roche.

Aussitôt le capitaine fut prêt à saisir l'occasion et, tout éméché déjà, suggéra :

– Six cent cinquante ?

– Holà, La Roche ! dit Senglis, combinez pour vous, moi je ne tiens pas à gager mon argent sur vos tractations.

L'atmosphère s'épaississait dans la cabine, l'air se chargeait des effluves du tafia sans mélange. Quelqu'un dans l'assistance soufflait péniblement en respirant. Les échos venus du pont bruissaient comme un léger rideau de paille.

— Messieurs ! Enfin, traiterons-nous ? dit le capitaine.

— Cinq cent cinquante, dit Senglis, tassé près du coffre.

— Je ne quémande pas l'aumône ! Je fais mon travail avec conscience et régularité. Je ne vais pas acheter de pauvres diables, au hasard de la brousse. J'ai ma clientèle, depuis longtemps. Des pièces sûres. Je couvre des frais, là-bas. Il me faut des rabatteurs, des surveillants, des comptables. Je sélectionne. Enfin, Messieurs, m'avez-vous déjà vu jeter ma cargaison par le fond, quand arrivent les frégates anglaises ? Non, je cours le risque. Je manœuvre. Je perds des jours, des semaines. Et puis je n'entasse pas, moi. Jamais d'épidémies à mon bord. Enfin, presque. Cela coûte, Messieurs. Enfin.

— Oui, oui, capitaine, dit La Roche, nous estimons vos vertus. Rien au hasard, tout à Duchêne !

— Six cent cinquante.

— Vous me connaissez, cher ami. Je ne marchande jamais. J'ai pourtant quelque autorité sur le commerce d'ici. N'est-ce pas ?

— Ah ! Monsieur, dit le capitaine, pathétique et incertain.

— Cinq cent cinquante, dit Senglis.

— Senglis, vous êtes stupide. Le capitaine a beaucoup à faire. Six cents, l'affaire est conclue, mais nous nous réservons un lot de femelles, à discrétion, pour cinq cents.

— Vous me tuez.

— Mais non, mon cher. Je vous prie à souper ce soir, avec ces messieurs. C'est un plaisir de vous avoir.

— Voici le mot ! cria le capitaine.

— Mon dieu. Quel trait !

— Dieu... Dieu... Avez-vous l'heure ?

Et un des commis, intimidé par cette dispute mais pressé de lamper son rhum, répétait stupide : « L'heure, mon capitaine ? »

« Mais tu as beau dire que je suis le dernier dans la procession, je peux savoir que c'était entre midi et deux heures, c'est-à-dire entre le combat et le débarquement ! »

– Pas sorcier, dit en riant le quimboiseur. Et tu n'as plus l'impatience, non ?

– À quoi bon, cria Mathieu. Puisque tout est fait !...

Le vieillard sourit. Il se leva, « déjà, tu veux faire la course avec la vérité », puis il traversa le terrain jusqu'aux bambous, où Mathieu vint près de lui.

Ce n'étaient plus des lucarnes mais des baies de soleil dans le feuillage, pour ces deux hommes qui d'en haut surveillaient la plaine. Ils virent dans l'encadrement des branches la terre rouge là-bas, cernée par les alignements, et qui venait lécher, à larges coups de carreaux labourés, les premières profondeurs sur la pente du morne. Il y avait presque une lutte entre la mer de terre et le rivage d'arbres sombres. Par endroits des zones de taillis jetaient, à la limite entre les labours et la forêt, comme des plages de boue ocre. Mais ces rares surfaces, parsemées d'arbustes pareils à des épaves rouillées, ne faisaient que tracer un éclair pâle, de loin en loin, à l'extrême bord rouge vif des champs. Si bien que la plaine semblait vouloir d'un seul flot emporter le morne, ravager la roche de ces bois, déchiqueter toute la falaise ligneuse. C'était là.

Oui. Là le fugitif avait su qu'en atteignant le morne il serait sauvé. Il écouta les chiens, sans arrêter de courir ; tâchant d'évaluer au bruit la distance qui le séparait des chasseurs. Il lui semblait que les échos venaient de cette brousse devant lui autant que de la campagne derrière. Il ne pouvait être sûr de son calcul, la seule certitude était que les chiens gagnaient du terrain. L'air était trop libre, la nuit trop claire. Pas assez d'eau. Les traces. Les hautes herbes, meilleur que le sentier. Couper à travers.

Il vit la première rangée devant lui. Des troncs épais dont les feuillages se confondaient. Il eut un han ! et il bondit dans le tout. Dans la nuit, les bois, les branches, la pesante profondeur, sans qu'il pût en reconnaître les éléments, et roulant seulement dans sa tête la même folle vitesse. La pente était si raide, les souches si rapprochées qu'il s'accrochait parfois à la branche d'un tronc bien avant d'avoir atteint l'arbre qui précédait. Il sautait d'une cime à une racine par un simple et vigoureux pas. Un acacia lui laboura la peau. Sans s'arrêter, il ramena le bras et suça la blessure, haletant, étouffant à moitié. Le sang et la sueur mêlés lui rafraîchirent les lèvres, en même temps qu'il sentait la lointaine douleur (comme s'il avait souffert cette blessure dans un monde antérieur) et, par-dessus, le picotement de la sueur dans la plaie. Mais il savait déjà, rien qu'à la disposition des arbres et du terrain, qu'il avait gagné, contre les chiens. Il ne fallait plus que monter toute la nuit dans cette forêt.

Il pensait au parc à entassements où il avait jubilé de voir l'autre le rejoindre, à la boue dans laquelle ils avaient dormi tous deux, si c'était dormir, aux enchaînés qui avaient cru qu'on les emmènerait pour les brûler ou les dévorer, à ceux qui s'étaient précipités sur le fer rouge ou jetés dans la mer, à l'autre qu'il n'avait pu casser comme un bois mangé de termites, il jouissait à chaque minute de lui enfoncer un pieu dans l'épaule (en sorte qu'il ne meure pas), et il guettait les chiens qui dans le ciel galopaient ou se tenaient à l'affût, il imaginait le serpent qu'il fabriquerait bientôt et qu'il planterait dans le sol à côté de la tête de boue, il pensait à l'homme qui lui avait tenu la nuque sous son pied, il portait la brûlure sur le dos à l'endroit où la botte l'avait marqué, il pensait, non, il s'enivrait d'éclairs, de fatigue, de sang et d'aboiements, voyant même les chiens courir à travers la forêt loin au-devant de lui, comme si les arbres étaient devenus transparents, lumineux, fragiles, et le soleil tomber avec les lions dans la soute du grand bateau, soleil enchaîné qui râlait et criait, brûlant la coque de bois qui aussitôt et sans fin se recomposait (pour fermer à jamais l'éclatante prison), et les lions ou les chiens bondir comme des flammes pendant que la tempête chavirait dans le ciel et la terre.

(Huit heures. La meute avait tenu la piste depuis six heures du soir, elle était excitée. Elle retrouva la trace dans la zone de taillis devant le Morne des Acacias.)

Et il sentit le vent : non pas autour de lui ni sur tout le corps indistinctement, mais qui suivait comme une rivière les sillons des coups de fouet. Comme si ce vent remontait un chemin à travers son dos, empruntant toutes les goulées à la fois, chaque travée sanglante, chaque route ouverte dans la peau. Il succomba, farouche. Il ne fut plus qu'un seul cri de rage et de faiblesse dans l'épaisseur feutrée du morne, avec au loin les abois désespérés des chiens. Il comprit très vite que le vent ne montait pas en tourbillon mais vague après vague, inlassable. Il se coucha sur le ventre. Il se coucha, pour ne pas souffrir la brûlure du vent chaud dans la chair à vif. Ainsi le vent s'établit comme l'invisible floraison de cette souche humaine ; et toute la nuit, la première, il allait monter, flamber à partir de ce corps déchiré, avant de retomber brusquement sur la plaine pour recommencer son ascension et sa victoire et à nouveau s'étaler jusqu'au bas de la pente.

(Neuf heures. Devant la muraille noire, hommes et chiens en cercle. Il n'y avait rien à faire. À croire que ce marron avait couru depuis toujours le Morne aux Acacias, qu'il avait pu reconnaître le seul endroit où jamais les bêtes ne sauraient le dépister. Un marron du premier jour. Un marron de la première heure.)

— Il ne vous aura même pas donné le temps de lui trouver une case !

Senglis ricanait. Par un prodige d'énergie, il avait pu suivre la chasse. Maintenant il s'emplissait du spectacle : voyant dans la falaise noire la fin de ses tourments, ceux de cette journée harassante comme ceux de toute une vie de

51

haine et de jalousie. Il était ainsi fait qu'il pouvait se satisfaire d'une telle consolation et qu'une revanche aussi mince,
survenant de loin en loin dans la procession de ses avanies,
lui redonnait force et courage pour longtemps.

– J'y vais ! cria La Roche.

Puis il saisit une petite barrique dont il ne s'était pas éloigné depuis six heures, et à propos de laquelle il avait donné
des ordres sitôt qu'il avait appris la fuite de l'esclave. Cette
barrique intriguait les autres chasseurs, en particulier le
capitaine Duchêne invité à souper avec ses officiers, qui participait donc à la poursuite et avait espéré que c'était là une
réserve de rhum. Le bonhomme avait poussé la hardiesse
jusqu'à essayer de soupeser l'objet, et s'était trouvé fort
marri de constater que son poids ne correspondait en rien à
un tel volume d'alcool. Monsieur de La Roche avait simplement crié : « Duchêne, ne vous avisez pas de toucher à cette
barrique, il vous cuirait ! » Les chasseurs étaient réduits à
supposer que le maître de l'*Acajou* transportait là un peu de
poudre qu'il entendait faire péter au cul du nègre. Supposition renforcée par l'ardeur contenue et sauvage avec laquelle
il avait pressé les chiens et les hommes.

Ceux-ci (et les chiens s'étaient couchés, terreux, hale-
tants) s'avancèrent au-devant de monsieur de La Roche, lui
représentant que c'était folie de vouloir continuer dans les
acacias ; et sans doute ne les eût-il pas écoutés si son voisin
bossu n'avait déclaré dans un ricanement : « Mais laissez-le
donc, il a raison de vouloir reprendre ce nègre », phrase qui
avait en quelque sorte dégrisé le chasseur – ce qui fait qu'il
demeura un long moment face à la falaise de troncs, s'abî-
mant dans la profondeur d'ombre qui gravissait au-dessus
de lui la rouge épaule du ciel, lui, seul maintenant devant les
autres qui s'impatientaient, et qu'à la fin il se détourna et
commanda par un simple geste de prendre le chemin du
retour.

Oui, c'était là.

« Et ainsi, murmura Mathieu, il sentit d'abord la botte sur sa nuque » ; bien avant d'éprouver à nouveau les coups et la saumure et la poudre, à ce moment où la course avait fouetté son sang et réveillé la douleur. « Car il était déjà un Longoué », dit fièrement le vieillard. Il n'avait pas oublié le pays là-bas, non ; mais toute cette mer à traverser, et la cravache sur son dos, et l'autre même qui partagea la prison sur les eaux avec lui, avaient déjà fait de lui un Longoué.

– Oui, l'autre aussi !

– Alors, demanda Mathieu, pourquoi n'a-t-il pas fait de l'autre un Longoué ? Il a donc perdu ça. Ou alors il faudra que tu m'expliques ce qui s'était passé dans le pays là-bas au-delà des eaux.

Papa Longoué étendit les mains vers la plaine.

Il voyait l'ancienne verdure, la folie originelle encore vierge des atteintes de l'homme, le chaos d'acacias roulant sa houle jusqu'aux hautes herbes, là où maintenant un bois éclairci de troncs allait laper jusqu'en bas la plaine nette et carrelée. Toute l'histoire s'éclaire dans la terre que voici : selon les changeantes apparences de la terre au long du temps. Papa Longoué savait cela. Il tremblait doucement, pensant que Mathieu devrait au moins apprendre seul à regarder une saillie de bois coulant vers un tamis de labours, et apprendre tout seul à sentir le frémissement de l'ancienne folie, là où la folie des hommes posait maintenant sa rigide et patiente cupidité. Un tel pouvoir l'emplissait d'une lourde chaleur, le faisait frissonner sous le soleil. Il étendit les mains vers la plaine : vers cet autre océan surgi entre le pays d'ici et la montagne du passé. Ne sachant pas encore que Mathieu l'avait vaincu, puisque le jeune homme le forçait à suivre le sentier « du plus logique », et que voici qu'il raisonnait en *que*, en *donc*, en *après* et *avant*, avec des nœuds de *pourquoi* dans sa tête, noyés dans une tempête de *parce que* :

– Parce que, ho Mathieu, il faut venir au commencement, dit-il.

« Ainsi il s'échappa dès la première heure... C'était ici, derrière la muraille du morne. Et il savait peut-être qu'un jour tu serais là, papa, pour me montrer l'endroit. Il le savait ; sinon pourquoi aurait-il attendu si près de la meute, à l'endroit même où tu devais te mettre, entre les bambous ? » Il ne voulait pas oublier la botte sur la nuque ni les coups de fouet ni l'œil bleu du chasseur ; ni le nom qui, dans ce langage inconnu de lui, avait pourtant sonné avec une telle évidence : La Roche !

Mais l'histoire avait roulé simple et tranquille : l'ardeur et l'enthousiasme sont d'aujourd'hui. L'histoire d'un homme, pensait papa Longoué, qui avait nourri sa haine pendant toute une traversée, si on pouvait appeler ce voyage une traversée. Et cet homme n'avait pas cherché à penser ni à mettre de l'ordre. L'ordre et la pensée sont pour aujourd'hui.

« Asseyons-nous, dit le vieillard, et suivons le chemin... »

La Roche courait au-devant des chiens, paraissant aussi pressé de revenir qu'il l'avait été d'avancer sur la trace du marron ; Senglis mettait une ultime coquetterie à demeurer à ses côtés. Le capitaine et ses deux officiers suivaient plus lentement, s'étonnant de l'excitation des terriens. Quelques esclaves fermaient la marche, sur lesquels le vieux commandant, se détournant, jetait parfois un regard pensif, cherchant sous les masques noirs ou le dépit ou la joie. Mais les esclaves restaient indifférents au résultat de la chasse. Ils ne parlaient pas, puisque c'était interdit.

À dix heures, ils abordèrent tous à la rivière au-delà de laquelle commençait la propriété ; les chiens voulurent boire mais le maître les en empêcha, criant et tirant sur les laisses. Ils franchirent, hommes et bêtes, les trois planches jetées sous les lianes, entre les roches du lit ; puis ils s'enfoncèrent dans le sentier au bout duquel la maison dressait son ombre plate.

C'était le sentier de derrière, à peine marqué entre les

lignées inégales des arbres. Bientôt ils longèrent les baraquements où les nègres des champs arrivaient eux aussi, ren-
trant de leur journée de travail. Les deux groupes se croi-
sèrent un moment, La Roche ne voyant même pas les
hommes et les femmes, ombres effacées dans l'ombre, qui
s'écartaient sur son chemin. Ils pénétrèrent par la cuisine
dans la grande maison, alléchés par des odeurs lourdes de
mangeaille, et s'installèrent sans tarder dans la salle princi-
pale où une jeune négresse les attendait, debout immobile
presque souriante près d'une table servie.

Duchêne, Lapointe et le maître de nage se tassèrent près
de la table, pendant que les deux seigneurs se faisaient ver-
ser de l'eau sur les mains. Les marins, qui pourtant sou-
paient chez La Roche à chaque arrivée de la *Rose-Marie*, ne
pouvaient s'empêcher de lorgner l'insolite spectacle. Le
maître de l'*Acajou* éclata d'un grand rire, il assit la jeune
esclave sur ses genoux.

— Moi, dit le capitaine, je n'ai entendu partout que des
échos de révoltes. Qu'en est-il au juste, monsieur ?

— Ah, demandez plutôt à Senglis. Il est capitaine de la
milice ou je ne sais plus quoi autre.

— Riez, riez votre saoul... Trois mille insurgés dans le sud,
autant sur les hauteurs.

— Bah, nous sommes tranquilles ici.

— Et que dites-vous des nouvelles de Saint-Domingue ?

— Allons, c'est s'alarmer d'un rien, Senglis ! Quoi, vous
en avez fusillé assez pour que les autres se tiennent tranquilles. D'ailleurs, tout ceci vient de Duchêne.

— De moi !

— Ne feignez pas l'innocence. Il y a des révoltes,
s'ensuivent des représailles. Voici le secret de votre négoce.
On vous attend comme le messie avec vos trois cents têtes
sur lesquelles vous nous grugez régulièrement...

— Et pour ajouter, voilà qu'il vous vend des nègres marrons.

– Assez, mon cher. Vous verrez que mon marron m'entraînera moins d'ennuis que votre nouvelle acquisition.

– Messieurs, messieurs, implora le capitaine.

– Bon, Duchêne, ne vous lamentez pas. Tenez, je vous la donne pour cette nuit !

Et La Roche poussa l'esclave vers le capitaine.

– Oh ! J'ai passé l'âge !

Ils s'en amusèrent, tous gaillardement secoués autour de la table, hormis Lapointe bilieux qui se demandait avec rage pourquoi on ne lui faisait jamais de telles propositions ? Il n'avait pas rang de capitaine.

La fille était une créature hors du commun, à peine voilée d'une vieille dépouille de dentelle jaunie qu'elle avait trouvée dans une des malles de la maison et par-dessus quoi elle avait noué une pièce de tissu qui, laissant à découvert les épaules et la poitrine, lui descendait jusqu'aux talons. Elle avait certes près de vingt ans mais en paraissait quatorze. Sa peau luisait à la lumière des lampes. Elle tenait fièrement pour coutume de répondre par un sourire au seul maître qu'elle se connût. Pour les autres, il ne fallait pas qu'ils y comptent : malgré son état elle pouvait se permettre de leur tourner le dos, à moins que monsieur de La Roche ne le lui interdît d'un regard.

Pendant que la compagnie se restaurait (des poules du pays en sauce, des cassaves de manioc, du sirop de batterie, des ignames, ainsi qu'un nouveau légume qui venait sur un arbre et qu'on appelait du fruit à pain), la conversation s'anima sur la question des révoltes de plus en plus fréquentes puis revint sur le nègre qui avait marronné le jour même : comme si les convives établissaient un rapport naturel entre ces deux ordres de fait ou comme si, sans s'en apercevoir, ils élisaient déjà le fugitif à la tête des révoltés présents et futurs.

– Cela se sent sur le bateau, expliqua le maître de nage. À chaque voyage ils sont plus rétifs. Maintenant l'équipage les craint ; il n'y a plus un homme pour les plaindre. Et il n'y a plus parmi eux un seul qui vous supplie. Là-bas, dans les parcs à rassemblement, ils connaissent désormais leur sort et leur destination.

– Aussi bien, tentent-ils de s'enfuir dès l'arrivage.

– Voyons, comment cela peut-il être advenu ?

– Je peux le savoir, dit encore le maître de nage. Je voyais que celui-là s'enfuirait. On finit par acquérir une sorte de divination pour ces choses.

– Vraiment, mon garçon, je vous engagerai pour mes achats. Vous me conseillerez sur les pièces dociles.

– C'est le calme qu'ils simulaient tous les deux. Celui-là était important, les autres se taisaient devant lui. Il régla même une querelle entre eux, là au fond de l'entrepont, attaché à ses boulons. Quand nous sommes descendus pour l'inspection, il dessinait son signe dans l'espace devant l'un d'eux qui râlait.

– Ah ! Le serpent.

– Le serpent. Ce fut une étrange traversée, monsieur. L'équipage paraissait atteint par la force de ce nègre. Jamais la rade du Fort-Royal ne fut acclamée d'autant de vivats.

– Mais la fuite ? Il était solidement entravé.

– La puissance de ce signe ! Car je suis sûr qu'un de vos esclaves l'a libéré. Souvenez-vous. D'abord nous avons convoyé le lot de monsieur de Senglis. Vous vous rappelez peut-être qu'ils essayèrent encore de se débattre quand vint le moment de diriger l'autre vers les baraquements de la propriété Senglis.

– C'était à trois heures.

– À quatre heures nous arrivons ici. Nous les poussons tous dans le premier enclos, nous entrons nous rafraîchir. Une heure après cela il avait disparu. Les autres étaient à leur place, pas même effrayés, tous attachés.

– Bah ! Nombre de mes esclaves sont nés ici, comment auraient-ils pu communiquer avec cet Africain ? Vois-tu, garçon, j'avais dix-sept ans quand mon père mourut. Ma première décision fut pour accoupler ceux de mes esclaves qui se trouvaient en mesure de procréer. Il m'en vint ainsi une quinzaine, sans autres frais. Voyez Louise, elle ne connaît pas ceux qui l'ont engendrée. Je l'amenai tout de suite dans la maison. Mais si je vous dis qu'une des femmes surveille chaque jour du côté d'ici, vous comprendrez que je connais sa mère, moi. Bah ! Je n'ai jamais souri à une mère ! Ne sommes-nous pas dans un état nouveau ? Non, non, ils ont oublié leur origine, ce signe n'a plus pouvoir sur eux ! Seul j'ai pouvoir ici, oui moi seul. N'est-ce pas, Louise ?

La jeune négresse sourit en secouant la tête.

— Je l'appelle Louise, je ne sais pourquoi. Mon bon plaisir.

— Ne croyez pas cela. Ils se transmettent toujours quelque souvenir de leur ancien état.

— Bien, nous verrons demain ! Une bonne séance de fouet leur déliera la langue. Pour ce soir buvons, mes amis, à la santé du Roi !

— Et à la mort des États Généraux !

— Senglis, pas de politique ! Allons. Je suis le seul perdant, c'est à moi de me lamenter ! Pour le reste, la nuit est à nous !

Dans sa demi-clarté la salle enfumée se remplit peu à peu de cris, de chants, d'épais relents de sauces ; les bancs luisants de vernis peu à peu furent déplacés ; les larges bahuts tremblèrent ; le plancher déjà vermoulu s'affaissa par endroits ; les cancrelats jaunes s'égaillèrent loin des zones de lumière ; les derniers morceaux de viande séchèrent dans les plats, pendant que la nuit gagnait sur les lampes. La jeune négresse, seule attentive à la nuit, soufflait enfin les mèches puis, sans un regard pour les hommes ivres, se couchait sur un sac près de la porte entrebâillée...

— Bien mon cher, vous êtes mon invité, dit papa Longoué.

58

Mathieu et le quimboiseur retournèrent avec cérémonie près du foyer.

Plus rien ne bougeait sur l'emplacement : la chaleur était immobile, les bambous éteints, les lucarnes aveuglées. La case ne bruissait plus, la cendre dormait inerte. Mais, levant la tête, le jeune homme regarda le vent là-haut qui s'était voilé de nuages, qui tourbillonnait, faisant valser autour d'un seul cratère ces transparentes épaisseurs du ciel. Les nuages gris s'enlaçaient vertigineux autour des nuages blancs et au centre du carrousel l'éclat du soleil imprimait comme un miroir de feu.

– Oui, dit simplement papa Longoué en se baissant pour attraper une banane cuite.

– Ah, on dirait que c'est là ! Louise. La maison. La barrique près de la citerne. La porte ouverte sur les deux acajous de l'allée...

– Mais tu verras, tu verras, tu descends, tu crois que tu descends, jusqu'au moment où tu rencontres soudain le chemin d'aujourd'hui et alors tu te salues comme un étranger.

– Quand même !... Ah ! Je suis plus fort que toi, papa ! Je t'ai obligé !... Tu me montres ce qui est fait-bien-fait !

– Mais observe qu'avant d'entrer dans la cuisine, il avait déposé sa barrique près de l'entrée.

Mathieu eut un grand geste d'insouciance. Ils mangèrent lentement.

Le dernier des Longoué souriait, pensant à ceux qui croient être les plus forts. Mais ils ne sont pas capables de se tenir loin d'une histoire. Pour eux il n'y a pas une affaire de ce côté, un spectateur de l'autre. Pour eux c'est la même mêlée du vent, à midi, à minuit. Le spectateur est en bas près de la case, il n'espionne jamais le vent des hauteurs. « Je suis le spectateur, dit le vieil homme. »

Mathieu ne savait pas qu'à la même place, jadis, hier, le fugitif s'était couché, pensant à la femme qui l'avait délivré de ses cordes ; pensant *je l'aurai, je la prendrai avec moi,* tandis qu'il regardait la lune de minuit : cachée dans la folie du vent elle dessinait au milieu des nuages taraudés comme une mare de douceur, trou jaune pâle dans le noir labour du ciel.

CHAPITRE III

I

Il se réveilla au moment où cette lune s'effaçait dans le ciel, alors que soudain l'obscurité du bois s'alourdissait de buée. Il pouvait deviner que l'ombre déposait la buée sur les feuilles et le sol invisibles ; il lui sembla que la lune disparue s'était répandue en moiteur dans la multitude des souches ; peu à peu il vit le jour transpirer à partir des racines comme une exhalaison de la terre, jusqu'à éclairer les dernières cimes là-haut. Alors il comprit que l'endroit où il s'était endormi constituait la seule surface plane dans l'élan de la forêt, la seule battue de terre qui à jamais s'attacherait comme une branche plate au tronc énorme du morne. Couché sur le ventre, il parvenait en renversant la tête vers l'arrière à distinguer la masse des feuillages au-dessus de lui. C'était décidément le petit jour, frais et commode, déjà lourd des ardeurs du soleil futur. Il bougea doucement puis s'assit d'un seul coup, insensible aux traînées de douleur sur le dos, et seulement attaché à vaincre la raideur des membres.

Après s'être étiré, il commença à rassembler avec fébrilité des bouts de liane, des morceaux de branche qu'il amassa en tas devant lui ; alors il remarqua les deux cordes autour de ses poignets, encore nouées dans la chair, comme imbri-

61

quées là, et dont l'esclave n'avait eu que le temps de trancher le segment qui les rattachait l'une à l'autre. Il se défit de ces bracelets, se frotta fortement les avant-bras et, accroupi sur les talons, entreprit un minutieux travail d'assemblage, ajustant les bouts de bois au moyen des lianes jusqu'à former une sorte de corps noueux et reptilien dont il amincit une des extrémités, après quoi il dota l'autre d'une tête rudimentaire. Cette occupation l'absorbait à un tel point qu'il ne vit pas le soleil soudain éclater à flanc du morne sur sa gauche, porté par les arbres noirs dont les plus hautes branches disparaissaient dans le flamboiement. Et quand il eut fini son étrange besogne, la bande de ciel entre la crête et le soleil était déjà comme une large étendue d'eau bleutée, de loin en loin semée de légères barques blanches. Mais il regardait les deux morceaux de corde sur le sol, il se rappelait cette femme aux longs habits, vêtue comme un guerrier en costume de parade. Il se dressa et avança sur la terrasse de terre. Car de tout son être il voulait déjà brûler cet espace jusqu'à la maison, ravager la savane profonde tout en bas, marquée de verts sombres et d'éclatantes striures rouges, calciner cette végétation nouvelle qui lui assignait son horizon, jusqu'à atteindre enfin la guerrière : son voile jaune dessiné en tresses sur la poitrine, sa traîne rouge et noire cachant les chevilles, ses yeux qui luisaient féroces dans le demi-jour de l'enclos.

Avec rage il revint à son travail : ce fut pour arracher au sol des mottes de terre gorgées de rosée qu'il pétrit jusqu'à obtenir une tête large et véritablement osseuse, plaquée de méplats et de larges balafres, sur quoi il cisailla de son pouce une bouche et deux yeux béants, un nez rentré. Choisissant avec attention un recoin entre deux racines, il y installa cette tête et lui accorda, bouche contre bouche, la bête de bois et de lianes dont il ramena ensuite le corps autour du crâne de boue : si bien qu'on n'eût pu dire si c'était là un carcan engendré par le souffle même de la tête rouge ou bien une chevelure animée cherchant à se venger de sa propre existence sur celui à qui elle la devait.

Il s'éloigna dès lors, sa journée vide devant lui mais déjà lourde de ce pays qu'il entendait connaître. Marchant à flanc du morne, son pied gauche toujours calé contre une souche, il traversa le bois dans sa largeur et contourna le travers. Il découvrit un versant de mer, l'orbe gisant d'une dune, enrobée, cernée par un seul et même corps : là tout en flots, ici roulant ses touffes de verdure aigries par le vent du large. Un seul corps autour de la pointe de sable, elle-même avancée comme un dard parmi ses propres excrétions, perçant des mares de boue, des pustules nauséabondes, des étangs d'eau croupie à l'entour desquels le sable se dorait de saleté. Un immense silence, et qui naviguait à la rencontre du bruit de mer ; il semblait qu'on pût toucher, par-dessus la frange des vagues, la zone de pénétration entre ces deux ordres de vie : le muet épanouissement de la côte et le sourd roulis de la vie marine.

La fièvre du réveil s'était apaisée, comme étouffée sous la grande épée blanche jetée là, près de la vague. Il marcha sur les hauteurs au long de la côte et remarqua que toujours la pointe s'offrait à lui, de quelque côté qu'il allât : voici donc qu'il était cerné, cernant lui-même à mesure de sa marche le secret domaine du sable. Il revit l'autre côte au-delà du ciel, aussi distinctement que si cette mer avait été un simple chenal, il tendit les mains vers l'étirement des racines abruptes, vers les barres d'écume qu'il avait dépassées une seule, première et définitive fois ; il vit la ligne sans fin, noire et bleue là-bas sur le bleu de l'eau, sans un tournant, sans une pointe, sans retour ; et l'attente, il ressentit les affres de l'attente, comme dans ces premiers temps de la navigation quand le bateau louvoyait encore au long du rivage, et que remontant avec la chaîne il se demandait à chaque promenade sur le pont *si la terre serait encore là ?* Puis, un jour, ce fut l'infini de la mer.

63

Un jour ce fut la mer, et l'arrivée dans ce pays de boucles, de détours, d'anses, de goulets. Il avait certes saisi d'un seul regard et soupesé cette terre, au moment de déboucher sur le pont et avant même que son deuxième pied ait reposé sur le bois strié d'éclaboussures ; de sorte que, les yeux baissés vers les lattes du navire, il s'était apparemment désintéressé du panorama de la côte : mais ce n'était qu'une ruse. Il n'avait pas offert au commandant Duchêne le spectacle de la bête affolée qui regarde partout et se débat devant l'entrée de l'enclos préparé pour elle. Aucun d'eux, aucun parmi cette troupe ni parmi celles passées ou à venir, n'aurait pu laisser paraître le sentiment de défaite, d'acceptation et de terreur mêlées qui les remplissait de tumulte. Non pas par défi, puisqu'une telle cargaison n'avait plus la force de défier, mais par instinct, pudeur, besoin irréfléchi de cacher. Et peut-être par faiblesse. Peut-être parce qu'il avait déjà, lui, mesuré la différence entre ces deux côtes (l'une infinie, l'autre ramassée dans ses courbes), qu'il avait déjà sondé la masse d'océan tassée entre leurs terres. Peut-être parce qu'il n'était plus temps de guetter la ligne d'un rivage, mais de se préparer à la vie !

Au marché, il avait donc suivi, dans une sorte de rêve, le mouvement. La pluie qui reprenait ses à-coups. Des femmes, blanches et rosies. Des hommes, importants. Les malins, les têtus, les avares. Un objet en or, échangé contre un jeune garçon. Le crissement des robes traînées dans la boue. Les cris des marchands, les grands gestes, le tonnerre aigu des centaines de voix, la face vide, muette, de ceux qui le regardaient encore, attendant sa décision. Mais il était attaché en compagnie de deux hommes et de trois femmes ; près de lui, l'autre semblait haler aussi deux femmes. Seuls attachés dans tout le lot et tenus à l'écart, neuf bêtes déjà marquées devant lesquelles la foule ne s'arrêtait pas, pressée d'arriver aux occasions, au marchandage, à l'acquisition. Il vit passer la foule.

Et ensuite, derrière la charrette, ils marchèrent longtemps par des chemins faciles, des pistes de boue larges, plates, régulières, creusées seulement de deux ornières dans lesquelles les roues tournaient sans cahots. C'est à ce moment qu'il put remarquer les feuillages des deux côtés de la route, les arbres et la profondeur des ombres, avec l'impression qu'il y retrouverait sûrement *la feuille de vie et de mort*. À un croisement, il comprit qu'on dirigeait l'autre vers un sentier à droite ; et on ne pouvait pas dire, l'autre tenta de se libérer, non pour fuir mais pour se battre encore. Car ils attendaient tous deux le moment de régler cette affaire. Mais on les bouscula sans ménagement, les marins culbutèrent l'autre dans le chemin de boue rouge jusqu'à ce qu'il se relevât, son corps marqué de longues couches qui viraient au jaune sur la peau noire. Oui.

Il avait compris qu'on les séparait là pour toujours, et arrivé plus tard devant la maison plate, tassée derrière les deux immenses troncs d'acajou, il avait su qu'enfin on le conduisait à l'enclos final préparé pour lui et ses compagnons. Avant d'y être poussé il put communiquer, d'un seul geste, avec les trois ou quatre spectateurs de la scène (parmi lesquels il y avait peut-être une femme) : ombres stupides paralysées contre les murs de la grande maison. Quoique ses deux mains fussent liées, il les leva vers l'enclos pour signifier qu'il n'entendait pas rester là : et peut-être que la femme avait vu le geste et qu'elle s'était préparée dès ce moment à venir le délivrer.

– Mais tu ne sais pas ce qui s'est passé là-bas dans le pays au-delà des eaux ! Depuis si longtemps, depuis si longtemps, mon fils...

« Nous ne savons pas, pensa Mathieu. Nous. Nous ! Et pas même toi le plus vieux par ici, plus vieux que les maisons les écoles, plus vieux que l'église et la Croix-Mission puisque tu es né on peut dire le jour où ils montèrent les deux sur le pont, quand ils virent la fin le commencement, la

65

prison la terre, le désert l'abondance qui les attendaient, et
qu'ils gardèrent les yeux baissés vers le pont comme en ce
moment nous courbons la tête vers la boue rouge et coupante ; puisqu'il n'y a pas eu un seul temps vide jusqu'à
aujourd'hui et que nous avons tous oublié ensemble ; non
seulement les Longoué et les Béluse, c'est-à-dire ceux qui
refusèrent et ceux qui acceptèrent, mais encore les autres,
attachés aux Longoué et aux Béluse, qui suivirent la charrette, ne devinant même pas pourquoi ces deux-là se débattaient comme deux frères qui veulent rester unis, sans
compter encore ceux qui firent partie de la chasse et qui
étaient vraiment (cette fois le vieux monsieur Duchêne ne se
trompa en rien sur l'apparence) indifférents au fait qu'on
rattrape ou non le fugitif, et encore tous les autres qui ne
surent jamais pourquoi un Longoué devait combattre un
Béluse, qui furent amenés sans se demander pourquoi ils
avaient traversé toute cette mer, et pourquoi ils avaient sur-
vécu à la mer, pour quel travail, pour quelle vie, si c'était
parce que l'homme, ayant besoin de rassembler ses forces,
avait choisi cette manière impensable d'aller à la rencontre
des hommes, et ils vécurent jusqu'à aujourd'hui dans cette
absence, roulant les Béluse et les Longoué dans leur absence
et effaçant peu à peu le sillon du bateau dans l'océan ;
jusqu'à ce qu'un jeune garçon comme moi, quand il a lu des
livres, et il a grandi trop vite, oui trop vite, enfin regarde
l'écume à la surface de la mer et cherche l'endroit où la
corde traîna les corps bleus et gonflés ; jusqu'à ce que, moi
qui n'ai pas oublié puisque je n'ai jamais rien su de cette histoire, je vienne seul pour questionner le plus vieux par ici et
qui est papa Longoué, toi, toi qui as oublié sans oublier
puisque tu vis dans les hauteurs loin de la route, et tu prétends qu'il ne faut pas suivre les faits avec logique mais deviner, prévoir ce qui s'est passé ; non, même pas toi qui
aujourd'hui malgré le poids du soleil sur ta tête cherches
quand même à établir les dates, les motifs ! C'est parce que

nous voulons toi et moi remonter le chemin du soleil, nous essayons de tirer sur nous le jour du passé, nous sentons que nous sommes trop légers sous ce poids, et pour remplir notre présence nous sommes trop vides dans cette absence, cet oubli ; oui notre présence dans le monde : une bien grande parole pour toi, pour moi, pour notre faiblesse et notre ignorance, mais une parole qu'il faut pousser devant nous comme une charrette sans brancards puisque le monde est là et qu'il est ouvert et que nous devrons de toute façon un jour dévaler nos mornes jusqu'à lui ; parce que nous voulons connaître par nous-mêmes, toi qui connais et qui pourtant ne comprendrais rien si je te parlais ainsi à voix haute et moi qui ne connais rien et pourtant je peux déjà te comprendre quand tu restes ainsi sans parler dans le grand bruit de la plaine ; parce que oui nous voulons découvrir de l'intérieur, reprendre à partir du moment où tout n'était pas obscur, évanoui, à partir du dernier moment où nous avons pu regarder le soleil au-dessus de la Pointe des Sables, nous asseoir dans le bois d'acacias pour peser cette lumière et savoir qu'elle était en nous !... *Combien de mots tu t'éloignes,* mais pourquoi pas les mots les grandes phrases quand il faut à seize ans remuer des fantômes partout sans savoir, et alors je m'arrête près du grand plateau, le jour tombe, il va pour tomber, je crie un grand coup sans savoir ce que je crie. Est-ce que tu sais ton silence ? Et non pas par accusation, non pas pour suivre le partage entre celui qui allumait la poudre et le nègre qui éclatait en volées de chair et de sang devant la maison plate ; non pas même pour marquer la ligne entre celui qui prenait la fille sur ses genoux et l'autre qui criait : « Pardieu, il exagère, d'asseoir la négresse sur lui, devant nous, et même si nous sommes des voisins, des amis » : parce que le bossu aurait bien aimé en faire autant (nous le savons), seulement il n'osait pas ; non. Mais parce que, vois-tu papa, je ne sais pas, il me semble qu'il manquerait de la lumière dans la lumière sur toute la terre si nous ne tenions pas le décompte du marché, pour nous, pour nous, et ce n'est pas le marchand satisfait de sa journée (ça, on l'a déjà vu, la peinture existe) mais c'est la marchandise elle-même étalée qui voit passer la foule. Il manquerait une voix dans le ciel et la lumière, pour quoi je suis ici près de toi sans parler ; pour la voix ; non pour l'accusation la souffrance la mort. Et aucun de nous ne connaît ce qui s'est passé dans le pays là-bas au-delà des eaux, la mer a roulé sur nous tous, même toi qui vois l'histoire et les tenants. Voilà. Nous appelons cela le passé. Cette suite sans fond d'oublis avec de loin en loin l'éclair d'un rien dans notre néant : ma grand-mère accroupie devant sa porte, elle crie aux jeunes gens : « Comment ! Vous ne pouvez pas calculer mon âge, qu'est-ce qu'on vous apprend à l'école, je vous dis que je suis née l'année même de l'incendie-du-Quinze-Juin ! » Et nous appelons cela le passé : ce tourbillon de mort où il faut puiser la mémoire, or pour toi je suis un enfant, la marmaille, tu ne vois pas que j'ai grandi depuis la première fois quand tu m'as demandé de retourner chez ma sœur et de remettre la nappe à l'endroit sur la table pour que tu puisses entrer dans la maison et soigner l'enfant ou au moins trouver de quoi il souffrait ; et assis là devant moi sans bouger tu m'as dit de détourner aussi la statue de la Vierge dans la chambre pour ne pas offenser la mère du dieu ; et sans le voir tu as guéri l'enfant. Le passé oui car j'ai grandi depuis ce temps et tu ne le vois pas, c'est le passé ce besoin, comprendre une histoire ce qu'elle signifie avant même qu'elle commence, et expliquer par-dessous : Parce que si tu savais clairement la vie qu'ils mènent là en bas, un jour je te la dirai, une vie chaque jour plus lente, plus sombre, plus amère, sans éclats, sans une montagne, sans une ravine, alors tu verrais le passé debout près d'eux mais ils ne le voient pas. Et je ne te décris pas les détails, on ne décrit pas l'ennui, mais c'est cela le passé le fait de ne pas trouver le pays là-bas au-delà des eaux et quelle importance puisqu'ils sont venus tous les deux, n'ont-ils pas amené le pays avec eux qui avec eux s'est établi avec eux a grandi dans le passé l'oubli et les acacias et les cases de la propriété Senglis ; parce que le pays est à Béluse autant qu'à Longoué nous ne parlons jamais de Béluse il savait Béluse il savait ce qui était arrivé au-delà des eaux et ainsi le pays était avec lui partagé entre lui et Longoué jusqu'à ce jour où nous avons regardé toi et moi l'écume à la surface du temps, moi un jeune que tu prends encore pour un enfant et toi un débris un bout d'écorce que je prends toujours pour la science et la connaissance oui malgré les livres que je prends pour celui qui sait et qui dispose ; mais voilà, tu es seul tu as fait ton marché tu es le Béluse des Longoué toute l'écume de la mer et du temps est montée à ta bouche ô papa... »

— Mais il faut suivre Béluse, dit le quimboiseur. Nous l'avons quitté trop vite ! Après tout c'est ton grand-parent, ho Mathieu !...

II

Il remarqua d'abord le vieux, à l'écart des autres, qui tressait des paniers de jonc : le seul qui leva la tête quand le petit groupe entra dans la cour. Un homme calme et lent, et qui regardait fixement ; la paille tombait de ses mains comme l'eau jaillit d'une fontaine.

Il observa ensuite l'ordonnance des huttes, dressées en rectangle sur trois côtés, le quatrième ouvrant sur la montée au bout de laquelle on apercevait la grande maison. Certes, celle-ci ressemblait à un palais fortifié élevé au-dessus du village de huttes.

Le soleil éclatait dans la cour fangeuse et on pouvait presque voir les plaques d'eau s'évaporer, la boue durcir. Ce qui l'étonnait, après la rumeur dévorante du marché, c'était ce silence bruissant, chuintant, soyeux, traversé d'indifférence et de résignation.

Ainsi donc, c'était là où menait le bateau.

On les jeta, les deux femmes et lui, dans un baraquement derrière une hutte. L'eau gouttait du toit de paille, resplendissante, comme un soleil en rivière débordé du soleil à travers le tamis de feuilles sèches. Couché dans cette ombre et cette humidité il avait vue sur une partie de la cour : le vieux n'avait pas repris son ouvrage, il regardait toujours vers les trois arrivants, immobile et patient dans la lumière là-bas. Dédaignant les femmes près de lui, l'homme s'accota dès lors sur la terre humide et considéra le vieux curieux. Leurs regards suivaient avec rectitude un étroit couloir entre deux huttes, comme un fil tendu dans un bambou. C'était à savoir lequel faiblirait le premier. Mais le vieux se leva sans baisser les yeux, il traversa la cour, s'engagea dans le passage, sa tête remplissant tout l'espace et barrant le morceau de la grande maison qui avait semblé jaillir des huttes, ses yeux de plus en plus précis, élargis, alertes dans leurs orbites chassieuses ; il pénétra dans le baraquement et s'assit paisible.

— Tu me détestes, dit-il, mais c'est normal. À l'heure qu'il est, tu détestes tout le monde.

Les deux femmes furent saisies ; effarées. Depuis que le bateau avait levé l'ancre devant la côte là-bas aucun d'eux n'avait ouvert la bouche pour avancer une parole ; la souffrance s'était trouvée muette, la haine aussi. Muette, la mort. Muet, le drame couvé dans le délire de l'entrepont et que l'*autre* avait réglé sans parler. Depuis que le bateau s'était ancré dans cette rade, aucun d'eux n'avait entendu un mot qu'il puisse comprendre. Toutes ces voix, et ces éclats, ces criées, les tenaient enfermés dans une surdité féroce.

— Quand même, je ne suis pas assez vieux pour oublier la langue. Ne me regardez pas comme un revenant !

— Mais vieux papa, dit-il, on ne pouvait pas croire que c'était possible. Si loin, si loin.

– Ah voilà, c'est possible. Il y a deux chemins. Quand tout va bien sur une plantation ils achètent les nouveaux dans la même région. Oui. Ça facilite le travail, ce qui veut dire que tu travailles plus et plus vite. Quand il y a des difficultés ils ne veulent pas du tout. Ils disent que les nouveaux apportent un mauvais esprit, qu'ils ne doivent pas communiquer avec les anciens, qu'ils oublient de se révolter pendant qu'ils apprennent la langue d'ici ; et quand ils connaissent la langue c'est trop tard, ils sont matés. Alors ils les choisissent là-bas dans un autre coin, ils font attention. Il faut croire que pour nous tout va, puisque vous voilà. Non ? Ce qui veut dire que demain tu seras au travail, et probable qu'ils me diront d'aller avec toi pour t'expliquer. Il faudra encore que je coure dans les champs comme un tout jeune homme, à mon âge !

Ce vieux était comme une hyène ; il ne pensait qu'à ses malheurs. Il parlait si vite que les trois prisonniers s'affolaient, ne comprenant qu'une infime partie de ce discours, de loin en loin comme des éclairs dans l'orage de la nuit. Il mêlait à sa parole des expressions tout à fait inconnues, chaque fois que son souvenir de la langue natale faiblissait, ou peut-être quand cette langue ne lui permettait aucune tournure qui pût s'adapter à la situation nouvelle.

L'homme eut une répulsion incontrôlable au spectacle de ce chétif sans pudeur qui se lamentait, n'ayant même pas pensé à leur demander s'ils désiraient un peu de secours, quelque chose à boire. Il en tremblait maintenant.

– Qu'y a-t-il ? demanda le vieux. Tu n'as pas supporté le voyage ?

– C'est mon dos, dit-il très vite.

– Ah, ils t'ont fouetté. C'est qu'il ne faut pas faire la grosse tête avec eux, ils sont rapides !

Et en effet l'homme ressentait la douleur dans son dos, toute la raideur du corps. Il n'osait bouger, ne craignant pas de rouvrir ses blessures, non, mais d'ébaucher un seul mouvement, si infime fût-il, dont il voyait bien qu'il ne pourrait l'achever que pour frapper dans ces yeux sales. Il se tenait roide dans la boue, fixé sur le lancinement de son dos, cherchant aussi, avec le plus de précision possible en un pareil moment, ce que pouvait signifier « faire la grosse tête », et ne remarquant même pas que le vieux avait aussitôt repris son discours, sans plus se soucier de coups de fouet ni de blessures.

Ce discours ouvrait sur une figure d'enfant, un peu follette, un plaisir du cœur : tous, maîtres et esclaves, la cajolaient, pour l'imprévu de beauté qui en elle éclatait. Orpheline dès son plus jeune âge, mais qui ne semblait pas avoir souffert de ce malheur, puisque les habitants, les bêtes, les choses, la terre et le soleil lui tenaient lieu de père et de mère ; sans compter sa propre grand-mère dont la vie n'était dévouée qu'à l'enfant. Elle s'appelait Cydalise Marie Éléonor Nathalie, et d'elle-même avait décidé pour le nom de Marie-Nathalie. Elle fleurissait donc au commencement du discours, comme une mare bleue toute pleine du soleil du matin. Puis, elle ternissait, sans faiblir en beauté. D'un mot à l'autre, sans transition ou presque, elle devenait opaque, intouchable. N'ayant plus de commune mesure avec ce qui l'entourait. Bientôt, on ne la voyait plus commander la petite bande d'enfants noirs et béants, ses protégés. Ensuite, elle disparaissait pour un long temps ; ce qu'on savait d'elle était rapporté par les gens de la maison : elle apprenait à lire et à écrire. L'écart grandissait encore, quand elle réapparaissait, déjà femme, inapprochable dans son maintien de jeune personne : le doigt toujours tendu pour signaler un manque ; le regard au loin, comme si les gens et les choses n'existaient pas devant elle ; la voix ténue et comme brisée, peut-être d'avoir lu trop d'histoires pour sa grand-mère. Et chacun s'éloignait d'elle, prêt à la haïr ; mais elle s'entêtait à tenir sa partie, défiant l'hostilité. Le discours la quittait, la reprenait : au jour de sa première sortie, à sa naissance, au

72

mariage, quand elle était entrée dans l'église et s'était assise jeune enfant arrogante à son banc. Fleur d'eau, masque de craie, feu de mer, morte-cloîtrée : le discours bringuebalait d'une image à l'autre, par-dessus les années. On ne voyait pas où ni pourquoi cette personne changeait ainsi. Et elle, insondable, sans repos, surgissait multiple, et s'échappait immatérielle, du flot de paroles de ce vieux chafouin.

Par le fait (disait-il ?) qu'on ne pouvait savoir pourquoi elle n'avait pas épousé le Seigneur de la maison plate. Des histoires. Des histoires du temps jadis. Les anciens racontaient comment elle parcourait le pays, à pied mais vêtue en amazone, sa cravache à la main, fouettant les arbres des deux côtés de la route. Et elle apparaissait tout en haut du ciel, là où le sentier entre les trois habitations semblait dévaler jusqu'au centre de la terre, et elle hésitait à la croisée, ne sachant peut-être pas s'il lui fallait courir vers la maison plate, avec ses deux acajous comme des gardiens de la mort, ou si elle devait continuer, paisible, vers la maison fortifiée posée au-dessus des cases comme un pic. Et peut-être qu'elle devinait déjà, ainsi apparue entre le ciel et la terre sans fond, qu'il lui serait donné de ne jamais connaître cette cuisine où la Louise à cette heure commandait, la traîtresse.

(Qu'il lui était donné d'aimer toute sa vie cela même qu'elle devait fuir à jamais ; et elle fouettait les arbres, déchiquetait les haies, soudain s'arrêtait devant un convoi d'esclaves, serrant les poings, mordant ses lèvres, seule et faillible, et toute droite, sans un cri, dans tout le délire d'arbres et d'oiseaux.)

Comme si une force attachée aux arbres et au ciel soudain se déchaînait contre elle. Et elle restait longtemps immobile, statue déchirée dans l'indifférent tapage du soleil. Mais la haine aussi bien que l'amour n'allaient que vers le même Seigneur aux yeux bleus : tout le monde savait qu'elle ne voulait pas le voir, qu'elle ne le pouvait pas : qu'elle s'évanouissait presque, à force d'être muette et têtue, chaque fois que le hasard ou les obligations de l'existence les mettaient face à face ; alors même qu'elle avait épousé le bossu, sans faste ni contentement, et qu'on n'avait pu s'empêcher de constater « cette venue, six mois plus tard, d'un enfant mort », dont les cheveux avaient été (au moins, une mèche) brûlés par une vieille négresse sur le seuil de la maison.

Tout ceci, les esclaves le savaient. Nous le savions, nous autres. Ils avaient par bribes, en manière d'occupation, presque sans le vouloir, reconstitué l'histoire. Car aucun d'eux ne pouvait manquer de la combattre, si différente, si lointaine, et si étonnamment mariée au bossu. Comme si une femme ne pouvait seule élever son enfant, le fruit de sa chair et l'âme de son âme !

La pluie ne crépitait plus sur la paille du baraquement ; le vieux haletait, perdu dans la suite de son rêve : il reconstituait, pour lui davantage que pour les arrivants, cette étrange et irréelle histoire. L'homme souffrait (son dos contracté entre les sillons de feu), n'entendant rien ou à peu près de la longue homélie, tandis que les deux femmes affolées soudain se prostraient sur la terre, leurs corps abandonnés.

(Et il y avait eu la ronde des cimes, loin au-dessus des bambous, et le balancement du vent dans les fougères argentées, le jour où le bossu lui avait dit : « Marie-Nathalie, le destin l'a voulu, je vous aime ! » Elle avait ri, c'était la seconde fois qu'ils se voyaient ; et contente, flattée, lointaine, elle avait caressé du bout de sa cravache la fleur combien fragile d'un hibiscus.)

Puis, elle avait rencontré La Roche. Nous le savions, nous autres. Elle avait beau passer comme si nous étions moins réels que le cheval qu'elle ne montait pas, nous savions bien qu'elle avait rencontré La Roche. Un fou, à demi nègre dans sa tête, malgré les yeux bleus. Il inventait des histoires insensées. Un emporté, qui se brûlait lui-même, sous prétexte qu'il avait eu une enfance malheureuse. Il trouvait comment

74

amuser la fille. Peut-être parce que leurs deux folies se fondaient dans le soleil. Nous le savions, nous autres. Ils nous regardaient tous sans nous voir, mais nous connaissions l'affaire : comment elle allait à sa rencontre dès le matin, quittant la maison où sa vieille grand-mère continuait de prier sans fin, espérant apprivoiser son dieu et qu'il étendrait la main sur la tête de sa petite-fille ; et comment elle courait au bas des champs, ne se souciant nullement des esclaves qui l'épiaient, ils ne levaient pas la tête, leurs yeux à ras du sol la suivaient dans sa course ; comment, parfois, elle se faisait emmener par le cocher de La Roche, elle lui tapotait la nuque, et très raide il avait un pauvre sourire, sans qu'il bougeât, de sorte que nous nous moquions de lui quand il conduisait ainsi tout fixe avec la fille derrière (mais bien sûr il était seul à voir que nous nous moquions car nous étions aussi raides immobiles que lui) ; et comment l'homme et la fille tombaient sur le sable, non, dans le sable : ivres tous deux d'un même goût de sel ; et comment elle revenait, pure, délicate, innocente de toute l'innocence du crépuscule ; elle n'avait pas encore seize ans ; et comment, et comment, et comment... Car ils avaient beau ne pas nous voir, nous savions le moindre vent qui passait sur leur tête, et la plus petite crispation de la main et même et jusqu'à oui le cerne des yeux et la minuscule imperceptible ride du désespoir qui déjà battait contre leur lèvre, ils ne la sentaient pas ; comme de prévoir qu'un jour elle ne supporterait pas de rencontrer La Roche, tout de bon ; et nous invisibles nous guettions chaque jour sur leur visage la marque du grand temps et le progrès de la douleur : sans qu'eux-mêmes, qui jamais ne nous voyaient, ressentent la douleur : sans qu'ils se doutent que nous, oui, nous l'observions grandir sur leur face élue...

Mais le vieux depuis longtemps s'était tu. Il regardait, stupide, une des femmes qui s'était rapprochée de l'homme et recroquevillée contre lui ; l'homme ne bougeait pas, semblant accepter l'abandon de la femme. Immobiles.

Et immobiles ils resteraient jusqu'à la nuit, cette femme pelotonnée contre la masse de l'homme, elle qui avait souffert le voyage à ses côtés sans qu'une seule fois il ait pris conscience de la chair gémissante près de lui, sans qu'une seule fois il ait regardé la tête triangulaire sur le cou maigre, les reins proéminents, les cheveux raides dressés par la saleté, la vermine, le sel de mer ; elle qui avait si longtemps essayé de retenir le regard de l'homme, pour que l'homme la soutienne, et qui n'avait chaque fois rencontré que les deux yeux vides, seulement allumés par la haine quand l'homme épiait l'*autre* par-dessus son corps à elle, comme si elle avait été une morte déjà ; et maintenant elle pensait à sa voisine de l'entrepont, oui, se demandant vaguement où ils avaient bien pu la conduire, et elle ne savait pas que cette voisine avait accompagné l'*autre* dans l'enclos de la propriété l'*Acajou*, qu'elle y avait vu l'*autre* guetter entre les claies de bois et tendre simplement les mains quand la jeune était entrée dans l'enclos avec son couteau ; et que la voisine avait entendu l'*autre* courir au-dehors, pendant que la jeune contemplait les cinq prisonniers, hésitait, puis se détournait avec un soupir (car : *cela ne valait vraiment pas la peine de les libérer, puisque de toutes manières ils n'auraient pas su quoi faire, par quel chemin s'enfuir ;* ou : *un seul des nouveaux arrivés se trouvait digne de la liberté qu'il avait si impérieusement réclamée ;* ou encore : *bientôt il reviendrait pour délivrer les autres*) ; elle, la femme, qui était dès ce moment destinée à l'homme contre lequel elle cherchait un peu de chaleur, et que l'homme à cette heure acceptait, sans la regarder, mais déjà consentant à cette présence près de lui, molle et tiède dans l'humidité du baraquement.

Jusqu'à la nuit. Les deux femmes paralysées dont l'une, celle-ci, essayait donc de se souvenir, alors que la seconde n'était même pas une présence mais une palpitation informe, inachevée, qui jamais ne revivrait (tout au contraire de la voisine sur le bateau, pensait vaguement la femme, tout au contraire de cette compagne dont les gémissements avaient su si bien accompagner les siens ; – dans le même rythme incantatoire, à la fois rituel comme un chant et futilement femelle) ; et le vieillard, désormais silencieux dans le jour descendant, qui s'était dégorgé de tout ce qu'il savait – et son savoir se réduisait à l'histoire irréelle d'une Blanche, en vérité la maîtresse de l'endroit, pour laquelle il n'y avait pas de mots capables de trouver la vérité : comme si cette dame, pâlie comme le manioc avant d'aller sur le four, avait rempli toute l'existence du pays, jusqu'à emmêler ce vieux chétif dans l'inextricable forêt des mots, d'où il ne pouvait s'évader.

Immobiles, et les autres esclaves aussi, dont l'homme devait bientôt se rendre compte qu'ils étaient en majorité des vieux, occupés aux menus travaux des bâtiments ou vaquant à la réparation des dépendances (enclos, baraques, huttes, écuries), et surtout des femmes et des enfants employés dans les champs, à l'exception de quelques-unes cependant, jalousées par tous, et qui servaient dans la grande maison, importantes et délicates quand elles croisaient leurs congénères moins favorisés ou quand elles étaient obligées de leur parler. Il n'y avait presque pas d'hommes adultes dans les huttes, d'où il résultait une apparence de liberté frivole, les femmes s'étant habituées à vivre entre elles, sans autre contrainte que la terrible mécanique du travail et sans autre inconvénient (dans ce domaine) que celui de satisfaire, un jour l'une un jour l'autre, les deux géreurs et les quatre commandeurs de la plantation. Quand les maîtres voulaient accroître leur cheptel, ils louaient des esclaves mâles sur les propriétés voisines, pratique peu ordinaire qui n'allait pas sans déchaîner d'obscurs conflits jamais venus au jour, car les géreurs et commandeurs se révélaient parfois jaloux des négresses qu'ils tenaient sous leur coupe, jusqu'à leur faire payer dans les champs (en vexations ou en coups de cravache) ces infidélités fécondantes et imposées. Les maîtres louaient ainsi des mâles pour les plus durs travaux des champs et pour la monte des femmes, et on savait que la maîtresse décidait elle-même des accouplements qu'il y avait lieu d'opérer, prenant peut-être par surcroît un trouble plaisir à perturber les amours clandestines de ses géreurs et commandeurs. Et l'homme sentit dès ce soir-là que son arrivée sur la propriété était extraordinaire, qu'elle devrait y déranger l'ordre habituel ; un blanc (un géreur) vint l'examiner en grondant et lui assigna un emplacement ainsi qu'à la femme toujours accrochée à lui (les accouplant, courant ainsi un gros risque à décider d'une mesure qu'il appartenait aux seuls maîtres de prendre) puis emmena la seconde femme, inerte, comme inconsciente, après avoir expliqué au vieux qu'il logerait pour la nuit ces deux-là, et que le lendemain il aurait à leur montrer comment bâtir leur hutte.

Mais le lendemain, à peine au petit jour s'étaient-ils secoués de la poussière de terre dans laquelle ils avaient dormi (dans laquelle ils s'étaient abrutis), voilà qu'une femme entrait dans la hutte du vieux, les poussait au-dehors, où les attendaient la maîtresse et le même géreur. L'homme vit alors les femmes excitées qui entouraient la hutte, elles faisaient un large demi-cercle tout de bruit et d'éclats, au milieu duquel se tenait la maîtresse impassible, toisant le géreur inquiet. L'homme à ce moment se rappelle au loin l'histoire contée par le vieux, il regarde la maîtresse, fasciné par la large coiffe du chapeau de mousseline presque jaunie, il lui semble qu'il pourrait voir le soleil (si le soleil était là) à travers la coiffe ; il est figé devant cet être humain prisonnier d'une telle masse d'étoffe : depuis le col enrubanné, la poitrine qui pousse sous les ruchés de vieux satin, la jupe ample, les bottes à lacets, jusqu'à la cravache à poignée enveloppante. Mais bien sûr il n'est qu'étonnement et détachement, il ne sait ce que sont satin, coiffe ni mousseline, il n'a jamais vu lacer une botte, – il lui tinte des paroles dans la tête : *marinatali, marinatali,* dont il ne sait au juste ce qu'elles veulent signifier, il s'effare de ces mots qui sonnent en lui comme un clair tonnerre, pendant qu'il ressent dans son dos les cuisantes lacérations.

– Monsieur de Senglis aurait dû m'avoir avertie, dit la femme.

– C'est pour le bel usage, madame, dit le géreur en ricanant.

Elle le regarda fixement, comme songeuse. Puis elle se tourna vers l'esclave, disant au géreur :

– Vous le mettrez dans l'équipe du Nord.

– Je comptais le prendre avec moi, dans la trace, dit le géreur.

– Non, l'équipe du Nord.

Elle s'en alla ; mais sitôt tournée, sitôt disparue. Marchant encore, visible encore sur le sentier qui menait à la maison haute, et déjà absente ; comme si sa présence tenait surtout à son regard, à son visage, au poids possible de sa parole. L'homme (dit papa Longoué) apprit ainsi dès le premier jour que le maître n'existait réellement qu'au moment où il vous regardait ; malgré la peur en permanence et la main de plomb qui semblait toujours vous maintenir dans la boue ; que le maître perdait de sa force quand il vous avait tourné le dos, comme s'il ne pouvait commander qu'en imposant un flux, tari aussitôt qu'il se détournait. C'était ainsi pour la femme. Il la voyait monter vers la maison haute, et dans sa tête vide du tonnerre il se demandait presque ce qu'il faisait à cet endroit : ayant pour une minute oublié le parc à entassements, la maison des esclaves, l'embarquement, le voyage, le fouet. Oublié le combat avec l'autre.

Immobiles. Depuis l'heure du matin, le soleil n'étant pas encore apparu derrière l'horizon, où la maîtresse avait passé cette sorte d'inspection, jusqu'à la nuit complète, à ce moment où ils avaient l'homme et la femme damé la terre à

l'emplacement convenu, avant d'entreprendre la construc-
tion de la hutte ; et alors le vieux leur tenait haut un flambeau de branches résinées, non par solidarité mais pour être
en leur compagnie et pouvoir grogner tout à son aise contre
quelqu'un, car ce vieux ne dormait pour ainsi dire jamais,
depuis l'époque où il avait cessé de travailler dans les
champs. Et ils avaient presque fini l'ouvrage quand ils
entendirent un galop de cheval et virent ensuite la bête qui
surgissait de la nuit, éperonnée par Senglis ; celui-ci fit
cabrer sa monture juste à côté d'eux, les regarda un moment
puis s'élança sur le sentier de la maison haute. Oui, tous
immobiles dans les heures stagnantes, murés dans la
blanche immobile mort : les femmes, levées bien avant
l'heure en ce premier matin, qui avaient certes deviné que la
maîtresse viendrait voir le nouveau, qui s'étaient donc rassemblées autour de la hutte, invisibles, silencieuses,
jusqu'au moment où la maîtresse était apparue (elle avait
épié l'arrivée du groupe, la veille, et elle s'était au petit jour
dirigée vers le quartier des géreurs pour demander des explications, se fâcher, crier après l'employé, – tout ceci sans élever la voix, de cet air têtu et hautain qui était le sien) et où
elle les avait en quelque sorte rassemblées en demi-cercle
piaillant et gesticulant autour d'elle, jaillies du demi-jour qui
traînait sous les branches, lambeaux de nuit arrachés à la
nuit par sa seule présence de Maîtresse, de même que ce
soleil non encore allumé faisait déjà éclore sous les arbres
tout un monde de lumières et de vivacités ; les femmes, par-
tagées entre l'hostilité d'une part – pour ce que l'arrivant
constituait une menace, la possibilité de voir ravir quelque
misérable privilège ; pour l'éventuelle force en lui qui pourrait perturber l'ordre de l'existence commune, soit qu'il se
révolte et déclenche des catastrophes collectives, soit qu'au
contraire il s'adapte trop bien et usurpe de la sorte la place
des mieux lotis – et d'autre part l'attirance, l'agitation en
elles que suscitait l'irruption de ce mâle dans leur univers

tout femelle ; excitées, tremblant déjà sans bien le savoir d'avoir peut-être à obéir obscurément à celui-ci, elles qui sous la direction tacite de la maîtresse s'étaient arrangées de leur dure existence, et qui traînaient après elles, non seulement les quelques hommes vivant à demeure dans les huttes mais encore les géreurs et commandeurs blancs, et ceci malgré les brimades qu'ils leur faisaient souffrir et qu'elles acceptaient avec résignation comme un inconscient hommage rendu à leur puissance, et jusqu'au maître bossu dont tous savaient qu'il subissait la froide emprise de madame de Senglis et qu'ainsi il n'échappait pas à la loi féminine qui régentait l'Habitation ; affublées de leurs hardes insolites, sacs, toiles, tissus innommables, dont l'effarant bariolage leur faisait comme une nudité massive et indivisible ; et qui, donc, géraient réellement ces quelques hommes des huttes, doublement rabaissés, esclaves et inexistants, sans qualité humaine comme en avait décidé l'usage social, mais dépouillés aussi de l'élémentaire puissance qui chez les animaux distingue le mâle de la femelle : ne remplissant plus leur office d'animal qui est de féconder et de reproduire librement, et qui s'étaient habitués à marcher derrière les dominatrices ; et encore les enfants, irrespectueux des hommes, attentifs seulement à l'ensemble des femmes (non pas à une seule qui serait leur mère, mais au bloc des procréeuses toutes-puissantes), leur bande de fantômes hagards de faim, blêmes sous la peau noire d'avoir mangé la terre, les fruits verts ou pourris, tous les débris de l'existence animale et végétale ; enfants vieillards, qui savaient déjà qu'il leur faudrait se soumettre au double pouvoir, l'un officiel l'autre obscur, qui les maintiendrait toute leur vie sous le joug. Immobiles. Depuis la première heure du matin, baigné de toute la chaleur qu'on sentait monter de la nuit comme une transpiration épaisse, jusqu'à la nuit elle-même frémissante d'acharnement : une seule mort entre deux trous béants, avec cet aplomb du soleil et cette charge d'oubli, d'effare-

81

ment, d'anéantissement qu'entre-temps il appesantissait miséricordieux sur les têtes.

Oui. Jusqu'à ce moment où l'homme avait pu s'asseoir à son tour devant sa hutte : la nuit chaude roulait sur son corps tordu de souffrance, elle criait qu'il n'y avait rien vers quoi revenir, ni la place de terre battue où il avait osé se dresser contre l'autre, ni la forêt où, traqué, il avait trouvé un refuge, ni l'approche furtive, le marchandage, ni la trahison qui s'était ajoutée à la trahison dans une chaîne sans fin, ni la cellule de pierre dans la maison des esclaves, ni la pente dallée ni la barque battue par les flots, le bateau. Le bateau. La nuit l'emportait cependant par-delà la tempête jusqu'au pays là-bas, loin après l'infini, mais il savait bien que la femme était couchée dans la hutte, gémissant peut-être, dans cette étrange pose du corps dont il était si difficile de se défaire après les mois passés dans l'entrepont ; et c'était comme s'ils continuaient le voyage, comme si cette hutte n'était qu'un prolongement insolite du même bateau de la mort ; c'était comme s'ils n'arriveraient jamais à destination (malgré le nouveau paysage, les champs ras chevauchant les mornes, l'inouïe sécheresse et le vent salé, la terre rouge et tourmentée qui semblait ignorer la sagesse ou le repos ou la douce moisissure ; malgré la cadence des chaînes et la frénésie, qu'il percevait déjà, des récoltes ; malgré le bruit, l'agitation, toute cette divagation des maîtres portée par la voix de ce vieux ; malgré, parfois, la brusque brisure d'une rivière minuscule, un filet d'eau, mais qui bruissait comme mille mers et d'une simple chute par-dessus un rocher faisait une cascade énorme) ; comme si le voyage était pour ne jamais finir, et qu'éternellement il devrait entendre près de lui la plainte de cette femme, et voir dans l'ombre les yeux de *l'autre*, comme la tête d'un serpent avancée entre deux souches.

Et c'est un serpent que, tâtonnant parmi les ombres, il traça dans la poussière ardente. Un serpent maladroit et figé, qu'il piétina longuement. L'aube du deuxième jour grossissait déjà dans la terre.

III

L'idée du quimboiseur était maintenant de faire plaisir à Mathieu. Il voulait rassurer le jeune homme, se raccommoder avec lui. Il se leva et se rapprocha de la case, s'arrêtant presque à chaque pas pour regarder vers la plaine. Mathieu se tenait les genoux entre les bras ; une fumerolle noire portée sur les hauts tournait autour de lui. Le soleil brûlait la terre.

Longoué entra dans la case et reparut aussitôt ; comme s'il s'était volatilisé puis, en une seconde, matérialisé à nouveau devant le trou d'ombre de la porte. Du moins Mathieu, étourdi par la chaleur et les reflets sur la terre rouge, ne perçut-il pas (peut-être aussi, fasciné par la fumée sombre qui, venant du feu, s'enroulait autour de lui) ce temps durant lequel le vieillard avait disparu à l'intérieur. Il vit seulement la petite barrique, et Longoué la portait à bout de bras, fermant les yeux dans la lumière terrible.

– Tu la portes comme une hostie ! cria Mathieu.

Le vieillard revenait, solennel. Il déposa la barrique près de Mathieu, sans regarder celui-ci. Et Mathieu :

– Ce vieux chien ! Il les voit arriver, tout faibles, peut-être sanglants, au moins, lui Béluse, en tout cas malade, se traînant, presque mort. Et de quoi parle-t-il, selon toi ? Ce n'est pas possible, tu l'inventes là-sur-l'heure. De cette fille avec sa cravache !

Papa Longoué ne regardait ni Mathieu ni la barrique. Et Mathieu :

– Comme s'il y avait une magie dans toute l'affaire ! Car tu peux me dire. Ils débarquent, ils tombent sur ces deux colons, et va savoir d'où ils venaient, ces deux-là, d'un château dans leur France, ce sont des riches qui font profiter la richesse, ou bien dénaturés, comme des brigands, ce sont des brigands, des perdus, des assassins, ils fuient leur mère ; et les autres, enfin les deux autres avec l'histoire là-bas que tu ne veux pas dire, embarqués sur la *Rose-Marie*, et qui tombent droit sur eux dans tout le pays, droit sur ces colons avec leurs rivalités depuis si longtemps, ce qui fait que ce vieux tout aussitôt lui raconte (à lui Béluse) je ne sais quoi sur la fille et les cimes et la cravache partout. Car enfin, tu peux me chanter pourquoi la fille vient passer ainsi son inspection, enfin la femme, et tu dis : blanche comme le manioc, pourquoi elle vérifie l'arrivant, comme une bête dont on attend ?... Et en effet, c'est une bête. Mais si tôt le matin, avec les femmes autour, et elle ramasse sa force on croirait dans le demi-cercle des femmes. Excitées, dis-tu.

– Une supposition que tu voulais seulement la suite logique, les événements l'un après l'autre, dit papa Longoué.

– Oui, comme ces deux paysages, dis-tu. L'un tout à l'infini, peut-être déjà perdu dans la mémoire, si grand, si plat, c'est la plaine du passé qu'on retraverse sans fin, bon, disons : la terre perdue. Et si l'autre, celle-ci, est ramassée, en boucles, en détours, si minuscule, si vite épuisée, c'est parce que le travail et le malheur sont là. Non pas le travail, mais la tâche du matin jusqu'au soir. Non pas le travail, mais la tâche. Aujourd'hui encore, la tâche pour les survivants, pour ceux qui savent et pour ceux qui oublient, la tâche ; non pas le travail. Et alors la terre dans leur tête est petite, finie, comme les champs autour de la Pointe des Sables. Et immobiles, dis-tu ? Même le vent qu'on ne sent pas n'est pas immobile !

Et sans lever la tête ils éprouvaient le vent là-haut qui labourait le champ du ciel, et dont la besogne défrichait aussi quelque chose en eux, la brousse du souvenir où ils se perdaient. Mais le vent tomba brusquement, les nuages semblèrent se figer dans l'éclat du soleil : un marbre fluide qui soudain prend. Trois heures. La plaine crépitait, on entendait les craquements de la plaine, délivrée du vêtement du vent montant. Une lune, la lune, surgit de l'autre côté du soleil, aussi ronde, aussi blanche, séparée du soleil par la table de nuages.

– Ils n'ont pas imité, dit papa Longoué. C'est venu avec eux sur la mer.

Il souleva le couvercle de la petite barrique et répandit sur le sol des feuilles et des fleurs jaunes et tachetées, des nervures de feuilles et de branches qu'il entreprit d'éplucher entre ses doigts : il feuilletait des pages ; avec soin mais avec détachement (pour marquer sa réprobation, critiquer ainsi l'indifférence que le jeune homme affichait envers la barrique et son contenu ; Mathieu regardait certes les feuilles entre les doigts du quimboiseur, il entendait même, peut-être, le craquement et sentait même, peut-être, la poussière au bout de ses propres doigts, mais ses yeux restaient vides) et aussi, avec une patience animale, reprenant chaque feuille pour mieux la connaître ou pour mieux l'émietter.

Ils n'ont pas imité puisque ce même geste déjà en ce mois de juillet 1788 l'ancêtre le faisait à la même place, sur la saillie entre les acacias qui devait bien après ce temps abriter la case de bois de caisse, et que broyant entre ses doigts les feuilles qu'il avait cherchées tout le jour il regardait dans la direction de la maison plate, avec les acajous comme des gardiens de la mort. Et s'il s'était arrêté là, Mathieu mon fils, ce n'est pas parce qu'il prévoyait qu'un jour je mettrais les bananes sur le feu au même endroit et que tu viendrais là (ici) me demander le quoi et le pourquoi, mais parce qu'il voulait déjà retourner dans la nuit vers l'*Acajou*, et je te dirai pourquoi, parce qu'il voulait commencer l'histoire qui est l'histoire pour moi, et enlever la fille pour qu'elle connaisse le goût de la terre et qu'elle porte dans le dos la marque des branches d'acacia, car il la coucherait sur la terre sans même qu'elle se débatte. Ce serait le premier jour le deuxième si tu veux, et non pas comment déjà un matin de juillet 1788, car qui connaît juillet et qui connaît 1788 pour lui pour moi c'est le premier jour le premier cri le soleil et la première lune et le premier siècle du pays. Puisqu'il n'y avait plus que la terre minuscule entourée de la mer sans fin et qu'il fallait bien y rester. Et bizarre, se rappelant les coups de fouet sur son dos, si l'on peut dire car il souffrait encore et n'avait pas besoin de rappel, il rêvait que l'acacia et les épines d'acacia lui apporteraient la revanche et la satisfaction, il voyait déjà la fille couchée dans la nuit, sans même se débattre ; lui qui n'était pas encore Longoué mais qui avait dans cette journée visité (il n'y a pas d'autre mot) le pays, épluchant la forêt jusque dans ses recoins les plus acharnés, cherchant, trouvant la *feuille de vie et de mort* qu'à cette heure il tâtait et décortiquait avec soin.

– Comme ce soleil et cette lune à la fois sur ta tête, dit Longoué. Tu aurais cru que c'est un seul feu un seul éclat, tu ne sais pas lequel éclaire l'autre. Si c'est la magie qui te fait comprendre le passé ou si c'est la mémoire la suite logique par-dessus le nuage qui devant toi brillent ?

– Pour lui, dis-tu. Et je peux comprendre qu'on le suive d'abord, c'est d'accord, il est le Longoué des Longoué, je peux comprendre que nous remontions chaque fois vers lui (il a marmonné dans les bois) puisque c'est ton bisaïeul et qu'il s'est enfui juste ici où tu te trouves maintenant, je peux comprendre que Béluse n'est pas assez fort, nous le quittons chaque fois, il ne nous oblige pas à rester près de lui, je vois même qu'il ne nous donne pas des mots, la parole est lourde quand nous essayons de toucher ce qu'il faisait ; et pour lui dis-tu lui Longoué il y a l'attente, je ne sais pas ce qu'il donnera dans cette deuxième nuit, j'espère, – alors que pour Béluse c'est réglé, il est sur la propriété Senglis, on l'accouple à une femme, il entre dans la maison, la maîtresse le regarde souvent, les jours coulent, Béluse s'installe, tout va, oui je comprends. Mais si le marron nous attend, alors pourquoi tout de suite le premier jour pourquoi, et n'essaie pas de me détourner avec ta barrique de feuilles, pourquoi tellement de cris à propos de cette Cydalise, Marie-Nathalie, et si elle aime La Roche mais qu'elle épouse Senglis (on dirait), qu'est-ce que ça peut nous faire ? Ils n'ont pas imité, dis-tu.

    – Bon, dit papa Longoué. Est-ce que tu as peur d'eux ? Je veux dire, de La Roche et Senglis et la fille ? Ils sont là, ils commandent. Est-ce que tu crois qu'un vieux débris comme moi ne sait pas comment ils parlent, ni pourquoi ? Nous pouvons, nous pouvons. Depuis le temps qu'ils parlent pardessus nos têtes, nous avons fait des filets pour attraper leurs voix, ils ne le savent pas. Ils ne le savent pas que nous aussi nous pouvons dire *ils sont comme-ci sont comme-ça.* Tu ne veux pas regarder ma barrique, tu as tort ; alors reviens avec moi, jeune-gens, tu verras le sable qui coule sur leur tête...

    Ils oubliaient l'un et l'autre cette énorme distance entre eux et les événements, cet océan au fond duquel ils plongeaient (ne pensant même pas que les choses avaient pu se passer autrement, qu'il pouvait y avoir eu d'autres nuances dans les gestes et les paroles du temps jadis), ils oubliaient la plaine en bas et la lourde tâche d'aujourd'hui, comme si ces personnages qu'ils faisaient revivre étaient en eux des travailleurs plus réels et pesants. Ils ne s'apercevaient pas du chemin parcouru ; qu'ils parlaient maintenant avec une précipitation insouciante, ne s'inquiétant plus de se heurter l'un l'autre ; qu'ils parlaient « à haute voix » dans le crépitement de chaleur ; que la *magie* et la *suite logique* ne servaient plus que de prétexte ; qu'il y avait d'autres vérités pour les entraîner (deux évoquants) dans leur ronde. Ils ne se doutaient pas que ce vent, si brusquement tombé à trois heures qu'on eût dit que les nuages là-haut s'étaient figés, ne faisait qu'imiter le passé soudain tombé sur eux. Que ce vent du passé allait maintenant les balayer sans détour. (Que Mathieu en sortirait plus menacé, plus fragile que jamais ;

voué désormais à conquérir le présent, l'autre face, de ce vent. Que papa Longoué y épuiserait ses derniers pouvoirs de quimboiseur !) Ils oubliaient. Car ils étaient déjà emportés dans ce galop du cheval de Senglis.

Senglis qui, cent cinquante-sept ans auparavant, chevauchant dans la nuit entre la maison aux acajous et son propre domaine posé comme un pic au-dessus des huttes, ne pouvait lui non plus se douter qu'autour de lui et jusque dans l'avenir le plus lointain mûrissait un monde ignoré, souterrain, encore hésitant mais qui à la fin, par-dessus la nuit de tremblement, après la sourde absence et le sang clandestin, surgirait entre les lames de terre ; monde suinté de la terre calcinée, qui emporterait jusqu'aux nuages la lente divagation d'un vieux voyant et d'un garçon trop attentif : ce serait alors, dans le ciel net et la chaleur sans fin, la somme de ce qui fut souffert, l'éparpillement des herbes sur l'argile brûlée, le dessin de la côte au fur et à mesure découverte, l'enracinement dans la motte de terre noire et le rêve rendu possible après le marronnage et le combat. Et Senglis, s'arrêtant près d'eux et regardant le vieux qui tenait haut son flambeau de branche résinée, la femelle affairée qui n'osait pas lever les yeux de son travail (elle tressait des cordes de liane), le gaillard qui plantait un pieu dans le sol damé (son bras levé, le pieu brandi, geste et objet suspendus dans la clarté), en vérité ne voyait pas ces bêtes qui lui appartenaient, qui étaient le sous-bois de sa forêt et n'existaient à ses yeux que comme matière à disputes avec sa femme ou ses géreurs ; et fendant la nuit sur son cheval, il avançait Senglis solitaire dans son monde unique sans nuances ni doutes, seulement occupé de ce qu'il raconterait à mademoiselle son épouse – c'est le titre qu'il lui donnait, sans doute pour signifier qu'il n'avait pas cessé de la considérer comme une fille de joie, – pressé de lui imposer par le détail les événements de ces deux jours, depuis le combat sur la *Rose-Marie* jusqu'à la séance de fouet, et de scruter en elle l'effervescence ou la crainte, ou plus sûrement encore le dépit. C'est cette volonté, l'appel de

88

cette jouissance, qui l'avaient fait sauter sur son cheval, comme ivre d'avoir vu la fille se traîner dans la poussière devant La Roche abasourdi, puis qui l'avaient précipité comme un vent fou sur le chemin, entraînant la bête de toute son ardeur à lui, puis qui l'avaient jeté dans la chambre, soudain débarrassé de ses craintes habituelles.

« Louise », « la négresse », il n'avait que ces deux mots dans la tête, et peut-être les cria-t-il en entrant dans cette chambre comme un tourbillon, sans remarquer les sourcils haut levés, l'air altier, l'étrange calme de madame de Senglis ; et il commença aussitôt à déverser un flot de paroles incompréhensibles pendant que, souveraine et maîtresse d'elle-même, elle déposait l'ouvrage de dame auquel elle faisait mine de s'adonner (l'attendant en réalité, fouillant depuis des heures la nuit bouillante, préparant les phrases qu'elle lui jetterait à la figure) et s'accoudait avec nonchalance, avec cet air patient des gens qui ont pris leur parti d'un caprice d'enfant, et lui :

— Il fallait voir, ma chère ! Il fallait voir ! Un vrai combat, pouvez-vous imaginer cela. Et La Roche en choisit un, je ne pouvais pas moins faire que de prendre l'autre, je sais qu'il n'en va pas ainsi dans nos habitudes, mais enfin... Puis, quand nous débarquâmes de cette maudite barque, l'abbé qui les bénissait, vous connaissez notre cher abbé, sans doute était-il pressé de quelque rendez-vous galant, c'était du plus haut comique, n'eût-on pas dit qu'il refaisait le geste de ce nègre, le même geste du bras, la seule différence tenait à l'index, je voyais bien qu'il expédiait sa corvée... Mais les autres, enfin les deux autres, les nègres, c'est incroyable comment pour la première fois j'observais leurs mimiques stupides, ne dirait-on pas qu'ils reconnaissent en l'abbé une manière de confrère, ils regardaient sa main levée pendant qu'il les baptisait en série, et l'autre, celui de La Roche, qui semblait découvrir là un adversaire, il recommence son geste, le serpent vous savez, chaque fois que notre cher abbé

89

Lestigne lève sa dextre, et les voilà tous deux embarqués dans ce manège, l'un singeant l'autre, et l'abbé qui entendait avoir le dernier mot, vrai-dieu qu'il était drôle avec son épée toute de guingois, et l'autre qui répétait lui aussi son éternelle gesticulation...

— Mais vous eussiez dû m'avertir, dit calmement madame de Senglis.

— Mais je vous explique tout cela... Il fallait voir. C'était la Louise sans aucun doute, toute la soirée elle lui fit de gros sourires, n'est-ce pas Louise, et elle s'asseyait sur ses genoux et lui...

Mais madame de Senglis se levait, elle allait vers la fenêtre, écoutant la nuit qui chantait par grands pans frémissants de chaleur.

— Quelle Louise, dit-elle.

— Vous savez bien (et il frissonnait lui aussi car il savait qu'elle savait) cette négresse qui a coutume de régler les affaires de sa maison vous savez bien...

— Vraiment, dit-elle.

Désinvolte elle se tournait vers lui avec un engageant sourire puis se penchant tout à coup par la fenêtre elle accompagnait (tut tu tou tu) le chant des crapauds dans la mare aux vétivers.

— Marie-Nathalie, écoutez-moi.

— Mais je vous écoute, mon ami. Parlez, parlez donc.

Elle offrait à la clarté des deux chandelles son innocent visage, consciente d'avoir déjà triomphé en ce tournoi. Il se troublait, « puisque je vous certifie qu'il se tint ce combat sur le pont de la *Rose-Marie*, La Roche se moquait du pistolet... », mais aussitôt repris par la sorte d'ivresse qui l'emportait il se rassurait et bientôt retombait dans le gouffre de ses propres paroles, « oui, c'est à moi de me moquer, il prétendait avoir acquis le plus fort, observez que rien n'est moins sûr si j'en crois la deuxième bataille qu'ils voulurent tenir à la croisée c'est le nôtre bel et bien qui se précipita sur l'autre, mon avis est qu'ils donneraient un joli spectacle si on les opposait dans une arène, en tout cas j'ai vu le nôtre tout à l'heure qui construisait sa hutte, et le sien, ah ! il n'était pas six heures de relevée quand le bruit s'éleva derrière l'enclos et qu'on vint en tumulte nous avertir, non, il n'était que cinq heures peut-être mais il nous fallut attendre vous connaissez la folie de La Roche il nous fallut attendre qu'on allât chercher cette barrique dont il ne voulut se départir tant que dura la chasse et nous voilà donc en battue avec les chiens je vis dès le début que la trace nous conduirait vers le Morne aux Acacias et La Roche avait beau jeu d'exciter tout le monde, il me sembla que le bonhomme Duchêne riait sous cape, peut-être heureux qu'une telle mésaventure survînt à notre ami, et Lapointe avec sa mine renfrognée, toujours en quête de ce bateau qu'il rêve de commander un jour, oui c'est à moi de me moquer, nous étions là devant le Morne aux Acacias, où étaient les sourires supérieurs je vous le demande, et moi quoique nous ayons dû abandonner les chevaux, mais pour rien au monde car je voulais (et madame de Senglis, l'interrompant tout à coup : « Mais nous étions convenus de n'acheter aucun nègre adulte, c'est dans la convention de notre économie », et lui, comme fou) : oui je voulais et on a bien vu lequel était infirme et son infirmité c'était la barrique cette barrique il n'importe enfin nous revînmes et j'entendais savoir non je savais non je pressentis tout d'abord que cette Louise voulez-vous me dire (« Quelle Louise », dit-elle) est-ce un nom pour, un nom de chrétien bref je vis d'un coup qu'elle était, et je feignais de dormir sur mon banc ce fut une nuit une nuit ces ronflements savez-vous je n'ose l'affirmer mais je crois bien que notre bon La Roche c'est amusant ronflait comme un marin enfin je surveillais cette créature (et elle rit qu'il fût assez naïf de penser que des ronflements pussent détacher une femme d'un homme) il y a beau temps depuis qu'elle est entrée dans sa maison voyons c'était à l'époque où il commença de fuir notre société ah ! cette créature sans aucun doute lui fit boire des herbes dans son rhum et que sais-je vous connaissez leurs sales habitudes (« Rien du tout, dit l'épouse, il est libre ») elle lui fit manger quelqu'une de ces immondices dont ils ont le secret c'était sans doute un peu avant notre mariage (« Non, après ») vous vous trompez c'était avant notre malheureux mariage tout cela devait finir ainsi on ne prend pas une esclave pour l'installer dans sa maison comme une épouse elles s'accoutument dès lors c'est le poison les herbes les philtres ces horreurs qu'ils engendrent derrière leurs cases celle-ci avait certes la vocation souvenez-vous La Roche nous a suffisamment rebattu les oreilles ma théorie mon peuplement mon almanach de cheptel et quand elle est née il ne savait pas si et à quel degré leur tare et leur sauvagerie avaient filtré dans les veines de cette créature (« Il n'empêche nous l'avons bel et bien imité n'est-ce pas, tellement que nous n'achetons plus de nègres adultes, le calcul en est simple ils nous coûtent plus que de louer ou de faire engrosser nos femmes et de voir grandir ensuite puisque dès l'âge de quatre ans nous pouvons les employer utilement mais il a fallu que vous alliez concourir avec monsieur de La Roche et d'un coup allouer je ne sais quelle somme sur cet Africain parce que monsieur de La Roche a la passion d'en acquérir à chaque arrivage ») une créature écoutez on ne sait qui a pu créer il osa l'appeler Louise, Louise dès le plus jeune âge chacun pouvait voir le poison qui remontait dans son corps au moment où les enfants mais ces bêtes n'ont pas d'enfants elle ne s'intéressait qu'aux herbes qu'il faut brûler après le sarclage bien sûr notre ami fut sa première hélas et heureusement sa seule victime comment expliquer plus avant l'absurde manie d'installer cette fille (« Il est libre je vous dis qu'aucune herbe ne peut le contraindre ») il n'est pas libre il a balancé à tuer la mort est la seule sentence pour ce crime pourtant je consens qu'il a trouvé quelque chose d'assez joli il faut que je vous

92

décrive l'appareil une sorte de croix de son invention deux
troncs équarris ajustés en diagonale qui penchent vers
l'avant, ce qui fait que la tête bascule vers le sol et que
l'effort nécessaire à la maintenir et à empêcher le sang de
monter au cerveau c'est inouï tend les jambes sous les cour-
roies oui nous connaissons bien entendu d'autres machines
mais je dois avouer que La Roche a trouvé là une bien élé-
gante manière de travailler le sang soit aux pieds là où les
cordages pénètrent dans la peau soit à la tête, il lui avait
murmuré si bas que je fus le seul à entendre : « je ne te tou-
cherai pas » ne voyez-vous pas le sortilège sur lui et sur sa
maison depuis ce jour où tout à trac il refusa de reconnaître
ses voisins et prit son seul plaisir à fréquenter d'obscurs
marins qui ne restent qu'un mois dans le pays, c'était il y a
sept ans juste avant notre malheureux mariage (« Non,
après, vous dis-je ») oui (« Non ») cette créature avait une
dizaine d'années n'est-ce pas effrayant de penser qu'à dix
ans elle pouvait déjà elle connaissait déjà et ce fut devant lui
pendant sept ou huit années une falaise sans fin où il tentait
de grimper sans entendre les appels les avertissements les
cris de ses amis, comme le Morne aux Acacias l'autre nuit
vous l'auriez vu devant la muraille noire il criait « j'y vais » il
a fallu que les hommes le retiennent, tout ceci sans qu'une
seule fois il ait quitté du regard sa barrique pleine de je ne
sais quelle horreur, comme si leurs pratiques démoniaques
étaient passées dans son corps ou lui avaient tourneboulé
l'esprit et encore quand la fille fut garrottée sur cette manière
de croix il fut un long moment à la contempler peut-être la
voyait-il comme à la fin une falaise qu'il n'avait pu réduire
elle lui appartenait jamais il n'a pu tout à fait la dompter
(« Mais durant cette réjouissance, il a fallu que je m'inquiète
auprès des géreurs afin simplement de savoir pourquoi ces
trois esclaves étaient là ») (et lui, grandi d'une soudaine
noblesse, comme d'une vieille tunique dont on s'aperçoit un
jour qu'on s'en vêt instinctivement :) vous n'eussiez pas dû

vous commettre à quémander des explications auprès de nos géreurs, madame (puis aussitôt débarrassé de la tunique, rendu à la réalité de sa bosse, reprenant sa course aveugle dans le tunnel :) enfin une belle chasse et un souper royal c'est la fille qui durant la course pendant que les chiens s'échinaient à retrouver une trace perdue dès le départ s'était occupée de tout, peut-être entendait-elle fêter par avance et nous obliger ensuite à fêter un échec qu'elle avait elle-même préparé notre ami vous savez son étourdissante disposition à s'accommoder de toutes les situations fit vraiment gracieuse figure il nous traita en prince, quelle excessive générosité pourquoi dilapider ainsi au seul profit de quelques marins besogneux vraiment je (soudain il rit) sa folie il n'y a pas d'autre motif le poison et la folie voilà oui le lendemain, c'était hier, il les fit tous aligner devant les deux acajous sauf la fille qui était restée dans la maison, on eût dit d'une cérémonie sans bruit sans éclat seulement le fouet dont il ne voulut pas qu'un de ses géreurs s'en occupât, la folie vous dis-je, et il allait de l'un à l'autre répétant sa question inutile à ces brutes lequel lequel lequel et le fouet tournoyait d'abord sans les toucher puis à grandes brassées dans le tas, ceux des champs peut-être satisfaits malgré les coups de n'avoir pas à travailler c'est effarant d'y songer ceux de la Maison comme offensés qu'on pût les soupçonner les femmes des cases tous excepté la fille (elle rit à son tour, décrocha près du lit la cravache, brassa l'air à larges coups puis s'arrêtant brusquement avec un hoquet de rire cria : « C'est pour le bel usage, madame ! Vraiment ce géreur est un homme d'esprit. C'est pour le bel usage ! ») mais pendant qu'il châtiait ainsi toute la troupe voici que la Louise sort de la maison s'avance jusqu'à lui s'agenouille se prosterne tranquille sans affolement lui dit toujours tranquille « c'est moi, c'est moi » et lui qui avait entendu je jurerais que l'aveu ne ralentit même pas sa cadence au contraire il devient fou furieux criant lequel lequel et fouettant partout

sans regarder pendant que la fille continuait c'est moi c'est
moi plus elle le répétait plus il taillait les autres... » – et tous
deux, le mari et la femme, riaient maintenant sans pouvoir
s'arrêter, Marie-Nathalie courant, d'un coin à l'autre de la
chambre, cinglant l'air lourd et moite de cette nuit sans
espérance, sans qu'on eût pu dire si la sorte de raclement qui
mûrissait sous son rire allait éclater en une gerbe somp-
tueuse d'hystérie, pendant qu'à quatre pattes au milieu du
parquet, virant comme une toupie folle vers sa femme à
mesure qu'elle bondissait d'une zone d'ombre à une autre,
et sa bosse presque descendue dans le cou secouée d'un sou-
bresaut silencieux et rythmé, comme d'un sanglot de rire
(tous deux mari et femme enfin réunis dans un même et
irréel emportement, par-dessus l'éclat fumeux des chandelles), Gustave Anatole Bourbon de Senglis répétait d'une
voix inlassable et cassée (sa tête entre les bras, un filet de
bave parfois accroché aux planches mal ajustées, et l'éclair
de la cravache venant frôler son dos infirme) : *cé moin, cé
moin, cé moin, cé moin.*

Longoué de Les Mornes

CHAPITRE IV

I

Cet homme qui n'avait plus de souche, ayant roulé dans l'unique vague déferlante du voyage (gardant cependant assez de pouvoir et de force pour s'opposer à l'autre et pour imposer, dans la pourriture de l'entrepont, sa force et son pouvoir à la troupe de squelettes ravagés par la vermine et la maladie et la faim – mais ayant tout perdu, et jusqu'à son nom, sous la couche uniforme de crasse à relent d'eau pourrie) et qui n'était pas encore Longoué mais connaissait déjà les moindres feuilles et les moindres ressources du nouveau pays, et qui savait déjà qu'il continuerait d'affirmer autour de la forêt, à cette limite de la vie connue, son incompréhensible et indéracinable présence – matière insoupçonnée cernant la terre et les arbres, leur arrachant des secrets oubliés mais les faisant frissonner aussi d'un surplus ou, mieux, d'un rempli d'existence au fur et à mesure mis en réserve pour des jours plus libres, – il redescendait maintenant vers la Côte tourmentée dans sa petitesse, il rejoignait une dernière fois, cherchant la guerrière dans ses vêtements éclatants, le monde des animaux soumis et des maîtres trop transparents, il suivait à rebours la piste que les chiens avaient courue sur ses traces, et en vérité, depuis le moment

96

où il s'était jeté dans le rideau d'acacias (se réveillant ensuite avec la douleur dans le dos et cette barque de bleu qui au-dessus de lui naviguait entre la crête d'arbres et le soleil, fabriquant ensuite la tête de boue engluée du serpent ter-rible, découvrant ensuite la Pointe des Sables dorée de saleté comme une pirogue sans cesse roulée vers la mer, et dormant encore, se réveillant affamé dans la douce moiteur des sous-bois, trouvant *la feuille de vie et de mort* qu'il avait serrée contre lui, examinant, soupesant chaque recoin de ce pays qui l'emplissait d'un vide infini, parce qu'il y ressentait une absence de poids, de danger, signe d'une sécurité toute nouvelle, mais aussi, marque d'une déperdition d'existence, d'un flottement, d'un irréel vraiment futile et confortable, – et parfois il tâtait ses muscles amaigris, comme étonné de se retrouver si léger dans un monde si clair), il n'avait fait qu'attendre cet autre moment : quand il reviendrait sur ses pas et qu'il se jetterait dans le trou de lumière où stagnaient les champs rétrécis, inertes, et où la maison aux acajous semblait elle aussi s'aplatir derrière ses deux gardiens.

Gardant ainsi en lui l'image de la Côte, comme s'il la sur-veillait en coin pendant qu'il suivait les contreforts dans le bois d'acacias, étonné peut-être de respirer cette senteur de sel légèrement croupie et cependant âcre et aérienne, lui qui avait si longtemps avalé l'air lourd et puant de l'entrepont, il se dirigeait avec une science sûre vers ce dépérissement de la forêt où commençait la plantation l'*Acajou* et où il savait qu'il rencontrerait – l'attendant peut-être – la fille au cou-teau noir. Mais à vrai dire il ne pensait à la Côte ni à cette attente, agissant comme d'instinct, porté par cette trans-parence nouvelle des choses, ses facultés ramenées au seul indistinct pouvoir qui était en lui et le forçait d'agir, de mar-cher, de tendre vers il ne savait quelle richesse animale, dont il n'oubliait la force future et déjà contraignante que pour souffrir avec rage les lancinements dans son dos.

Il s'arrêta à la lisière des hautes herbes, scrutant la nappe de brume au-dessus des labours, et au-delà, fantomatique dans l'épaisseur de chaleur, la maison tout embuée où de loin en loin un cri paisible fulgurait comme un éclat de verre. Il contourna hardiment le champ d'herbes et se rapprocha, protégé semblait-il par l'immobile densité du soleil et par ce silence rempli de silence : feuillage laminé qui pesait sur lui et la plaine. Il percevait la plaine, à peine surgie de la brousse qu'on achevait de défricher et portant (comme un bel animal jailli hors de l'eau, déjà sec et resplendissant dans le soleil quand son ventre ruisselle encore des gerbes qu'il éclabousse à chaque foulée autour de lui) les lambeaux têtus et noircis de l'ancienne forêt. Plaine-barque à moitié débarrassée de ses voiles mais où traînaient encore, sur l'appontement, les brassées de toile verdoyante qui bientôt disparaîtraient sous le feu et la houe. Il respirait l'humus tenace de la verdure originelle, désormais mêlée en tas déchiquetés aux mottes friables et rouges. Bête rejetée du côté de l'humus, il éprouvait la vieille odeur plus forte que le remuement d'argiles, plus réelle que l'opacité du labour, plus actuelle certes que les ombres étirées des acajous qu'il apercevait maintenant sur sa droite. Et c'est à la limite d'une de ces ombres, là où un jour et une nuit implacables semblaient sans fin s'affronter, qu'il aperçut la machine penchée vers la terre, comme pour se prosterner devant les deux grands arbres solennels ou du moins devant la nuit qu'ils pouvaient ainsi projeter dans le jour et la chaleur. Mais il était visible que jamais l'ombre la plus rapprochée n'atteindrait la machine, à peine l'effleurerait-elle du bout de son aile, à cet endroit où la cime de l'acajou ne diffusait plus qu'une sorte de grisaille crémeuse et dentelée. Puis l'ombre se déplacerait très vite, sa largeur n'excédant pas à cette extrémité la distance entre la crête et le panache d'un coq : la machine resterait tout le jour au plein du soleil, subtilement améliorée dans sa cruauté par le lent écoulement de l'ombre après laquelle la créature ainsi exposée devrait gémir en vain, jusqu'au moment où elle s'apercevrait que l'ombre, l'ayant dépassée sans l'avoir couverte, la rejetait définitivement dans l'univers torride de l'après-midi.

Il ne fut pas étonné d'observer que la femme au couteau était cette créature : il s'était préparé à quelque chose de semblable. Il ricana seulement, voyant qu'elle penchait lentement la tête vers le sol puis la relevait tout aussi lentement, d'un mouvement de balance étrangement rythmé, comme si elle cherchait ainsi à compenser la course éperdue et les blocages terrifiants du sang dans le cirque de son corps. Il ne ressentait aucune impatience. Caché dans les dernières herbes, il épiait.

Il vit ainsi l'ombre si dense tourner autour de l'acajou, toucher la machine du bout délicat de sa pointe (depuis longtemps la fille avait cessé de remuer, ne bougeant même plus la tête vers cette colonne ventrue de nuit qui avait roulé à sa rencontre) et paraître à la fin rentrer dans l'arbre, s'accompagnant sur ses bords d'une lente coloration de brun qui mangeait l'épaisseur noire, comme si c'eût été une longue aiguille qui eût chauffé sur le sol et à mesure se fût déformée : soudain, au moment où elle réintégrait ainsi, devenue presque ronde, la base de l'acajou, elle s'illumina de rouge et s'étoila, exactement comme si elle éclatait (d'être trop mûrie) dans la chaleur persistante de l'avant-nuit.

Tout s'éclaira et rayonna de cette lueur à la fois subtile et ruisselante : les acajous, la maison plate, la croix, la jupe qui drapait les membres disloqués. Maintenant, l'homme se tenait tranquille, fixant la croix et son chargement, lui-même plein d'une quiétude qui aiguisait ses sens : jusqu'à remarquer après coup que l'ombre dérisoire de la croix avait suivi les deux massives colonnes projetées par les acajous, comme un poulain débile eût tourné dans un enclos derrière deux fortes juments, et qu'elle avait elle aussi regagné son origine, dessinant à cette heure aux pieds de la fille un insignifiant gribouillis de lignes brunes ou rougeâtres sur la poussière du terre-plein.

Mais cette vacance présente de l'homme avait été par lui soigneusement préparée. Tout le jour il avait suivi les activités de la plantation (les servantes de la maison qui venaient jeter un baquet d'eau, l'équipe d'après-midi qui rentrait du travail, les enfants qui se hasardaient jusqu'à la limite des acajous ; tous silencieux, jetant un hésitant coup d'œil à la croix ou passant devant elle sans que leurs pieds fassent le moindre bruit dans la poussière, leurs têtes baissées ou leurs yeux écarquillés selon qu'ils avaient ou non le courage de fixer la machine – et une fois, l'homme à la botte debout figé devant la véranda, dans une attitude plus violente qu'aucun dérèglement de gestes, comme s'il insultait à la fois la machine, la plantation, les acajous, le marron caché dans les herbes, – puis il était rentré dans la maison pour n'en plus ressortir), et il avait couru au ras des taillis, repérant les chiens, allant jusqu'à les approcher derrière leur enclos de planches, les flattant doucement de la voix jusqu'au moment où ils s'étaient tenus stupides et lourds à le regarder accroupi dans la poussière ; puis il avait marqué les signes connus de lui seul sur les sentiers par où on pourrait le poursuivre : des branches croisées pour interdire un chemin, des tracés pour égarer celui qui s'engagerait dans un autre, et à un troisième croisement le nœud invisible qui attire le danger. Il avait entendu pendant ce temps ceux qui travaillaient dans les carrés labourés, de l'autre côté des herbes. Il ne savait pas qu'une forme obscure de l'oubli, et peut-être une précaution, une sagesse du destin, les rivaient à leur tâche ; ni qu'une entreprise pour lui si naturelle, qui lui devenait si aisée, leur eût été impensable, incompréhensible, et pire, irréalisable.

Maintenant il se tenait tranquille, fixant toujours la croix et son chargement mais la tête pleine d'une seule pensée, qui était de trouver un couteau pour cisailler les cordes, car

100

sans aucun doute celles-ci avaient pénétré dans la chair tuméfiée de la femme. Et c'est à cette fin qu'il entrevit, nourrit et mit à exécution l'extravagant projet d'entrer dans la grande maison.

Il le fit par la cuisine, passant près de la petite barrique déposée contre la porte et sur laquelle il avait failli trébucher, car bien sûr c'était déjà la nuit. Il le fit tranquillement : reniflant longtemps l'odeur de manger, et devant lui les roches noircies autour des feux se découpaient nettement dans la demi-pénombre. Il trouva tout de suite le couteau mais ne put s'empêcher de continuer à travers la maison, visiteur de la nuit que la nuit protégeait encore. Il se déplaçait sans bruit sur les planches déclouées, entre les bahuts énormes. Il découvrit l'homme à la botte, affalé dans la grande salle, qui avait dédaigné son lit, qui avait gardé ses vêtements du jour et dormait là d'un sommeil presque provocant. Le couteau à la main, la tête vide et brûlante, il ne pensait même pas à tuer cet homme qu'il avait marqué du signe : peut-être parce que le seul sentiment qui lui vint fut vaguement qu'un tel homme était bien peu avisé de laisser ainsi ouvertes les portes de sa maison, quand il régnait sur un tel nombre d'esclaves (que cette imprudence, cette folie avaient quelque chose de l'innocence, qui est la souche de la sagesse ou de la bravoure, et dont il ne fallait pas profiter), ou peut-être parce qu'il savait déjà que l'homme ne devait mourir qu'à l'endroit où le signe l'avait pour la première et irrémédiable fois marqué.

Il ressortit et se dirigea vers la croix, mais il n'essayait pas d'échapper aux zones de clarté diffuse qui auraient pu le trahir. Il alla droit sur la femme : sa figure blanchie, ses yeux chavirés, la jupe entravée dans les deux poutres croisées, les pieds gonflés. Il trancha d'abord les cordes qui liaient les jambes, pesant sur la chair avec son pouce et engageant le couteau entre le cordage et la peau bourrelée, sans souci de précaution. La femme gémit et ouvrit les yeux. Elle le reconnut immédiatement et d'abord resta immobile à l'observer pendant qu'il achevait de la désentraver. Puis elle voulut se débattre et crier. Mais ses forces étaient épuisées, sa bouche enflée. Elle eut presque un grognement de résignation ; comme si elle désespérait d'imposer à l'intrus sa volonté, et méprisait dès lors ce corps qui l'abandonnait. Puis elle gémit et voulut cracher au visage de l'homme. Ses lèvres contractées se refermèrent sur une écume boueuse et ténue qu'elle ne pouvait contrôler et qui lui dégouttait sur le menton et le cou striés de poussière. L'homme comprit cette intention de la femme, il ricana, la remit d'aplomb sans ménagement, et comme elle tentait encore de se raidir, l'embarqua sur son épaule d'un seul mouvement et l'emporta ainsi.

Depuis très longtemps l'équipe du soir était rentrée des champs ; les chiens domptés n'aboyaient pas et partout le chemin était libre. Lui cependant, indifférent aux traces qu'il pouvait laisser derrière lui, se dirigeait vers le Morne aux Acacias qui était devenu son terrain et son gîte. Il sentait, à de subtils tressaillements, que la femme n'avait pas abandonné tout espoir de résistance. Sans doute n'abandonnerait-elle jamais. Pour l'instant, il se contentait de la maintenir dans l'arc de son bras, pas tout à fait posée sur son épaule. Par moments, il riait doucement. La victoire l'emplissait au fur et à mesure qu'il devinait le changement autour de lui : les pièces molles de terre labourée, silencieuse, où il butait parfois contre des roches à demi enfouies et où un vent sec semblait le traverser, puis soudain les taillis épais qui lui arrivaient à la ceinture, en sorte que la tête et les jambes de la fille étaient fouettées doucement de branches rêches, peut-être épineuses, qu'il tâchait quelquefois d'écarter (mais elle ne gémissait plus), et à la fin la nuit roucoulante de la forêt, au bas des acacias, là où aucun souffle ne menaçait. Il quitta cependant cette voûte et pour la troisième fois depuis son arrivée, obliqua vers la mer.

102

La Pointe des Sables était une seule étendue brune où luisaient quelques plans d'eau stagnante. Le bruit de mer la remplissait d'une vie violente, lourdement étale. Il porta la femme jusqu'à la première vague et la laissa tomber dans l'eau. Puis il la roula dans l'écume sale et la frotta légèrement aux endroits où la corde avait mordu dans les chairs. Inerte, elle paraissait évanouie, peut-être morte bientôt ; mais il vit qu'elle le regardait, au moment où pensif il lui massait le ventre sous la toile. Elle le regardait simplement, n'essayant plus de fuir ou n'ayant pas la force de combattre. Mais il vit qu'il ne l'avait pas vaincue.

Quand ils revinrent et regagnèrent le Morne, elle s'appuya contre lui ; non pas avec l'abandon d'une personne aimable ni même le laisser-aller qu'autoriseraient la confiance et (dans ce cas) la reconnaissance, mais en quelque sorte, de loin : pressant seulement la main contre son flanc, ne pouvant s'empêcher de se retenir à lui quand elle trébuchait sur les souches. Il devinait, à travers cette main qui par moments était tout ce qui la reliait à lui, tant la nuit sous les acacias était totale, qu'elle ne faisait que différer l'affrontement. Elle reprenait des forces. Elle attendait avec patience, n'ayant pas accepté qu'il l'ait délivrée de son supplice, mais persuadée maintenant qu'il serait vain de résister après cette journée terrible sur la machine. Il n'y avait pas d'issue. Elle ne retournerait pas à la plantation, où le seul éclat de sa fuite la condamnait déjà. Elle ne saurait non plus marronner dans les hauteurs, avec celui-là derrière elle qui la pisterait sans doute et sans doute la retrouverait. Elle ne le craignait pas, elle ne savait pas craindre.

Seule parmi les enfants terrifiés dans la nuit des cases, quand, avant de sombrer dans leur sommeil animal, ceux des champs trouvaient encore la force inquiète, irritée, sans cesse défiée et victorieuse de raconter quelques-unes des histoires qu'ils se répétaient chaque soir, comme s'ils y trouvaient, abrutis de fatigue, un excitant contre la fatigue ou une protection contre le jour qui allait bientôt naître (et elle venait seule et toute seule repartait ensuite vers la grande maison), elle n'avait pas peur. Les enfants, qui étaient de son âge, puis les adultes découvrirent son manège (elle entrait comme une ombre dans la case où elle entendait les voix les plus soutenues et se couchait près de la marmaille), effrayés de son courage et qu'elle puisse entendre de pareilles histoires puis se glisser hors de la case et regagner la maison, en passant sous les acajous. Ils admettaient encore moins qu'elle pût après ces séances dormir seule sur sa paillasse, là-bas dans la petite pièce de débarras qui lui était allouée. Ils hochaient lentement la tête, pensant : « une fille si petite », ou méditant que le seul fait d'habiter la grande maison lui donnait ce courage. Et quand, plus effrayés encore des représailles que le maître ne manquerait pas d'exercer quand il surprendrait la chose, ils la chassèrent violemment et lui interdirent désormais ces visites nocturnes, elle n'en continua pas moins de venir chaque soir se coller aux planches ou aux feuillages d'une case, blottie seule dans la ténèbre et cherchant à deviner, sous le chuchotement qui lui parvenait ainsi, le fil de l'histoire qui se contait.

Elle ne craignait certes pas cet homme qu'elle avait délivré, qui était revenu insensé la chercher. Elle attendrait le lendemain. Toujours en elle fleurissait le jour d'après : parce que l'habitait l'invincible espérance que cette attente lui serait confirmée comme juste et qu'un jour le lendemain serait enfin ce que vaguement elle attendait. Elle ne craignait pas le pouvoir de l'homme. Tant de mer avait roulé sur lui qu'elle croyait fermement échapper à cette puissance. D'ailleurs n'était-elle pas née dans ce nouveau pays ?

Peut-être que l'homme ressentait tout cela par le seul contact de cette main. Il savait en tout cas qu'elle ne reculait pas, qu'elle se préparait à lutter contre lui. D'où peut-être ces ricanements brefs, ces rires silencieux, ces arrêts brusques qu'il avait par moments. Les plus hauts feuillages blanchissaient quand ils parvinrent à l'endroit où le marron avait dormi la nuit précédente : là où il s'était arrêté, non parce qu'il avait élu cette place dans l'avenir comme le refuge de sa descendance mais parce que le frémissement de sa peau, quand cette toute jeune l'avait libéré de ses liens, était encore en lui.

Ils s'affalèrent entre les racines ; presque aussitôt la femme eut un accès de délire. Elle brûla, sans aucun signe avertisseur. C'était une crise foudroyante, de celles dont on se relève aussi soudainement qu'on en a été frappé, ou dont on meurt. Tordue devant lui, elle gémissait et, parfois, hurlait. Immobile, il la veilla jusqu'au jour, n'essayant nul recours. Elle se prostra à la fin dans un sommeil coupé de soubresauts.

Mais elle se réveilla toute normale et comme tiède dans le tamis de soleil qui l'auréolait d'une profusion liquide de lumière ; il la regarda fixement, lui parla à voix basse. Elle ne comprenait aucun mot du discours. Elle l'écoutait pourtant, étonnée de l'intérêt qu'elle portait aux paroles impénétrables. Peut-être lui disait-il qu'elle avait saisi la puissance du signe, qu'elle devait donc savoir qui il était, ou du moins, ce qu'il représentait dans l'ordre des choses, et la place qui lui revenait dans la chaîne de vie. Peut-être lui disait-il pourquoi il avait eu insensé l'idée de revenir afin de la prendre ; si c'était parce qu'il voulait une femme qui l'accompagnerait dans les bois (car peut-être avait-il appris au marché, pendant le temps de la vente, qu'il était possible de marronner sur les hauteurs, à condition qu'on n'ait pas peur de perdre une jambe ou un bras) ou si c'était par pur défi aux maîtres qui l'avaient transplanté jusqu'ici. Voulait-il, osait-il lui imposer maintenant cette destinée dans la montagne ? Se croyait-il aussi puissant que ce dieu des maîtres, que ceux-ci craignaient tant mais envers qui ils se comportaient d'une manière si désinvolte ? Ne voyait-il pas, n'avait-il pas eu le temps de voir, que ce dieu était le seul souverain de la terre nouvelle et qu'il fallait, sinon se soumettre, du moins adopter toutes les manières de la soumission ? Elle l'écoutait, grave et tranquille, mais une lourde nuit de colère couvait en elle ; et c'est d'une voix très calme qu'elle entreprit de lui répondre, sans bien sûr qu'il comprît à son tour un seul mot de ce qu'elle disait.

– Regarde-toi, mais regarde-toi ! Tu es si maigre que le vent de la Pointe il me semble pourrait faire de toi rien qu'un brin de sable dans le sable. Tu es si sale que les acacias se relèvent pour ne pas sentir ton odeur. Tu voudrais que moi Louise la seule parente de monsieur de La Roche, car je suis sa seule parente je le sais, je reste avec toi dans les bois pour sentir toute ma vie ta vermine ! Écoute, je vois bien que tu as volé ce couteau dans ma cuisine. Tu as eu le toupet d'entrer dans ma cuisine, je suis obligée de le dire. Mais je le reprendrai, tu entends, et je le planterai dans ta gorge, comme un cochon, pendant que tu dormiras, sacrée bête ! Tu entends...

Il recommença de parler, immobile sous cette branche qui devant sa figure descendait comme un rideau ou comme un dais. Infatigable, aurait-on dit. Sa voix butait contre les troncs et les branches, revenait remplir cette caverne de feuilles qui entourait la saillie de terre. C'est ce que remarquait la femme. Peu à peu, elle changea de colère, littéralement. Un trop-plein d'espoirs incertains lui débordait enfin. Elle eut un geste extravagant vers les arbres alentour. Sans s'en douter (et peut-être des heures avaient-elles coulé sur eux pendant qu'il parlait) elle s'emplit d'un sentiment nouveau, qui la libérait. En tout cas, la rougeur vacillante du soleil avait déjà illuminé la caverne boisée quand elle lui répondit, avec ardeur. Les mots chantants ou rêches qu'ils avaient mâchés dans ce pays nouveau et qui lui étaient obscurs, il les associait au calme et à l'insouciance de cette forêt. Enfin, il prit conscience et s'étonna de ce qu'elle ne comprenait pas son langage ; il n'avait pas supposé qu'elle puisse l'ignorer. Ne l'avait-elle pas délivré, obéissant à un seul geste ? Cependant, elle s'emportait.

– Écoute. Tu ne vois pas ce qu'ils font quand ils te reprennent ! D'abord ils te mettent au soleil, pendant des jours. Je sais ce que c'est, une seule fois le soleil a marché sur ma tête, ça suffit. Ensuite ils te coupent le bras ou la jambe. Le plus beau c'est que tu ne meurs pas. Tu ne vois pas ce qu'ils inventent pour t'empêcher de mourir ! Le signe, quel signe ? Que feras-tu quand je serai obligée de m'appuyer sur toi et qu'à nous deux nous aurons deux jambes qui ne pourront pas marcher du même pas ? Écoute (elle s'arrêta, l'ombre de la nuit la grandissait d'un prolongement solennel), il y a la mer ! La mer est là !

Elle lui enseigna inutilement son grand projet. *Pourquoi toujours fuir vers l'intérieur ? Quand on était debout-au-bout de la Pointe, on pouvait voir parfois une terre à l'horizon. D'après les dires, c'était la même qu'ici : la terre entrait sous la mer et elle reparaissait là-bas, puis elle rentrait encore pour réapparaître plus loin, et ainsi de suite.* La jeune femme affirmait. Elle avait entendu les noms des autres terres, elle était sûre d'y arriver. Pourquoi oublier la mer ? Il ne fallait que voler un canot, et si on n'osait pas (pour ne pas redonner l'alarme ou pour ne pas être poursuivi partout à cause d'un canot volé) on pouvait en construire un dans les bois. S'il ne savait pas comment, elle lui montrerait. La mer est belle, chaude, très douce. Et puis, tout au bout, c'était une terre comme celle-ci, plus grande, entourée de mer ; les marrons là-bas se réunissaient, ils avaient des chefs, ils étaient organisés. Les Messieurs parlaient souvent de Saint-Domingue. Il fallait y arriver ! Faire confiance à la mer !

Dans ce fond des forêts, elle qui avait oublié la croix, qui n'avait rien mangé pendant ce jour, paisiblement recommençait de délirer : elle voguait, se riait des embûches, matait les coups de vent, chassait les moustiques du matin,

107

se versait l'eau de mer sur le corps pour se protéger du soleil, découvrait trop tard que ça brûlait encore plus, naviguait d'une côte à l'autre, couvrait la totalité des terres, traversait les éclairs, rayonnait partout avec la lame, ouvrait chaque côte sur la côte voisine, chaque terre à sa sœur, découvrait enfin l'asile suprême où les marrons organisés dictaient leur loi !

L'homme n'avait pas interrompu le long délire. Il se leva, à la nuit pleine, et tendit à la femme des racines à manger. Hébétée, elle comprit l'inutile de son discours, mais trop affamée pour refuser l'offrande elle lui arracha des mains et engloutit, sans y regarder, ce qu'il lui apportait. Elle s'enragea de sa propre colère, de son espoir comique. La rage augmentait sa faiblesse.

Au matin, elle bondit soudain sur la pente. Mais l'homme ne dormait pas, il dévala derrière elle et rapidement lui coupa la route. Courant toujours, elle remonta. L'homme la suivit. La matinée entière, il la traqua vers les hauts. À la fin, elle se laissa rejoindre, effondrée sans un mot. Trois fois, elle tenta ainsi de fuir. Trois fois il la rattrapa. Dans l'intervalle de ces courses, ils ne se disaient pas un mot. L'homme lui donnait à manger ; quoiqu'elle connût mieux que lui les ressources de ce bois, elle ne faisait aucun effort pour trouver de la nourriture. Elle dévorait ce qu'il lui offrait, comme un animal. Le quatrième jour, alors qu'il l'avait une nouvelle fois refoulée vers la crête du morne, il avança vers elle et, concentré sur les mots, lui dit : *lan mè, la tè, zéclè.* Stupide, elle le regardait. Il avait compris ces mots-là. Les éclairs, la terre, la mer. Ces mots qu'elle avait elle-même prononcés lui parurent soudain étrangers, lourds, dans la bouche de l'homme. C'est par là qu'ils commencèrent de communiquer entre eux. Il la couvrit de son corps, s'apercevant pour la première fois qu'elle était si jeune. Il avait toujours pensé à elle comme à une femme, mais elle était si jeune. Étrangement, elle lui dit, sans qu'il comprenne : « Je connais ma mère. Il ne le sait pas, mais je la connais. »

Et quand leur fils vint au monde, trois ans plus tard, elle avait oublié ce délire de la première nuit. Elle avait oublié la mer. Ils étaient propriétaires de la forêt. Les hommes et les femmes, tous des marrons, venaient « consulter », furtifs et confiants à la fois. L'homme était leur centre, leur refuge. On parlait, avec bien des détours, d'une possibilité de redescendre dans la plaine. Mais lui, impassible, secouait la tête. Il expliquait que les mornes étaient le seul endroit où ils pourraient tenir. Il allait pourtant dériver longuement au long de la Côte, qui l'attirait. Seul, il suivait le contour de mer jusqu'à la Pointe, il y rêvait assis près des dunes : les étoiles ne lui parlaient pas. Il n'avait jamais vu l'autre terre à l'horizon. Mais il vaguait, vide et sans forces, à la limite de l'écume. Parfois, il entrait dans l'eau immobile.

La tourmente souffla près d'eux, un an après l'arrivée de l'homme. Ils descendirent tous et brûlèrent quelques plantations, pour aider ceux d'en bas qui s'étaient dressés. La révolte, matée dans le sang, occupa l'homme pendant quelques semaines. Cependant ses incursions dans la plaine furent brèves. Il brûlait et se repliait. Ainsi ménagea-t-il les forces dont il disposait. Quand ils surent enfin que tout était terminé, qu'on massacrait tant et tant d'hommes et de femmes, il conclut : « Ce sera pour une autre fois. » Peut-être considérait-il les esclaves comme indignes de son secours. Il n'entendait garder aucun contact avec le bas. *Pourquoi ne marronnaient-ils pas tous ?* Il ne savait pas ce que leur lutte et leur souffrance avaient d'utile. Il ne comprenait pas que toute la masse n'aurait pu monter. La forêt n'eût pas suffi à les abriter, encore moins à les nourrir. Il ne savait pas qu'ainsi leur tourment, et même leur acceptation, le protégeaient. Il était en marge. Dès le premier jour il avait refusé. Une fois, dans leurs débuts, elle lui avait dit : « Tu es raide comme un dongré. » Lui, doucement, avait répété : « Longoué, Longoué. » Elle avait ri, les désignant tour à tour : « Louise, Louise, Longoué, Longoué. »

Quand leur fils fut là, elle affirma donc : « Je veux lui donner un nom ! C'est ce jour que j'attendais. Après ça, il n'y a pas d'autre jour !... Voilà. Ils répètent en bas une histoire de seigneurs qui vont adorer un dieu. Des rois. Si tu voyais comment ils sont beaux quand on les raconte, avec les richesses ! J'ai entendu les Messieurs. Alors, un des rois est tout noir, je ne sais pas s'ils l'appellent Melchior ou Balthazar ? C'est l'un des deux. » Et lui, conciliant (qui n'avait d'abord pas voulu d'un nom qui venait de la plaine) décida que ce serait Melchior. Le nom était plus vraisemblable. Melchior.

À la naissance, les voisins accoururent, timides, empressés. Les marrons, ceux qui n'avaient pas été repris. Ils chantèrent dans la nuit, ils burent du rhum volé. Debout à l'écart, Longoué voyait littéralement les champs rouges qui mordaient sur la forêt.

Il méditait qu'il n'avait pas vaincu Louise. Il avait été réduit à montrer de la tendresse, de la faiblesse, comme envers une créature qui aurait été son égale. Peut-être même, supérieure à lui. Il ne l'avait pas prise ; elle l'avait accepté. Par moments, il ressentait la vieille rancune en lui, et il la percevait chez elle. Ils restaient alors tout fixes, l'un et l'autre, à se regarder. Heureusement, il y eut les nombreuses séances pendant lesquelles il apprit les mots de Louise. Il était obligé de s'y mettre, s'il voulait communiquer avec les autres marrons. En revanche, ce n'était pas nécessaire qu'elle connût ses mots à lui ; et il n'était pas fâché d'assurer son prestige d'Africain, en partageant le moins possible sa science du pays d'au-delà les eaux. Il accepta donc qu'elle lui apporte quelque chose : la parole nouvelle. Pendant ces sortes de leçons qu'ils improvisaient partout, la tendresse revenait. Ils vécurent ainsi en équilibre, chacun d'eux étouffant l'ancienne colère. La menace d'en bas les rapprocha encore.

Il lui montra un jour la tête de boue et le serpent, étonnamment saufs à l'abri d'une racine. La terre sèche avait craquelé le tout, crevassant de rides les joues et le front, mettant une chevelure rase et crépue, comme rongée de gale, sur le crâne. Louise eut un recul.

   — C'est un serpent, cria-t-elle ! Il le mange par-dedans.

   — Non. Il vole son esprit et il le laisse vivant inutile.

   — C'est pour quoi ?

   — C'est pour lui, dit-il.

   Il lui montra les fers qu'il était allé prendre dans l'atelier de la plantation l'*Acajou*. Deux cercles de métal reliés par une courte barre. On les ajustait aux chevilles. Il y en avait de toutes les mesures, et jusqu'aux minuscules, pareils à des jouets, qu'on mettait aux enfants. Il avait choisi la plus grande taille.

   — Tu es fou dans ta tête ! Tu es encore allé à l'*Acajou* !

   — C'est pour lui, dit-il. Pour l'autre.

   — Ne me montre plus rien ! Je préfère ne pas connaître que trembler comme ça à midi !...

   Pour l'autre, qui était resté debout à côté de lui pendant qu'au marché ils avaient vu passer les acheteurs, sachant qu'eux-mêmes étaient déjà lotis. Avec lequel il s'était battu sur le pont du bateau et qu'il avait vaincu à ce moment-là, car ce ne fut qu'un semblant de combat qu'ils tinrent à la croisée où on les sépara. Avec lequel il avait traversé la mer sans fin, voyant les corps disparaître entre eux et lisant chacun sur l'ennemi les traces de la mort lente. Avec lequel (il le dit à Louise) il avait été jeté dans la maison des esclaves, là-bas sur l'autre côté. Dans la maison, dit-il, on voyait le long couloir pavé de pierres, et au bout le trou de lumière par où s'engouffrait le bruit des vagues. De chaque côté du couloir s'ouvraient les étroites cellules où on les parqua pour la deuxième fois. Il dit à Louise qu'on les mît tous deux dans la même cellule ; depuis longtemps ils étaient inséparables. La même fosse de nuit, pleine du grondement de la mer, comme si les cellules étaient creusées en contrebas, comme si elles baignaient directement dans la mer et qu'ainsi elles figuraient par avance l'entrepont du bateau, l'entrepont qui entre les lames résonnerait autant qu'une cale. Il dit qu'au bout du couloir, quand on les embarqua, ils descendirent la pente dallée pour déboucher éblouis dans le vertige de la mer, là où une barque roulant sur l'écume les attendait. Il avait dans la tête le bruit de la barque battant contre la pente dallée. Il décrivit longuement la maison des esclaves, jusqu'à évoquer les marins qui avec leurs lanternes vérifiaient chaque soir les cellules ; il dit l'étrange des lumières jaunes enfermées dans les lampes ; posant que cette maison des esclaves, autant que le bateau et davantage que le marché, expliquait le serpent et les fers.

(Il n'était pas Longoué. Les voisins, à cause de ses promenades au long de la mer, disaient tout bonnement Monsieur-la-Pointe. Louise l'appelait Longoué, mais ils étaient seuls à le savoir. Elle ne prononçait jamais le nom en présence des autres, comme si elle voulait réserver ce privilège qu'elle s'était donné. Ainsi fut-il toute sa vie le premier des Longoué sans l'être nommément, et Monsieur-la-Pointe pour tous ceux qui l'approchèrent.)

L'autre, dit-il, était brave. La mort n'est pas la punition des braves. La punition est la fin de la bravoure. Il fallait peser sur l'autre, jusqu'à ce qu'il reste impuissant capon vivant sans raison acceptant la vie.

– Tu es fou dans ta tête, dit-elle.

Mais il croyait ferme. « Je sais ce que je suis », dit-il. *Il arrêtait le cours de la vie au-dessus de la plantation Senglis, où l'autre végétait.*

Et en effet, il semblait que sur cette plantation un malaise ralentissait le rythme des existences, jusqu'à compromettre le bon rendement des récoltes. Senglis et sa femme abandonnaient aux géreurs le soin des affaires. Ils se cloîtraient tous deux dans la maison, lui chaque jour plus courbé sous sa bosse, elle couverte de fards et de poudres, poupée mortuaire, image figée de la décrépitude. Elle avait mis un caprice extraordinaire à faire entrer dans la maison l'esclave →*Béluse* nouvellement arrivé, alors que la logique la plus profitable eût commandé de l'employer aux champs. Mais elle avait consenti, par un autre et exorbitant privilège, qu'il gardât auprès de lui la femme avec laquelle il vivait. Leur hutte était demeurée debout, mais souvent ils dormaient dans la grande maison. Marie-Nathalie réclamait l'homme à tout propos, et quand il était là elle le regardait simplement, tranquillement, parfois même avec attention, pendant qu'elle continuait d'essayer ses fards. L'homme inquiet devait chercher partout quelque travail à accomplir, et il s'y contraignait, sans doute pour oublier son inquiétude. La femme servait à la cuisine. Elle s'étonnait gravement des étrangetés de l'endroit.

Madame de Senglis avait déclaré à son mari qu'ils tenaient désormais un excellent « reproducteur » et que point n'était besoin par conséquent de louer des mâles chez les voisins. La révélation lui en était venue, au sortir de cette nuit où Gustave Anatole (Bourbon) avait relaté (et mimé) les événements de l'*Acajou*. Mais la première grossesse qui eût dû normalement précéder et autoriser les autres, celle de la femme accouplée à l'homme, ne se produisait pas. Peu à peu, l'affaire prit des allures dramatiques. C'était la matière essentielle des brocards de Senglis. « Je ne vois pas comment il pourrait augmenter votre troupe, lui qui n'est pas foutu d'engrosser la cuisinière. » Jour après jour il revenait sur le sujet. Et peut-être son épouse ne scrutait-elle si pensivement l'homme, pendant qu'elle feignait de s'attifer devant son miroir, qu'afin de deviner pourquoi une telle machine demeurait improductive ? La maîtresse alla ainsi aux limites de ce qu'on ne pouvait qu'appeler la démence : faisant nourrir l'homme devant elle, lui interdisant les travaux pénibles, cherchant à étudier les herbes et les philtres de fécondité qu'elle lui ordonnait d'avaler. Pas un moment elle

113

ne supposa que ce pourrait être la femme qui fût stérile. Pas un moment elle ne consentit à faire reprendre à tous le rythme qu'elle avait jadis imposé à la plantation. Il lui fallait ce premier rejeton, né des œuvres de ces deux-là, et elle s'y acharna. C'était devenu pour elle une loi, un but suprême, une souffrance de chaque instant. Il lui semblait contraire à l'ordre des choses et à l'harmonie universelle que cet étalon ne commençât pas, et avec cette femme précisément qu'on lui avait accordée, son travail de reproduction. Il y avait là une dérision imméritée du sort. Un incident mineur, dans cette fixation de folie, fut qu'elle enfanta elle-même un fils. Elle n'y accorda aucune importance. Cet accident était venu de ce qu'une nuit d'excitation (ou peut-être d'indifférence et d'apathie plus intenses qu'à l'ordinaire) avait rapproché les époux, irresponsables de leurs actes, durant un furtif et inexplicable moment d'inattention. Nul contentement, nul dégoût n'avaient suivi cette nuit. L'enfant était né, très robuste et très beau. Madame de Senglis ne s'était pas une minute détournée de son grand œuvre. Son fils confié à des femmes de la maison, elle l'oublia aussitôt. Pour le mari, il visitait de loin en loin son héritier, lui caressant le dos et cherchant là (en se cachant des nourrices) une amorce de bosse qu'il ne trouvait pas, à son intense satisfaction. Marie-Nathalie entendait parfois les cris du bébé, elle suspendait un instant son geste, le bras levé, les doigts jouant avec les pinceaux à fard, puis elle recommençait lentement de se parer. On n'aurait su dire si elle avait quarante ou cent ans, et elle en avait vingt-sept. Ainsi s'enfermait-elle dans ce tombeau, n'en émergeant que pour reprendre inlassable son projet de multiplication au point où il en était toujours, c'est-à-dire à zéro.

— Béluse, disait-elle très lentement, je t'ai nommé Béluse, et je t'ai alloué une femelle. Non, non, une femme. Disons une femme. Te voilà à peu près seigneur et maître de ton foyer. Que ferons-nous de la plantation, si tu n'engendres pas ?

Béluse étonné courait parfois jusqu'à sa hutte, et c'était pour y subir les sarcasmes du vieux. Celui-ci n'avait plus rien à faire dans l'existence (si c'était exister) qu'à s'asseoir près de la hutte, à tresser des chapeaux et à attendre le favori des maîtres. Béluse supportait mieux le hideux sourire de complaisance du vieux que la voix morte de la maîtresse. Par un caprice collectif, lui qui eût dû être haï des esclaves, jouissait de la considération générale. Hormis ce vieux, nul ne faisait état du rôle que la folie grandissante de madame de Senglis lui avait assigné, ni de la vanité des soins qu'on lui prodiguait. Il faut dire qu'il n'en était nullement gêné, même dans ses rapports avec sa compagne. Peut-être les femmes marquaient-elles un rien de condescendance à son égard. Les géreurs, secrètement flattés de leur pouvoir nouveau, avaient des gentillesses pour lui. Celui d'entre eux qui lui avait désigné l'emplacement de sa hutte s'était enhardi au fil des jours jusqu'à finir par vivre en concubinage avec l'autre femme, celle qu'il avait emmenée ce jour-là. Toujours indolente. Il la brutalisait sauvagement et tenait non moins sauvagement à elle.

Un jour que Béluse courait ainsi à sa hutte, il trouva les fers déposés devant l'entrée ; il sut aussitôt qu'ils étaient là pour lui.

– Je l'ai vu, murmura le vieux derrière lui.

Béluse eut un sursaut ; la voix venait de la hutte.

– Je l'ai vu, c'est un marron ! Je les reconnais au premier coup ! Il arrivait sans même se cacher. Je l'ai vu. Seigneur la Vierge, Béluse, je suis entré. Et puis voilà qu'il vient ici, je tremble comme un filaos. Et puis voilà qu'il s'arrête, il écoute, il regarde, et puis voilà qu'il dépose ça devant la porte !

– Il croit que j'ai peur, dit Béluse, il croit que j'ai peur !

– Tu as peur, dit le vieux.

– Je suis vivant, dit Béluse.

Il jeta les fers au loin, pendant que le vieux ricanait.

115

II

Telle était la propriété Senglis : antre de décrépitude, étranger à la course forcenée qui se jouait partout ailleurs contre les bois et les ronces, pour le profit et la richesse. Ici, l'allure sanglante et sauvage avait peu à peu cédé à une existence plus animale encore, où la domination des esprits culminait dans leur lente consomption. Senglis et sa femme régentaient la propriété, par leur simple présence au fond d'une chambre éternellement enfumée de chandelles, et plus sûrement que s'ils s'étaient activés partout avec le fouet et le carcan. Mais ils étaient régents de moisissure et de lent dépérissement. La Plantation était comme un chancre torpide dans l'entour virulent des autres terres. Les femmes peu à peu y ralentissaient leurs babillages. Les géreurs s'installaient, ils imitaient leur audacieux collègue ; ils prêchaient, hypocrites ; ils se laissaient prendre au rythme ralenti des choses. Peut-être leur en venait-il, sans qu'ils s'en doutent, un attachement plus calme, plus profond, pour les terres qu'ils caressaient ainsi, là où il aurait fallu violenter. Certes les bois et les ronces, l'humus et la prolifération ne regagnaient pas sur les terres Senglis, mais on voyait que la lutte aux limites de la propriété n'était plus acharnée, ni victorieuse. Il n'y avait pas là cette longue plaie enfumée toujours en progression, comme les lignes d'algues et de boues qui dérivent sur la mer au gré des courants, et qui signifiait autour de l'*Acajou* par exemple l'avance de la terre cultivable dans le fouillis originel.

C'est qu'après la fuite du marron, La Roche avait fait montre d'une activité décuplée. Les pièces en friches qui ne tentaient personne (depuis cent cinquante ans que ces hommes s'acharnaient à posséder : terres, esclaves, magasins et rhum), il y lâchait ses bandes ; il s'attaquait aux pentes des mornes les plus raides. Depuis cent cinquante ans que la terre dormait, voisinant avec les hommes du pro-

116

fit, voilà que l'un d'eux à nouveau la prenait à la gorge. Bientôt il dirait : ma propriété. Et c'était comme une autre histoire qui commençait. La plantation était citée en exemple par les planteurs. Le maître ne consentait pas davantage qu'auparavant à les recevoir mais du moins agissait-il désormais (à leur sens) comme un homme normal. Récupérer des champs pour la culture était son unique préoccupation. Ainsi, à l'encontre de la propriété Senglis, l'*Acajou* était une ruche et par conséquent un lieu de damnation pour les esclaves. De damnation physique et terrifiante, quand chez Senglis, et jusqu'aux volontés, tout se décomposait dans l'avili et l'indigne.

C'était donc la situation sur les deux domaines, quand éclata partout la révolte. Il n'y a rien à en dire, sinon que c'était l'esclavage : la révolte est normale, là où l'esclave trouve un coutelas, une houe, un bâton. De même qu'on ne peut tout à fait décrire l'état d'esclavage (pour cette infime et irréductible donnée de la réalité que nulle description, nulle analyse jamais ne parviendront à inclure : l'esprit débile se réveillant à douleur, parfois s'exaspérant au long des jours, pour retomber dans le quotidien, l'accepté, qui est plus horrible encore que le spasme de damnation), de même il n'y a rien à dire d'une révolte de cette sorte sinon qu'elle est le *cheval-de-bois* de la souffrance. La révolte d'un esclave n'est pas d'espoir, elle ne s'alimente d'aucun espoir, et il arrive qu'elle dédaigne les vengeances (qui pourraient être le haut cri de l'espoir) ; elle préfigure, elle inaugure l'action (l'opération) la plus sourde et la plus pénible : d'enracinement. Aucun des révoltés ne se souciait que des courants d'idées, des pétitions, des nuits d'Assemblées, des banquets avaient longtemps, et ailleurs, précédé leur déferlement. Ni que les mulâtres, à demi affranchis du joug terrifiant de cette société, allaient prendre part à l'affaire, mais dans leur seule perspective : n'hésitant pas quand il le faudrait à donner de la voix avec les chiens. Le seul souci était la

117

bande de terre qui brûlait là sous les pieds, où il fallait trouver de quoi se couvrir, de quoi frapper quand on surgirait dans l'éclat rouge. Les villes, les bourgs, les communes, l'homme asservi à la terre des maîtres ignorait leur agitation. Son acte était dégagé de l'entrain des mots.

Dès le début des troubles, Béluse s'esquiva. Pendant quinze jours pour le moins, il fit partie d'une des bandes qui parcoururent le pays. Bandes formées au hasard, où se retrouvaient des hommes venus de plantations diverses, qui se voyaient pour la première fois. Mais ils parlaient le même langage. Ils avaient brisé les barrières qui constituaient chaque plantation en une prison inéluctable. Ils allaient sur la terre libre, engageant des combats rapides contre les soldats, terrorisant les bourgs. D'abord ils se tinrent à flanc des mornes et progressèrent de quartier en quartier. Puis ils s'enhardirent et descendirent dans la plaine, où ils furent massacrés. Mais ils tinrent si longtemps que ceux qui en réchappèrent et qui revinrent à leur carcan originel, ceux-là purent longtemps après augmenter de beaucoup les contes qui se contaient dans les cases, évoquer les amis morts et ceux qui continuaient de vivre (d'attendre peut-être) sur la plantation Un Tel ou dans le quartier Un Tel. Car les barrières une fois brisées ne pouvaient plus être rebâties étanches ; il y avait désormais un vent-courant dans les campagnes : c'était le résultat le plus précieux de l'affaire. Pendant ces jours de combat, au soir, devant la lune rosie, Béluse criait avec les autres.

– Et ce qu'elle veut, c'est mon sang ! Alors moi je dis : Non ! Non ! Et puis, question ! Pourquoi qu'elle vient pas elle-même ? Alors ?

Ils riaient, ils hurlaient, transportés de la folie de la femme Senglis. Ils regardaient dans la direction de la maison haute, laquelle s'était trouvée, ainsi que l'*Acajou*, singulièrement respectée par la vague. Les esclaves, qui se méfiaient des marrons, s'étonnèrent que ceux-ci aient épargné les deux

118

Plantations. D'ordinaire les marrons ne choisissent pas, ils descendent et ils brûlent. Pour cette fois, il semblait que leur action contournait les terres de La Roche et de Senglis. La révolte dans sa masse, celle des travailleurs des champs, n'avait aucune raison de s'attarder sur les deux domaines. Chez Senglis, il y avait peu d'hommes ; chez La Roche, la propriété était férocement gardée. Le maître avait interdit à ses géreurs et commandeurs, sous peine de renvoi immédiat, de participer en quoi que ce soit aux poursuites ou aux répressions. Comme si cette histoire ne l'intéressait pas. Ceci fait, il tuait tout nègre qui entrait sur ses terres sans y être attendu. Ils le savaient tous, hormis quelques égarés ou quelques distraits dont La Roche fit exploser le plus hardi (arrivé là nul ne savait pourquoi, et qui peut-être croyait y trouver ses frères vainqueurs dansant devant les feux alimentés de meubles) à la poudre à canon, entre les deux acajous. Senglis, qui était capitaine de la milice, *ou je ne sais plus quoi autre,* n'apportait qu'un zèle attiédi à remplir les devoirs de sa charge. Il fut d'ailleurs remplacé, après qu'il eut indolemment fait éventrer quelques nègres. Ce manque d'ardeur fut sévèrement jugé ; mais Senglis s'était retiré en lui-même, il ne réagissait plus. En une occasion pourtant, excédé, il invectiva un Conseil de planteurs, leur reprochant de « n'avoir eu que dérision pour lui, au temps qu'il prédisait ces événements ». Puis il revint à sa maison et à mademoiselle son épouse.

Il précédait Béluse. Celui-ci, bien avant que la révolte fût définitivement matée, refusa de descendre vers les plaines : par instinct, ou par une sorte de timidité qui n'était pas de la peur. Peut-être voyait-il que c'était là une erreur fatale. Peut-être était-il pris de vertige à l'idée de s'éloigner ainsi. Il revint donc, et madame de Senglis l'accueillit avec un réel contentement, comme s'il avait été simplement en retard. Il fut convenu de dire qu'il s'était caché par prudence ; les géreurs eux-mêmes y acquiescèrent. C'est que la férocité de la lutte avait buté contre les murailles invisibles du domaine.

Or là-haut, isolée elle aussi, Louise n'osait pas s'avouer qu'elle s'intéressait à ce qu'elle appelait « la guerre ». Quand Longoué rentrait (il ne restait jamais plus de deux jours au-dehors), elle lui servait à manger dans les couis, faisant observer « qu'elle ne lui demandait rien et puis rien, puisqu'elle savait déjà que tout ce désordre était par amusement », jusqu'à tant qu'il commente par le menu les faits et les résultats. Elle n'osait pas convenir qu'elle s'inquiétait du sort de l'*Acajou*. Mais Longoué lui dit un jour qu'il protégeait, lui Longoué, l'*Acajou* et la maison Senglis. « *Pourquoi la maison Senglis ?* » demanda-t-elle spontanément, avant de s'arrêter, pensant trop tard qu'il n'avait aucune raison particulière d'épargner l'*Acajou*. Mais Longoué rit, et lui dit : « C'est parce qu'il est sur la propriété Senglis et que je veux qu'il reste là. » Dès lors elle ne craignit plus que pour Longoué. Ces affaires de combat et de feu, elle n'y participait pas, et on peut dire qu'à la fin elle s'en était accommodée. A peine fut-elle soulagée quand elle entendit Longoué murmurer : « Ce sera pour un autre temps. » Les soucis de l'existence l'usaient déjà assez vite. Quoique l'homme, son homme, rapportât l'essentiel de ce qu'il fallait pour vivre (depuis la toile de sac, les aiguilles, le fil – et même un gros dé à coudre en bois de noyer, insolite sur la terre de la case, près du grabat où Louise le déposait solennellement – jusqu'aux terrines de manioc, de farine et de sel) il fallait qu'elle s'occupe du reste : les fruits à pain, les ignames, le suif qu'elle pétrissait pour en faire des bougies, les fours à charbon qu'elle allait visiter. Quand Longoué recevait, elle se forçait à bavarder avec les arrivants, sur la place devant la case, pendant qu'il les faisait entrer un à un. Elle acquit ainsi un pli d'amabilité qui lui convenait bien. Parfois un éclair jaillissait ; chacun des habitants savait la force et l'audace qui habitaient ce corps. Après la naissance de son deuxième fils, elle commença de grossir, devenue petit à petit celle que les voisins depuis le premier jour avaient appelée : Man-Louise.

120

La forêt sur le morne était dans son grand temps de chaleur. Vraiment, il y régnait une douceur d'existence qui surprenait, après les lourdes moiteurs de là-bas. L'air sec et vibrant s'enroulait autour du corps, mais c'était à la manière d'un nuage, et nulle obscure présence n'y faisait l'affût. Soudain on voyait un bouquet d'arbres danser au loin : c'était à trois pas. On découvrait une trouée sur le cailloutis vert des mornes à l'infini : c'était à portée de voix. L'homme qui n'avait plus de souche pourtant s'enracinait dans cette légèreté, portant comme par défaut son nom *Monsieur-la-Pointe* (ce qui fait que son premier fils fut longtemps appelé Ti-Lapointe avant que de lui-même il reprît et rendît pesant le nom des Longoué : Melchior Longoué), et regardant tout autour les hauteurs comme des vagues de mer, lui qui oubliait la mer. Mais la faim et la maladie, à défaut des présences souterraines, faisaient l'affût. La douceur d'existence n'était que dans l'air, elle ne donnait aucun fruit. Déjà secrètement Longoué, lui Longoué parcourait les mornes, connaissant chaque racine et chaque branche ; comme un homme, sur le point de sombrer dans la folie, connaît son esprit et le tâte.

Et il ne s'était pas encore habitué à ce chatoiement ni à cette bienveillance des bois quand il rencontra La Roche. Ce fut huit ou neuf ans après que Melchior eut poussé son premier cri dans la case. Il y avait toujours cette irritation du corps, insatisfait d'une sécurité dont les données se dérobaient à l'esprit. Longoué s'agitait, incapable d'une stabilité que son propre corps refusait. Louise manifestait une compréhension pleine de gravité pour ces continuels déplacements qui de vrai la laissaient perplexe. C'était un de ces après-midi où toute rumeur se tait ; les infinies ramures des arbres étaient projetées dans la lumière crue, à travers la densité ferreuse de l'air, en ombres plates qui se plaquaient sur les herbes et les taillis du sol. Chaque tournant du bois était unique au monde. Longoué eut soudain comme un pressentiment dans la nuque, une vieille douleur qui se réveillait, et il vit La Roche à moins de dix pas. L'un et l'autre s'arrêtèrent. Immobiles, ils se dévisageaient avec prudence, mais sans qu'aucune excitation de peur vînt troubler cet examen. La Roche s'assit lentement sur une souche, après avoir déposé devant lui un ballot qu'il avait jusque-là porté sur le dos. Non moins lentement, Longoué s'accroupit, son coutelas en travers des cuisses. La Roche était armé d'un pistolet qu'il arborait à la ceinture, mais ils savaient l'un et l'autre que c'était là un avantage très relatif dans l'inextricable fouillis de végétation où Longoué pouvait disparaître d'un bond. Ils sentaient que cette rencontre n'était pas le fait du hasard, puisqu'ils avaient marché l'un au devant de l'autre. Ils devinaient que depuis bientôt dix ans ils avaient attendu ce moment qui mettrait un point final à une histoire très ancienne, laquelle dominait leur existence depuis ce temps. Voici que tout allait être ramassé, qu'une leçon se dégagerait, par eux, entre eux, contre eux. En sorte qu'ils prirent garde, et c'était aussi par une prudence bien légitime, de brusquer leurs mouvements. Ils s'examinaient avec tranquillité, La Roche peut-être plus net, dressé, d'attaque, ses yeux bleus fixés avec intensité sur son adversaire ; Longoué impassible, coulant par-dessous un regard neutre, masse vigilante mais non dépourvue d'une certaine quantité de bonté *en puissance*. Et La Roche parla soudain, usant des mots de sa propre langue (quand il savait que Longoué comprenait le créole du cru, qu'ils pouvaient ainsi communiquer entre eux), et en usant par surcroît avec une précipitation insolite, comme s'il entendait imposer au marron l'effort extrême d'attention par quoi celui-ci surprendrait quelques idées éparses à la surface du discours. Mais La Roche fut bien étonné de s'apercevoir que non seulement Longoué ne s'astreignait à aucun exercice de compréhension mais encore qu'il répondait dans sa langue africaine, dont il se servait sans doute pour la première fois depuis dix ans. Après quelques répliques rapides, ils s'accommodèrent du dialogue qui n'en était pas un : l'un et l'autre renfermés chacun sur son propre dommage, et mutuellement inabordables, comme s'ils voilaient d'instinct l'impudeur de la confidence ou comme si, obligés qu'ils étaient de se confier, ils essayaient pourtant de préserver leur libre arbitre ou, plus humainement, leur quant-à-soi.

– Et, disait La Roche, elle a cru pendant toutes ces années que je lui reprochais l'acte. Cette coucherie-par-dépit avec le bossu. J'en ai pour preuve qu'elle m'en menaça d'abord, le soir que nous nous quittâmes. Elle le criait, non, elle le murmurait, la tête passée entre les barres de la véranda, pendant que je restais à sourire puis à rire à grand éclat devant elle. C'est la raison pourquoi elle l'a fait. Mais elle ne savait pas que l'idée même de cette chose, c'est cela qui m'avait frappé à l'intérieur et desséché soudain, alors même qu'elle continuait de la dire, et avant qu'elle l'ait accomplie. Et c'est pourquoi je ne l'ai pas retenue ce soir-là. Car tout ce sable où nous roulions elle et moi, je le voyais blanc à l'infini, et elle le voyait noir. Il était noir en elle, et je ne le savais pas. Je dis qu'à cette minute j'estimai le poids de ma vie et le trouvai dérisoire ! A quoi servaient tant de courses, de sang, d'avidités dans mon sang, et ce désir, à quoi donc ? Et elle a cru pendant ces années que je lui reprochais l'acte, mais c'est l'idée qui lui en était venue qui m'a déraciné de là où j'étais. Et sa grand-mère certes fut satisfaite, quand elle l'entendit avouer la faute et décider si nettement ce qu'il fallait en réparation. Car cette vieille me craignait, non pour ce que j'étais ni pour les plaisirs auxquels j'entraînais la fille de sa fille, mais pour le désert sans doute et la désolation qu'elle avait su deviner en moi. Or c'est en nous. Ils n'auscultent pas ce désert, mais il est là. Pourquoi ? Quelle était donc la raison, si l'on peut dire, de ce divorce ? Il est inouï que je l'aie oubliée. Qui me la dira, qui donc ? Et qu'elle ait balancé entre nous, sans doute puis-je comprendre que c'était sous l'influence de la vieille, qui ne cessait de lui représenter les avantages de l'autre côté, la certitude, l'équilibre, l'occasion de dominer un être faible qui consentirait. Mais je connais cette fixité de dédain dans ses yeux, quand elle croit avoir dompté quelqu'un. Je sais qu'elle n'ose pas pleurer mais qu'elle pleurerait à chaque fois qu'elle gagne ainsi. Je suis seul à l'avoir vaincue. Et qu'elle l'eusse choisi, lui, j'y aurais consenti. Mais qu'elle ait nourri l'idée de cette affaire parce que je l'avais défaite, voilà où germait le sable sale, comme on en trouverait à la Pointe. Et en quoi l'avais-je défaite ? Je ne sais plus ! Et pendant toutes ces années elle imaginait peut-être que je viendrais de bon gré la prendre et la ramener à l'*Acajou* (l'enlever, à la manière d'un chevalier courtois), même après ce qu'elle avait fait. Et moi je la vois toujours agrippée à cette bosse tandis qu'il l'écrase de son poids de nabot, et peut-être pleure-t-elle. Je me laisserai prendre à l'ultime dérision de gémir à mon tour, le jour où elle mourra. Car elle mourra, j'en suis sûr ! Elle n'est pas éternelle. Elle a commencé de mourir depuis ce jour quand elle osa penser que se prostituer à Gustave-Bourbon constituait la meilleure réplique à nos entêtements. La voici, agonisante dans sa jeunesse, devant le nègre avec lequel elle n'a et sans doute n'aura jamais la hardiesse de forniquer (comme si leurs femmes s'en privaient à chaque fois que désabusés ils le leur permettent), et qui se couvre de fards pour cacher je n'imagine quelle saleté sur son corps et, couche après couche, se momifie dans sa mort. Elle attend que je vienne, elle mésestime la force de ce qui m'a dévasté, elle méconnaît qu'un homme maladroit et qui heurte et blesse aussi bien se blesse, non, se ravage jusque par-delà sa mort, qu'il ne lui reste plus que ce goût de mépris, de sable sale sur le corps. Elle ignore que je suis mort, moi aussi ce soir-là. Que voici la seule distance entre nous désormais : c'est qu'elle agonise, là où je suis décomposé déjà. Ainsi pense-t-elle que je lui reproche

seulement cet acte et que malgré l'acte je viendrai lui souti-
rer un consentement auquel elle aspire. Double leurre à
quoi elle n'eût pas dû succomber, me connaissant ainsi
qu'elle me connaît.

La Roche se tut, en homme de manières qui attend que
son interlocuteur s'exprime. Car ils étaient tacitement
convenus de parler l'un après l'autre, dans le paisible et
ardent après-midi ; chacun avec son langage étranger à
l'autre, et dans les manières qui lui conviendraient. Les
oiseaux recommençaient à siffler, d'un lointain feuillage où
ils s'étaient sans doute cachés ; parfois des frôlements, des
éclaboussures de chaleur comme des détonations, de furtifs
rampements, de longs feulements de vents agitaient le bois.
Sous chaque branche naissait un soleil. Longoué passa la
main sur sa nuque, d'un mouvement lent et concentré.

– Ce n'est pas le bateau. Ce n'est pas la maison. Le
bateau, il faut s'habituer à respirer cette chose-là. Dans la
maison, le trou de fosse est plein du désordre. Dans la mer,
je ne sais pas, le désordre te supporte. Sur le bateau je le
voyais, lui, je m'habitue à respirer. Et un homme c'est vrai a
posé son pied sur ma tête, bon. Mais cet homme-là il va
mourir comme c'est décidé, pas avant. C'est le parc. Ce
parc-là. Où ils m'ont couché dans la terre pleine d'eau ; avec
les fers on ne peut coucher que sur le dos. Pendant trois
nuits et deux jours l'eau elle est tombée. Mais c'est surtout
la nuit. On ne peut pas ouvrir les yeux quand on est couché
sur la terre et que l'eau n'arrête pas. C'est ce parc-là. Tout
arrive d'en haut, comme écorché. Ça chavire dans le corps,
ces choses blanches qui tombent. Même la nuit tourne
blême, elle repousse ton esprit. Je tremble comme un écorché blanc. Il n'y a pas d'espoir. C'est ce parc. Vraiment
j'allais pour avaler ma langue, c'était trop pour supporter.
Deux jours et trois nuits dans la pourriture. Il faut mourir.
Mais la mort n'est pas pour moi puisque le troisième jour ils
l'apportent, ils le jettent près de moi ressuscité. Alors

j'oublie la mort, je ne crois plus à la mort. Il faut que je reste, puisqu'il est là. Je vais marcher devant lui. Où je vais il va. Le soir après, on nous mène à la maison dallée. Mais là je suis vivant. La maison, le bateau. Je supporte. Tous ceux qui meurent, ils meurent. Moi je supporte. Le parc, voilà, c'est là que je crie, c'est là que je deviens blémi. Et puis après, tout qui recommence au moment où on le jette près de moi. C'est ce parc-là. – Et La Roche, tout aise :

– Bien. J'emporte la petite dans la maison. Il me semble que la perspective s'ouvre de ce côté. Je m'entiche d'elle, Senglis ne manque pas de croire que je m'accorde à demeure un brin de divertissement. C'est la coutume. Mais je calcule une autre mesure. Voyez-vous, pas un homme alentour qui ne me tienne pour fou. J'essaie de savoir si de votre côté, dans les bas où vous végétez, il est quelqu'un à qui je puisse offrir le salut. Voilà Louise, toute mon entreprise envers elle est pour connaître cela. Puisqu'il était décidé que ma propre chair me quittait, je nourrirais une autre chair. Je basculerais du petit matin plein de sables d'un seul coup dans la nuit sans torches. Il m'en venait même une répugnance à l'encontre des miens, un rétrécissement de ma peau à leur contact. Je touche Louise, vous comprenez, le rétrécissement disparaît, je suis tout aise de moi. Et elle, elle, elle ! Croiriez-vous qu'à chaque occasion où je la revoyais, à peine pouvais-je supporter de respirer ? Je suis damné, j'accepte la malédiction ! Seul j'ai pouvoir ici ! Mais à quel moment fut la faute ? Il faut qu'elle ait mûri en quelque secrète erreur, puisque l'entreprise avorta et que Louise s'en fut ?...

– Premièrement, je veux le laisser tout seul dans sa vie sans motif ! Alors je fais la tête et je mets la bête dans la bouche. La femme a beau dire, il reste seul. Et lui, il croit que c'est sa volonté. Il crie : « Non ! Je ne veux pas ! » Il croit que c'est lui qui refuse. Il fait semblant de croire, parce que pendant qu'il crie : « Non ! Et non ! » il tremble dans

126

son corps. Et je réfléchis : voilà qu'il va rester dans la maison, sans forces. Pourquoi pas sa descendance avec lui ? Toute la lignée qui tombera sans forces. Alors je vais, je retire la bête, j'éparpille la tête. Et un an après, il a ce fils. Il croit que c'est parce qu'il a voulu. Il fait semblant de croire, parce que pendant qu'il est là tout criant pour la fête, il tremble dans son corps. C'est la descendance qu'il mérite. Tous dans la maison, sans pouvoir sortir. Esclaves dans tous les jours qui vont venir. Je retire la bête, tant pis si elle se retourne contre moi. Lui, il a le fils de l'esclavage. Écoutez bien, c'est la vérité.

De l'un à l'autre le silence grandissait, pendant qu'au contraire le bois frissonnait d'une suite subtile d'ardeur. Le soir avançait là-bas, ils le voyaient courir sur l'horizon des mornes jusqu'à eux. La Roche fouilla dans son sac et en sortit un objet qu'il lança doucement aux pieds de Longoué. Tout un silence de méditation. Longoué enfin ramassa l'objet.

– Écorce d'ébène, arrachée d'un seul coup au tronc ! Laissez tremper le temps de deux lunes. L'eau de mer est préférable. Exposez au soleil, deux jours pleins. Frottez la surface intérieure et polissez. Dessinez et taillez. C'est votre profil, mon ami. Très idoine. Bien entendu, les gens qui d'ordinaire nous sculptent ces repères ne vous connaissaient pas. Vous ne leur donnâtes point le loisir de vous examiner. Il a fallu que je dessine la chose et, par Senglis, le résultat n'est pas médiocre. Maintenant, pourquoi n'ai-je point continué de vous poursuivre ? Mon caprice. J'escomptais armer une expédition contre vous, car enfin vous n'étiez pas inabordable. Mais je me suis entêté soudain de ces défrichements de terrain. Il m'apparut que je vous traquais plus sûrement de la sorte. Et puis, le temps aidant, vous m'êtes devenu précieux. Sans doute marquez-vous une borne au loin de mes terres ? Je tiens à vous, d'autant qu'ils vous nomment La Pointe. La Pointe, n'est-ce pas rigoureusement le terme ?

La Roche rit doucement, pendant que Longoué examinait l'écorce grisâtre où était sculpté, se détachant en rouge sombre dans le bois, son profil. La Roche s'amusait.

– Et encore, je vous apporte ceci ! Tout un soir je vous chassai, simplement pour vous le remettre. N'est-il pas juste que vous en jouissiez ? N'est-ce pas ?

Il lança vers Longoué la petite barrique qu'il avait sortie du sac. Longoué attrapa l'objet et le posa délicatement près de l'écorce. Il y avait dans l'entour comme une stupéfaction, un arrêt intense de vie, à voir ces deux hommes tranquilles assis l'un en face de l'autre. La Roche qui eût dû, c'était son droit, abattre le marron aussitôt qu'il l'avait aperçu. Longoué sans inquiétude, sans haine eût-on dit, son coutelas ballant au travers des cuisses. Complices tous deux du moment présent, eux qu'un abîme séparait. Tous deux également fous.

– Oui oui, une barrique. Il y a beau temps qu'elle n'est plus dangereuse. J'aimerais que vous la gardiez, où que vous alliez. Vos petits-neveux peut-être s'en inquiéteront. Que nous importe ? Nos absurdes rejetons auront-ils bruit de cette histoire ? On aura défriché tant de terres, ils ne sauront même pas débusquer la bête tapie au fond d'eux. Nous descendons ensemble les marches de l'enfer, vous de plus en plus pâle dans vos fils, moi noyé au crâne stupéfait d'un crétin. Ainsi, dès aujourd'hui, vous renvoyé-je votre signe maléfique. Oui oui, c'est un renvoi. Mais mon ami, comme nous aurons vécu tous deux !

Ils sourirent. La nuit était sur eux, loin au-dessus des troncs, elle hésitait à couvrir les extraordinaires monologues. Les deux hommes paressaient dans le feu du soir, insatisfaits peut-être d'avoir si peu décanté ce qui en eux bouillonnait, mais respectueux de cette paix et, à l'extrême, de cette incompréhension mutuelle dans laquelle ils se retrouvaient solidaires. La Roche se leva et insensiblement (ou d'un seul élan ?) il disparut dans les ombres. Longoué ramassa la barrique et l'écorce, il était maître des hauteurs qu'à tout prendre l'homme blanc lui avait concédées. Non pas concédées mais reconnues, après un loyal combat. C'était la mer, où les étoiles se taisaient. C'était le rivage, d'où il ne voyait pas l'autre terre. Il cria, dans sa langue d'Africain : « J'ai eu ta vie entre mes mains. Je t'ai protégé tout le temps. Ce sera pour une autre fois ! » Il lui vint comme une douceur, une paix, un accord avec les souches, les ronces, les bambous fuyants et le ciel. Une naissance dans ces bois, comme s'il était le fils nouveau venu de son fils Melchior. Il reprit à grands pas le chemin de sa case.

CHAPITRE V

La naissance du fils de Béluse fut cause de la ruine définitive chez Senglis. Six récoltes s'étaient faites depuis que
Marie-Nathalie, exsangue sous ses fards, avait allumé les
chandelles au fond de ce qu'elle aurait appelé son boudoir,
et elle n'eût certes pas pu dire ce que six ans savent accumu-
ler de moisissure dans un coffre ou ôter de tranchant au fer
d'une hache. Insensible au temps, et morte dans son immobile rêveuse fixité, elle menait le deuil quotidien de cette
naissance dont elle s'était obsédée. Béluse accoutumé aux
manières de madame de Senglis ne s'effrayait plus du regard
mort ni du masque de carême où on devinait les rides rigides
sous la crème, il parlait à ce fantôme d'une voix douce et
chantante, il le promenait dans la maison, et la maîtresse
s'exclamait heureuse quand il l'emmenait jouer avec le petit
Senglis, et ce fantôme où se consumait une passion insoute-
nable soudain s'animait pour lui demander : « Béluse,
quand commencerons-nous donc le peuplement de nos
terres ? », et il la berçait d'une histoire de fécondités, traversée de marées d'enfants noirs, grouillante de végétation
grasse et d'eau en cataractes, jusqu'à ce jour où doucement,
lui-même pris de pitié, il lui dit : « Nous l'avons, madame, il
va venir, un garçon. » Et il ne fut pas stupéfait de la voir
s'illuminer comme d'un plein soleil, non pas exubérante

mais remplie d'un effrayant bonheur ; il parut content de faire venir la future mère, empruntée, qui riait grassement en se prêtant aux caprices de la recluse (« Tournez – Venez que je le sente – Marchez – Encore ! »), et content de voir s'écouler les mois de lent prélude à la parturition, pendant lesquels il était enfin débarrassé des attentions de la maîtresse ; il s'étonnait, à cette époque où chacun pouvait connaître sa paternité, visible au ventre de sa compagne, d'avoir à subir pour la première fois les brocards des autres (« Ah ! Si c'était moi, il y a six ans qu'elle aurait mis bas », ou : « Faut qu'elles y passent toutes maintenant ! »), comme si le dénouement de cette attente l'avait isolé à la fin et que les parias prenaient dès lors conscience du privilège qui lui était dévolu. Car il ne pensait qu'à peine aux ravages qui se faisaient dans ce qu'il appelait « la cargaison ». Il s'était de lui-même astreint, et dans une mesure qui ne pouvait être excessive, au travail des champs, mais quoiqu'il fût devenu un bon manœuvre de la terre il ne soupçonnait pas (il s'accommodait de ne pas voir) la désolation de ces tâches sans espérance ; il s'était habitué au spectacle quotidien de la famine chez les enfants (pour lesquels il dérobait chaque jour quelque reste miraculeux des maigres dîners de madame de Senglis), de la maladie sans appel acceptée avec résignation par les adultes (pour qui il allait chercher, quand on le lui ordonnait, le vétérinaire) ; il n'essayait pas de profiter des libertés dont il bénéficiait pour porter attention à tant de souffrances, dont la vue jour après jour recommencée avait fini par le persuader (comme aux autres qui les subissaient, mais n'avaient pas le loisir d'y penser) que c'était là l'état normal de la vie, une fois pour toutes. Préoccupé de l'hostilité vague qui l'entourait désormais, il allait jusqu'à tenter de distinguer les mondes différents qui se côtoyaient ou se superposaient dans l'espace de l'habitation ; mais il divisait seulement en secteurs, et par un mécanisme élémentaire de son esprit, l'univers clos dans lequel il poussait

131

lui-même çà et là comme une mousse à l'abandon : observant avant tout, inquiétante, la régence autoritaire et en quelque sorte « travaillante » des géreurs et commandeurs, avec lesquels il avait peu de rapports mais qu'il voyait dominer les choses et les gens, et dont il sentait partout la lourde menace : hommes tout d'une pièce, pour qui ensanglanter ou estropier ne représentait qu'un moment (à vrai dire, ultime) de la nécessaire permanente opération de gendarmerie par quoi l'ordre se maintenait sur la propriété. À l'écart, et au-dessous, la zone stérile des travailleurs, mais il ne pensait pas : travailleurs, il se disait : « la cargaison, c'est la cargaison du bateau qu'on a rassemblée ici » : ceux qui se traînaient des huttes aux champs et du champ à la hutte, voilà tout. Il n'allait pas plus avant, ne se demandant même pas pourquoi il avait naguère rejoint les révoltés : si ce n'était pas pour la rancœur qu'avaient amassée en lui tant de déchéances ? Puis la tranquille réserve de la maison, les domestiques haussés sur leur à-part, non pas maigres ni sales ni loqueteux (et non plus gras ni paisibles) mais qui se maintenaient par les reliefs chapardés à l'office : peuple en marge qui se satisfaisait d'une pénombre où il *durait* sur le mode animal, et qui finissait même par s'attacher à ses maîtres (tellement un privilège peut à la longue épuiser l'âme et la dérouter vers les plus sournoises accoutumances), à l'image des deux femmes débordantes de maternité qui se disputaient l'affection du petit Senglis. Ensuite, le morne désolé domaine où Gustave-Anatole croupissait, se distrayant de plus en plus des petites perversions qu'il s'inventait : haïssant ses esclaves d'une haine vicieuse de malingre : il persécutait ceux qu'il avait pris en grippe, les obligeant par exemple à avaler les poils qu'il s'arrachait sous les bras (et les gens de la maison riaient, criant aux malheureux qui se rendaient à cet office : « Foutre, tu vas manger à présent ! ») ou à se barbouiller la figure des selles du petit Senglis. Mais chacun pouvait comprendre que c'étaient là des jeux de débile et d'homme perdu. Enfin, au plus obscur de la maison, la tombe de Marie-Nathalie, le mausolée tragique de sa jeunesse. Et, peut-être pour ne pas réfléchir davantage, pour ne pas fouiller dans les secteurs qu'il avait si vaguement délimités, il s'était insensiblement attaché à la folie de la maîtresse. Il lui en venait un statut nouveau : celui de protecteur. Il savait bien qu'il était étranger à cette folie, laquelle n'avait fait que le prendre comme objet ; et le seigneur aux yeux bleus lui était resté dans la mémoire, depuis ce jour où le vieux les avait étourdis de paroles, les deux femmes et lui. Il se réjouit pourtant de l'innocente joie de Marie-Nathalie : la regardant cajoler la mère effarée, présider avec gravité à la naissance, accabler tout le monde de recommandations, méditer longuement (quand l'enfant fut là) le nom qui conviendrait. Senglis s'amusait de ces incongruités. Quand sa femme lui annonça : « Nous l'appellerons Anne ! », et qu'il lui eut demandé : « Anne ? Pourquoi Anne ? C'est un nom de fille », et qu'elle eut rectifié : « Détrompez-vous, c'est le nom du Connétable de Montmorency, vous n'êtes pas sans savoir l'estime en quoi je tiens Anne de Montmorency, ce fut un héros malheureux », et qu'il eut rétorqué : « Voyons, vous n'affublerez pas cet esclave du nom d'un Connétable de France ? », – elle lui déclara avec le plus grand sang-froid : « Mon ami, je ne vois pas le mal qu'il y aurait, quand vous vous prénommez, par je ne sais quel privilège, Gustave Anatole *Bourbon*. » Bourbon haussa les épaules et s'en fut. L'enfant s'appela donc Anne.

Mais sa naissance fut la cause, et presque le signal, de la ruine. Car il apparut très vite qu'une réussite si ardemment souhaitée, en place de fouetter les énergies de madame de Senglis au contraire l'avait accablée d'un trop de plaisir, après quoi elle se laissa aller. Exaltée du résultat depuis si longtemps inespéré, elle fut en quelque sorte désarmée par l'excès de ses transports. Béluse n'eut donc pas à « assurer le peuplement », à continuer le travail ainsi entrepris. Il subit les moqueries et les provocations des femmes qui se portaient sur son passage et lui faisaient des avances paillardes, mais il en souriait doucement, et parfois il participait au jeu, quand son humeur l'y inclinait, et faisait mine de poursuivre les effrontées qui affectaient de s'enfuir en poussant des cris et en appelant au secours. Madame de Senglis oublia du jour au lendemain son étrange programme. Elle ne s'occupa pas davantage d'Anne qu'elle l'avait fait de son fils. Elle déclina très vite, et Béluse comprit obscurément que l'habitation avait jusque-là vécu dans l'ombre de cette folie qui seule avait maintenu conjoints, par sa force surnaturelle de contagion ou d'hypnose (et à défaut de l'appât du gain, propre aux planteurs, dont Senglis et sa femme semblaient s'être si mystérieusement dégagés), les univers, les divers secteurs dont il avait deviné, plus que cerné, les contours. La disparition de cette obsession compromit l'équilibre de l'ensemble, et dès lors ce fut le déclin.

La terre victorieuse assiégeait le domaine. Comme il est naturel à des proconsuls, les géreurs se complaisaient à des délices éphémères, où le goût de l'autorité ne suffisait pas à balancer la carence ou l'incompétence grandissantes. L'économie déjà précaire de la propriété subit encore les contrecoups des transformations qui commencèrent de s'opérer dans le commerce général. Senglis dut abandonner l'exploitation d'un moulin à cannes, et bientôt on lui fit quelques propositions discrètes d'achat pour la terre et les installations. C'était un signe qui ne trompait pas ; mais Senglis vivait déjà l'agonie qui devait bientôt après emporter Marie-Nathalie.

La terre victorieuse, en friches, disponible, insolente dans la chaleur. Des bandes folles, végétations d'herbes souples, insistantes, cernaient les cacaoyers, poussaient des pointes sous leur ombrage, traînaient dans le sous-bois tapissé des feuilles sèches de cacao, puis soudain déferlaient entre les

troncs, étouffant la plante, l'arbre domestique. Elles attendaient l'hivernage pour donner l'assaut, se faisant précéder,
comme d'une cavalerie tactique, des ravines où l'eau suin-
tait et où pourrissait le tronc abandonné. À la période du
carême elles crépitaient, tassées sur leur sécheresse, mais
elles n'abdiquaient pas leurs forces, ne faisant que patienter
dans l'éclat ivre de l'air ; puis elles s'élançaient à nouveau
sur la proie. Marie-Nathalie sentait autour d'elle cet assaut.
Hallucinée, elle voyait le rivage rebelle griffer de ses sables le
terreau rouge ou noir, et le sable était fertile. Quand elle en
fut à l'extrême de sa résistance (c'était un an après la naissance d'Anne Béluse), elle se cramponna tout un soir aux
lourds coutils qui ornaient son lit, repoussant l'ennemi et
l'invectivant : « Ose seulement venir ! Je te cracherai dans
les yeux ! Scélérat ignoble, ton corps est plus désolé qu'à la
Pointe, jamais je ne m'habituerai à tes branches, oui l'odeur
de ton sang me révulse, voilà, il me fallait le crier, tu me
dégoûtes le cœur... » et divaguant dans son agonie jusqu'à
ce que Senglis murmure : « Que vous ai-je donc fait ?
Marie-Nathalie ? Ai-je mérité cela ? » Alors surgissant du
chaos de sa mort, elle comprit qu'il s'épouvantait pour lui-
même des malédictions qu'elle avait pu proférer, dont un
vague remous agitait encore son être, et douce elle lui dit :
« Mais non, mon ami, il ne s'agit pas de vous », après quoi
elle s'éteignit sans une autre parole, farouche et réservée
jusque dans la clameur de sa dernière solitude.

    La terre victorieuse, bienveillante, légère. Béluse déso-
rienté par la mort de la maîtresse se tailla aux limites de
l'habitation, dans la zone de forêt triomphante, un petit
carré de cultures. C'était presque à mi-chemin des mornes
et personne ne fut pour l'empêcher de s'installer. Des
patates douces, des plants d'igname, le manioc : tout le grappillage de subsistance qui était possible. Pour le reste, il était
utilisé aux mois de récolte, ou pour entretenir les champs de
tabac ou récolter le café. Ainsi était-il sorti de la maison et

commençait-il vraiment de connaître le pays. Alors, il se reprenait à méditer la vieille haine. Il s'apercevait qu'il avait pendant ces sept années voulu oublier l'autre. Il flairait à nouveau dans l'air autour de lui la présence de l'autre. Esclave qui subvenait lui-même à ses besoins mais n'en était pas moins tenu de répondre à n'importe quelle réquisition, il satisfaisait à la fois son désir d'être ailleurs et la rapacité des géreurs qui n'avaient plus à le nourrir, ni sa compagne ni son fils. Il ne savait pas que c'était là une situation rendue possible par l'évolution des choses. Il croyait peut-être qu'il avait arraché le droit de se retirer dans la case de terre rouge étayée de branches. Aussi pouvait-il à nouveau et sans honte évoquer l'autre enfermé là-haut dans les bois. Il découvrait la terre nouvelle, triomphale. Mais il s'arrêtait dans les fonds d'une ravine, entre deux bousculades d'arbres suspendues sur sa tête, et il se disait : « On ne sent rien derrière », voulant sans doute traduire ceci : qu'il n'éprouvait pas cette poussée, cette trouée qui vous déportaient, là-bas dans le pays au-delà des eaux, et qui faisaient qu'alors on s'estimait rachitique sur la terre à l'infini. Il devinait qu'il ne pourrait pas ici marcher sans arrêter droit devant jusqu'à ce que la mort le prenne. Il n'était pas aspiré par l'horizon et il ne s'enivrait pas de l'étendue de la terre, inconsciemment, comme cela lui était arrivé dans le pays là-bas. Mais il s'inquiétait aussi d'une telle diversité autour de lui, et qu'une si grande quantité de paysages différents se concentrent dans un si petit espace. Il avait naturellement l'amour des terrains ouverts, et revenait avec plaisir à la vie élargie des campagnes. Aussi ne s'opposa-t-il en rien aux vagabondages de son fils.

Anne courait toujours sur les hauteurs, d'autant qu'il y avait trouvé un compagnon de jeux ; c'était le second fils de Longoué, de peu son aîné. Pour ce garçon, Longoué avait tenu à le nommer lui-même, décidant qu'il s'appellerait Liberté. Man-Louise trouva la chose naturelle. La transformation du pays, la lutte et l'avancée de la forêt, le statut spécial de Béluse, avaient fait que les deux enfants, également vagabonds, s'étaient rencontrés. Il fut tout de suite évident qu'un lien mystérieux les attachait l'un à l'autre. Ils parcouraient des lieues et des lieues pour se retrouver, s'étant au fur et à mesure ménagé des points de rendez-vous, des cachettes connues d'eux seuls. Liberté Longoué emmenait souvent son compagnon jusqu'aux endroits où Man-Louise faisait du charbon ou cultivait ses légumes, et ainsi elle devint presque complice de leurs jeux. Mais Liberté était trop avisé pour faire connaître à son père qu'il passait ses journées avec Anne ; et de même il n'alla jamais jusqu'à la case de Béluse. Les deux garçons se battaient chaque jour avec férocité, déguisant à peine ce besoin ins-tinctif sous l'apparence d'un jeu : Anne symbolisait les Français et Liberté les Anglais. Ils sortaient pantelants et déchirés de ces batailles qui n'avaient rien de feint, et Man-Louise gémissait : « Ces deux-là, il faut toujours que l'un tue l'autre ! » Ils grandirent en marge de leurs familles res-pectives, dans le champ clos des mornes, et préparant dès le premier instant cette nuit de mort qui bien plus tard les pré-cipiterait l'un contre l'autre, entre les trois ébéniers. C'est ainsi qu'un soir, à la remise des outils dans l'atelier de la pro-priété Senglis, Anne parvint à dérober un coutelas qu'il cacha dans les bois, sans en avertir son compagnon. Et au cours d'une flambée de révolte qui agita de nouveau le pays, alors qu'ils avaient peut-être seize ans, peut-être moins, Anne combattit du côté des colons pour la simple raison que Liberté avait suivi une bande de marrons. Ils se cherchèrent pour s'affronter mais n'en trouvèrent pas l'occasion tant que durèrent les troubles. Et comme tout finissait par se calmer dans le pays, ils se retrouvèrent dans les bois, échangeant leurs souvenirs de combat, et se défiant à nouveau. Nul, hormis Man-Louise, ne connaissait cette vie secrète qu'ils s'étaient faite, et il faut dire que nul ne s'en souciait. Ils occupaient la zone neutre qui n'appartenait à personne, poussant jusqu'à la Pointe pour y pêcher, et gardant intact leur royaume ; sauf en cette occasion où ils rencontrèrent une jeune esclave (ils ne pouvaient dire lequel des deux l'avait d'abord connue) qu'ils invitèrent, et dont ils ne savaient pas qu'elle faisait entrer dans leur domaine la nuit inéluctable qui déjà rôdait alentour.

– *Ah ! la nuit. Est-ce que tu as peur, la nuit ?*

Papa Longoué murmura ces mots ; or telle était l'intensité du silence que Mathieu sursauta. Alors il revint au temps présent, souriant sans en avoir conscience, d'un sourire hésitant et inquiet. Oui, il craignait la nuit, la descente sur le chemin, dans l'encaissement des ombres vivantes. Il faisait effort pour ne pas se lever et s'en aller tout de suite ; mais « ce n'était pas encore six heures », il ne voulait pas être un poltron devant le vieillard. Or : « Qui est-ce qui n'a pas peur dans la nuit ? » Il voyait chaque rame de bois, chaque lame de terre, la case misérable, les fougères folles, s'éteindre, se racornir, s'épaissir aussi sous la chape de grisaille qui s'étendait. Papa Longoué remuait les feuilles : « La nuit ne fait pas les heures, dans la nuit tu ne connais pas la chose qui passe. Les étoiles. Regarde les étoiles, est-ce qu'il y a un mot pour dire comment elles vivent ? » Et c'était peut-être qu'à défaut de pouvoir marcher droit devant sans arrêter jusqu'à la ravine de sa mort, le vieillard essayait de monter comme le vent sur les profonds du ciel : « Il y a qu'on peut toujours marcher jusqu'en haut, même si on est la fourmi sur la vague. »

« C'est la barrique, dit Mathieu. C'est elle ! Mais regarde. Le grand-père de ton père, dire, un marron. C'est elle, si tu la touches trop fort, elle tombe en morceaux ! Mais regarde. Elle a été là tout le temps que vous viviez. Et tu as tenu l'écorce sur ma tête dans la case le premier jour où... »

– Oui, dit le quimboiseur.

« Mais comment ? dit Mathieu. Ah ! Je peux vous suppo-

138

ser au long du temps, toujours à rapiécer le fût, ce qui fait qu'à cette heure il ne doit pas y avoir un seul morceau de bois qui soit resté, c'est-à-dire du bois de l'*Acajou* que La Roche avait fait ajuster. Mais c'est votre barrique n'est-ce pas, vous la gardez comme un trésor sans penser... »

– Non, dit le quimboiseur.

« Bien sûr, vous y pensez puisque vous êtes les seuls, hein, parce que nous ne sommes déjà pas assez vantards dans ce pays où nous ne saurions même pas comment vivre sans tourner en rond comme des bourricots, il faut en plus que nous ayons un clan de voyants qui dans les bois... »

– Ah là là, dit le vieillard.

« Et qu'est-ce qu'il avait mis dedans ? Car ce n'est pas possible, il ne connaissait pas ta *feuille de vie et de mort* ni ces branchages que tu déverses devant moi. Il n'était pas le quimboiseur des planteurs, même s'il se trouvait à demi fou. Vous avez mis les feuilles. Bon, voilà la cachette. Et qu'est-ce qu'il a pu fourrer dedans pour que La-Pointe l'ouvre... »

– Non, dit le vieillard. J'ai mis les feuilles quand mon fils est mort, pas avant. La famille arrangeait les pièces cassées, mais elle n'ouvrait pas. C'est vrai.

« Ils n'ouvraient pas mais ils réparaient. Tu vois ça ? Ce qui donne, bon, que tu ne sais même pas ce que La Roche avait enfermé là-dedans, car s'il faut compter ça fait cent dix-sept ans depuis qu'il la lança devant La-Pointe jusqu'au jour où tu ouvres... »

– Je ne sais pas, dit le vieillard.

« Mais je sais. Et puis bien entendu, tu pourrais me réciter tout de suite ce qu'il y avait dedans, parce que c'est sûr-et-certain à voir ta figure papa que tu es au courant, mais je suis un tout-petit n'est-ce pas, il faut m'apprendre la patience, et puis nous avons oublié, tout le monde, sauf la famille unique dans les bois... »

– Non, dit le vieillard.

« Ah ! Quand même. Il y en a quelques-uns. Ils n'étaient pas tous trop jeunes pour manquer de respect aux vieux, ni trop vieux pour n'avoir plus de sang dans le corps, et... »

– Tu es fâché, dit le vieillard. Heureusement tu as les yeux. Si tu n'avais pas les yeux, personne ne pourrait supporter. Si tu n'avais pas les yeux, je ne serais pas bien avec toi.

Mathieu Béluse interloqué bloqua pour ainsi dire son élan de colère. Il tendit le bras et toucha timidement les feuilles éparses devant lui. « Pardon, papa, je te demande pardon. Je crois que j'ai des frissons, c'est la cause. »

– Alors au moins tu viendras pour quelque chose, la maladie ; je te donnerai une médecine !

« Mais ce que je vois, c'est quand on parle de révoltes. Des révoltes ! Les révoltes c'est dans les livres, nous c'est nous levés un seul sang rouge dans les champs qui brûlent, je vois ça ainsi, la terre en bouillons qui tombe sur les plantations, révolte est trop calme et, bon, c'est moi qui lis les livres, c'est moi qui apporte le calme, mais je vois aujourd'hui qu'il n'y a pas de vent-courant dans les campagnes, non, c'est toujours la prison la mort et quand on en expulse un à Bois-Lézard il peut toujours aller on ne le prend plus, pas même à la Joubardière tout au fin fond du sud, et je vois que nous disons toujours *une autre fois ce sera pour une autre fois* et jusqu'à *tout finissait par se calmer dans ce pays* oui c'est ça notre conte une longue file *d'autre fois* attachée avec des morts et personne ne parle personne ne crie les morts sans compter la petite nuit chaque jour sur les mornes personne, et je reviendrai sur la *richesse animale* tu te rends compte animale il a fait le seul geste d'homme qui était de monter dans les bois, tu en es bien assez fier, ah ! heureusement que tu dis : la foule des squelettes dans l'entrepont, des squelettes ravagés par la vermine et la maladie, sans ça on aurait presque pensé que c'était un petit voyage bien à l'aise... »

– Bon, mais ce que tu ne vois pas, c'est le calme pour connaître. Tu es obligé. Moi je te le dis, Mathieu mon fils, heureusement tu as les livres pour oublier le détail mais pour savoir ce qu'on oublie : l'odeur par exemple, l'équipe de nuit, et les aléas sur l'habitation Senglis, le terrain qui change partout, les chiens dressés. Tout ça qui te donne l'explication ! Car tu ne sauras jamais ce qu'a coûté chacun des livres que tu épelles depuis a jusqu'à z.

« Ah, tu as raison, papa ! Si on allait d'ici jusqu'à Grand-Rivière, tout au long du chemin la raison ne te quitterait pas. Mais regarde-moi, je vois qu'il raconte le marché et puis en arrière le bateau et en arrière encore la maison là-bas et en arrière encore le parc à entassements et en arrière encore je devine ce qui était, mais je vois qu'il a oublié la mer. Non. Pas oublié. Il ne comprenait pas la mer, ce qu'on attend sur la mer, il n'a même pas entendu Louise il s'est seulement levé pour lui donner une feuille à manger, il n'a jamais su que la terre sur l'horizon de la Pointe est la même qu'ici la souffrance pareille, il s'enfonce dans les bois et dès ce moment-là nous sommes pris dans la ratière nous tous. »

– Mais pourquoi criais-tu : La-Pointe ? Car son nom c'est Longoué, le nom que je porte.

Mathieu rit, comme contraint. Il frissonnait, accroupi sur ses talons. Il essaya de chanter en s'accompagnant d'un rythme qu'il battait doucement sur la barrique (mais sa voix ne portait pas très loin car il détaillait les mots à l'intention du quimboiseur) :

« Un abbé avec une épée, *gadé sa !*

« Le dé à coudre était en noyer, *ki noyé ?*

« Monsieur géreur et commandeur *couté sa.*

« Des écus et puis des louis, *oué oué oué.*

« Des louis et puis des boucauts : *sa pa vré.* »

– Ce qui veut dire que si tu entends bien, tu retiens aussi !

« Ce qui veut dire que je ne crois pas ! L'abbé qui porte une épée, c'est dans les gravures, pas dans le pays ! Pour les

141

baptiser en série à l'arrivage, presque une cérémonie, vraiment réfléchis, il ne serait pas venu avec une épée. Ensuite, parce que nous connaissons géreurs et commandeurs sans oublier les économes, pourquoi veux-tu qu'on les appelle géreurs et commandeurs, dans le temps ? Des contremaîtres, des engagés, est-ce que je sais ? Et à l'époque, est-ce qu'ils connaissaient seulement un dé à coudre, tu vois c'est impossible, en noyer. Même ta Marie-Nathalie dans son réduit avec les chandelles à midi, alors Man-Louise la pauvre ? Et avant ça tu comptes six cents cinq cent cinquante dans la cabine, mais va voir si c'est des écus ou des louis ou tout simplement des boucauts de sucre ? Alors ? »

– Foutez-moi la paix, dit majestueusement le vieillard.

« Le plus beau. Un maître de nage, il ne peut pas être un officier. Chez La Roche un aristocrate. C'était pour les officiers. »

– Puissances ! Regardez ! Ce petit garçon est fou ! Ce n'est pas moi qui aurais planté un bois de noyers, or quant au sucre je n'ai jamais demandé plus qu'une demi-livre par consultation. Alors ? Qu'est-ce que c'est ça, gravures ? Maître Mathieu, tu es fâché, ce n'est pas beau !

Or la fâcherie venait de l'angoisse qui grossissait avec le soir : Mathieu le faisait exprès de tourner les mots pour qu'ils soient désobligeants ; et ainsi en peu de temps la véhémence calculée de cette dispute les laissa tous deux désorientés, car la dispute ne pouvait se nourrir d'elle-même et s'enlisa comme un gommier sur la plage. Ils s'incrustèrent l'un et l'autre dans le serein. Vers les fonds, un voile humide montait du bois : si lentement qu'il semblait être attaché à la nappe verte. Le chagrin des choses du soir pénétrait l'esprit en effervescence, sans éteindre la clameur de l'antan. « La mer, marmonna Longoué, la mer c'est aujourd'hui. Tu me fais descendre la rivière jusqu'à aujourd'hui, moi je te montre la rivière, voilà. » « Oui, à cheval sur une barrique », dit Mathieu ; puis il eut honte et il baissa la tête. Mais papa

Longoué déjà loin revivait la fête que Stéfanise lui avait si souvent racontée : les hommes excités qui menaçaient la plaine, le grand manchot qui brandissait dans son unique main ce garant suprême de bravoure qu'était alors un coutelas (« là où je l'ai gagné, il n'y a pas beaucoup qui seraient entrés »), l'enfant presque jeté de bras en bras, Longoué criant : « Puisqu'ils ont proclamé Liberté-Égalité-Fraternité, moi je proclame Liberté-Égalité-Paternité ! vous entendez tout le monde ici, son nom c'est Liberté », et eux tous qui répondaient à la volée jusque sous les derniers branchages dans la nuit : « Oui Monsieur-la-Pointe », et le vent montant qui étirait la fumée des flambeaux, les couis de rhum à la chaîne, les carrés de fruit à pain rôti, Man-Louise assise immobile sérieuse devant la case. « Pourquoi ? pensait Mathieu. Toutes ces questions pour ne pas trouver la réponse, il n'y aura jamais de *parce que* ; c'est réel que je ne connais rien et puis rien. Le reste est gardé au fond du bois ! » Et il sentit à ce moment le vent, un filet d'eau contre ses chevilles, qui recommençait à monter : c'était six-heures. Le soleil basculait derrière la crête d'arbres : le rouge de feu virait au noir d'un seul coup. La nuit avait surpris Mathieu, il devrait descendre avec sa peur dans la poitrine comme une roche. Pas une lucarne ne brillerait dans les rideaux des fougères. Il devrait dévaler pire qu'un mulet jusqu'à la zone de plaine où un reste de jour stagnerait jusqu'à sept heures. Là il soufflerait et reprendrait un pas normal, sans oser jeter un regard en arrière sur la nuit des hauteurs. Les questions, quelles questions ? « C'est ce vent, dit papa Longoué invisible et tranquille, c'est tout ce vent comme la mer sans fin. »

ROCHE CARRÉE

Parce que ce fut très vite sensible qu'il n'était pas un garçon comme les autres, qu'il était calme, qu'il ne faisait pas de grands gestes partout : il s'en allait seul, ou il suivait Man-Louise mais de loin, sans vouloir l'accompagner franchement. Rusée, elle faisait mine de ne rien remarquer, pensant toute calme elle aussi : « Je suis restée trop longtemps les yeux ouverts dans la nuit pendant que je l'attendais, il est tranquille comme une nuit, et comme une nuit on ne peut pas le comprendre. » Et quand elle croyait qu'il avait perdu la trace, elle s'arrêtait, feignant de ramasser des herbes ou de se reposer au bord du sentier, gémissant assez fort : « Ah ! Puissances, que je suis fatiguée ! » jusqu'à ce qu'elle devine à nouveau derrière elle son indéfinissable présence. Elle eût été bien étonnée s'il lui avait avoué qu'il n'était pas dupe ; qu'il savait qu'elle l'attendait ainsi ; – il la suivait parce que c'était son plaisir. Ainsi, l'un guidant l'autre, l'initia-t-elle aux premiers détours dans la profondeur des bois, lui enseignant les chemins cachés sous les racines des palétuviers, les trouées de ciel sur quoi s'orienter entre les balisiers ou les gommiers. Très tôt, il descendit vers la mer et explora la Côte (méritant secrètement son nom de Ti-Lapointe). Là, son naturel le poussa vers d'inédits domaines. Il négligeait les sables blancs ou noirs, les dunes si vite aplaties sous le vent, les marigots d'eau douce glacée dans la chaleur ; ce qui l'attirait, c'était la zone boueuse de mangles où il piégeait les crabes et s'imprégnait de l'odeur nauséeuse. La vie, ce qu'on appelle la vie et dont chacun voit qu'elle est l'élan de la racine, avait quitté la Côte et pénétré les bois sur la hauteur. Béluse lui-même, obéissant à cette force, s'était avancé à mi-chemin de la saillie dans le lot d'acacias, lui qui n'allait jamais regarder la mer ni se mettre debout tranquille près des vagues. La Côte avait dépéri chaque jour davantage, perdant jusqu'à son apparence de terre nouvelle. La végétation s'y était clarifiée, il naissait partout des chemins, des sentiers de mulets qui serpentaient sur les rebords de sables ; le sans-gêne de la Côte revêtait la pouillerie des hommes. Des rangées de raisiniers apparurent autour du pays, et aussi des touffes rêches de mancenilliers ; du moins, on les remarqua pour la première fois, comme plantées avec ordre pour marquer une limite. L'enfant n'aimait pas ces plages cernées de cocotiers ni les allées de sable chaud ; il se plaisait au grouillement pustuleux des mangles. Solitaire, il y cherchait peut-être le même mystérieux pullulement de vie qui le fortifiait dans les bois. Chasseur, il n'entendait jamais partager les produits de sa chasse et s'allumait des feux dans les coins secrets connus de lui seul, où il faisait rôtir les oiseaux qu'il avait tués. Si par hasard il se trouvait obligé de proposer ces prises (quand on le surprenait avant qu'il ait pu les cacher), il préférait les donner totalement, et restait debout immobile à regarder Man-Louise et Liberté sucer les petits os brûlés ; Longoué disait : « Tu n'en attrapes pas beaucoup, mais pourquoi fais-tu la chasse si tu n'aimes pas les manger ? » Lui, ne voulait pas avouer qu'il lui déplaisait de partager son butin, de même qu'il n'eût pas aimé être accompagné pendant ses courses. Mais il n'était pas égoïste ; et il s'occupa fort bien de Liberté jusqu'au jour où celui-ci, peut-être averti que son frère était de nature solitaire, commença à vagabonder lui aussi et rencontra Anne.

Cette vie, ce grouillement, ce pullulement étaient pour lui des engrais puissants, et de fait il s'épaississait autant qu'il grandissait, de plus en plus large, solide, planté, imperméable. Longoué son père était le seul qui pût l'aborder ; mais en ces occasions sa figure d'enfant se vidait de toute espèce de vie, comme si pour écouter son père il lui fallait se jeter hors de lui-même, oublier son être. Il enregistrait donc, passif et neutre, sans qu'on pût dire qu'il lui déplaisait d'être là mais sans qu'il esquisse non plus le moindre geste, sans qu'il prononce la moindre parole d'acquiescement. Longoué semblait trouver normale cette manière d'agir, et il se plaisait aux monologues qui en résultaient (lui prolixe, le garçon muet) et qui de loin en loin asseyaient, du moins le pensait-il, son autorité paternelle. Aussi n'eut-il jamais conscience de ne pouvoir rien cacher à l'enfant, lequel insensiblement devint le dépositaire de son savoir, le confident de sa vie, et presque le juge de ses actes. Au plein d'une tirade, le père s'arrêtait par exemple et sans regarder le fils mais le lorgnant du coin de l'œil, demandait : « Alors, qu'est-ce que tu penses ? » Et quoique l'enfant ne répondît jamais, ne bougeât pas davantage, l'adulte concluait : « Bon, bon, tu as raison. C'était pas bien de faire ça. »

Parce que la terre s'était repliée sur elle-même, abandonnant la côte sans âme ; ménageant, entre la côte et les hauteurs où elle fécondait et multipliait sa prodigieuse portée, un espace dégénéré où les hommes s'évertuaient à durer ; et qu'ainsi le secteur où il pouvait – lui – s'ébattre sans souci, s'était précisé peu à peu. Les marrons étaient tranquilles dans leur retraite : la chasse qu'on en faisait n'était plus que par principe, pour ne pas perdre la main, pour maintenir un droit public dont à la vérité nul parmi les planteurs ne se souciait personnellement. La complicité d'Anne et de Liberté reposait peut-être sur cette donnée ; car on n'eût pu dire si c'était par un naturel de bienveillance et de franchise qu'Anne n'avait pas dénoncé aux géreurs les déplacements du petit Liberté, ou si c'était parce qu'il savait, ou pressentait, l'inutile d'une telle démarche. L'idée en tout cas ne lui en vint jamais, même au plus aigu de leurs disputes. Les marrons respiraient à cette époque, ils avaient presque cessé d'être une monstrueuse exception pour devenir une sorte de petite population tacitement agréée de tous. Bien sûr la peur qu'ils inspiraient, non seulement aux maîtres mais aux esclaves et aux affranchis, et surtout aux mulâtres, peur entretenue par les planteurs, ne diminuait pas. C'était la coutume de menacer les enfants de les faire enlever par un marron. Car le marron était pour les populations la personnification du diable : celui qui refuse. Peut-être, lorsqu'on en attrapait un, lui faisait-on payer, plus que par le passé, l'insolent et l'incongru de son existence ; mais cela était de plus en plus rare, et le nombre des manchots diminuait.

C'est qu'aussi les planteurs connaissaient de plus pressants soucis, dont le principal était que les Plantations devaient désormais se grouper entre elles, mettre en commun leurs ressources. Les colons imprévoyants ou indolents laissaient absorber leurs propriétés par d'autres entreprises plus dynamiques. Obligation il est vrai adoucie par l'heureux système des mariages, qui permettait d'arrondir les domaines sans réduire à la famine ou au déshonneur ceux qui perdaient ainsi la souveraineté de leurs terres ; ils devenaient les gendres et les fondés de pouvoir. De véritables castes se constituaient, courbées sous l'autorité d'un patriarche. La Roche était le plus puissant de ces chefs de dynastie.

Après la mort de Marie-Nathalie, qu'il pleura en secret (Senglis et lui s'étaient vus jour après jour pendant presque un mois, essayant de se torturer l'un l'autre et de s'amener au bord du désespoir par l'évocation sempiternelle des grâces de la défunte), il voulut avec fureur agrandir plus encore l'*Acajou*. Il rompit pour de bon avec Senglis qu'il n'appelait jamais que « le navet bossu », et entreprit systématiquement son œuvre, sans souci d'autrui. C'est ainsi que cinq ans plus tard il épousa une héritière à qui il fit sans faiblir un enfant par an (ce dont chacun s'émerveillait, vu son âge, et ce qui contribuait à accréditer sa légende d'homme indestructible) et dont il ne s'occupa pas davantage. Patriarche absolu, maniaque, le vieux bougre – c'est ainsi qu'on avait accoutumé de l'appeler – parcourait ses terres sans arrêter, pliant les volontés sous sa terrible poigne. Impavide et neutre, il n'avait pas à crier ; du haut de son cheval, dont le trot et le galop étaient partout reconnus entre tous les trots et galops, il fixait d'un air méditatif ceux qui avaient encouru sa colère. Un regard qui les faisait tous frissonner, fils, employés, esclaves, affranchis. Bientôt il put supputer des bénéfices nouveaux, car il disposa de trois fils et de quatre filles « en âge », qui lui permirent des contrats fructueux par le jeu raisonnable des mariages. À la fin le vieux bougre régnait en despote sur la plus forte concentration de terres du pays. Mais il n'arrêtait pas un instant son activité frénétique, tremblant de voir surgir à chaque détour l'amazone imprévisible dont la cravache ravageait les branches. Il acceptait de moins en moins la mort de Nathalie, criant qu'elle *allait mourir*. Cette folie exaspérait son énergie.

Les Anglais disputaient aux Français l'exploitation de ces terres où ils effectuaient des débarquements périodiques, en un point ou un autre ; c'était là l'autre souci des planteurs. Mais ceux-ci firent montre, dans les engagements, d'une activité, d'un acharnement, d'un héroïsme remarquables, grâce à quoi ils sauvèrent leurs possessions ; et cette conduite, fondée sur le travail des troupes de nègres dont ils disposaient, leur valut par surcroît une réputation de patriotisme indomptable. La Roche dévoua ses fils à la lutte, et il les vit chaque fois revenir sains et saufs, auréolés d'une gloire nouvelle pour eux, mais tremblants plus encore devant son œil fixe.

Ce qui fait que les marrons étaient laissés à leurs bois, et que l'enfant put y pousser tranquille, élargissant sa solitude, s'y enfonçant, s'y carrant. Et ainsi se préparait-il à son état futur. Il ne s'inquiéta d'abord pas des relations entre Anne et Liberté. Il se réjouit que son frère ne lui fût plus à charge ; il pourrait désormais partir sans préoccupations, traîner dans les mangles ou tenter de grimper aux énormes fromagers. Dans les débuts il suivait aussi les deux amis, mais instruit par l'expérience de Man-Louise et sans doute plus habile à se camoufler dans les bois, il prit garde de ne pas se faire repérer par eux. Il s'intéressait à leurs effrayants combats, pariant avec lui-même sur les chances de l'un ou de l'autre et s'amusant ensuite des mines atterrées de Man-Louise. Il connaissait autant que celle-ci l'existence secrète des deux garnements, mais il ne le laissait pas voir.

Il fut le premier à découvrir la fille. Caché dans un mahogani qu'il préférait aux autres géants du bois, pour ce que ses branches s'étendaient sur la piste qui descendait vers l'*Acajou*, et pour ce qu'il découvrait de là toute une partie de la plaine (les champs de maïs, les étendues de tabac, le frisson des jeunes cannes serrées entre les sentiers rouges), il la vit un jour monter du fond de l'*Acajou* et disparaître sous les cacaos qui bordaient la propriété. Il savait qu'elle était la fille d'un couple d'esclaves installés sur ce versant, comme Béluse l'avait fait de l'autre côté. La Roche tolérait ce statut nouveau, quoiqu'en général il maintînt ses esclaves dans l'entourage immédiat de ses installations et de ses ateliers ; peut-être que l'homme et la femme devaient cette mansuétude au fait qu'ils étaient arrivés sur le même bateau que La-Pointe : et on verra que le vieux bougre gardait une sorte d'affection pour son marron de la première heure. C'était étrange comme un fils de marron qui risquait sa vie à chaque instant (même si on voyait que la chasse s'était ralentie) et une fille d'esclaves travaillant à l'enroulement du tabac quand ce n'était pas à l'amarrage des cannes coupées, pouvaient ainsi se côtoyer, se parler, vivre ensemble s'ils le désiraient. Il se posta désormais sur sa branche pour surveiller la fille, non par intérêt pour sa personne – car elle était beaucoup plus jeune que lui ou du moins le paraissait – mais pour la curiosité qu'éveillait en lui, à cette époque, tout ce qui venait d'en bas. Une curiosité mêlée de défiance et d'un sentiment inconscient d'orgueil. Un autre jour, il découvrit Anne et Liberté qui suivaient la fille et se poussaient l'un l'autre en avant. Elle s'aperçut du manège et simplement les attendit. Il les vit tous trois marcher dans le sentier et disparaître, graves, contenus. Il s'amusa, pendant quelques semaines, à les observer, tour à tour réservés, rieurs, excités. Puis il se détourna de cette communauté, et dès lors cessa de suivre son frère. Ce fut bien après ce temps qu'il s'inquiéta ; quand il fut visible qu'Anne et Liberté se battraient pour de bon, avec la fille entre eux comme enjeu du combat.

Il grandit ainsi, acquérant à cause de sa masse et de son silence une réputation de sagesse et, plus encore, de « puissance ». Longoué vieillissant n'acceptait pas que son fils le surpassât dans le mystère et l'inconnu. Il insistait pour que le garçon prenne une femme et travaille un coin de terre dans la forêt. Mais l'autre secouait la tête sans dire un mot et continuait ses randonnées. Il s'était armé d'un solide bâton qu'il avait taillé (un boutou) et muni d'un vieux sac de grosse toile qu'il passait dans le bâton. Le sac et le boutou étaient déjà légendaires. Nul ne savait ce qu'il enfouissait dans le sac, mais certains habitants du bois murmuraient que c'était l'âme d'un mort, engagé à le servir tant que le sac serait suspendu au boutou et que le boutou serait prêt à repousser ceux qui tenteraient d'ouvrir le sac. Autant dire toujours. Les femmes ne semblaient pas intéresser ce jeune homme, ni le tafia. Si massif et tranquille, un soir devant la case, dans l'obscurité totale sous les branches, il déclara soudain (lui qui jamais n'ouvrait la bouche) : « Man-Louise, à partir du présent je ne suis pas Ti-Lapointe. Mon nom c'est Longoué. Melchior Longoué.» Puis il rentra se coucher sur la planche qui lui tenait lieu de grabat. « Est-ce que tu as vu ça ?» demanda Longoué. Et Man-Louise répondit, après un long silence : « C'est parce que j'ai regardé dans la nuit.»

Parce qu'il attendait peut-être, sans le souhaiter, le départ des vieux. Il aimait Man-Louise avec extravagance : ne manifestant jamais, par adoration plus que par pudeur, ce sentiment. Il respectait Longoué, mais ce respect se nuançait de condescendance, car il trouvait à Longoué beaucoup trop de vigueur, d'ardeur, de légèreté en somme, pour la « connaissance » qu'il avait à assumer. Héritier des secrets de son père, et déjà lui-même un homme presque mûr, il restait dans la case. À mesure que Man-Louise et Longoué vieillissaient, Liberté assurait la plupart du travail commun. Il comprenait le caractère de Melchior et disait souvent : « Laissez-le tranquille.» Longoué ricanait, comme par défi. Il estimait que son premier fils essayait de le surpasser, il en était furieux : « Je suis son père », mais il ne pouvait s'empêcher d'en marquer quelque fierté. À chaque « séance » qu'il donnait dans la case, il murmurait au consultant : « Ah ! Si Melchior était là, il te dirait ça tout de suite », et il le murmurait avec un air de dire que Melchior était très fort mais qu'enfin il ne saurait prétendre égaler son père, et qu'à bien considérer, la lenteur du vieux âge valait mieux que l'aplomb précipité de la jeunesse. Melchior pourtant refusait de voir qui que ce soit, et le résultat en fut que tous les habitants à la ronde souhaitèrent ardemment le consulter. Il attendait peut-être le jour où il serait seul et donnerait sa mesure ; certes il se fût tué pour sauver Man-Louise ou Longoué, mais l'exercice de son pouvoir nécessitait qu'il fût seul, et le maître. Aussi l'annonce de la mort de Béluse lui apparut-elle comme un premier signal.

Longoué avait tenu Melchior au courant de toute l'histoire. Ignorant les fréquentations de Liberté, le vieux demandait parfois à la volée : « Est-ce que vous avez des nouvelles du fils de l'esclavage ? » Man-Louise s'empressait de répondre : « Oui, oui. Il est dans la dernière pièce de terre chez Senglis. » « Ah ah ! » disait Longoué satisfait. Liberté ne parlait jamais avec Anne de ce qui avait opposé Béluse à Longoué. Par accord tacite, les deux fils maintenaient l'obscurité autour de cette querelle et de cette haine, comme s'ils craignaient de les reprendre à leur compte. Ils ne voyaient pas qu'à se déchirer ainsi entre eux, en effet ils héritaient la haine. L'un et l'autre depuis longtemps avaient à charge leurs familles respectives. Mais, si âgés déjà, ils continuaient comme des enfants à se chercher dans les bois, à se porter au-devant de la fille. Ils n'allaient jamais l'un sans l'autre à sa rencontre, la pressant de choisir entre eux deux, improvisant d'exubérants discours sur leurs qualités, leur valeur, le travail qu'ils étaient à même d'accomplir, les trésors qu'ils avaient amassés. La fille se tournait vers l'un : « Monsieur Liberté », puis vers l'autre : « Monsieur Anne », gloussant et balançant sur ses jambes, jusqu'à ce qu'ils éclatent tous trois de rire et se lancent dans une course sans fin à travers le bois. Anne, qui en acquit d'autres (et qui possédait une houe et une faucille) oublia le coutelas qu'il avait caché entre les trois ébéniers. Le temps passait, et ils n'abandonnaient pas leurs habitudes ni ces jeux d'enfance.

Et Melchior, lui, qui connaissait toute l'histoire, interpréta la mort de Béluse comme un signal. D'abord il savait Longoué hanté de la volonté de survivre à son ennemi ; ensuite, il lui parut que toute une époque s'en allait avec ce Béluse qu'il n'avait jamais vu. Ce fut Liberté qui leur apprit la nouvelle, de cet air négligent qu'il adoptait pour annoncer ce qui lui tenait à cœur. Car cette mort attristait Liberté, à cause d'Anne ; mais il pensait aussi que ce rival disposerait désormais d'une case bien à lui. Longoué dit seulement : « Il est resté vivant jusque-là, jusque-là. Je croyais qu'il ne serait jamais mort. » Puis il marcha jusqu'à l'extrême du morne, d'où on avait vue sur l'habitation Senglis au fond et sur la case Béluse là en bas, qu'on devinait à une tâche de terre rosâtre découpée entre les feuillages des arbres, presque à portée de main. Et il souffla longuement dans un lambi, trois fois : la brise portait le son rauque et clair et profond, le répercutait sur les mornes, consacrant la mort à la terre étincelante de chaleur ; puis il revint à sa case. Et aucun d'eux (ni lui Longoué ni Man-Louise ni les deux fils) ne savait qu'il aurait bientôt quatre-vingts ans. Il s'assit devant la case, les autres l'entouraient silencieux. « Je ne voulais pas le tuer », dit-il. Cette haine était presque paisible, elle bourgeonnait calmement dans le jour. Melchior pensa : « À présent, c'est bien fini. » Une fleur violette tournait dans sa main.

Et dès ce moment, il ne fut pas question qu'il fît autre chose vraiment que ce qu'il allait faire. Longoué ne bougeait plus de la case, couché dans sa mort future avec tranquillité ; mais l'idée de la mort n'encombrait pas. La vie continuait monotone, chacun s'occupait à son travail. Ils passaient devant le vieux maître sans le voir, sans le voir tel qu'il était, ils plaisantaient avec lui, rapidement ; ils n'avaient pas le temps de penser à la mort, ils n'y pensaient pas. Et le jour vint pourtant où Longoué fit un geste, un seul geste de la main comme un appel ; ils furent tous autour de lui, instantanément, comme s'ils guettaient derrière la porte et que depuis si longtemps ils n'avaient fait qu'épier ce jour, ce moment, ce geste. Man-Louise se tenait un peu à l'écart, Liberté au bas du grabat, seul Melchior avança jusqu'à Longoué. « Derrière ma tête, dit le mourant, derrière ma tête, ça brûle ! Écoute bien ce que je dis : La Roche, c'est un homme. Ah ! Oui, ça c'est un homme. » Il étreignait près de lui l'écorce sculptée, sa main gauche tâtonnait sur la terre, vers la barrique. Il hoquetait doucement. Melchior se tourna vers les deux autres, pour leur dire que c'était fini. Puis il s'accroupit sur ses talons, près du vieux maître de la nuit rentré dans la nuit. Longtemps après, il se releva, Liberté était debout au même endroit, Man-Louise sortie. Il la vit assise sur la place devant la case, à l'endroit où elle se tenait toujours. Il alla pour lui dire de prendre courage. Elle serrait dans sa main un vieux couteau noir si usé que la lame en était comme un filet de fer, une pique plus qu'une lame. Adossée au gros manguier, ses yeux fixes fouillaient le pays devant elle et l'espace sur le pays. Il n'eut pas besoin de l'approcher davantage pour savoir qu'elle avait suivi Longoué, sans un retard, qu'elle descendait avec lui le morne qu'on ne remonte jamais, n'ayant pu attendre même une seule journée pour le rejoindre sur le chemin ; peut-être parce qu'elle avait craint de se perdre dans ces bois nouveaux, peut-être parce que Longoué portait en lui une lumière qu'elle chérissait et qui l'éclairerait sur sa route. Il fut établi que pendant ces journées elle avait guetté l'instant, et qu'elle n'avait pas daigné se garder lorsque l'instant était venu. Melchior et Liberté ne pleurèrent pas, ne gémirent pas. Ils firent simplement connaître la nouvelle alentour, et ils creusèrent la fosse près de la case, pour les deux que rien n'avait séparés, ni la vieille colère ni les jours sans éclat.

Massif et calme, il prenait la suite du vieux têtu qui, plus que son père, avait donc été son maître. Que pouvait-il faire autre ? C'était sa nature, et c'était sa destinée. Les gens affluèrent, non seulement ceux des mornes mais bientôt ceux des plantations. Tel était son pouvoir qu'il regagnait sur les terres cultivées, comme s'il était à lui seul une forêt puissante assiégeant les champs. Ceux des plantations, effrayés ou sournois, montaient donc : avec leurs problèmes, leurs maladies, leurs misères. Calme et impénétrable, il les recevait sans montrer aucun déplaisir, il leur tenait l'écorce sur la tête, disant : « Je t'attendais, tu es venu », il guérissait les plaies, il apaisait les enfiévrés. C'était un homme bon, dans toute la force de la bonté quand elle s'est fortifiée dans la solitude. Quand il s'alarma au sujet d'Anne et de Liberté, il insista pour que ce dernier abandonne le rôle qu'il jouait avec Anne et la fille. Il lui proposa même, bien qu'à contrecœur, de le prendre avec lui pour l'aider. « Peut-être pour que je porte ton sac ? » disait Liberté avec un sourire enfantin. « Tu es comme lui, répétait Melchior, ton pied est plus rapide que ta tête. » Liberté comprenait bien que ce « lui » désignait Longoué. Ils étaient tous deux des hommes âgés, dans la maturité de la vie, mais ils se parlaient encore comme aux temps où ils vagabondaient enfants dans les bois. Liberté continua d'habiter la case, il cultivait les légumes, il chassait, il faisait leur cuisine commune ; mais telles étaient cette légèreté, cette insouciance qui lui tenaient lieu de dignité, qu'on n'aurait pu dire qu'il servait son frère. Il acceptait d'être là, d'accomplir le travail quotidien. Melchior savait que c'était à cause de la fille, laquelle jusqu'à cette heure, et un peu simple sans doute, n'avait pas décidé entre Anne et Liberté. Celui-ci suivait sa destinée, l'acceptant et la provoquant. Comme Melchior acceptait et apprivoisait la sienne.

Autrement, qu'aurait-il fait ? Puisqu'il avait quitté la Côte, ayant certainement appris des mangles et du rivage tout ce qu'il en attendait, puisqu'il s'était fondu dans la vague énorme de la forêt, puisque les terres clairsemées, la vie réelle et souffrante, les nègres à demi morts venaient à lui, – ne peut-on pas dire qu'il s'était enraciné, lui le premier de sa lignée ? Mieux que le père, à qui la tranquillité des bois procurait, dans les premiers temps, un tel tourment ? Mieux que Man-Louise, qui avait passé sa vie à deviner, mais n'avait jamais rien su en certitude ? Il s'était débarrassé de l'agitation du vieux Longoué (non seulement de la haine mais encore de l'ardeur de combat, du goût de bouger, de l'enfantine manie d'être le plus fort), il avait longtemps suivi les bois dans leur profondeur, il avait pris et fortifié le nom des Longoué. (« Car si tu poses cette question, Maître Mathieu, c'est que tu crois qu'il se trouvait devant plusieurs chemins. Mais ce n'est pas vrai. Et je sais que pour toi, un quimboiseur c'est la folie et la bêtise. Mais ce n'est pas vrai. On ne connaît pas tout mais on connaît quelque chose. ») Et il connaissait quelque chose, lui, patient et lourd dans la chaleur sans fin ; ce n'était pas la connaissance, bon, nous étions tellement ignorants, ignorants de nous-mêmes ce qui est le plus terrible, mais pour lui ignorant c'était le refus de ne pas connaître, qui est déjà comme une grande connaissance ; et ce n'est donc pas à son sujet qu'on devrait demander : *Pourquoi était-il quimboiseur dans les bois ?* Car si le père avait tracé le chemin, le fils n'avait pas fait que suivre le chemin, il s'était arrêté, il avait pris le temps de s'arrêter et de regarder des deux côtés, il était entré dans la nuit et y avait connu le chant des troncs silencieux : ce qu'on entend quand on se tient longtemps debout immobile, jusqu'à tant qu'on sente sous les pieds la bourre de racines qui te plantent dans la terre, tout neuf et sans motif et calme sans savoir.

CHAPITRE VII

Parce que celui-ci souffrait au contraire d'une chose qu'il ne possédait pas ; et ce n'est pas de porter le nom d'un Connétable de France qui aurait pu la lui donner. Toute son enfance, il avait enduré les rengaines à propos de « Manzel'Nathalie » (ne sachant pas, bien sûr, que Béluse reprenait l'expression de Senglis : « Mademoiselle mon épouse »), tellement qu'elle en était devenue pour lui un fantôme, un zombi blanc errant dans des couloirs de suif et traînant après lui un cadavre de Béluse qui jacassait sans arrêter. L'enfant fut certes plus obsédé de la sempiternelle évocation que terrorisé du fantôme. Il était nerveux et violent, se battant contre n'importe quoi, une roche de rivière, un chien, un enfant de son âge. Aussi fut-il fasciné par l'aisance, la légèreté moqueuse, le sourire qui ne quittaient pas Liberté, même au plus fort d'un combat. Il trouva là comme un complément, ou un antidote, à sa propre violence sans apprêts. Et qu'avait-il observé, durant son enfance ? Béluse à la tâche, qui ne rechignait jamais, qui semblait mettre sa vertu et son bonheur à abattre jour après jour un travail surhumain (soit pour son compte, soit dans les champs de Senglis), comme s'il essayait de rattraper le temps passé dans la maison haute. La femme dont on aurait cru qu'elle était toujours pelotonnée contre quelque chose, quelque chose qui n'était pas Béluse – souvent absent – mais l'idée de la présence de Béluse. Se levant avant l'aube, se couchant après la nuit venue : mais toujours paraissant enroulée contre un invisible support, comme une liane trop longue. Le géreur Targin qui apparaissait de loin en loin devant la case et qui du haut de son cheval invariablement criait : « Alors, tu te crois libre parce que tu habites ici ? » Puis il ajoutait : « Tu viendras demain matin dans la pièce du grand mombin. » Ou : « Tout à l'heure sans faute, au manioc ! » *Et encore, l'éclair qui le traversait, le bond de son cœur jusqu'à sa gorge chaque fois qu'il voyait Béluse soudain arrêter un geste et lever la tête vers les hauteurs !* Et tant que Béluse restait ainsi pensif à regarder là-haut, son cœur d'enfant battait comme un tambour, il s'étonnait qu'on ne l'entende pas. Il était tourmenté, possédé parfois de crises qui le jetaient écumant sur la terre, crises favorisées par la faim permanente et l'affaiblissement de son corps qu'il violentait, et qui se terminaient souvent par des évanouissements prolongés. Toute son enfance aussi, il souffrit de maladies d'autant plus longues à guérir que les remèdes en étaient inconnus. C'est ainsi que jusqu'à l'âge de quinze ans il vécut pour ainsi dire dans la compagnie des vers qui lui sortaient du corps par tous les orifices. Les décoctions qu'on lui faisait avaler mirent ce temps pour être efficaces ; il traîna longtemps dans la bouche le goût amer des herbes grasses. Mais sa nervosité le servit, elle lui permit d'endurcir son organisme, de résister à la consomption. La jambe toujours barrée d'un cataplasme de feuilles qui recouvrait une plaie purulente, soit aux chevilles, soit aux mollets, soit aux genoux, il survécut, il profita. La fascination qu'exerçait sur lui l'aisance de Liberté (ce pouvoir de sortir indemne des bois, de ne jamais être blessé, de sourire à propos de tout, d'être léger même sous le poids d'un sac de charbon) lui tint lieu de remède ou d'adjuvant aux remèdes. Il s'acharnait à compenser par un surcroît de violence et de bruit ce qu'il perdait en grâce. S'il ne parlait pas de Béluse avec Liberté, c'est qu'il avait conscience de l'interdit qui pesait sur les deux groupes (les Béluse et les Longoué, ou plutôt les Béluse et les La-Pointe), mais surtout qu'il ne s'intéressait en rien à Béluse dont l'autorité pesait peu sur lui. Cette opinion qu'il professait (teintée d'un mépris à peine déguisé) ne changea qu'après que Béluse eut appris sa participation au groupe formé par les colons, pendant les révoltes précédentes. Il encaissa ce jour-là une terrible raclée de coups de bâton, assaisonnée (alors qu'il était déjà étendu sanglant sur le sol) d'une volée de branches épineuses, qui le laissèrent demi-mort pendant quelques jours. Il eut beau crier qu'il n'avait fait ça que par jeu, pour s'opposer à un ami (qu'il n'osa pas nommer, devinant que pour le coup Béluse l'eût tué net), il ne rencontra que les yeux sombres et la farouche vigueur de celui qu'il avait jusque-là considéré comme un esclave sans vie ni valeur. Son opinion changea donc à ce moment, et la punition quasi mortelle en fin de compte lui fit du bien. « Tu entends, disait-il plus tard à Liberté, le plus beau combat que j'ai mené pendant ce temps, c'était pour ne pas mourir sous les pieds de Béluse ! » et il sifflait, plein de fierté pour Béluse et pour lui-même. Mais il restait ce problème, que les vieux voulaient être des pères : « Je suis son père », là où les jeunes ne se sentaient nullement des fils. Une telle opposition, atténuée en Liberté par un naturel de bienveillance et par la capacité d'être toujours ailleurs, déterminait chez Anne des drames qui couvaient longtemps. Liberté admirait sincèrement cette violence en alerte continue, qui s'inventait des occasions. « C'est un volcan, disait-il en riant, tu ne peux pas empêcher le volcan de fumer. » Il ne gardait jamais rancune à son ami des éclats que celui-ci suscitait, et ainsi la haine fut entre eux contenue dans les limites du jeu et de la compétition.

C'est ce qui explique, non seulement qu'ils se soient entichés de la même petite fille capricieuse et sauvage, lâchée en liberté dans l'espace entre l'*Acajou* et le Morne, mais encore qu'ils aient continué si longtemps ce théâtre auquel ils semblaient prendre plaisir, courtisant de concert la jeune femme trop simple ou peut-être simplement abrutie par l'insensible usure des tâches. Et il tenta timidement d'avancer ses affaires, mais la fille lui disait toute douce : « Monsieur Anne ! » en détournant les yeux, ce qui l'empêchait d'aller plus loin. Il se mit soudain à imiter Béluse et à travailler d'arrache-pied ; dans les derniers temps il assurait à lui seul la subsistance pour eux trois. Et quand Béluse mourut (très vite, sans histoires, dans le courage, comme il avait vécu), Anne se retrouva maître de la case, avec la vieille (sa mère) qui du jour au lendemain s'enroula autour du nouveau tuteur. Alors son impatience et sa violence ne furent plus contenues – car il avait eu en Béluse, sans qu'il s'en doutât, un efficace modérateur – et il décida d'enlever la fille. Pendant le temps qui lui fut nécessaire pour mûrir cette décision, ses relations avec Liberté allèrent s'aggravant ; ce fut à cette période que Melchior s'inquiéta. Un jour enfin, il traversa la forêt, attendit la fille et lui dit carrément la chose. Qu'il était content avec elle, qu'il pouvait travailler autant qu'un autre, qu'il avait tant d'outils bien neufs, que Man-Béluse ne coûtait rien à nourrir, qu'il était costaud et courait quatre heures d'affilée sans effort, qu'elle n'avait qu'à cesser de se balancer ainsi d'un pied sur un autre, qu'il se levait dans la nuit parce qu'il pensait trop à elle, que son travail en était ralenti (ce qui était un fieffé mensonge), qu'elle serait heureuse comme une dame (ce qui était impossible) et qu'il irait chasser les cabris sauvages pour avoir de la viande. Un programme si concret sembla parler à l'imagination de la fille : c'est ce qu'il faut conclure, car pour une fois elle ne resta pas debout comme une souche sans feuilles, mais baissa pudiquement la tête – au lieu de la détourner ; c'était chez elle un signe d'agitation intense. Anne en fut stupéfait. Et quand il la prit par la main, il fut bouleversé de voir qu'elle le suivait docilement. « Ah ! se dit-il furieux, si c'était Liberté, elle aurait suivi de la même manière ! »

Parce qu'il souffrait d'une chose qu'il ne possédait pas ; et peut-être crut-il que d'enlever la fille allait lui procurer cette chose. Ainsi dès ce jour, le combat fut inévitable. Quand Liberté apprit l'affaire, il commença par sourire. Puis toujours aussi léger il s'en alla : Melchior le regardait partir, sachant déjà ce qui arrivait, mais n'essayant pas de se mettre au travers. Car le courage et la force de Melchior étaient tout dans son calme. Liberté ne se rendit pas tout de suite à la case Béluse, il vécut quelques jours dans les bois, se recueillant. Peut-être incapable d'aimer ou de souffrir, il convint avec lui-même d'aller demander des explications, non sur le fait (qu'Anne vive avec cette femme, celle-ci) mais sur la rupture des conventions qu'il y avait eu entre eux trois. Et en vérité il ne souffrait pas, il n'était malheureux ni vexé ; il considérait la manière d'agir comme un manquement grave, c'est le manquement qu'il reprochait. Mais il trouva la case abandonnée, ce dont il s'émut plus que de tout le reste ! C'était patent qu'Anne avait marronné plus haut dans les bois : d'ailleurs, il n'aurait pu faire autrement. La fille appartenait à La Roche, elle n'était pas libre de disposer d'elle-même. Anne était à Senglis. Le statut spécial de leurs deux familles (si on pouvait parler de familles) qui avait permis que la fille poussât à la dérive sans se voir imposer un homme, n'irait pas jusqu'à autoriser un tel ménage. Quant à obtenir un accord entre La Roche et Senglis, il ne fallait pas y compter, étant donné l'absence totale de relations entre les deux planteurs. Senglis ne répondrait pas et La Roche ferait enfermer la coupable. Ainsi, se dit Liberté, le fils de l'esclavage avait marronné dans les bois. « Longoué ne doit pas être content », pensa-t-il encore ; il lui parut que c'était de sa faute. À cause de ce sentiment bien vague, il se promit de chercher Anne et de régler l'affaire ; mais il n'était pas pressé. Il revint donc près de Melchior. Il patientait.

Anne qui s'installe.

Ne sachant pas qu'Anne Béluse tourmenté n'avait tiré aucun profit essentiel de son audace. Car Anne souffrait d'un déséquilibre que la femme ne pouvait combattre. Marron dans les bois, il n'était pas possédé de la vocation du marron, qui est de se garder en permanence contre le bas, contre la plaine et ses sujets, de trouver ainsi la force de survivre. Cette force n'était pas en lui, ni la patience. Il s'irritait de l'épaisseur des arbres, et quand il entreprenait dans la plaine une de ces périlleuses randonnées qu'il était forcé d'y accomplir – son nouvel état l'ayant démuni de toute ressource immédiate, – il regrettait la clarté des espaces découverts. Anne était un marron par accident. Il n'en tint pas rigueur à sa compagne, et d'ailleurs c'était impossible qu'il eût conscience de tout cela. Mais il était prévisible qu'il ne s'établirait pas pour toujours dans les hauteurs et qu'il reviendrait à l'endroit où son père avait vécu : ce qu'il fit en effet quand La Roche mourut. À ce moment, il s'installa définitivement sur la mince bande de terre qu'on appela ensuite *Roche Carrée* (peut-être à cause de la configuration du Morne tout proche, peut-être aussi parce que La Roche avait poussé ses terres en carré jusqu'au bord du Morne) et s'en retourna travailler sur l'habitation Senglis, reprise par le fils du bossu. Ainsi sa tentative de marronner ne fut pas, ne devint jamais, le résultat d'une obligation, d'une tendance irrésistible, d'un emportement de tout le corps, mais resta la conséquence d'un mouvement d'humeur et, on peut dire, d'un désir de femme. Et il revint travailler chez Senglis (que pouvait-il faire d'autre ?) comme ouvrier agricole, journalier ; non plus esclave. Mais cela revenait au même ; la seule différence étant qu'à cette époque où l'esclavage avait été aboli, parfois il levait la tête vers l'endroit où il supposait que Melchior vivait, et qu'alors l'éclair ne jaillissait plus dans sa poitrine, ni l'angoisse ne pesait sur son cœur.

Si la case de Roche Carrée ouvrait sur les espaces découverts, si on pouvait entretenir – plus que cultiver – quelques

Anne = marié à une ♀ esclavage chez
La Roche
Senglis
état liberté

légumes autour d'elle, y nourrir un coq, deux poules (et s'il
était impossible de la saisir, de la voir comme un objet, un
tout, dans ce halo de vie misérable où chaque chose s'abolis-
sait en grisaille de boue quotidienne), il faut avouer aussi
qu'elle participait sensiblement des bois, qu'elle baignait
dans la frange des bois qui à partir d'elle s'élançaient sur le
Morne et qu'ainsi elle était à la fois, comme lui Anne partagé entre deux tourments, servante de la plaine et sœur de
la forêt ; posée en équilibre sur la frontière indistincte de
deux mondes. Anne aimerait donc un jour la paisible
contradiction qui faisait vivre la case. Mais il n'en était pas
là ; exilé dans les bois, il cultivait pour l'instant ses colères.
Non seulement le combat était inévitable, mais c'était inévitable que la violence tue la grâce. Celui qui riait de toutes
choses, qui avait gardé en lui assez de fumée, d'eau à la
volée, de vent montant, pour se porter loin des entêtements
du vieux Longoué, celui-là n'était pas prêt pour le geste
décisif ; il saurait se battre mais il ne saurait pas tuer. Il saurait accepter le coup, mais, quoique plus agile, il ne trouverait pas en lui le feu nécessaire pour porter le même coup
mortel. *Et ainsi, une fois qu'on avait consenti que le combat était
inévitable, il fallait accepter que la violence tue la grâce.* C'est
pourquoi Anne, que toute son enfance précipitait vers les
trois ébéniers, tua Liberté d'un seul coup.
Ils commencèrent par s'épier dans la matinée (presque un
an après ce qu'on ne pouvait qu'appeler l'enlèvement de la
fille), s'étant l'un et l'autre réveillés ce jour-là en pensant :
« Bon. Ça dure depuis trop longtemps », et s'étant rappro-
chés à travers le bois. Ce qui détermina leur commune réso-
lution fut que toute la nuit il avait plu et que la pluie continuait comme un barrage. Une interminable chaude cascade
qui tressait une seconde forêt dans la forêt. Les gouttes
s'enroulaient comme de vraies lianes, autour des lianes. Il
n'y avait rien à faire dans un tel déluge ; cette circonstance
fortuite décida pour eux du jour et de l'heure. Dans l'arrêt

166

de vie qu'imposait la pluie, Anne se trouva impatient et jaloux, car il pensait que Liberté *aurait pu* lui aussi enlever l'objet de leur commun désir. Ils ne s'épièrent point par mesquinerie ni dissimulation, encore moins pour différer le combat, mais pour recommencer leur jeu d'enfance, ces courses que le cyclone ce jour-là parerait d'un attrait tout nouveau. Sous les racines les plus épaisses nouées au-dessus du sol en cavernes et en tunnels, l'humus humide fumait, d'une fumée bleue qui s'échappait de l'entrelacs et montait à travers le fouillis d'eau ; comme des fours à charbon au moment de se consumer. L'éclat violet des jeunes troncs, le rouge des fleurs charnues qui résistaient à la pluie, sauvages et dressées dans la tourmente, et parfois, miraculeusement épargnée sous des branchages, une flaque tremblante qui paraissait un îlet dans le vacarme et le délire des eaux. Vers midi, les deux hommes se rapprochèrent, tentant de déboucher sans que l'un puisse prévoir les mouvements de l'autre ; Liberté gagna ce pari, car il fut soudain debout devant Anne, quand celui-ci le croyait loin derrière et s'apprêtait à manœuvrer pour tourner l'adversaire. Là encore, fatigués d'une trop longue attente, ils ne s'attardèrent pas à s'injurier ; qu'auraient-ils trouvé comme injures sérieuses, propres à la gravité de la circonstance, eux qui se connaissaient si bien et qui s'injuriaient avec les plus grandes délices depuis vingt ans ? Ils se battirent sans un mot, contrairement aux usages. Liberté ne quittait pas son exaspérant sourire, et de plus il profitait de l'espèce de viscosité qui imprégnait les grands troncs, les branches fouettées, les lianes robustes. L'agilité convient à la pluie. Sa supériorité était donc avérée, mais les coups donnés ou reçus, les étouffements, les bras tordus, les côtes fêlées ne comptaient guère dans un combat où il fallait un survivant. Anne, furieux du temps que prenait cette affaire bien plus que de la supériorité dont faisait preuve Liberté, rompit soudain et sans y penser se précipita vers les trois ébéniers disposés en triangle comme par une main soigneuse et qui avaient aménagé entre eux une clairière interdite aux autres espèces ; il se réfugia sous leur couvert. Liberté crut du moins qu'Anne se réfugiait à cet endroit parce que la pluie démentielle s'y transformait en simple tornade et qu'on pouvait y garder les yeux ouverts. Anne tourna comme un fou, c'était une mangouste en cage, dans l'espace entre les trois ébéniers ; il labourait l'épaisseur de mousse sur le sol, le tapis d'herbes délicates, le bas-fond d'épines et d'orties qui faisaient de la place entre les ébéniers une mare immaculée dans le désordre d'alentour. Mais il retrouva tout de suite le coutelas, il étreignit le manche verdi de moisissure, il balança la lame ébréchée, rouillée, dont le tranchant avait disparu depuis des années. Liberté arrivait en courant, il n'eut pas le temps de s'arrêter. Il poussa un cri énorme, une clameur innombrable, un « oué » sans limites qui répercuta en échos dans toute la pluie et au-delà : marquant son approbation d'une ruse si subtile, son étonnement de n'avoir pu la prévoir, son contentement d'un si beau coup de coutelas. La lame souillée lui déchira l'épaule gauche, déchiqueta la chair presque jusqu'au cœur. Le sourire n'avait pas quitté sa face, le sauvage joyeux chant résonnait encore sous les bois. Anne tremblant l'écoutait se prolonger au loin dans l'éclat d'eau qui enfantait la nuit, pendant qu'il regardait la teinture rouge qui débordait à ses pieds. « Ça bien faite, répétait-il, ça bien faite. » Il lui sembla que le mort affable couché là voulait le complimenter, mais que la pluie opposait entre eux un brouillard crépitant de gouttes et de rafales.

Il n'avait pas touché le fond obscur de sa colère mais du moins pendant quelques années, partagé entre la douleur et l'orgueil, put-il tourner autour d'un seul acte (irrémédiable par surcroît, que nul ne pouvait effacer ni réparer) et donner ainsi à son tourment l'image précise d'un sourire, d'un cri, d'un filet d'eau rouge serpentant dans l'eau de pluie. Parce qu'il avait en lui beaucoup plus que le regret de s'être battu côtés des colons et beaucoup plus que l'obsession d'un fantôme de vieille femme – Manzel'Nathalie était pour lui une vieille femme – descendant soudain sur sa tête en plein soleil. (« Oui, Maître Mathieu, Véritable-Connétable que tu es ! Parce que tu crois qu'on t'a attendu dans ce pays pour sonner la souffrance et la colère. J'entends quand tu parles avec toi-même ! " Ils ne savaient pas, ils ne savaient pas ! " Et qu'est-ce que tu es et qu'est-ce que je suis ? Même si la haine était partie avec Béluse et avec Longoué, comment peux-tu estimer la violence qu'il y avait dans sa poitrine à lui, Anne ? Et quand tu dis : " Le passé ", comment veux-tu savoir si même il y a un passé, quand tu ne vois pas la violence sans cause plantée dans son cœur comme un figuier-maudit ? Parce que le passé n'est pas dans ce que tu connais par certitude, il est aussi dans tout ce qui passe comme le vent et que personne n'arrête dans ses mains fermées. Car ils ne t'ont pas attendu pour essayer de dessoucher le figuier-maudit, mais comment auraient-ils marqué l'emplacement pour te le signaler ? Qui est-ce qui leur aurait donné la chaux pour marquer l'endroit ? Alors toi tu dis : " Ils ont oublié ! " Mais ce n'est pas avant toi qu'ils savaient, c'était déjà bien avant Béluse et bien avant Longoué. Le bateau de l'arrivage n'était pas le premier bateau. Parce que si Longoué a marronné dès la première heure, c'est on peut dire qu'il n'a pas pris la peine de connaître le bas, il est entré tout d'un coup dans le passé qui était debout à côté de lui ; c'est pourquoi je l'appelle le premier. Il a rattrapé en une soirée les années amassées depuis le jour où on en débarqua devant la Pointe ; et il est devenu le premier. C'est pourquoi le bateau est le bateau de l'arrivage. Mais les autres étaient là, qui avaient supporté avant lui. Ceux qu'on débarquait en foule pour remplacer les exterminés, mais aussi les exterminés eux-mêmes qui ne pouvaient supposer que ceux-là seraient amenés pour les remplacer. Comment aurait-il fait de Béluse un Longoué, si Béluse n'a pas entendu du premier coup l'appel du passé par-dessus les Mornes ? C'est parce que Béluse était destiné à un autre travail et tu as beau crier, Mathieu Béluse ! mon bisaïeul ignorant devinait peut-être quel travail ? Car si le sang est apparu seulement à la deuxième génération, c'est parce que Longoué l'a voulu. Il réunissait les marrons, il brûlait la case de Roche Carrée après avoir cloué Béluse sur la terre de la case. Qui l'empêchait ? Pourquoi la colère et la violence vont-elles par chemins détournés, à cette première génération ? Est-ce qu'ils ne pensaient pas qu'il fallait d'abord apprendre le pays, dans le bas aussi bien que sur les hauteurs ? Longoué disait : " Il a le fils de l'esclavage. " Mais c'est celui-là qui va planter le coutelas pour essayer de dessoucher quelque chose dont il ne savait pas que la racine était en lui. Car si cette chose lui manquait, s'il ne la possédait pas, c'est qu'il ne l'avait pas sentie ; mais elle était en lui. Et tu observes que la science ne donne pas la chose, puisque tu es là frissonnant tout en fièvre, sans même avoir un coutelas en prévision. Parce que le passé n'est pas comme un palmiste droit et lisse avec la touffe au bout, non, il commence depuis la première racine et il va en bourgeonnant sans arrêt jusqu'aux nuages. ») Et le passé coulait dans la plaine aussi bien qu'il éclatait sur les mornes. Division naturelle, puisqu'il y avait la plaine ici et là les mornes, mais qu'elle n'ait pas le temps de durcir, de prendre ! Comme une terre brûlante qui surgit de l'eau et très vite refroidit une fois pour toutes ! C'était à réduire la division en cendres et à la semer partout sans attendre. Pour quoi il y eut Anne meurtrier, qui ne savait pas ce qui battait dans son sang. Pour quoi il y eut Melchior, solide et planté. Pour ce travail d'en bas qui était à apprendre, par-dessus la répulsion et le mépris. Melchior qui s'était défait des enfantillages, des colères, du bruit. Un homme épaissi qui marchait lentement. Il comprenait que le bruit était pour étouffer la violence sans cause. Il cherchait la cause. Ou peut-être que, choisi et appelé déjà, c'était plus véritablement la cause qui le cherchait.

Il ne suivait pas les marrons quand ceux-ci, de loin en loin, descendaient pour ravager la plaine. Ils ne s'y trompaient pas, ils savaient que la poltronnerie n'était pas en jeu, ils disaient : « Bon. Il a un autre travail. » Melchior les regardait partir (Liberté parmi eux, qui chercherait Anne tout au long des troubles), pensant peut-être qu'ils s'en allaient se battre parce que ceux de la plaine se dressaient ; c'est-à-dire chaque fois que les méprisés, les esclaves, les enchaînés acceptaient de mourir pour permettre aux superbes, aux indomptés, le geste spectaculaire de l'incendie et du combat. *Alors Melchior se renfonçait dans l'ombre ; il s'émerveillait doucement qu'en un si petit pays des bois et des terrains puissent aller si loin dans la profondeur !* Et de même, il ne voulut pas venger Liberté en combat singulier, ni même frapper Anne d'une de ces calamités que sont le deuil ou l'infirmité ou l'impotence. La vengeance aussi était une futilité. Anne attendit longtemps le geste de Melchior : le coup au grand jour qui l'abattrait sur la terre, ou la malédiction lente qui le paralyserait dans sa vie. Mais rien ne venait troubler la monotonie des jours ; pour Anne, cette attente fut certes plus éprouvante que ne l'eût été le châtiment de la vengeance. Longoué (La-Pointe) avait fait de la haine un lancinement quotidien, il l'avait domestiquée ; Melchior, insouciant de ces manies sans poids, éteignit la haine en refusant la vengeance. Restaient pourtant l'irritation de l'acte sans suites, l'appel d'un événement qui relancerait toute l'affaire ou l'enterrerait à jamais : ce fut Stéfanise la grande qui accomplit ce dernier état, quand elle alla vivre avec Apostrophe.

Et au lieu de méditer le « coup-pour-coup » qui eût posé sur la terre un caillebotis sans fin de meurtris et d'assassinés, Melchior s'attacha donc à prendre souche. Il connaissait depuis longtemps une femme, la fille d'un marron (car il n'eût pas songé à choisir une compagne parmi ceux d'en bas, malgré l'estime qu'il commençait à avoir pour le poids de leur existence et sa valeur), mais il se lamentait de ce qu'elle le craignît autant. Elle était paralysée devant lui ; quoiqu'il se fût ingénié à multiplier les occasions de rencontre, ses affaires n'avaient pas avancé d'un seul sourire. Il y avait en lui une épaisseur qui injustement le faisait paraître (en ces occasions) futile ou timide. Et aussi une évidence, une clarté qui autrement terrorisaient les gens ; sans parler de son état qui l'isolait. Il résolut donc de demander la fille au père ; c'était une manière comme une autre d'obtenir un bon résultat. Mais quand il entra dans leur hutte, il fut découragé par l'effet de son arrivée. Non pas l'effervescence ni l'affolement, mais la stupeur, la paralysie des trois occupants. En particulier la crainte et le respect du vieux troublèrent Melchior, qui eût pu être son fils. La toute jeune s'était rencognée près de sa mère, au plus profond. L'intrus avait un sourire contraint.

— Voilà, dit-il, je suis venu la demander.

La vieille poussa un cri aussitôt étouffé. La toute jeune ne pouvait cacher son intérêt, elle allongea le cou.

— Oui, oui, balbutia le vieux... Viens ici ! cria-t-il ensuite avec énergie, comme pour exorciser sa terreur.

La fille vint, la peur l'avait déjà quittée ; mais les deux parents tremblaient encore. Comme le père se lançait dans un discours bredouillant, à vanter les qualités innombrables de sa progéniture, Melchior, qui ne pouvait supporter cette atmosphère d'effroi et on peut dire d'épouvante, l'interrompit calmement, disant : « Bon. Alors il faut qu'elle soit là demain matin quand le soleil se lèvera.

— Oui, oui, dit le vieux, elle viendra. » Et le lendemain matin, elle était là.

Il ne sut jamais s'ils lui donnaient leur fille pour n'avoir pas osé affronter sa colère, ou s'ils étaient flattés d'une telle demande. Il ne sut jamais si la jeune femme accepta de son plein gré, sinon avec plaisir, ou si elle céda à la menace. Ces problèmes s'évanouirent dans le lent écoulement des jours

172

et des nuits. Il était aussitôt sorti de la hutte, n'essayant pas d'imaginer la scène après son départ : les exclamations, la peur, l'exubérance peut-être. Le lendemain, bien avant que le soleil éclatât sur la crête d'arbres, l'arrivante était assise à l'endroit où Man-Louise se tenait toujours. Il l'aperçut quand il sortit de la case, et dans un éclair il pensa : « Man-Louise est revenue. » Puis il sourit de loin en l'appelant, et il eut la joie pesante de la voir marcher vers lui, sans manières ni difficulté.

Il était le premier de la lignée à cesser de camper sur la terre, il s'était décidé pour la patience. Vraiment, un Longoué à ne pas être maudit. Le seul, oui le seul qui ait pu choisir sa destinée, la mener par la main sans dévier : depuis le premier cri de sucrier entendu dans le petit jour des bois jusqu'à la dernière bête-à-feu aperçue dans la nuit à la fin de sa longue vie. Lourd et clairvoyant, sans un accroc pendant tout le temps qu'il s'était tenu debout. Le seul en vérité. Car l'ancêtre n'avait-il pas connu la malédiction sur sa tête : capturé, déporté, vendu en esclavage, lui qui calculait l'horizon infini dans le pays là-bas au-delà des eaux ? Et Apostrophe, mort cinq ans après la naissance de son fils, et qui n'avait donc pu lui transmettre la parole. Papa Longoué lui-même, qui n'avait pu rien raccrocher à rien, ni son père à son fils ni par conséquent le passé à l'avenir. Ti-René, vagabond sans souci, qui partit à la grande guerre et enfanta la mort subite. Tous ceux-là. Maudits à leur manière ; tous, sauf un : choisi pour mûrir la force et la patience. Ce Longoué, Melchior Longoué, qui avait repris le nom de la souche ; le seul qui ait porté jusqu'au bout le calme sur sa tête. Et s'il vit mourir Apostrophe son fils, il disposa de trois ans après cela pour entretenir son petit-fils des lumières tremblantes qu'il avait amassées durant son long passage dans les bois. Il devait être le seul, c'était forcé, il était pour toute la famille (comme pour les marrons qui alentour étaient l'écho de la famille) la racine alourdie qui prend racine dans la terre. C'est pourquoi Liberté mourut, lui qui vibrait en légèreté comme la feuille. Liberté le plus maudit, non ? – puisqu'il ne méritait ni prévoyait en rien (dans son sourire ni dans son insouciance) ce destin d'homme abattu dans sa force et se moquant de sa mort. Liberté, cadavre souriant que Melchior porta sur son dos depuis la place des ébéniers jusqu'à la case, et qu'il enterra près de la fosse de Man-Louise et de Longoué ; dans la mesure du moins où il put repérer la fosse sous l'amas d'orties, d'herbes-puantes, de lianes douces qui s'étaient multipliées là. Et Anne Béluse, dans le combat inévitable, fut pour planter le coutelas d'un seul coup, sans préméditer lui non plus : dessouchant par ce geste *ou essayant de dessoucher* le bois planté dans sa poitrine et, sans le vouloir, ensouchant Melchior Longoué dans le terreau des Longoué !

CHAPITRE VIII

Sur l'espace, sur le pétillement incessant et la paisible vacuité, pendant que ceux-ci s'enfonçaient dans l'ombre de leurs bois et que ceux-là prenaient force dans l'argile qu'ils enduraient, partout s'élargissait cette question qui n'était pas posée ; insoucieuse des drames ou des misères mais qui portait, sur son corps immatériel de question non proférée, l'effort et la misère de tous. Car la barrique était dans la case et chacun des consultants pouvait la voir, l'estimer du regard, sans oser s'attarder dans la contemplation.

« Ils disent que Melchior ne porte plus le sac, il a adopté la barrique. »

« Ne crie pas le mot ! Tu vas partir dans la fumée. »

« Si tu entres dedans, tu marches sans fin dans des chemins sans lumière. »

« Ils disent qu'on a brûlé La-Pointe avec Man-Louise. Ils sont là-dedans. »

« Est-ce que tu as vu une fosse en montant. »

« Ils disent qu'il n'y a pas de fosse. Ils sont dedans, tout en cendres. »

« C'était un du vieux bougre. Il a perdu son argent pour cette fois. »

« Le vieux bougre ne cherchait pas La-Pointe. Ils ont un pacte tous les deux. »

« C'est son cheval. Il arrive par le cheval. Quand la bête est au galop, La-Pointe est là. »

« Un serpent. »

Tous ; inquiets de cette barrique, c'est-à-dire du ferment caché dans ses profondeurs et qui, de tant d'échos désolés, de tant de silences, ferait peut-être une seule voix grossie dans la clarté. Inquiets aussi de la tension qu'ils voyaient grandir partout (car ils ne se contentaient plus de suivre des yeux une amazone sans cheval courant au rendez-vous) et dont ils pensaient qu'elle se nouait là-haut sur les mornes.

« Ils disent qu'ils vont descendre, il y aura du feu partout ! »

« On va se battre, on va se battre. Fermez la case. »

« Saint-Antoine de Padoue, on va se battre encore ! »

Déjà suffisamment forts pour exprimer l'action ou pour la prévoir ; mais par bribes hachées, par sentences détournées, et sans qu'ils se doutent qu'ils la portaient en eux. Et, à cause de cette ignorance, cherchant à combiner entre les mystères qui les entouraient (car la puissance trop évidente est un mystère, même si elle revêt l'aspect redouté d'un vieux tyran ou l'épaisseur d'un nègre sans malice), et entre les nuits et les éclairs, entre un bossu et un cheval, une logique, une apparence au moins de continuité qui puissent, malgré l'incapacité à se maintenir longtemps dans le domaine des vérités articulées, rassurer l'esprit ou fortifier le désir de vivre.

« Quand tu entres dans le chemin qui monte, c'est comme on dirait cette chose-là ! Rien que bois et puis bois, la nuit avec la nuit. La fraîcheur sur ta gorge, la chaleur dans ton dos. »

« Je préfère mourir, vraiment je préfère mourir. »

« Écoutez bien, on va se battre encore. »

« Jésus-la-Vierge, on va se battre encore. »

« Ils disent le bossu est sur la descendante. »

« Le vieux bougre prendra la plantation. »

« Non, il va marier sa fille avec le petit Senglis. »
« Tu es toc-toc. Le fils du navet bossu. »
« Il demande toujours. Cinq distilleries, il demande tou-
jours. »
« Et ils disent qu'elle est pleine de coutelas comme un atelier. »
« Ils disent qu'il y a de la poudre aussi pour brûler. »
« Melchior est le plus fort. Il commande les trois : le sac et
le boutou et cette chose-là encore. »
« Regardez, on va se battre encore ! »
Tous ; entichés du mot qui affleure et avertit, sans qu'il
cerne pour autant la vie. Tressant, d'une sentence à l'autre,
d'une confidence à une affirmation, la voix grossie de mystère d'où naîtrait leur clarté. Usés sous la canne, broyés dans
le cacao, laminés avec le tabac, mais durables par-delà leur
éphémère sarclage. Et capables, sinon de comprendre déjà,
sinon d'agir, du moins de chanter un avenir orné de splen-
deurs (comme le rêve chimérique d'un paralysé) ; et aussi,
par moments, touchés d'un souvenir réticent, d'un affleure-
ment de l'ancienne terre, comme d'une démangeaison illusoire laissée par une maladie qui s'est d'elle-même guérie.
Sans qu'ils osent croire que l'acte futur qu'ils attribuaient
ainsi à de puissants mandataires, ils le sentaient peut-être
courir d'une de leurs phrases à l'autre. L'acte : pulsion qui
racontait déjà les mots entre eux, ou plutôt, articulation
(syntaxe insoupçonnée) de leurs discours sans suite.
« Qui est-ce qui va nous sortir d'ici ! »
« Rien que flamboyants, et puis l'ébène, et puis acacias. »
« C'est la Guinée, c'est le Congo, tout idem. »
« La pluie avec la pluie, soleil et puis soleil. »
« Le serpent, le serpent. »
« Ils disent que tout sera libre, pas seulement les affran-
chis. »
« Alors tu peux dormir toute la nuit plein ton corps. »
« Une maison pour toi avec deux mille cabinets. »

« Pas seulement les mulâtres. »

« Une maison pour toi avec soixante et douze matelas, vingt-huit tables pour manger. »

« Tu ne sais pas manger sur une table. »

« Ils disent qu'elle va toujours le chercher et que le vieux bougre il n'est pas content. »

« Le fils du navet bossu. »

« Ces affaires-là, ne te mêle pas. S'il y a un coup de baramine dans l'air, c'est sûr que tu essuies ton dos avec. »

« Tonnerre de dieu, on va se battre. »

« Ils disent sous le bois regardez c'est acomat et tu te perds dans la fraîcheur sans vent tout en herbes tu ne vois pas le ciel vert il est sur ta tête le bois. »

« Gombo glisse, dongré t'étouffe ! Tout ce que tu manges n'est pas manger. »

« Ils disent tu rigoles, c'est pour l'éternité des siècles. Rien ne change ! »

Car la barrique était là ; et l'orage, le cyclone, la poussière du carême, le petit jour, les nuits sans frein, elle était là. Sans qu'aucun d'eux puisse crier ce qu'elle contenait, si elle contenait quoi que ce soit, si même La Roche y avait fourré quoi que ce soit. Et ainsi la question qui ne se posait pas, mais qui habitait l'esprit de tous, était alors très simple, très directe : *Qu'y a-t-il dans cette chose-là ?* – puis, à mesure que le temps passait, que l'oubli venait, la question mourait sous sa forme simple mais continuait dans l'air immatérielle, étendue sur l'espace de chaleur, à attendre qu'on la reprenne sous une forme nouvelle ; ou, à défaut, que quelqu'un au moins la porte en lui, transparente, insoupçonnée : comme un voile de buée montant d'une route, de loin il vous aveugle mais si vous marchez en plein sur la route vous ne le voyez plus du tout à vos pieds ; ou que quelqu'un à la fin lui donne réponse sans connaître qu'elle est question, voile en suspens sur l'écoulement des jours, et qui travaille dans l'apparent renoncement des parias :

Parce que Melchior vit d'abord naître le premier enfant, une fille qu'il appela Liberté en souvenir du frère abattu d'un seul coup entre les trois ébéniers. Il semblait à Melchior qu'il ne pouvait agir autrement. Il rattrapait peut-être un peu de l'énergie éparpillée par son frère défunt et la relançait d'un seul flot dans ce corps nouveau-né. Et Liberté la fille n'apparut pour ainsi dire pas dans les travaux de son père ; discrète jusqu'à s'effacer de toutes les mémoires : mais elle fonda cette famille des Celat qui allait s'entêter loin de tous ou plutôt se confondre dans la masse. Car la fille, de s'appeler Liberté comme le frère de son père, avait peut-être souffert de cette confusion dans laquelle elle avait fondu, dans laquelle elle avait paru s'abolir, alors qu'obscurément, toute seule avec son énergie, elle préparait sa vie distincte et simple, commune et volontaire, dans le lot des parias. Elle avait dès son premier jour refusé d'être telle ou telle, dont on dit : « Voilà ce qu'elle a fait, et elle est allée avec celui-ci, ils ont habité dans le fonds derrière Roche Carrée, ils ont eu neuf enfants et quatre sont morts avant d'avoir atteint les cinq ans », ou telle à propos de qui on s'exclame parce que ses yeux ont l'éclat et que sa voix fait courir en avant, – non, elle était à sa naissance déjà une branche parmi d'autres, à peine plus avancée en ce qu'elle s'appelait Liberté, et au contraire, à cause de ce nom précisément qui ne lui appartenait pas en propre, incapable de tirer son énergie hors du chemin commun ou de se signaler par des gestes et des paroles d'exception. Ainsi la laissait-on, après un seul regard, à son travail souterrain. Elle disparaissait. Comme la famille qui allait suivre, dont personne n'entendrait parler depuis le temps longtemps jusqu'au temps d'aujourd'hui : jusqu'au moment où la jeune fille aux yeux flamboyants s'arrêterait et dirait : « Voilà, je suis Marie Celat. » Et cette famille qui s'était ainsi évaporée dans l'espace, qui s'était confondue dans la masse, voici donc qu'elle surgirait un jour (aujourd'hui) sous la forme nouvelle de la jeune fille dont tout un chacun ne pourrait s'empêcher de dire en la voyant : « Voici Celat. »

Parce que la question était présente près de la barrique (« cette chose-là »), mais son corps de question avait fondu dans l'effort de misère à l'insu des misérables ; et voici qu'elle surgissait (aujourd'hui) sous la forme nouvelle, « *Comment, comment peut-on mettre tout ce temps dans une barrique ?* » – sans que le dépositaire de la forme soit capable de formuler, sans même qu'il pense porter une question dans son esprit en effervescence. Et la question dans son esprit allumait des incendies. Il criait. Croyant découvrir en savant la faille de l'ensemble ou, ambitieux, le nœud sensible qui par-dessous alimente le sang et la sève ; alors que c'était la pulsation de la question (informulée dans sa pensée, de même que jadis la barrique avait été par eux innommée) qui poussait contre son crâne le flot des réponses.

– Alors ils peuvent toujours poser des centaines de bougies à la Fête des morts, et ils peuvent incendier le cimetière s'ils le désirent, ils ne réussiront pas à rattraper la lignée ! Car il avait lui La-Pointe le premier dénaturé la chaîne des morts !

– Mais foutre que c'est beau la Toussaint dans la nuit au cimetière, comme une plantation de feux tout au loin ! Ouaille, c'est bel !

– Oui, un beau souvenir pour ceux qui passent ! Mais ils auront beau faire, nous tous, nous ne rattrapons jamais la lignée. Ce n'est pas avec des bougies que tu les feras traverser la terre et la mer pour te tendre la main, tes morts !

– Mais enfin, chacun doit pleurer son parent, ou être avec lui et arranger trois fleurs près de la fosse...

– Oui oui. Chacun dans sa petite allée, à ratisser le sable et disposer les coquillages, pour la beauté. Mais nous tous nous (et non pas toi ni lui) nous ne connaissons même pas si les morts ont donné la main, et les zombis ne sont pas bavards pour le dire puisqu'ils font tout simplement l'intérim des morts. Lui La-Pointe le premier il a tourné le dos.

– Il a tourné le dos.

– Oui. Et je ne suis jamais d'accord avec toi sur La-Pointe ! Il fait le geste d'homme (non pas d'animal, même si l'animal a une richesse), d'homme fier et pensant : il monte dans les bois. Mais il éparpille la tête, et ce qu'il invente ensuite c'est d'aller déposer des fers dans une case dont il n'est même pas sûr que c'est la case de Béluse. Il laisse vivre, avec cette histoire derrière. Ton avis est qu'il a raison : puisqu'il faut apprendre le pays nouveau. Puisqu'il pense que Béluse est entré dans les chemins « légitimes » comme un soumis. Mais en même temps, lui La-Pointe, il dénature la lignée dont il est le gardien. Car je vois qu'il était le gardien depuis le pays là-bas.

– Or, qu'est-ce que tu vois encore sur les zombis ?

– Ne me fais pas rire, quand ils ont vu (nous tous) que les défunts ne dansaient pas avec eux dans leurs simagrées, ils ont inventé les zombis. Non pas tellement pour se faire peur que pour se rassurer au contraire. Ils croient qu'ainsi les morts reviennent parmi eux. Qu'ils reviennent parmi nous.

– Alors tu es plus fort qu'un zombi, toi. Ça se voit que tu n'as pas peur dans la nuit !

– Et la barrique, ils n'osent pas la nommer ; remarque, c'est plutôt une petite futaille. Ils n'osent pas la nommer, La-Pointe n'ose pas l'ouvrir ; comme si La Roche tenait un pouvoir d'imposer quoi que ce soit. Et toi enfin tu mets dedans ce que tu dis *la feuille de vie et de mort*. Ne me fais pas rire, les morts sont partis pour toujours, ta feuille tu peux l'émietter, ce n'est pas ça qui nous fera bouger d'un seul pas dans l'espace. Car nous sommes sur la branche sans racines, nous tremblons à chaque vent par-ci par-là sans raison.

– Eh bé, regarde bien, Zombi-Mathieu ! Moi je n'ai jamais plongé dans la mer, et si tu n'es pas content, va labourer ton champ dans la mer, au moins tu auras du terrain ! La vérité c'est que tu aurais envie de voir un sérieux combat entre Béluse et Longoué, pour savoir si vraiment le second était le maître. Mais ils sont partis tous les deux, et si tu veux voir ce combat il faut aller fouiller les deux fosses sur le Morne pour les appeler.

– Papa Longoué, tu es fâché, ce n'est pas beau !

Parce que l'infini saisissement de l'espace dans la tête ; parce que la barricade devant les yeux, le fond du bois, sa germination étouffante, l'éblouissement ; parce que l'entassement des morts, des naissances, des combats, dans lequel on butait sans savoir. À peine l'éternelle question laissait-elle un moment de répit, un coin sans incendie, pour qu'on observe, qu'on loue, qu'on chante la naissance de Stéfanise. Et pourtant cette naissance était une part de la question, découpée dans la question comme un malfini dans le ciel. Stéfanise la grande, arrivée dans les bois, qui suivrait son père Anne quand celui-ci redescendrait à Roche Carrée (après l'abolition), mais à qui il resterait toujours un peu de mousse dans le cœur, un peu de marron dans l'âme. Et elle remonterait librement dans le lot d'acacias, non plus pour se garder contre la plaine mais parce que c'était là son goût et celui de son homme, ou plutôt son destin et celui de son nouveau lignage. Venue, elle, comme un jour sans manioc, tout allongée sitôt sortie du ventre de sa mère, et qui pousserait plus vite qu'un filaos. Celle dont on ne remarquait guère qu'elle était une fille (fille ou garçon, quelle importance : la même tâche était à abattre, elle l'abattrait comme deux hommes ; un seul héritage était à prendre, pour lequel une fille était aussi douée qu'un garçon : celui de naître et de mourir), et qui pourtant dans son cœur de fille couverait toutes les tendresses, toutes les lumières que la terre porte.

À peine le temps de constater qu'elle était là, bousculant sa mère, l'obligeant à parler, à crier, à vivre, enfin ; hurlant à son père : « Ne me touche pas ! Je ne suis pas Liberté Longoué ! » – ce qui sans manquer le laissait stupide, bougon et vaincu ; protégeant les derniers moments de Man-Béluse la

182

vieille (jamais tout à fait débarquée de ce bateau, et heureuse du tuteur inattendu qu'était l'enfant) ; bêchant la terre. À peine le temps de la voir grandir jusqu'à tant qu'on la hèle sur les mornes, Stéfanise la grande, pleine de bruit véritable. Par elle ce lent passage – des vies, des misères, des combats – soudain s'accélérait avec le sang. L'œil fouillait avec plus de pointe ; l'ardeur éclatait. Le cours de la rivière menait à elle ! Stéfanise était quasi un delta. Car elle reprendrait à son compte, après Louise et Longoué, après Anne et la fille, après Melchior et Adélie, la tentative immanquable, et on peut dire mécanique, de gagner sur le passé ; cet instinct tout de femme, tantôt violenté, tantôt sollicité, tantôt repoussé par l'homme : mais toujours victorieux. Et elle apporterait là un tel soleil qu'il semblerait, malgré la monotonie des choses répétées, qu'elle s'était créée elle-même, qu'elle naissait abrupte de sa propre lumière.

Alors, comment donc avoir failli effacer, escamoter le matin où elle apparut dans la hutte, entre le babillage de Man-Béluse la vieille et le silence ignorant de Anne ? Il fallait que la tête fût bien échauffée pour avoir risqué un tel manque, une si lourde déperdition. (« *Et comment, comment peut-on mettre tout ce temps dans une barrique ?* ») Car il y eut autour de Stéfanise le cru de la forêt, les pousses qui avec elle faisaient la course jusqu'au ciel, le tamis de vie et de somnolence mêlées, le sourd développé de sève, l'éclatement brutal du germe loin de la graine – qui faisaient que le bois et la fille ensemble diffusaient à la fin une clarté où plus d'un, maladroit, irait tenter de se planter.

CHAPITRE IX

Parce que, tout de suite après Stéfanise fille d'Anne Béluse, naquit Apostrophe, le second enfant de Melchior. Tout de suite, mais *après* ; un an après. Dans cette année s'amoncelle la légère rosée de vie qui fait que Stéfanise fut toujours *un peu plus* qu'Apostrophe ; qu'elle alla vers lui et lui prit la main, le conduisant ensuite à travers l'existence, sans prendre le pas ni le devancer (au contraire, restée derrière lui avec modestie, le poussant doucement en avant) ; mais qu'étant *un peu plus* que lui, elle n'eut pourtant jamais conscience de ce *plus* (en quoi la rosée délicate l'avait baignée). Elle connut même ce tourment, tellement propre aux femmes aimantes mais si extraordinaire chez une fille de marron, surtout dans un pays où apparemment il n'y avait non seulement rien à faire mais à tenter, et qui vient avec la hantise de se rendre utile, d'être nécessaire à l'autre. Elle répétait chaque jour au pauvre Apostrophe : « Ou pa ni bisoin moin, ou pa ni bisoin moin. » Tu n'as pas besoin de moi. « Mais pour quoi faire ? » songeait-il éperdu, sans oser le demander. Ainsi croyait-elle, ou devinait-elle, qu'il y avait quelque chose à faire, où il devait jouer son rôle. Il le joua en effet, doucement poussé par elle ; mais en proie à une manière d'effarement perpétuel qui, par malice de la vie, fit un bon quimboiseur de l'homme dormant qu'il était.

184

Melchior s'intéressa très tôt à la petite fille : il était attiré par l'éclat qu'elle allumait partout dans les environs. Ce fut un mystère comment il en entendit parler, et par qui ? Le fait est qu'elle n'avait pas neuf ans qu'elle rentrait déjà dans la case, criant à son père Anne : « J'ai vu papa Melchior, nous avons causé ! » Anne soupirant pensait : « Je n'ai pas fini avec ceux-là. Il prépare un coup quelconque. » Mais il n'interdisait pas à la petite ces rencontres avec « papa Melchior ». Elle était trop naturellement attirée, on eût dit séduite s'il ne s'agissait d'un presque vieil homme et d'une enfant, par les lentes promenades, par l'enseignement singulier qu'il lui prodiguait. Il y avait entre eux une affinité puissante, Anne le pressentait. Ainsi, pour qu'un Longoué égaré parmi les Béluse montât, femme intrépide, de son plein gré sur les mornes (et n'ayant donc pas à changer sa nature puisque c'était sa nature qui l'y poussait), il avait fallu ce monotone entassement. Que Senglis entêté dans sa décrépitude s'obstine à garder sa plantation (que sa plantation ne soit pas ravagée par les marrons), que Béluse monte dans la case de Roche Carrée, qu'il se rapproche à mi-chemin des bois ; que La Roche acharné à défricher laisse Longoué à ses hauteurs (que Longoué protège l'*Acajou*, du moins qu'il se garde d'attaquer l'*Acajou*), et que « la voisine sur le bateau » enfante la mère de Stéfanise. Pour que Melchior s'entiche d'une petite fille poussée avec trop d'éclaboussures dans l'épaisseur alentour, et pour que le fils de Melchior, d'un an plus jeune que la petite, bientôt les accompagne partout, ne comprenant rien ou à peu près aux silences, aux brusques flots de paroles à quoi l'homme et la petite se complaisaient. Mais Apostrophe, de suivre ainsi sans prononcer un seul mot, acquérait une densité, une présence, à quoi Melchior et Stéfanise à la fin se laissaient prendre. Melchior par Stéfanise reconnut ainsi son fils, un Longoué qui sans effort s'affirmait, là où Stéfanise avait encore besoin du bruit et de l'agitation (véritables) qu'elle créait autour d'elle. Et Stéfanise par Melchior arriva jusqu'à Apostrophe : jusqu'à cette nonchalance grave et effarée qui, sous le naturel « dormant », lui fit un tel plaisir et la séduisit tant.

Parce qu'il avait donc fallu que Louise, dégagée, légère sous son vêtement insolite, prît le couteau dans la cuisine (le même couteau noir qu'il volerait plus tard avant de couper les cordes, quand elle serait sur la machine) et entrât dans l'enclos pour délivrer celui-ci, – afin qu'il monte et que La Roche le poursuive sans le rejoindre, et que La Roche dix ans plus tard, venu seul dans les bois avec sa folie et son insouciance, apporte la barrique et la jette à ses pieds. Que Louise, dont le cœur aussi était plein d'une violence incontrôlée, d'un bruit sans cause ni conscience, et qui ne fut que si difficilement contenue par la force et l'entêtement de Longoué (jusqu'à ce jour de leur commun trépas où tout soudain elle brûla de le suivre), tranchât la corde sans prendre le temps de dégager les poignets : ne sachant pas si elle obéissait au signe venu du pays là-bas ou si elle succombait à une nécessité nourrie dans l'avenir du pays nouveau. Que Louise, qui n'était pas encore Man-Louise (débonnaire, ralentie) mais connaissait en elle ce ferment d'ailleurs, ce goût de respirer, cette attente enfin, – présumât dans son corps parfait et sa fierté le corps sans frein et le bruit (véritable) de Stéfanise, que Melchior redécouvrirait. Car pour Melchior, la petite fille n'était pas d'abord comme sa fille mais comme l'image de Louise, telle qu'il aurait voulu l'avoir connue avant qu'elle eût revêtu la bonhomie de Man-Louise. Toute cette monotone et insoupçonnée flamboyance par-dessus l'épaisse sève de misères et de combats, pour que Melchior solide et planté reconnaisse en Stéfanise, poussée comme un filaos dans le ciel, l'image de sa mère originelle, sauvage et guerrière. Qu'il reconnaisse Louise dans Stéfanise – alors que sa fille Liberté indifférente et neutre lui échappait : absolument pas jalouse des préférences de son père, si même elle les remarquait ; – dans Stéfanise donc, l'enfant de désordre. Et qu'il l'adopte dès lors pour sa fille véritablement, qu'il la donne à son fils afin qu'elle soit sa fille une deuxième fois (que la fille et le fils s'attachent l'un à l'autre plus serrés que des quénettes géminées) : qu'ainsi il résume dans sa vie toutes les raisons, présentes et passées, pour quoi il vivait. Il n'y manqua même pas qu'il faillit mourir à cause de Stéfanise, et qu'à cause de Louise et de Longoué il fut sauvé grâce à La Roche.

Il entra une fois dans le bourg pendant la journée, cherchant quelque petite chose dont il pût régaler Stéfanise. La petite l'y poussait, mais aussi une curiosité qui ne l'avait jamais quitté. Il associait l'enfant nouvellement apparue dans sa vie et la vie d'en bas qu'il devinait chaque jour plus proche de la sienne : c'est pourquoi il désirait offrir à Stéfanise une babiole, des mangeailles, des effets qui seraient imprégnés de l'odeur du bourg.

Il n'y avait presque pas danger. Les habitants le connaissaient, parfois il approchait le bourg sans qu'il en résultât le moindre trouble. À peine une légère traînée de murmures : « Voici Melchior Longoué qui passe. » Les planteurs ni la maréchaussée n'eussent commis la sottise de le poursuivre. Mais de telles conventions furent bousculées par un couple de militaires peut-être trop fanfarons pour réfléchir aux usages locaux. Intrigués de l'imperceptible rumeur qui accompagnait Melchior, ils interpellèrent celui-ci, qui fut assez fier pour se nommer. Il n'eût pas consenti à jouer le rôle d'un hébété. Ces soldats l'emmenèrent aussitôt, suivis d'un groupe de plus en plus compact de population. La nouvelle se répandit partout : « Ils ont pris Melchior Longoué ! » ou « Nous avons capturé un dangereux marron ! » Melchior qui acceptait le risque, l'énormité du risque (au regard du prétexte enfantin qui l'avait mené là) : parce qu'il désirait obscurément affronter, sans armes ni combat, l'univers clair et réglé de la plaine. Des estafettes s'égaillèrent pour alerter les planteurs.

« Les stupides pendards ! » s'écria le vieux La Roche quand on vint l'avertir, et il sauta sur son cheval.

Quand il fut au bourg, Melchior avait déjà été conduit chez le bailli, lequel se trouvait fort embarrassé de l'affaire. La Roche alla droit sur le prisonnier.

– Ainsi, tu es le fils de La-Pointe.

– Mon nom, c'est Melchior Longoué.

– Voyez-vous ça. Tu n'as pas de nom, mon garçon ! D'ailleurs tu es le fils de La-Pointe.

– Melchior Longoué.

Cmme avait fait Longoué, Melchior regarda calmement La Roche. Le vieux bougre pétillait de malice, il lui semblait revenir à sa jeunesse !

– Longoué hein ? Qu'est-ce que tu fais d'un nom ? Il te donne à manger ? D'abord, es-tu affranchi ? Libre ? Sacré La-Pointe. Ah ! Quel gaillard !... Alors, tu te promènes comme ça sans ton sac ni ton boutou ? Pas étonnant que tu sois pris. Dommage ! J'aurais été content de l'ouvrir, ton sac. Juste pour voir l'esprit qui te sert. Hein ?

Il ne se décidait pas à quitter Melchior. Cette résurgence des temps anciens le ravigotait. Il sollicitait presque une insulte, un geste, un signe qui lui eussent rappelé son marron de la première heure.

– Bon. Puisque te voilà, donne-moi une consultation. Qu'au moins ces gredins aient servi à ça ! Allons, je sais que tu es quimboiseur, inutile de finasser.

La cour était bordée de massifs de coquelicots roses, jaunes, rouges. Des haies basses çà et là, un semblant de pelouse, esquissaient l'harmonie d'un jardin à la française. Mais les plantes rebelles à la taille, les allées frissonnantes d'herbes, les éclats des fleurs loin au-dessus du feuillage, attestaient l'illusoire d'une telle parodie. Le prisonnier laissait errer son regard ; il méditait.

– Alors ? Il y a quelque chose ? Ne me dis surtout pas que j'ai une amoureuse. Hein ?

188

Melchior enfin regarda La Roche, puis doucement :
— Fais le mariage, dit-il. Le garçon est plus capable que
son père, et tu aimes ta fille. Elle sera contente.
— Sacré La-Pointe ! Sacré La-Pointe !
La Roche riait à grands éclats ; peut-être satisfait de ces
paroles inattendues.
— Bon, dit-il. Je ferai comme tu dis. Mais si tu m'as
trompé, gare !
Il riait encore quand il entra dans la salle où les planteurs,
qui n'étaient pas allés voir le marron, s'étaient réunis.
L'assemblée était en ébullition, les avis fusaient.
— Faisons un exemple !
— Puisqu'il est là, nous ne saurions reculer !
— Mes amis, remettons-le aux autorités.
— Eh ! Les autorités nous le remettront !
— Le plus aisé est de le jeter dans une fosse.
— Pendons-le haut et court.
— Vous connaissez la crainte qu'il inspire. Un quimboi-
seur.
— Ce n'est rien. Laissons-le aller.
— Et bientôt on nous dira : « Libérez-les tous ! »
— Bientôt ? C'est dit déjà.
— Silence ! tonna La Roche. Le tohu-bohu cessa immé-
diatement.
— Monsieur, commença un jeune planteur... — mais La
Roche le toisa sans mot dire, et l'imprudent se tut. Ils
dépendaient tous, par un biais ou un autre, de l'*Acajou* et de
son maître.
— Ainsi, dit doucement le vieux bougre, de toute l'année
vous n'avez l'idée d'aller les chercher dans les bois que vous
pouvez d'ici apercevoir à travers cette baie, et où il vous suf-
firait de tendre la main pour les cueillir. Avec trente chiens
et une compagnie, vous n'oseriez y monter. Mais que deux
trublions déguisés en militaires s'amusent à gendarmer les
routes, aussitôt vous vous déchaînez à loisir.

– Mais monsieur...

– Et vous estimez sans doute que l'heure est venue d'offrir un excitant de choix à nos populations. La pendaison d'un marron, d'un quimboiseur pour renchérir, quoi de plus efficace pour allumer l'agitation dans l'esprit de tous. N'est-ce pas ? Nous ne sommes déjà pas ennuyés à suffisance par tous ces métèques abolitionnistes. Voyons, donnons-leur un bon et spectaculaire prétexte à clamer. N'est-ce pas ?

– Monsieur, nous sommes résolus de résister !

– Eh bien, résistez donc à ceci !

Le vieux sortit un pistolet qu'il braqua sur l'assistance.

– Je vois qu'il me faut défendre vos intérêts contre vous. D'ailleurs, ajouta-t-il en gloussant, l'idée m'en vient de Senglis.

Ils regardaient consternés, persuadés qu'il n'hésiterait pas un instant à faire usage de son arme. Ce n'était pas un homme à brandir un pistolet sans s'en servir au besoin.

– Bien, dit-il. Je vais descendre et donner des ordres. Je le ferai marquer aux fers, puis nous le relâcherons. Ce qui satisfera tout un chacun, non ? Vous resterez sagement à cette place et d'ici à une heure nous pourrons rentrer chez nous. N'est-ce pas ?

Dehors, un petit groupe commentait l'événement. « Melchior Longoué, il est fort. Tu vas voir qu'il sort de là. Il a le sac et le boutou et cette chose-là. » « C'est pas possible, ils vont le marquer, et puis ouop ! le bras droit. » « Et même ! Il peut remplacer autant de bras que tu n'as pas de dents dans ta grande bouche. » « Alors vraiment il a un lot de bras ! » « Regardez, c'est le vieux bougre qui va lui arranger ses affaires ! » Agglutinés à la haie, ils étaient une cinquantaine qui suivaient de loin l'évolution des choses.

(Melchior pensait à eux tous, de chaque côté de la haie, qui avaient l'ignorance de croire qu'il était venu là par hasard, qu'il s'était fait prendre par imprudence, qu'il se sauverait par crainte.)

– Bon, dit La Roche. Ils vont te conduire, une petite formalité. Après, tu seras libre. Tu vois, je ne suis pas rancunier. Mais si je me trouvais dans ta situation, je sais ce que je ferais ! Bon. Le mariage, hein ? Entendu, entendu. Si tu connais le mal, tu connais le remède.

Il clignait de l'œil au marron. Il exultait.

Débordant de joyeusetés, il donna ses ordres. La jubilation le portait à la familiarité, les colons étonnés le virent rentrer dans la salle, balançant son arme au bout des doigts comme un jouet. Il plaisanta grassement avec la plupart d'entre eux : « Voyons, George-Lucien, vous ne viendrez jamais à bout de ce défrichage il faudra que je vous secoure. », « Savez-vous ce qu'ils insinuent à Paris ? Que nous sommes des barbares illettrés. Dire que le quart de ma fortune est pour améliorer l'ordinaire de ces messieurs, enfin ! », « Eh, mon cher Depaulme, est-ce qu'au moins vous savez lire ? », et entretenant dans l'assemblée une bonne humeur qui peu à peu se transforma en confiance pleine de chaleur, en certitude de l'avenir, engendrant des projets sérieux, quelques mesures de répression, un plan de diminution des parts de manioc allouées aux cases – tout un plaisir de vivre, – jusqu'au moment où un gendarme fit irruption dans la salle, criant : « Monsieur, monsieur, il s'est échappé ! », *l'incapable.*

– Avant, ou après les fers ?

– Nous le menions à l'atelier comme vous l'aviez ordonné ; soudain il bouscula ses gardes et disparut dans une ruelle !

– À cheval ! crièrent plusieurs voix. Cette fois, il est bon.

– J'en ai chassé un de cette trempe, c'est sans espoir, dit La Roche. Tenez-vous tranquilles ! N'offrez pas aux autres le spectacle de votre retour, vous reviendrez bredouilles et fourbus, c'est moi qui vous le dis !

Et comme le brouhaha ne cessait pas : « Messieurs, annonça-t-il, passons à des matières plus réjouissantes.

Puisque nous voici réunis, je suis heureux de vous faire connaître les fiançailles proches de ma troisième fille Marie-France-Claire avec le jeune monsieur de Senglis ! »

Puis, dans l'agitation des compliments et des félicitations, il gloussa, solitaire : « Sacré La-Pointe, sacré La-Pointe ! »

« Parce qu'ils y tenaient, à leurs noms. Ils acceptaient bien que tu portes un nom, à condition qu'ils te le donnent. S'ils avaient décidé pour La-Pointe, va donc leur faire admettre que tu veux Longoué, à cause que Longoué est comme un dongré de farine bien pris dans le bouillon de crabes, et raide comme un bois-campêche. Va leur faire admettre ! Que ton nom est pour toi, choisi par toi ? Ils n'acceptent pas ! » Sauf s'ils y trouvaient un plaisir particulier ; et c'est Marie-Nathalie par exemple qui ne voulut jamais qu'on appelât l'homme autrement que Béluse (ni Pierre ni Paul mais Béluse) et qui prenait un tel goût à rouler le mot dans sa bouche : Béluse. Car elle savait que le nom était né de sa propre bonne humeur, du rire qui gonfla en elle et qu'elle eut tant de peine à refouler quand ce géreur déclara : « C'est pour le bel usage, madame ! » Et ce bel usage, qui devait en elle faire grossir une si belle folie, jusqu'au moment où elle ne put que se raccrocher à la seule et hypothétique fécondation dont elle avait passé commande, elle voulut pour commencer qu'il soit accolé à celui qui l'assumerait, et que l'homme du bel usage s'appelât en effet Béluse. Dans ces cas-là, oui, ils te tueraient plutôt que de t'enlever le nom, si dans d'autres cas – quand tu osais en choisir un et décidais de le porter toi seul – ils t'auraient tué pour te l'ôter sans retour. Ils décrétaient alors : « Il n'a aucun droit à porter un nom. » Sauf, encore, si le nom les flattait ou flattait en eux quelque partie d'eux qui pourrait avec condescendance sourire de ton audace, d'un air de dire : « Allons ! Il faut leur laisser cela, nous y consentons. » C'est par exemple la femme qui vécut avec le géreur Targin, non pas avec mais à côté de lui, pour ce qu'il lui fallait à demeure un brin de divertissement (– *eh non ! il s'attachait, on ne sait pourquoi, à cette créature qu'il avait arrachée du baraquement, le soir où ils furent amenés tous les trois, l'homme et les deux femmes*), sans oublier les travaux du ménage et de la cuisine. Et quand il mourut un des premiers à une époque de troubles, distribué en morceaux dans un des champs qu'il avait régentés (assassinat tellement énorme que pour le coup Senglis faillit y laisser son domaine, les autres planteurs exigeant à grands cris qu'il modifie les règles de sécurité sur ses terres, et même qu'il en abandonne l'exploitation à leur profit), la femme déjà très âgée mais forte encore s'en fut vivre avec un des esclaves de l'habitation, dans une zone de terre sablonneuse impropre à la culture. Elle y emmena l'enfant qu'elle avait eu de Targin, qui avait grandi derrière la maison de Targin, et dont elle s'était occupée comme on soigne un petit animal, toujours lâché dans la cour derrière la maison, hors de la présence de Targin. De même que l'enfant devint l'enfant du nouveau couple, l'aîné en somme, qu'aucune particularité – si ce n'était la teinte éclaircie de sa peau – ne distingua bientôt plus parmi ses frères, de même prit-on l'habitude d'appeler cette case la case des Targin, et cette famille la famille Targin. Ainsi ce géreur eut-il sans le savoir une descendance par le nom, comme il avait eu un fils sans y porter attention. Et cette famille, à qui nul ne contesta le nom patronymique de Targin, améliora l'endroit, gagna sur les sables en descendant et sur le morne de l'autre côté, se tailla un petit espace indéterminé, c'est-à-dire où on ne savait jamais exactement ce qui se cultivait, une propriété en quelque sorte, discrète, vague, pleine de fouillis, échappant à l'attention, qui par logique s'appela *La Touffaille*. Jusqu'à ce jour où le petit lopin fut jugé digne d'intérêt, – mais ceci est une autre histoire.

Je parle pour un d'en bas, tu comprends, là où ils te donnaient le nom qui leur convenait ; car pour celui des hau-

193

teurs tout ce qu'ils pouvaient faire était de tailler l'écorce et de sculpter dedans (c'était comme le grand parent de la carte-de-sûreté) et d'espérer qu'avec un concours de chance ils te mettraient la main dessus. Ceux des hauteurs choisissaient leurs noms : on ne les appelait pas Tel ou Tel, on ne prenait pas l'habitude de les appeler, ils choisissaient et ils disaient à la ronde : « Voilà, c'est Tel mon nom. » Tu vois la différence. Ils s'appelaient eux-mêmes, avant qu'on les appelle. Pour ainsi dire qu'ils se baptisaient. Quoique dans certains cas justement ils allaient de plus en plus comme au baptême, à choisir des noms venus d'en bas ; ainsi la mère des enfants d'Anne Béluse qui insista pour que le garçon né un an après Stéfanise (c'est-à-dire l'année même de la naissance d'Apostrophe Longoué) soit nommé Saint-Yves. Elle avait la nostalgie de la cérémonie, et probable que si elle en avait porté une douzaine après celui-là (comme ça aurait dû être), un certain nombre de saints auraient défilé dans la case. Et elle ne balancerait pas longtemps d'un pied sur un autre avant de ramasser chaque fois cette marmaille sur la terre de la case et de déclarer : « Il a six mois à présent, nous allons l'appeler Saint-Un Tel. » Enfin. Il fallait entrer dans les mœurs d'en bas puisque c'était déjà décidé dans l'esprit d'Anne qu'il reviendrait à Roche Carrée. Du moins Melchior, quand il adoptait quelque chose qui venait de la plaine, se décidait-il pour le plus rude et le plus durable ; comme en cette occasion où, se faufilant une nuit dans les passages entre les maisons du bourg, il avait en un éclair entendu quelqu'un protester : « Voilà qu'il se met à *m'apostropher* ! », d'où avait grandi en lui la certitude que l'apostrophe était le plus solide du solide : ce qui fut le nom de son deuxième enfant, le fils qu'il souhaitait. Mais le plus beau fut que tout le monde finit par ressembler chacun à son nom. Si tu penses que Saint-Yves Béluse, dans un pays où c'était déjà si difficile de tenir, je ne dis pas de vivre mais de tenir, et où toute la terre que tu pouvais observer à la ronde jusqu'à l'horizon n'était pas à toi, si tu penses que Saint-Yves Béluse dès son enfance commençait de fouiller la terre, de rapporter des plants, d'amasser des graines pour les enfouir quelque part (sans même savoir au début ce que ces graines allaient donner, des gombos ou des cochons sauvages), dans l'idée de faire du commerce pour obtenir de l'argent avec le produit de ce qu'il plantait. Non pas tellement à cause de l'argent, qui à l'époque était inconnu chez lui ; mais pour le plaisir de posséder et de parader en propriétaire. Lui, élevé dans les bois et qui jusqu'à l'âge de treize ans n'avait eu aucun rapport avec ceux d'en bas. Est-ce que le nom hérité n'avait pas déteint ? Car, je te demande, à quoi bon être propriétaire, quand personne dans le pays n'est possédant, si ce n'est pas pour cracher sur tes frères ? Si tu essaies de tenir, bon ; mais si la gloriole de posséder entre en toi, dans ce pays où quand tu travailles un lopin de terre on s'arrange pour qu'il ne te rapporte que la peine et la misère ? Lui si jeune il réfléchissait déjà comment organiser sa culture, il entretenait les plus gros bois, l'ébène ou le mahogani, ayant prévu qu'un jour il en tirerait bénéfice. Est-ce que tu peux imaginer le temps que prend l'ébène pour te donner un bénéfice ? Mais Saint-Yves prévoyait de loin : qu'un jour à Roche Carrée il s'occuperait de ses bois noirs et de ses légumes ; qu'un jour donc il cesserait d'être un esclave sur le papier timbré pour continuer d'être un esclave sur la terre. *Et peut-être qu'il monta pour déraciner les trois ébéniers et pour les débiter ?*

Du moins Stéfanise elle non plus, ses bras en mouvement dans l'air comme des moulinets, ses grands pieds « giclant la boue » entre les orteils, sa voix portée comme une trompette sur les ravines, n'acceptait pas sans réfléchir le courant montant depuis le bourg. À l'époque où elle vécut dans la case de Roche Carrée, après l'abolition, et avant qu'elle remonte vers Apostrophe, les jeunes d'alentour venaient tous rôder autour d'elle : « Mademoiselle, tu me contentes, je veux vivre pour toi », « Pourquoi on ferait pas comme le poulain et la pouliche », « Je passais par là, voir si tu ramassais l'herbe pour ton lapin », – les timides, les effrontés, les pratiques. Elle riait, demandant à Sylvius, Félicité ou Ti-Léon : « Quel est ton nom ? » – et, quand ils se montraient trop ardents, s'échappait en criant : « Ou té dan goumin-an ? » Étais-tu dans le combat ? Car elle se passionnait pour le récit éternellement recommencé, si bien que c'était la seule manière de la retenir, soudain attentive, l'orteil de son pied gauche trouant la terre rouge : quand le garçon plus avisé que les autres, un braillard savoureux, habile à « portraiter », racontait le grand *goumin* de l'abolition.

Yo té di nou bandes de salauds si vous croyez que quelque chose va changer ici vous pouvez vous planter pour attendre, la poussière des siècles sera sur vous mais vous serez toujours au même endroit debout, allons grouillez-vous la canne n'attend pas debout – et qu'est-ce que je vois tout au bout de la rue soudain les femmes femmes femmes tu aurais dit la volière du paradis Man-Amélie tout en tête sacré tonnerre les trois gendarmes ils ne font que sauter sur leur cheval tout est à nous en avant ils crient en avant tu aurais vu les houes les coutelas et un parmi eux un mulâtre qui vient pour crier mes amis mes amis ce n'est pas la bonne méthode rhan ! disparaître le prend, plus vite que tu peux dire tonnerre de dieu tout est à nous on dévale femmes femmes rien que femmes devant et soudain – Halte ! les fusils tout au travers de la route la troupe et les baïonnettes, halte qui est-ce qui a crié halte, en avant le *vidé* commence, je vois vingt trente qui tombent à côté de moi, c'est la fumée un bon moment tu deviens sourd, et tout à coup je suis de l'autre côté nous on passe où sont les soldats et je vois les femmes femmes femmes chacune un fusil on descend et un autre vient avec un mouchoir rentrez chez vous et rhan ! il court plus vite qu'un ouistiti on descend et pas seulement toutes les maisons les meubles par terre la grille disparue pas

seulement la route mais tout partout les champs les chemins, ça déborde où sont les soldats tout ensemble amar-
reuses coupeurs assez de prendre des coups toujours des
coups sans répondre *Yo té di nou* bandes de fainéants issa-
lopes debout ça n'attend pas rien ne change – alors voilà on
était là plus de joujous et où sont les géreurs Man-Amélie
son fusil comme un boutou elle crie pas besoin de balles tu
ne sais pas mais comme un boutou en avant, sa robe est attachée en travers comme un pantalon elle crie mon fils *pa
moli !* mon fils en avant et alors là vraiment soldats et soldats
feu feu mais va voir c'est la rivière débordée combien encore
par terre cinquante et cent nous on passe rien n'arrête et
soudain un seul crier *Chelchè rivé l'esclavage fini* la victoire
Chelchè rivé et un autre qui vient La République Française
vous apporte la liberté son délégué monsieur le ministre
Schœlcher *Yo té di nou* sauvages bons à rien debout au travail Belzébuth même Belzébuth ne veut pas de vous c'est
pour l'éternité des siècles – voilà c'est la victoire et l'esclavage fini, je regarde Man-Amélie couchée sa robe remontée
sur la tête et la tête à l'équerre déracinée sa main sur le fusil
comme un boutou elle ne crie plus n'entend plus le vacarme
le bruit tous dans la rue victoire elle entend tonnerre de dieu
victoire pour tous ceux-là avec elle trépassée dans la rue victoire !
  – *Oué !* crie Stéfanise, *la fimin dan vouèl !*
  Mais cette fumée, ou plutôt ce vent dans les voiles, il ne
fallait pas que l'orateur en profite par trop, qu'il ajoute des
choses pas vraies, qu'il passe de cinq cents à cinq mille, qu'il
se grise du mouvement et du bruit invoqués, car Stéfanise
n'ignorait rien du grand combat, et indignée qu'on brode
ainsi sur la vérité elle criait alors au vantard imprudent :
« Va-t'en, va-t'en ! Tu as mis ça en plus, sacré menteur ! »
  Parce que c'était dans l'air, palpitant, pas encore oublié
pas encore perdu, le charroi de femmes femmes femmes et
non pas seulement les marrons comme d'orgueilleux sei-

gneurs de la misère et de la boue, mais tous d'un seul élan les accablés les muets les soumis. C'était dans l'air où chacun pouvait le renifler, depuis Melchior qui s'était rapproché du bas et de ceux d'en bas, risquant sa vie parmi eux pour la curiosité, jusqu'à Stéfanise concentrée sur le récit. C'était dans l'air, où tous ceux qui se trouvaient sensibles au frémissement, c'est-à-dire ceux qui comme Melchior supportaient cette mort quotidienne sans la subir ou ceux qui comme Senglis n'étaient plus acharnés à profiter : tous les vacants en somme, tenus en marge de l'âpre confrontation de la misère avec la rapacité, pouvaient le sentir et l'annoncer ; ou, comme Stéfanise, le sentir et s'en souvenir.

Senglis en particulier, capable (autant que jadis Marie-Nathalie) de capter les souffles qui perturbaient son atmosphère étouffante, souffrait de ces variations autour de lui. Moins imaginatif pourtant que sa défunte femme, laquelle s'était trouvée assaillie à ses derniers moments de toute une végétation qu'elle avait passé sa vie à saccager, il entendait déferler une autre houle, un plus lourd convoi, des ennemis plus ordinaires, plus proches, et en son agonie (bien avant le grand combat dont Stéfanise s'enthousiasmerait) essayait de repousser la meute d'esclaves qu'il voyait grossir autour de lui et l'assiéger. C'était à l'époque où son fils commençait de courtiser la jeune Marie-France-Claire ; Senglis flatté d'une telle rencontre caressait l'espoir d'une union définitive qui eût agrégé sa plantation aux terres de l'*Acajou*, mais sous l'autorité de son fils. Espoir chimérique, à l'image de tout ce qu'il avait entrepris. Ce rêve mis à part, il s'était tout de même humanisé, débarrassé de ses manies. Oublié au plus obscur de la maison haute, il n'apparaissait plus dans les affaires de l'habitation, vigoureusement reprises par le jeune Senglis, au grand dam des géreurs. Mais cette période de répit, de calme bienheureux, ne fut que pour annoncer la violence et la désolation qui enlaidirent sa fin.

Torturé du grouillement de populace autour de lui, il clamait du fond de sa chambre : on l'entendait à la ronde, les enfants se terraient dans les cases. Puis il bredouillait d'une manière interminable des conseils, des recettes : de culture, de répression, de comptes. Cette agonie n'en finissait pas. Dans l'air il ressentait l'attouchement, le frôlement incessant de la chose à venir, qu'il ne verrait pourtant pas. Un jour enfin, il réclama La Roche ; il fallut que le fils, tremblant à la seule pensée d'une telle démarche, trouve le courage d'aller chez le père de Marie-France-Claire. Mais La Roche accourut ventre à terre, escorté du jeune Senglis éperdu de cette cavalcade botte à botte avec le vieux bougre.

– Ah ! dit Senglis, vous êtes venu ! Ils ne me laissent pas un instant, il faut sans cesse que je me défende, les entendez-vous, là, là, je me demandais si vous sauriez passer au travers, ah !

Puis, changeant de sujet, et presque souriant tout à coup : « Nous nous sommes bien haïs à cause d'elle, ne trouvez-vous pas ? »

– Mon cher ami, mon cher ami, répétait La Roche.

– Je le sais, si nous n'osâmes en convenir : vous l'aimiez autant que moi ! Car moi aussi, La Roche, moi aussi. Tenez, tenez, je ne pus jamais lui avouer qu'Anne de Montmorency n'était pas Connétable de France, du moins à ma connaissance. C'est idiot, n'est-ce pas ? C'est idiot. Mais vous. Comment vous êtes-vous contenu ? Ah ! Ne niez pas. Voyez : Marie-France-Adélaïde, Marie-France-Éloïse, Marie-France-Claire, et pour la dernière vous n'avez pu résister, Marie-France-Nathalie. Vous voyez ! Je gage que c'est votre préférée.

– Ah, dit La Roche en pleurant, c'est donc vrai qu'elle est morte. Elle est morte en effet !

Les chandelles étouffaient lugubrement. Ces deux vieillards s'épiaient peut-être une dernière fois dans la demi-nuit de la chambre, n'ayant pas renoncé tout à fait à leur duo. Mais Senglis, comme débarrassé après ces paroles d'un pro-

199

blème qui le gênait, avec une furie accrue se renfonça dans son délire, à crier en mourant : « Prenez garde mon ami, ah, ils vous emporteront vous aussi, vous ne les connaissez pas, c'est la vase des mangles, moi j'enfonce, retenez-moi, retenez-moi ! » – pendant que La Roche, vieillard pratique sans songes ni visions, lui tenait la main, pleurait sur l'amazone qui avait vécu à cet endroit, et supputait par moments ce que la propriété pourrait donner une fois confiée au fils.

Parce que la vie, le désir de mourir, la soif de posséder, t'aveuglent sur ton chemin, t'empêchent d'éprouver la racine ou de comprendre le charroi descendant sur l'espace : sauf au cas où, comme Senglis, tu n'es plus qu'un chiffon transparent envolé dans le moindre souffle et roulant avec le charroi ; ou si encore, comme Longoué Melchior, tu es une tonne inébranlable, qui ne frémit que par l'élan caché de la racine. Alors oui dans ces cas tu comprends la chose qui va venir. Sinon, tu restes là méditant : « Mais où donc, où a passé tout ça ? » Tout l'entassement qui paraît caduc – jusqu'au jour où la chaleur te traverse comme un pieu ; mais la chaleur peut aussi te terrasser. Tout le monotone cri que tu n'entends pas : Pour que La Roche saute sur son cheval, d'un trait jusqu'au bourg, qu'il dise à Melchior : « À ta place, je sais ce que je ferais » ; qu'il donne ensuite ses ordres : *qu'on emmène le prisonnier à l'atelier, qu'il serait inutile de l'attacher* (et aucun des deux n'avait parlé de la barrique, pourtant posée entre eux comme un monument, ni de Louise vivante sur leurs regards). Pour que ceux qui de loin avaient observé l'affaire s'en retournent, qui dans sa maison de tôles et de bois de caisse, qui dans sa cahute empaillée, tous criant : « Je l'avais prédit qu'il s'échapperait ! Quel est celui qui peut tenir Melchior Longoué ? » Et pour que Stéfanise, déjà portée par sa nature vers la case dans les acacias, s'attarde cependant à Roche Carrée, s'époumone chaque jour du récit du grand soulèvement, comprenant aussi bien que Melchior la vérité si obscure (à ce moment, et encore aujourd'hui) : que les seigneurs, seigneurs des plantations ou seigneurs-marrons des bois, seraient forcés d'abdiquer leur pacte de splendeur ; que ceux-ci reviendraient à la glèbe démunie d'éclat pendant que ceux-là tisseraient sans attendre une autre sorte de toile sur la terre ; que ceux du soulèvement pour une fois, esclaves ou gens des bourgs, avaient eux-mêmes allumé leur incendie ; qu'ils ouvraient leur route dans le pays si vaste et si petit ; que la vie quitterait l'épais croisement et le tapis humide des bois pour s'ancrer autour de Roche Carrée, dans la région des tamis labourés, et partout où les hommes souffriraient et mourraient loin d'aucune sorte d'écho pour leurs cris. Et peut-être que Stéfanise comme Melchior prévoyait l'absence, le néant, l'oubli de mort qui en résulteraient ; – ce pour quoi elle monta dans les bois, afin qu'au moins il y en eut deux ou trois qui remuent, sur l'emplacement devant la case, les décombres et la cendre de l'incendie.

Car où a passé, où a donc passé tout ça qui te monte au cerveau, te brûle dans la tête sans que tu connaisses le feu, tout en souffrant la brûlure ? Tu demandes : « Mais vraiment, papa, on ne sait même pas ce qu'il faut fouiller ? » Ce n'est pas la misère, tu n'as pas à chercher la misère, je te dis, c'est la misère qui te cherche, et n'essaie pas d'entrer dans la misère avec des mots. Non ! Le tournis te prend. Comme une frégate qui n'a plus qu'une aile pour battre sur la mer... On croirait qu'à force de couper le bras droit, et puis la jambe droite, ils ont fini par amputer tout un côté du corps : un poumon, un testicule, un œil, une oreille. Et voilà peut-être ce qu'il faut chercher dans l'entassement : cette partie de toi où la brûlure sillonne comme un éclair, et qui pourtant est restée loin de toi dans les bois ou sur la mer ou dans le pays là-bas : la moitié droite du cerveau.

Abolition 1848

CHAPITRE X

Parce que ces deux commis, malgré leur stupeur et leur indignation, furent obligés de mener leur tâche jusqu'à sa fin (puisqu'ils étaient appointés pour cela et puisque toute amorce de sabotage dans ce travail aurait pu leur valoir de sérieux ennuis avec les nouveaux employeurs) ; qu'ainsi la légalité triompha partout. La légalité, c'est-à-dire ce postulat que l'esclavage était aboli, que chacun serait pris en compte par les bureaux de l'État-Civil, du moins en ce qui concernerait son identité ou les documents qu'il y aurait lieu de certifier à son sujet. Les deux commis avaient donc dressé sur la plus grande place une table derrière laquelle ils s'étaient barricadés, pour se garder de la marée qui battait la place. Embastillés dans leur donjon de registres et de formulaires, sanglés dans leurs redingotes, les oreilles rouge-feu et le corps en rivière, ils dévisageaient la houle indistincte de faces noires devant eux. Très officiels, ils ne laissaient rien paraître de leurs sentiments, du moins pas dans le ton de leur voix quand ils criaient : « Au suivant » ou : « Famille Boisseau » ; mais par moments ils se penchaient l'un vers l'autre, s'encourageaient à la farce, ou, terrés derrière leurs papiers, s'excitaient à la colère.

— Ce n'est pas possible, ce n'est pas possible, disait rapidement le premier commis.

Puis se redressant aussitôt, il criait : « Au suivant ! » – Il était chargé de l'interrogatoire des postulants.

– Habitation Lapalun.

– Combien ?

– Un homme, une femme, trois enfants.

– Famille Détroi, annonçait le premier commis. Un homme, une femme, trois enfants. Au suivant !

– Famille Détroi, deux plus trois, répétait le second commis, chargé des écritures. Et il remettait à chaque main tendue devant lui, au-dessus de la même indistincte face, un papier dont il gardait lui-même copie.

– Quartier Plaisance.

– Combien ?

– Moi, Eufrasie, les enfants...

– Combien d'enfants ?

– Cinq.

– Famille Euphrasie, un homme, une femme, cinq enfants. Au suivant !

– Famille Euphrasie, deux plus cinq, répétait le second commis.

– Moi tout seul, disait le suivant.

– Ni père ni mère ?

– Non.

– Pas de femme ?

Le « suivant » ricanait.

– Famille Tousseul, un. Au suivant !

– Famille Tousseul, un, répétait le second commis. Il tendait le certificat d'existence, sinon d'identité.

C'était l'épilogue du grand combat : la délivrance de papiers qui consacreraient l'entrée dans l'univers des hommes libres. À l'entour de la table une certaine réserve, et presque une gravité, s'imposaient. Mais à mesure qu'on s'en éloignait, l'agitation grandissait dans la foule. Aux confins, c'était la franche exubérance. À travers le bourg, sous les fenêtres fermées, les persiennes cadenassées, les baies aveugles : la liesse et le bruit. Les anciens esclaves des Plantations étaient là, y compris les femmes. Mais aussi, majestueux dans leurs haillons, traînant comme une parure de dignité leur boue et leur dénuement, et les seuls d'ailleurs à être armés de coutelas, les marrons. Dans le contexte de loques et de hardes, ils trouvaient moyen d'être à la fois les plus démunis et les plus superbes. Ils s'en venaient par petits groupes, comme autant d'îles fermes dans la mer bouillonnante. Ils ne parlaient pas, ne gesticulaient pas, et on pouvait respirer dans leur sillage comme un relent de crainte, vite balayé par l'excitation de la journée. Les marrons étaient partagés entre la satisfaction de celui qui voit légitimer son existence ou ratifier son passé, la curiosité d'aller-et-venir sans souci dans le dédale de ruelles qu'ils avaient naguère parcourues à la dérobée, et le vague regret des jours révolus, quand le danger de vivre les élisait au plus haut de l'ordre de vie. Ces sentiments mêlés les contraignaient dans leur attitude et jusque dans leur silence. Il leur en venait une apparence outrée de modestie qui les distinguait plus encore. Leur particularité (en plus du coutelas) était qu'une fois arrivés près de la table, ils annonçaient d'eux-mêmes leur nom et celui de leurs proches, au contraire de la masse qui eût été généralement bien en peine de proclamer des noms ou d'exciper d'une vie familiale. Les deux commis ne pouvaient s'y tromper ; cette marque d'indépendance leur semblait une injure : leur indignation s'y renforçait.

— Quelle idée, quelle idée, soupirait le deuxième commis.

Son collègue en était à épuiser la liste des prénoms usuels qu'il attribuait, en tant que noms patronymiques, à une série de ces sauvages.

— Famille Clairette...

— Famille Anaïs...

Leurs oreilles de plus en plus rouges, les yeux effarés, ils se rencognaient à tout bout de champ derrière leurs paperasses, pour se plaindre l'un à l'autre.

– Le vieux La Roche était bien avisé de demander que l'État-Civil passât sur chaque Habitation, et qu'on s'épargne cet étalage de foule ! Quelle misère !

– Ah, mon bon ami, la République dispose !... Au suivant !

L'aboyeur entreprit alors les célébrités antiques.

– Famille Cicéron...

– Famille Caton...

– Famille Léthé...

L'Antiquité entière défilait, du moins celle qu'ils connaissaient par ouï-dire : de Romulus à Horace et Scipion.

– Scipion, c'est à mourir !... Écoutez ça !...

Par malheur, ils furent vite au bout de leur science. Ce fut à ce moment qu'ils entendirent une voix qui les fit sursauter, disant : « Famille Longoué. » Ils se redressèrent vivement.

– Comment, comment, glapit le premier commis.

– Famille Longoué, dit Melchior. Un homme : Melchior Longoué, une femme : Adélie Longoué, une fille : Liberté Longoué, un garçon : Apostrophe Longoué.

– D'abord Liberté, ce n'est pas un nom, cria le premier commis.

– Ça va, ça va, dit vivement le second. Famille Longoué, deux plus deux.

Melchior prit le papier.

– Vous n'eussiez pas dû céder, reprocha le premier commis à voix basse.

– Oh ! dit le second, Longoué ou Aristide !

Ils crurent se venger sur ceux qui suivaient.

Ils durent pourtant convenir entre autres d'une famille Béluse et d'une famille Targin. Ils regardaient partir ceux qui étaient inscrits : la plupart agitaient la feuille à bout de bras ; quelques-uns contemplaient gravement ce papier, comme pour tenter d'en surprendre le secret. Ces commis ne s'éprouvaient pas démiurges, le sentiment de leur puissance ne les flattait nullement ; ils croyaient être plutôt des bouffons parodiant cruellement la bienséance. Quand ils eurent épuisé les prénoms, l'Antiquité, les phénomènes naturels (Zéphyr ou Alizé), et encore les noms que portaient les gens de leur pays, dans un coin de Bigorre ou du Poitou : Clarac ou Lemesle (c'était une bonne blague à faire aux voisins de là-bas), ils acceptèrent de questionner leurs clients, allant jusqu'à entériner des noms du cru : noms d'habitations ou de quartiers. Il y eut ainsi des familles Plaisance ou Capote ou Lazaret. Quand l'impudence était trop visible, ils s'amusaient à inverser les noms, à les torturer pour au moins les éloigner de l'origine. De Senglis en résulta par exemple Glissant et de Courbaril, Barricou. De La Roche : Roché, Rachu, Réchon, Ruchot.

Et par malheur encore pour eux, aucun de ces deux commis n'était chimiste ni marin-pêcheur, astrologue ni botaniste : ils eussent exploité là des mines inépuisables, un infini répertoire ; au lieu qu'ils durent se contenter d'un maigre grappillage (Mars ou Réquine, Sapin ou Rétamé) ; ils le déploraient, méditant par moments d'aller quérir quelques savants ouvrages qui leur eussent ouvert de nouveaux horizons.

L'après-midi traînait, accablé d'une chaleur qui cuvait dans la foule et bouillonnait contre les façades de la place. On avait fait servir aux commis des rafraîchissements distingués, à quoi ils préférèrent bien vite de pleines carafes d'eau additionnée de tafia. Dépouillant l'austère maintien de fonctionnaires qui les avait tenus au-dessus de cette mêlée, ils débridèrent leur penchant à la dérision : ne s'apercevant pas qu'ils contribuaient de la sorte à l'effervescence générale ; que les anciens esclaves préféraient cette agression dépoitraillée à la froide mesure qui avait d'abord présidé aux inscriptions. La nuit survint sur ce désordre, on amena des lampes et des flambeaux. Les ombres ajoutèrent à la démesure de la scène. Tous criaient, candidats, clercs, inscrits.

— Je m'en souviendrai de 1848, hurlait le deuxième commis.

206

Les chiens aboyaient de partout, les chevaux des gendarmes se cabraient, la fumée des flambeaux tournait, emplissant la tête d'une ivresse supplémentaire.

– Vous parlez d'une musique !

– Tiens, tiens, approuva le premier commis, Famille Dorémi !...

Ils versèrent dans le grotesque le plus littéral (du moins le pensaient-ils). À la fin pourtant, ils ne réagissaient plus ; le premier commis regardait sans la voir la face noire devant lui, il arrêtait de sentir, de penser, demandant au bout d'un moment : « Choisissez un nom. » Bientôt il en fut à gémir : « Choisissez un nom, *s'il vous plaît*. » La marée imperturbable, férocement indifférente à leurs brocards, les avait vaincus. Ils en étaient conscients, et leur fureur devenait aigre. C'est pourquoi, de loin en loin, ils redressaient le corps et insultaient gravement ces gens tassés devant eux, comme un rideau entre eux et la douce vie.

– J'en ai assez, j'en ai assez, murmurait le deuxième commis.

– Famille Néassé ! clamait aussitôt le premier commis. Un homme, une femme, six enfants.

– Famille Néacé, reprenait le deuxième commis. Deux plus six.

À la nuit, les anciens affranchis sortirent des cases, les mulâtres des maisons. Les uns comme les autres compassés, tournant dans la masse qui en fin de compte les engloutissait. Les affranchis tentaient timidement de participer à l'allégresse, mais ils n'étaient pas en mesure de goûter le plaisir collectif, eux qui n'avaient dû leur libération qu'à un mérite individuel, peut-être à l'affection ou à la reconnaissance d'un maître ; à une cause particulière, étroite, distincte. Ils étaient comme exclus du transport général. Ils adoptaient l'allure de ceux qui savent, qui sont déjà passés par là. Leurs rires étaient complaisants, leur sourire protecteur. Les mulâtres, du moins ceux qui avaient daigné (ou osé) descendre dans les rues, laissaient à entendre que sans eux, sans leur conviction, sans leurs luttes... Maintenant que la chose était acquise, c'était bon de profiter de l'occasion pour grandir leur prestige. Des groupes se formaient pour les écouter. Ils parlaient bien le français, ah ! il n'y avait pas à dire. « Il file le français, monsieur Dachin ! » Mais ces forums en miniature étaient bientôt emportés par la vague. Les mulâtres se retiraient, irrités de l'ingratitude des nègres.

Car c'était le danger : que par la porte entrouverte, cette houle dévale. Que les noms ainsi balancés au hasard de la parodie ou du ricanement, se couvrent de la poussière de terre, de la patine honorable du temps, jusqu'à déterminer les nommés à d'insoupçonnées prétentions. Celui qui porte un nom est comme celui qui apprend à lire : s'il n'oublie pas le nom, l'histoire réelle du nom, et s'il ne désapprend pas de lire, il se hausse. Il se met à connaître une mère, un père, des enfants : il apprend à vouloir les défendre. Il quitte le trou béant des jours et des nuits, il entre dans le temps qui lui réfléchit un passé, le force vers un futur. Il conjugue ses verbes, là où une seule indéterminée forme jusqu'alors recouvrait pour lui tous les modes possibles de l'action ou de l'inanité. Les plus intuitifs des maîtres du pays cherchaient (et trouvaient déjà dans la prétentieuse sottise de leurs mulâtres) le moyen de tourner ce danger. Mais d'autres comme La Roche, assez peu nombreux il est vrai, poussaient jusqu'à l'extrême du raisonnement. Pour eux tout moyen était bon de revenir en arrière ; ils ferraient le passé, *leur passé*, balayé sur la place par la houle, et ils ne le lâchaient plus. C'était comme un sacerdoce à perpétuer. Ils refusaient d'aller plus avant dans le dérèglement.

Parce que La Roche quasi centenaire n'était pas d'humeur à sanctionner tant de nouveautés. Le nécessaire des réformes, du seul point de vue de son intérêt, ne lui échappait pas ; esprit alerte, il voyait dans l'avenir (car il ne consentait pas du tout à abdiquer l'existence) la masse prisonnière, qu'il ne devrait même plus nourrir. Dans cette perspective du rapport, l'affaire n'était peut-être pas si mauvaise : commander à des esclaves ou forcer des hommes libres, par Senglis, où était la différence ? Le vieux bougre mâchonnait ces arguments ; mais il en trouvait bientôt d'autres, tout aussi éloquents. L'inconfort justement, d'avoir désormais à combiner des parades, à nuancer des plans, à acheter des consciences (il est vrai, offertes). Cette obligation de se départir d'un monde absolu pour entrer dans l'équivoque des marchés. L'éhonté de ne plus paraître, de tirer les ficelles dans l'ombre. Tant de rétrécissements prévisibles répugnaient au vieux planteur. Les jeunes s'en accommoderaient, mais on ne pouvait exiger de lui un si rude effort. Et puis, il était dans son monde une valeur désormais menacée : la docilité, la sévère, impeccable docilité à quoi il était fait. Il lui manquerait des sujets, non pas de ceux qui obéissent au doigt et à l'œil, mais de ceux qui aussi *attendent* le moment d'obéir. Or que voyait-il partout ? Une prédilection certaine pour la contestation, les disputes ; non pas avérée certes, mais en suspens dans le bouillonnement naïf de cette abolition. Une propension au désordre ou à la piaillerie. Pourquoi ne pas l'avouer, il craignait aussi que les marrons descendus de leurs bois ne déposent dans ce moût un ferment de lutte et d'acharnement. Mais il déplorait par-dessus tout le caractère quotidien, criaillant, que cet acharnement risquait de revêtir bientôt. Ah ! Peut-être était-il en proie à la nostalgie du grand silencieux défi qu'il avait respiré du côté des mornes ? Voilà donc que tout ça se banaliserait affreusement dans les champs, à chipoter pour quelques sous. Ces gens ne sauraient-ils donc pas naître et mourir sans histoires ? Ou fomenter pour le moins un majestueux embrasement qui pût égayer ses vieux jours ? Non. Il devrait subir l'humiliation de combattre et de dompter une pagaille misérable d'ignares et d'inachevés. Ces marrons n'auraient-ils pas dû rester dans leurs bois ? Sans venir éparpiller et bientôt engloutir dans la plaine leur superbe ressentiment ?

Sans ajouter par leur force à la mesquinerie têtue des combats qui se préparaient ? Son travail, et plus, sa mission étaient évidents : *susciter de nouveaux marrons, et par ailleurs emprisonner, isoler ceux qu'on appellerait maintenant les travailleurs des champs.* Ah ! Il voyait dans l'avenir (qu'il dominerait longtemps encore) le seul positif héritage à laisser à ses arrière-petits-neveux : l'entreprise systématique d'encerclement, par quoi étouffer la plaine. Que ceux qui en réchapperaient n'eussent jamais le loisir d'y retourner prêcher leur mesquine audace ! Quant aux marrons, c'était pour son plaisir qu'il en fabriquerait de nouveaux. Oui, ses petits-enfants ne sauraient rien sur ce point. C'était *son passé* (à lui, à lui seul, à lui debout près de sa cavalière) qu'il prolongerait dans sa toute-puissance ! – L'acariâtre vieillard méditait son défi. Seul, il avait pouvoir. Qui donc s'entremettait de la sorte, à prétendre lui imposer une existence faillie, alors qu'il n'avait, lui, commis nulle faute contre ses lois ni contre son code ? Où était la faute ; où l'erreur ?...

Ainsi la question : « *Pourquoi La Roche meurt-il sur un bateau négrier ?* » restait incomplète. Elle ne rendait pas compte, dans sa rondeur, de la dimension de folie, en tout cas de déraison, dans laquelle le vieux bougre désormais évoluait. Comme s'il était porté vers un achèvement qui eût donné à sa vie le lustre définitif d'un splendide trépas. Il fallait ajouter à la question ; de même qu'il fallait voir La Roche dans la continuité logique et orgueilleuse de sa vie, mais aussi dans l'ivresse et l'éparpillement de ces derniers temps. Prolonger la question de ténèbres d'un mot de ténèbres. Pister l'altier planteur depuis le moment où, au chevet de Senglis agonisant, il avait, peut-être pour la première fois de sa vie d'homme, pleuré des larmes sans retenue, jusqu'à ce soir où il s'apprêtait minutieusement (comme pour une cérémonie) et se faisait porter au bas de la falaise. Entre ces deux moments fulgurait la scintillation uniforme d'une même *absence* : La Roche comme emporté ailleurs, à la recherche de *la cause que nul ne lui dévoilerait*. Le suivre dès lors, à partir de cette falaise, pour le peu d'événements qui répondraient à la question, en même temps qu'ils la modifieraient ou plutôt la compléteraient.

Donc le vieux bougre, branlant sur ses jambes, jouait cette nuit-là les conspirateurs. Quelques jours seulement après les solennités débraillées de l'abolition, il entreprenait de provoquer le nouvel ordre. *Le vieux attendait une cargaison clandestine d'Africains !* Il trépignait de plaisir pendant qu'il faisait balancer une lampe au haut de la falaise, à quoi répondait un signal venu de la haute mer. Une barque s'approchait, on eût presque dit « tous feux éteints ». La Roche embarquait, gaillard. Il s'appliquait à rester silencieux, jouant à outrance sa partie de contrebandier. Ils abordèrent au navire, lequel n'était pas au large mais caché dans une petite baie : la barque avait fait un long détour en mer pour déjouer une éventuelle surveillance. On soutint La Roche qui n'aurait pu tout seul grimper à l'échelle de coupée, mais qui cependant *sauta sur le pont*.

– Ohé, maître Lapointe, héla-t-il.

Le commandant du bateau sursauta ; il ne se faisait pas aux manières du planteur, lequel n'avait jamais consenti à lui conférer son titre de capitaine, sous le prétexte qu'il l'avait connu en maître Lapointe, et que d'ailleurs ce nom lui rappelait on ne savait plus quel nègre marron.

Voyez : La *Rose*, oui, avait ainsi jeté l'ancre dans cette baie retirée pour y débarquer en fraude sa cargaison ! Le capitaine Lapointe remplaçait le capitaine Duchêne, mort heureux d'un coup de sang alors qu'il levait le bras pour lamper une chope de tafia. Les armateurs avaient fait confiance à Lapointe, et de vrai il s'était révélé l'homme de la situation, dans ces derniers temps où la traite se compliquait si dangereusement. Lapointe hargneux, tenace, austère ; attaché à la chose immédiate, à la manœuvre précise du moment, et qui ne s'embarrasserait d'aucune supposition sur l'avenir. Il s'était familiarisé avec les structures et l'organisation de ce commerce, découvrant à mesure les vantardises du commandant Duchêne (jadis beaucoup plus tenu par ses employeurs qu'il ne l'avait avoué) et les exigences des grands négriers : ces derniers réclamaient un rendement tel que chaque capitaine se retrouvait, pensait Lapointe, comme un otage coincé entre les aléas de la course et les prévisions rigides de La Rochelle ou de Bordeaux. Le système s'était alourdi au point qu'il avait fallu intéresser les colons, pour du même coup obtenir leur aide à l'autre bout de la chaîne. La Roche infatigable avait donc ajouté cette corde à son arc. Jusqu'à ce voyage, le dernier probablement de la vieille *Rose-Marie* rafistolée, poussive, pour laquelle le vieux avait dû improviser une réception spéciale, avec l'appui réticent des colons qui ne pouvaient se permettre de lui manquer. La Roche les avait persuadés que cette réception leur était obligatoire, que les dépenses engagées huit mois auparavant pour ce voyage devaient être couvertes, qu'il y avait moyen de camoufler les têtes acquises à l'entour des distilleries, qu'une fois installées là il serait facile d'antidater leur arrivage ou même de ne pas les déclarer, que d'ailleurs des prix ridiculement bas étaient consentis sur ce convoi. Tels étaient la panique et le désarroi qu'il parvint à convaincre un certain nombre d'entre eux du bienfondé de cette folie, à charge pour lui d'aménager la pratique de l'opération.

Le commandant s'avança au-devant du vieux seigneur et de sa suite (deux serviteurs noirs terrifiés), accompagné de son second dans lequel on eût pu reconnaître l'ancien maître de nage si habile à la psychologie des Africains. La *Rose-Marie* était un bateau de tradition.

– Ça, maître Lapointe, vous avez là une belle cargaison ! J'espère que vous m'en réservez le meilleur ?

Le vieillard à la fois poussif et débordant arpentait le pont, pétillant d'éclats de voix qu'il réprimait aussitôt, après quoi il mettait le doigt devant la bouche et sifflait des « chut » perçants et prolongés. Les deux ou trois lanternes sourdes, absolument nécessaires, contribuaient à l'atmosphère de conspiration. La nuit était sans lune, les falaises de la Côte à cet endroit creusaient une ombre uniment profonde. On entendait les crapauds et les bêtes de la nuit qui en haut des falaises tissaient leur chant ininterrompu.

La Roche quitta brusquement le groupe de Lapointe et se dirigea vers la masse qu'on devinait à peine sur le pont. Il avait attrapé au passage une des lanternes. Les marins voyaient dans la nuit le balancement de la tache jaune, à mesure que le vieux levait la lanterne devant les poitrines ou les visages. C'était là comme le vol silencieux d'une bête-à-feu sur un champ de chair noire. La tache de lumière s'éloignait élégamment, accompagnée du ronronnement satisfait de son porteur. Soudain elle disparut sans qu'on entende un seul bruit. Ou plutôt, après qu'elle se fut ainsi éteinte, engloutie dans la masse de ténèbres, on perçut sous la masse un clair appel, comme un rire de joie ; puis ce cri que nul des survivants ne devait plus tard se rappeler c'est-à-dire comprendre. L'ancien maître de nage, inquiet, s'était avancé déjà ; le capitaine maître Lapointe criait : « Pas d'armes à feu, surtout ! »

Le second de la *Rose-Marie* fut donc aussitôt sur place : dans cette nuit parfaite, nul ne le vit disparaître sous le magma. Les marins s'élancèrent avec les sabres et les haches, ils dégagèrent rapidement l'endroit. La bataille devint générale, personne ne pensait à quitter la vieille *Rose* ; jusqu'au moment où on entendit deux grands battements d'eau accompagnés de l'infinie multiplication des gouttes retombant dans la mer. Les serviteurs de La Roche choisissaient ainsi de quitter la mêlée furieuse et de regagner la terre. Ce fut un seul mouvement dans la cargaison, laquelle porta son élan vers le bordage. Malgré les fers ou les cordes, ils se précipitaient tous, espérant atteindre la côte si proche.

Les marins voulurent s'opposer à cette tentative, mais le capitaine Lapointe cria encore. « Laissez-les, laissez-les partir ! » La clameur s'éteignit, chacun mit toutes ses forces à enjamber les balustres, à brasser l'eau éperdument sur les cinq ou six mètres qui séparaient le bateau du pied des falaises. La pluie des corps noirs tomba ainsi.

– Qu'ils aillent tous au diable, criait Lapointe !

Il ne disait pas qu'en vérité il n'aurait su que faire de sa marchandise, maintenant que La Roche était mort. Il avait ce cadavre sur les bras, et avec tout le boucan de bruit qu'ils avaient levé dans la nuit, le mieux était de décamper au plus vite. La République ne badinait pas sur les manquements aux lois. Aussi Lapointe ordonna-t-il d'aider au mouvement : les marins se saisirent de ceux d'entre les nègres qui s'étaient rencognés sur le pont et n'avaient pas riposté aux coups. Ils les précipitèrent dans l'eau, sans attendre de leur enlever les fers. Un grand nombre atteignaient déjà le rivage, se répandant sur l'ocre des rochers abrupts comme une couche de sirop de batterie sur une tôle gondolée rouillée ; d'autres se portaient mutuellement assistance dans l'eau, quelques-uns coulaient à pic.

Lapointe héla de lever l'ancre et de quitter cet endroit funeste. Il fit réparer le désordre des vêtements de La Roche et une barque fut détachée pour déposer celui-ci à peu de distance de la petite baie, sur des rochers. Le corps dans son habit blanc luisait faiblement, pendant que la barque regagnait le bord et qu'ensuite le navire mettait cap au large. Quant au second, enroulé dans un drap et lesté de boulets, il fut jeté en mer, avec deux autres marins victimes de l'échauffourée, sans aucune sorte de cérémonie.

Ainsi se termina la dernière bataille : lourde, engluée dans la confusion des ténèbres. La Roche solitaire sur son entablement, les yeux révulsés vers les étoiles dures là-haut, et près de là le flot des déportés qui cherchaient déjà des pierres pour briser leurs fers, pendant que la *Rose-Marie* disparaissait au large. C'était le dernier bateau de la traite qui s'éloignait de la Côte, vieilli, cabossé, incertain ; ayant abandonné le vieux bougre sur sa stèle de roches, lui ayant accordé une troupe de marrons exemplaires, de ceux qui ne seraient jamais exposés au Marché, qui ne suivraient jamais les cahots d'une charrette roulant doucement dans un chemin de boue. Le vieux colon était donc bien gardé pour sa dernière parade : il pouvait dormir dans la chaleur de nuit, environné du paisible feutrement des falaises, accompagné de la clameur de combat ; il pouvait dormir, ayant connu jusqu'au bout l'univers de contraste, sans grisaille ni accommodements, qu'il avait désiré pour lui-même. Lui qui élevait déjà, dans son catafalque de roches, l'impénétrable rempart derrière lequel ses descendants, débilités de tant d'entêtement et d'âpre solitude, se mureraient à jamais. Car il était venu mourir en marge de la terre qu'il avait dominée, non pas sur l'humus, ni sur l'argile grasse, ni même sur le sable chaud, mais au creux d'un rocher que sa main morte semblait encore agripper. Rejeté par la terre sur ce contrefort stérile où l'embrun des vagues ne l'atteindrait pas une seule fois. En attendant qu'au hasard des jours un habitant le découvre et coure affolé avertir les gendarmes. Après quoi on le coucherait, demi-squelette grouillant de chairs noires, dans l'énorme mausolée qui serait bâti au haut de l'*Acajou*.

Et sur ce dernier bateau de la traite qui s'éloignait du rivage, comme un vieillard perclus quitte, après une dernière flambée, jusqu'au souvenir de ses jeunesses successives, Lapointe plus sombre que jamais méditait sur sa destinée. Il avait rêvé, dans la faible mesure où il se laissait aller aux rêves, les manœuvres impeccables, les entrées majestueuses, le décompte ordonné, les bénéfices estimables (non dans le profit seulement qu'ils assurent, mais pour la valeur aussi dont ils témoignent), enfin la retraite dans une vieille lande solitaire ; – il regardait vers la masse de nuit qui s'aplatissait là-bas et il ricanait de sa propre malchance, s'assurant qu'en vérité ce rang de capitaine après lequel il avait tant peiné, et que le vieux singe lui avait jusqu'au bout dénié avec une si mesquine prétention, ne lui avait procuré que déboires. Car il devrait maintenant, après des années de service notoire, rendre compte d'une cargaison *déjà arrivée à bon port*, que ni les frégates anglaises ni les vaisseaux de la République ne l'avaient contraint à balancer par-dessus bord, et qu'il avait pourtant perdue, où ? – pas dans la mer mais sur la terre même où il était chargé de la convoyer. Les armateurs de la *Rose-Marie* seraient enclins au scepticisme, ils flaireraient la traîtrise, ils éplucheraient le rapport secret où il relaterait l'affaire et qui lui coûterait tant de peine à rédiger. Si, du moins, il parvenait jusque-là. Car il se trouvait responsable aussi d'un équipage qui d'ici à deux jours réclamerait sa paie et se mutinerait sans aucun doute. Où prendrait-il l'argent, sacrédié ? Sans compter la *Rose* elle-même qui serait bientôt signalée partout. Dernier bateau de la traite réduit à l'état de vaisseau-fantôme, sans vivres ni eau fraîche, au large des terres anglaises ou françaises également interdites à sa course.

La question : « *Pourquoi La Roche meurt-il sur un négrier ?* » était donc incomplète. Elle ne cernait pas les hantises du vieux seigneur, son refus d'aucune sorte d'aval sur les actes de ses descendants et sur leurs profits éventuels, sa volonté de demeurer au point mort où l'amazone l'avait quitté, après qu'elle lui eut elle-même assigné cette borne. La question complétée devenait : « *Pourquoi La Roche meurt-il sur un négrier clandestin ?* » Hormis ce dernier mot, elle perdait de son sens et n'avait plus aucune raison d'être posée. Quand ces deux commis s'étaient affalés sur leurs chaises, incapables de fermer leurs registres, vaincus par l'étouffant travail et plus encore par la terrifiante indifférence de cette houle qu'ils avaient affrontée, le vieux seigneur d'antan était mort au jour brûlant ; – ne continuant plus que dans une nuit sans repère, sur des rochers isolés, sa

216

longue course. Oui, depuis ce moment il préfigurait dans sa vie la *Rose-Marie* en fuite sur la mer monotone. Il ne restait déjà d'eux (de l'homme et du bateau unis par le même signe) que ce vague remuement de nuit au bord de la Côte ; là où ceux qui avaient échappé aux cinq mètres d'eau se traînaient vers le chant uniforme tissé sur la crête de la falaise...

— *Parce que, maître Mathieu, tu vois ce soleil sur ta tête. Mais combien de jours es-tu resté sans le voir ? Oui, combien ?...*

Or pour Mathieu, sa pensée trop alertée le précédait partout ; il butait dans l'entassement des vies et des morts, sans aucun loisir d'ordonner. Il virait et virait dans le cirque de chaleur. Puis, stoppé net, il faisait le tour, il piétinait dans le manège de sa tête. Le carême l'emportait, loin au-dessus de la case.

Le grand feu éclatait sur la hauteur et sur la plaine. Les bambous effilés de chaleur, les fougères calcinées ouvraient des trouées de brume sur le bras. Quand le vent était monté vers le ciel, où il s'était fondu dans l'immobile désert bleu sans nuages, à peine le toit de la case avait-il frémi. La paille, collée sur elle-même par l'embrasement, plus serrée que par un massage de pluie, n'offrait plus au vent que la densité agglomérée de ses squelettes. Le rouge, les verts de la plaine, les ocres somptueux des argiles, s'étaient enrobés d'une couche jaunâtre qui en nuançait la splendeur. Le plein carême vraiment assaillait la terre.

— Mais tu ne connais pas aujourd'hui, papa ! Ce qui est passé est passé, dis-moi alors ce qui reste là en bas ? Oui, dis-moi ! Depuis le temps que tu n'es même pas venu jusqu'à la route goudronnée, est-ce que tu vois la tâche là en bas ? Écoute, je vais descendre tout à l'heure. Je regarde dans le grand jour. Qu'est-ce que la nuit, je n'attends pas la nuit. Je ne suis pas poltron (si j'ai peur, bon, j'ai peur), je vois dans le grand jour, avec mes yeux d'aujourd'hui ! Il faut descendre, papa, il faut.

— Oui oui, dit le vieillard. Descendez, le temps est venu.

— Mais pourquoi pas toi le plus ancien par ici ? Vous ne

finirez jamais de compter vos feuilles dans l'éternité ? Regarde, je te dis, il y a des traces, tu vois, les registres. La connaissance.

– Mais tout ce que je sais lire, dit le vieillard, c'est le grand ciel et la nuit couchée dedans. Vous, descendez, descendez, le temps est venu !

Or Mathieu se levait fiévreux, il partait à grands pas dans le sentier descendant, il ne disait même pas au revoir à papa Longoué, il se précipitait vers la route goudronnée, il choisissait d'oublier le défilé de visages, de gestes, de paroles, toute la plantation d'hommes et de femmes chacun avec son feuillage distinct, chacun cambré dans le ciel à sa manière propre. Car pour lui Mathieu, ce qui restait, ce qui battait dans sa tête, ce qui lancinait dans cette moitié de cerveau après laquelle il courait depuis si longtemps (tout en souffrant le lancinement), n'était-ce pas ce détour de chemin, juste avant de déboucher sur les cannes, là où les deux pieds de citron, encadrés de quelques piments jaune-rouge, arrondissaient une paix verte et ombrée ? N'était-ce pas ce trou de boue devant les citrons, plein d'une poussière dure et blessante, où il avait l'impression, quand il y posait un pied puis un autre, de tomber du haut d'une falaise ? N'était-ce pas, après ce détour où il s'arrêtait sans manquer, comme attaché là par les chevilles, la clarté muette des champs qu'on dirait abandonnés, mais où on aurait cru aussi que les fers jetés par Béluse avaient pris racine et s'étaient multipliés, pour vous tenir plus solidement ? Cette subtilité morte, ce chuintement de silence, l'éclat des feuilles étirées dans leur feu, n'étaient-ce pas le vrai visage, le seul geste, la parole ? Qui dévoilerait ce qu'un seul de ces champs avait pu couvrir de néant doucement enterré sous sa glaise, combien de voix il avait éteintes, enrouées dans le tafia et le tam-tam de la dernière coupe, pour qu'enfin un seul puisse tomber devant le champ et lui dire en connaissance : « Tu es le Véritable ? » Et Mathieu, qui ne le pouvait, par contre voulait s'en aller loin de papa Longoué, le rayer des cadres, couper le fil et laisser partir en avant ce vieillard intraitable, pendant que les autres, attachés au quimboiseur à travers la nuit, retomberaient pêle-mêle dans le trou d'eau. Car la terre qui fumait là devant lui Mathieu, *n'est-ce pas toujours ce qui reste* ? « Puisqu'il faudra bien qu'un jour ils la renversent sur elle-même, qu'elle donne son profit pour toutes les années où elle s'est laissé berner. Saint-Yves était dans le vrai ! Quand il cachait les graines dans le sachet suspendu à son cou, il essayait déjà de l'amadouer ; puisqu'il faudra bien qu'un jour elle cesse de mentir, et que ceux qui la travaillent, loin d'aucune sorte de haut-parleur pour leur damnation sans fin, trouvent enfin l'éclaircie dans les bois, le chemin descendant et les deux citronniers. Car c'est le Rôle et c'est l'Acteur, puisque tout ce qui par ailleurs est souffert et accompli ne l'est qu'en fonction d'elle, parce qu'elle existe et qu'elle permet qu'on reste debout juste assez pour ne pas mourir ? » Mathieu ainsi porté vers l'idée chaude, abstraite mais brûlante, posée peut-être (à l'attendre) là-bas sur la dernière feuille de la dernière tige du dernier champ de cannes, à trois, non, mettons quatre kilomètres, et qu'il rejoindrait dans une demi-heure, – refoulait dans la nuit la théorie des visages, des désirs précisés, des morts profitables apparus dans le sillage du vieux quimboiseur. Il radiait papa Longoué. Il entendait rester seul avec la délivrance qui fleurissait en lui, « je te dis qu'ils vont la cultiver à la fin, la cultiver vraiment et non pas trimer sans raison tout au long de son corps », et tournoyer dans le jour lourd d'une seule grande idée, et tourbillonner dans son ivresse de terre chaude, et s'étourdir. Au point qu'il interpella un homme (un seul homme sur la route, qui semblait tracer un sillage dans la buée de chaleur), tout gris, peau, hardes, jambes, bacoi pointu, gris, confondu à la semaille de terre. « À qui est-ce, hein, à qui est-ce, tout ça ? » Et l'homme de la campagne, qui souriait, répondit : « Bien le bonjour.

C'est à monsieur Larroche. Tout, c'est à monsieur Larroche. »

– Ah oui évidemment, à monsieur Larroche, évidemment.

Mathieu dégrisé, dépouillé de sa belle idée, revenu de son rêve de terre flambante, s'approchait de la feuille qu'il avait fixée de loin, tout impatient de la cueillir (pendant que l'homme continuait son chemin, se retournant parfois sur ce jeune de la ville égaré là), et évidemment il n'y avait sur la feuille ni pensée ni réponse, c'était une feuille de canne portant deux striures jaunes sur ses bords, coupante, craquant, Mathieu la tournait entre ses doigts, la feuille ne criait mot du grand secret commun.

Il entendit rire papa Longoué. Il pensa : « En tout cas, ça ne me fait rien qui a gagné le combat » ; mais il se trouvait à nouveau dans une énorme barrique, roulé sans fin sur la route, et à travers la bonde devant lui, éclatante comme une tige de feu, apparaissait papa Longoué grimaçant, « tu ne peux pas, je te dis, tu ne peux rien si tu ne remontes pas la source ».

« Mais au moins, pensa Mathieu, je m'arrête à Stéfanise ! » Il rit tout seul.

Stéfanise la grande : elle soulevait la barrique dans la case, déplaçait sans raison l'écorce sculptée, sortait sur l'emplacement, son corps interminable comme un pied de papaye mâle, pensant : « Bon, il faut que j'aille aux ignames. » (*Car, hein ? ce n'étaient pas seulement les géreurs qui s'entendaient à faire faire la cuisine et le reste. Il y avait toujours une femme pour te servir, non ? Plantée à côté de toi pendant que tu fais l'important, devant ton coui de morue et de fruit à pain, à expliquer comment le travail est pour ne jamais finir. Non ?*) Et elle allait en passant dire un petit mot à Melchior, dans la cabane qu'il s'était construite tout près pour ne pas les gêner. Melchior disait : « C'est malheureux, ça. Ton père qui était si bien portant. » Elle répondait, pour la millième fois : « Oui, c'est malheureux tout bonnement. » Chacun d'eux conscient que l'autre ne radotait pas, et que les mots n'étaient que pour prendre contact.

Mathieu rit, seul sur la route. Dans l'éblouissement de la bonde devant lui, Stéfanise chipait la houe d'Apostrophe ou son coutelas, ou la caisse sur laquelle il s'asseyait pour recevoir les consultants. Et comme Apostrophe lambin réclamait vaguement l'objet, elle faisait mine de chercher, murmurant : « Eh bien, eh bien », jusqu'à ce qu'elle arrive triomphante : « C'était tombé derrière le chaudron ! » Et de temps à autre, de cette voix claironnée qui montait en modulations et quémandait en cajolant, elle criait :

— Postrofe, mon-homme, dis-moi merci beaucoup ?

CARÊME À LA TOUFFAILLE

CHAPITRE XI

I

Je te dis,
quand il revint à La Touffaille où ils l'attendaient tous, la mère concentrée, les fils à crier sans raison, les filles évaporées dans leur attente, sauf l'aînée, maigre comme un fil de fer, qui se tenait debout butée près de la mère, et qu'ils le virent tous descendre du mulet, conduire la bête dans l'enclos, entrer enfin dans la pièce d'où ils n'avaient pas bougé, sachant, rien qu'à la manière dont il était passé pour aller à l'enclos, sans jeter un regard à travers la porte de la salle, oui sachant que les choses n'étaient pas au mieux, – à ce moment déjà il désespérait, il abandonnait pour la première fois ; et toute sa raideur, quand il entra, fut pour ne pas le montrer : car s'il laissait voir qu'il n'espérait plus, alors tout serait consommé, il faudrait qu'il dépense une énergie dix fois plus grande simplement pour arrêter les lamentations ou combattre la désolation.

Les trois fils, harassés du même souci au point qu'ils paraissaient un seul homme en trois exemplaires quoiqu'ils fussent, l'un trapu et renfermé, le second tout en étirements, le troisième angélique et presque rose sous la peau noire, le regardaient à la dérobée, ayant passé sans transition de l'excitation et des cris à un silence plutôt craintif, alors que les filles (à l'exception de l'aînée) au contraire posaient une série précipitée de questions. Mais il s'asseyait sans prononcer un mot, et ils restaient tous autour de lui, comme absents.

Ils entendaient parfois un mango qui tombait sur le toit de tôle, et le mulet dans l'enclos qui renâclait bruyamment. Les bruits de la nuit en somme, perceptibles pendant la nuit seulement, et auxquels ils étaient à cette heure sensibles, comme si c'était déjà la nuit qui les maintenait ainsi silencieux. Ils écoutaient les chocs sur le toit et les frottements dans l'enclos, qu'ils avaient pourtant pris l'habitude de ne pas entendre – sauf dans la torpeur de la nuit, avant que la fatigue ne les terrasse ; – et c'est qu'ils se trouvaient pour l'heure ouverts sans défense sur le vide béant de l'après-midi. Et lui, le père, tardait à parler. De l'endroit où il s'était assis, il voyait le bout du terrain encombré d'orties qui remontait derrière la maison jusqu'au manguier, les quelques mètres carrés de glaise piétinée qui ornaient comme d'une crête farfouillée l'élan du petit champ de cannes par-devant. Il voyait juste le rebord vert des cannes au sommet de la pente, et il se représentait la pente elle-même, unie et paisible. À gauche, le sentier continuait, comme accablé sous les bois, parsemé de roches et de flaques grasses ; à droite il descendait à pic jusqu'au croisement des quénettes, et jusqu'à la rivière arrondie là en crique, où les enfants se baignaient en brossant les mulets. Et lui, le père, s'était donc assis ; comme si de s'asseoir et de se figer dans le silence résumait tout l'effort dont il était capable. Mais le tumulte l'assaillait : La Touffaille se précipitait vers lui à travers la porte, le terrain avec son plan et sa géographie bien dessinée, mais aussi les fournitures d'herbe, les enroulements de branches, l'épais des régimes, le fond des cacaos, le friselis des ignames, les cordes de patate, tout cela déboulé dans sa tête. Il n'était plus qu'une voix, un effort de voix, une douleur de voix qui tâchait de se frayer un chemin dans l'engouffrement de La Touffaille ; et de même, il n'entendait en écho qu'une seule voix uniforme, quand il savait bien qu'ils étaient huit à lui répondre, sept si l'on comptait que la mère n'ouvrait jamais la bouche, ou plutôt six car Edmée l'aînée ne parlait guère plus.

— Senglis a dit qu'il n'y a pas de guano.

— Mais le bateau était là l'autre jour, voilà dix jours !

— Il a dit que ce bateau-là n'était pas le bateau du guano.

— Mais alors c'est qu'il va venir là même !

— Il a dit que le bateau ne viendra pas présentement.

— Mais alors il n'y aura pas un seul sac, pas un !

— Il a dit qu'il faut s'arranger pour l'année sans guano.

Puis le silence ; *elle maigre comme un filet toujours butée près de la mer et attendant mon cher je ne sais pas ce qu'elle attend, ses yeux tu aurais cru aveugles sa bouche comme cadenassée ah c'était elle* ; seule vivante, obscure, incompréhensible parmi ces Targin dont l'histoire, la vie subie, n'étaient plus que palpitation desséchée de la terre ; elle seule Edmée debout au milieu des autres, tous Targin, mais réduits à n'être que « le père » ou « la mère », « les fils » et « les filles » ; indéterminés. Silhouettes esquissées, confondues à la terre.

— Il a dit qu'il ne prend que douze cabrouets, les affaires ne vont pas, il n'achète pas plus de douze, et il ne donne pas l'argent par avance.

Puis le silence, et la mère plus loin que le désespoir, remontant les jours, s'accrochant aux moments simples aux gestes automatiques de l'existence (pour ne pas voir la mort sur sa tête bientôt) : les trois garçons et les trois filles, sous la conduite impitoyable de l'aînée, qui s'éclaboussaient (ou faisaient semblant) de l'eau verte écumeuse, où les herbes avaient trempé – la terrine vernie de rouge à l'intérieur, avec des veines rose ou bleu pétries dans l'argile, et qui était réservée aux parents – les feuilles collées à la peau des enfants, pendant qu'ils frissonnaient (ou faisaient semblant) et que l'aînée les décrassait avec une touffe d'herbes qui moussait jusqu'à son coude – chaque matin et chaque soir les éclats autour des bonbonnes de fer rouillé d'où l'eau jaillissait, plus douce et tiède quand elle avait chauffé l'aprèsmidi dans le grand réservoir dressé sous les gouttières de bambou – le fruit à pain en carreaux dans le chaudron noir, les épluchures tout en haut du chaudron pour caler l'ensemble, avec par surcroît la pierre dont le poids s'opposait au gros bouillon de l'eau – la cuisine en contrebas de la salle, son sol de terre brunie qui débouchait de plain-pied sur l'aplomb des cacaos, alors que la salle se parait d'un plancher de bois blanc partout affaissé – le bois, le charbon, la cendre piétinée dans un coin – la roche élimée posée entre la salle et la cuisine comme une marche branlante d'escalier – le manger autour de la table, tous alignés sur les deux bancs de chaque côté, sauf le père qui au haut bout s'asseyait sur la seule chaise du mobilier – de loin en loin la morue fumante dans la sauce au beurre rouge et l'odeur de piment dans la maison – la poussière de manioc autour de la table à la fin de chaque manger – le temps de sieste si agréable quand il fallait longuement épouiller les filles, pendant que les garçons se rasaient l'un l'autre le crâne (tête coco-sec) avec le rasoir sorti de son chiffon gras – le lent combat contre les mouches, qui n'avait jamais de fin – leur ronde inlassable, la surdité qui naissait de leur vacarme haché – les mouches, les mouches.

Puis le silence, dehors le carême ; *et c'était bien après le temps où Stéphanise était montée pour la dernière fois dans les acacias, mais tu vois le carême ne change pas, tu te mets sur tes talons dans la poussière et quand tu vas pour te lever tu es la poussière qui tremble, oui, c'est dans la chaleur comme ça que Stéfanise avait crié à son père Anne Béluse, tous les deux tassés dans la terre en farine devant la case de Roche Carrée : « Voici dix ans qu'on nous a donné les papiers. Maintenant si je reste ici encore une seule malédiction de journée, je deviens plus jaune que ce papier !* » Et Anne patraque (car as-tu vu comment les gens violents sont toujours dans la stupéfaction quand l'imprévu tombe sur eux) lui avait répondu : « Est-ce que tu peux me dire si par hasard c'est pour moi que tu restes là à manger mon manioc ? » Mais Stéfanise était trop forte pour lui, au lieu de dresser la liste du travail qu'elle abattait elle avait ri doucement. Et Anne gentil comme l'agneau (car as-tu vu comment les mêmes, ils sont gentils au fond) avait dressé la liste ; non pas du travail qu'elle abattait, mais des fois où elle était montée dans les bois pour rôder autour d'Apostrophe : le jour par exemple où Sylvius lui avait porté une pièce de toile, qui sait comment il l'avait eue, et puisqu'elle était absente il n'avait pas voulu laisser le cadeau, il était reparti avec ; et le soir où le feu avait pris dans les terres de l'Acajou, et lui Anne avait sorti le matériel, sans oublier la femme ni Saint-Yves, et ils avaient passé la nuit devant la case dans la lumière de l'incendie pendant que la Stéfanise, hein, dans les bois bien au frais... Et Stéfanise riait. Mais elle qui claironnait toujours ce qui la chagrinait, pour cette fois n'avouait pas à son père comment Apostrophe lui échappait, il ne faisait aucun effort, alors que tant d'hommes auraient bien voulu oui, et comment il était nécessaire qu'elle monte chaque fois lui réchauffer la mémoire, – pendant que Melchior et Adélie souriaient calmement.

Mais c'était donc bien après ce temps, Anne avait eu l'occasion de ravaler sa dernière violence, s'étant raccommodé avec Stéfanise ; puis il était mort en tombant d'un arbre : il avait hélé un grand coup en dégringolant dans les branches, – et Saint-Yves avait pris la case. Mais à la mort de Anne, douze ans après que Stéfanise fut montée là-haut pour la dernière fois, il n'y avait toujours pas d'enfant pour crier sous les acacias. Melchior, installé avec Adélie dans la cahute près de la case, ne comprenait lui-même rien à cette chose. Dans un pays où les enfants poussaient partout comme du ti-beaume, Stéfanise gémissait toute la journée pour en avoir un seul, qui ne venait pas. C'était donc la destinée des Longoué, de toujours souffrir pour perpétuer la famille. Peut-être qu'une espèce aussi rare ne se reproduisait pas comme ça, hein ? Et on observe que les Béluse s'y mettaient eux aussi, à économiser sur le nombre de marmaille dans la case ; mais est-ce que tu aurais pu compter les rejetons qu'ils avaient au-dehors, que ce soit pour Saint-Yves ou Zéphirin ou Mathieu le père, tous on dirait stériles ou quasi dans leur maison, mais qui essaimaient partout au-dehors avec la plus grande liberté ? Car les Longoué seuls s'en tenaient à l'unique héritier, parfois accompagné d'un frère ou d'une sœur façonnés à seule fin d'étayer le travail de celui-là, qui avait été choisi pour perpétuer. C'est qu'il se trouvait chez les Longoué précisément un héritage à transmettre, pour lequel celui qui était appelé devait d'abord être jugé capable. Et c'est certain qu'un Béluse (malgré leur désir d'imiter, c'est-à-dire leur prétention à limiter leur famille) était libre de gaspiller sa semence partout au-dehors, ça n'avait pas d'importance. Alors qu'un Longoué, hein, il fallait qu'il se réserve. La compensation était qu'on vivait vieux chez les Longoué ; mais ne va pas croire qu'ils étaient beaucoup dans le pays à faire la course de vieillesse avec La Roche ou Senglis, et à approcher les quatre-vingts comme Longoué-La-Pointe, encore moins les quatre-vingt-onze comme Melchior ! L'usure avait vite fait de les emporter. Aussi bien s'empressaient-ils de multiplier partout à la fois, pour se rattraper de cette mort qui galopait à leur rencontre. Comme si la mort, devant un champ si touffu, allait se fatiguer ou au moins hésiter à la fin ? Regarde pourtant, que Stéfanise et Apostrophe pour cette fois exagéraient. Elle, tout emplie de lamentation ; lui, préoccupé de ses pratiques. Même si un Longoué est une bête rare, devaient-ils insister quatorze ans à le retarder, simplement pour augmenter son prix ? Or l'énergie de Stéfanise, durant ces longues années stériles, la poussa vers Apostrophe : elle

230

l'accabla de prévenances, voulut tout savoir de lui ; ce qui donne qu'elle s'initia peu à peu aux secrets du quimboiseur. Qu'une femme marche ainsi près du domaine de la nuit, cela semblait inconvenant à Apostrophe ; mais comme son père Melchior, retiré des activités, toujours épais et présent, n'y trouvait rien à dire, Apostrophe évasif se laissa faire. Ah ! la Stéfanise. Voici qu'elle soupesait la barrique et, toute seule, levait sur sa tête l'écorce sculptée. Elle s'enhardissait, jusqu'à soigner en catimini de complaisants malades, heureux de « consulter » sans rien apporter en paiement ; et Apostrophe secouait la tête... *Bon, c'est ma mère, mais c'est un phénomène, pendant plus de vingt ans elle l'a étourdi de paroles, jusqu'à connaître autant que lui ; sauf qu'elle souffrait avant même de réussir, alors que lui, tout absent dans les bois, sans volonté presque, posait sa main et t'apaisait, même si c'était partout ailleurs le carême et la masse de soleil sur la tête.*

Ou, après ce temps, le crépitement qui à La Touffaille gonflait en boule là dehors pour mieux rouler à l'intérieur de la maison : on pensait que le toit se soulèverait sous la pression, et la minute d'après on voyait qu'il aplatirait sur le plancher une cassave d'huile bouillante. La Touffaille cuisait ; c'était à se demander pourquoi Senglis désirait tellement les chasser de là pour y mettre ses bœufs. Même des bœufs n'auraient pu tenir à flanc de ce morne.

Mais lui, le père, ne bougeait pas. Qui aurait eu le courage de lever les mains pour quelque tâche que ce soit, quand la vérité éclatait là : ni argent ni guano ni récolte (excepté douze charrettes de cannes, autant dire zéro à la barre), et le cochon dont on ne voyait plus que la tête, et les œufs des poules qui tournaient dans la chaleur ? Et eux tous, du moins les trois fils et les trois filles si rapides à s'activer, restaient positivement absents autour du père. La mère concentrée, l'aînée Edmée de plus en plus maigre dans sa sueur. Jusqu'au moment du soir (rien n'était à cuire dans le canari) où ils entendirent le grondement du tam-tam,

231

comme l'annonce d'un improbable orage dans la terre sèche. Les papillons, cherchant la lumière, se clouaient sur la peau. Tout le crépitement du jour s'était amassé dans les fulgurations des bêtes à feu. Là-bas, les battements s'amplifiaient, sans doute pour aider la nuit à descendre. Dans la salle, ces neuf statues s'animaient enfin, le père soupirait : « Aujourd'hui samedi, on bat le tambour chez monsieur Pamphile... » *Mais je te dis :*

Elle – et pour moi c'est la seule mesure dans le temps qui tombe – elle n'était pas née, on peut penser que le père ni la mère ne voyaient dans leur tête qu'un jour ils auraient ensemble une fille qui ouvrirait la route aux huit autres (dont deux devaient mourir en bas âge), et moi-même donc, je n'étais dans Stéfanise ma mère que comme une lamentation qui court après son propre corps, quand pour la énième fois le combat éclata partout ! Il faut croire que les neveux de La Roche s'étaient adaptés à la situation nouvelle, ou que chipoter dans les champs pour quelques sous ne rapportait vraiment pas, ou que le papier qui jaunissait dans un coui fermé ne donnait pas grand supplément, ou encore que les messieurs mulâtres faiblissaient dans leur lutte et leur conviction, non ? Quel que soit, ils déferlaient tous une fois de plus, car la misère te rend inlassable comme un papillon, et beaucoup criaient : « Vive Guillaume ! », à cause qu'un Guillaume avec un chiffre faisait la guerre de l'autre côté des eaux.

(Et pourquoi pas « vive nous » ? dit Mathieu.)

Quel que soit, c'est le même conte : ils sont sur les hauteurs, ils commandent ; et puis ils descendent sur le plat où on les attend pour le massacre. Ça se passait au fond du sud, à un endroit où fleurissait la difficulté. Regarde par là, c'est abandonné sous le sable. Tout ce temps qui est tombé. Et pourquoi pas vive nous, c'est parce que la mer est autour de toi : alors si c'est Guillaume qu'elle jette sur le sable, tu prends Guillaume avec son chiffre, tu le portes sur ta tête pour courir en avant. Et remarque, cette fois vraiment, partout dans la masse aucune division, tout le monde est au même ; les mulâtres pour le coup ils tiennent la manivelle,

232

on ne peut pas dire : à preuve qu'on en a fusillé un certain nombre et que les autres sont jetés dans la geôle à perpétuité. *Tous au même, levés avec ceux que les papiers appelaient travailleurs des champs : anciens marrons, esclaves, affranchis. Si ce n'était pas Melchior ou Apostrophe dans les bois, vraiment tu aurais cru qu'il ne s'était rien passé là-bas dans le pays infini.*

(Il ne s'était rien passé, dit Mathieu.)

Tous unis pour cette affaire, le même butin qui recommence. Comme si je ne voyais pas, et toi aussi malgré ta main devant les yeux, oui, la bataille et la division dans le pays là-bas au-delà des eaux ? Voici comment :

Tu es là, tu ouvres les yeux, c'est le clair du matin. Autour, les bois qui montent jusqu'au ciel. Tu fermes les yeux, tu te balances dans la douceur. Si un cri vient, c'est un colibri. Tu vois ton corps bien gras sur la natte ouvragée. Mais le bois c'est un fût qui monte dans la maison, et le ciel c'est le toit. Tu te lèves, tu sors, tu vois les maisons. Les chiens, gros comme des zébus, doux comme la papaye. Tu marches, personne ne répond. Le sommeil est aussi dans tes yeux. Mais tu marches. Alors, c'est la rivière, l'horizon devient jaune. Mais jaune, plus jaune que la feuille de carême. Il tombe au loin, si loin que tu chavires dans son corps, et pour toi l'eau qui roule est comme un fil perdu dans la chair sans répit ni faim. Tu peux marcher jusqu'à la mort, tu ne vois pas le bout. Où est la mer, tu ne connais rien de la mer. Tu avances dans la rivière. Tu prends l'eau sur ton dos, tu la portes jusqu'à son mitan. L'eau est sur toi, tu deviens plus coulant que la rivière. Toi seul, tu es le bois et la rivière et les maisons. Tu penses, il faut dire ceux qui seront dans le prochain travail, pour labourer. Tu penses, il n'y a pas assez de coutelas pour la défense. Tu penses, la colonne d'esclaves passera dans trois jours, à deux jours de marche vers le soleil couchant. Tu penses, cacher tout le monde dans les bois, à partir de demain. Car le bois qui porte son ciel au-dessous de ses branches, il est aussi dans ta tête. Toi seul dans la lumière. Tu te lèves, l'eau t'accompagne. C'est le pays infini. Tu marches dans la direction des maisons bien alignées. Tu t'arrêtes.

Trop de silence. L'horizon sans répit rétrécit sur ta peau. Tu es pris. Tu vois que tu es pris, eux tous avec les fusils, les chiens éventrés, sans un bruit, sans un couac ; tu le vois, il ricane, il est parmi eux il désigne, plein du fiel de la vengeance ; et à ce moment tu entends le premier cri et la première qu'on fait sortir d'une case, à coups de plat de sabre. Il n'y a rien à dire, le bois te quitte, la rivière te quitte, ils sont dix déjà sur toi, alors malgré l'épouvante alentour, tu entends les chaînes qu'on prépare : voici comment, ho.

Mais regarde aujourd'hui, c'est-à-dire à ce moment où ils dévalent tous sans division, à crier « vive Guillaume, Premier ou Deuxième », et tu croirais qu'il ne s'était rien passé dans le pays là-bas. À force de faire le papillon qui vole et bute partout, ils deviennent aussi unis serrés que les cheveux sur la tête, ils finissent par trouver la même chanson, ils font un seul discours avec leurs criers. Ils sont pour courir en avant, et ce n'est plus le marron qui monte dans les bois avec la chaîne à ses pieds comme un serpent dans son sillage. Ils courent tous, ils font la même rivière, le pays là-bas c'est oublié je suis d'accord, mais alors pourquoi le conte se répète chaque fois, hein ? La misère-papillon qui se lève, et la main qui tape dessus ? La fusillade une fois de plus, alors ils retombent dans leur oubli, leur insouciance ?

(Ils ne retombent pas ! dit Mathieu.)

Or tu as traversé le bois jusqu'au parc à entassement, plus mort qu'un cachibou tombé plein de fourmis noires. Tu cries dans ta tête : « Avant demain, je suis défunt. Où ils m'amènent, je n'irai pas ! » Mais voilà, l'autre n'a pas profité de la trahison, de toute façon qu'est-ce qu'il aurait fait à commander un village de vieillards et de malades sans nourriture, une chance pour lui que ses maîtres le prennent, sans même entendre qu'il crie comme un cochon, et qu'ils le jettent près de toi dans la boue du parc.

(Dans la boue du parc, dit Mathieu.)

Et aujourd'hui, je veux dire à ce moment où pour la première fois ils dévalaient tous sans exception, tu peux constater que c'est fini, oublié. Où ils t'ont amené, les fils de tes fils sont levés, et les

234

fils des fils de l'autre aussi, ils se baignent ensemble dans une autre rivière ; mais bientôt les soldats passent dedans, et la poussière retombe sur les têtes. C'est ainsi. Comme si ceux qui sont morts avaient été créés pour être un soleil qui monte puis qui se couche, sans rien changer dans la journée qui passe. Comme si, en passant, ils couvraient la tête d'une poussière qui te faisait demeurer saisi. Et la mer qui avait apporté Guillaume le remportait tout aussitôt on ne sait où. Or c'était bien avant qu'elle soit née à La Touffaille ; car le temps coule pour ceux qui criaient là dans le sud, mais il coule aussi trois ans plus tard à ce moment où elle est née (c'est-à-dire un an après que j'ai trouvé dans le corps de Stéfanise cette lamentation après laquelle je courais), et il coule encore vingt ans plus bas (car le passé n'est pas simple, ah ! il y a combien de passés qui descendent jusqu'à toi, tu dois faire la gymnastique si tu veux les attraper, ne pas rester les bras sur la tête comme un lambin à attendre qu'ils se posent au frais près de toi) au moment où déjà elle était partie de La Touffaille pour me rejoindre (Ti-René était en route, on le voyait faire sa bosse dans le monde) et où les trois fils Targin, on peut dire les tontons de René, commençaient à désespérer.

Or ils n'étaient toujours qu'une seule voix uniforme, allez trouver lequel parle et lequel écoute, ils étaient à eux trois la voix du fils Targin, de même qu'il y eut celle du père, celle si rare de la mère, et celle de la fille (partagée aussi en trois branches), sans compter le son de voix encore plus chiche de l'aînée Edmée, qui s'était détaché du lot quand Edmée avait rencontré papa Longoué : les trois, occupés dans l'enclos, pendant que leur voix unique commentait le travail, la terre autour, l'accablement sur la terre. Le plus jeune, qui avait à peine quatorze ans, apportait un rien d'éclat au filet monotone.

– Manzel'Edmée, maigre comme elle est, elle choisit bien son moment pour retirer ses pieds !

– Qu'est-ce que tu dis maigre, ça s'arrondit de plus en plus par-devant.

– Qu'est-ce que tu dis s'arrondit, c'est un bâton avec un bon ballot attaché devant.

– Est-ce que tu crois qu'on part, nous aussi ?

– Sûr que je pars, ce sera pour aller au bourg.

– Tu laisses les filles ici ?

– Moi je ne sais pas, si monsieur Senglis nous propose la terre en haut de Pays-Mêlés, c'est qu'il y a pas grand-chose à faire dedans !

– Tu ne comprends rien, il dit que La Touffaille c'est bon pour mettre les troupeaux, maintenant avec l'Usine Centrale ils font venir les taureaux du Brésil, La Touffaille c'est bon pour l'herbe et la nourriture des bœufs.

– La terre là-haut est bonne, seulement on ne peut pas monter les bœufs jusque-là.

– Moi je ne sais pas, ici ou là, je vais au bourg.

– Qu'est-ce que tu fais ?

– Pas chaud, je trouve un job, c'est sûr !

– Alors il a une chemise kaki, avec un pantalon alpaga !

– Tu vas laisser ta mère ?

– Manzel'Edmée elle est partie. Pourquoi pas moi ?

Et dans l'enclos des mulets, les trois comme à l'ordinaire travaillaient à l'unisson. Ils évitaient l'ouvrage qui les eût séparés, ils s'arrangeaient pour être ensemble. L'aîné coupait sur deux côtés les sacs d'engrais rêches et lourds, avant de les retourner et de les recoudre à gros points ; le second nettoyait de la paille et en portait le rebut sur un fumier ancien ; le dernier tressait, accroché à une poutre, des cordes de grosse liane. Menus travaux, presque inventés pour attendre un jour meilleur. Le toit de paille de l'enclos chuintait dans le carême. Des trois frères, seul le plus jeune (les pieds joints à la base du poteau, le corps rejeté en arrière, balancé à la corde qu'il tressait) devinait peut-être que le vertige qui parfois les saisissait dans le soleil était celui du renoncement ?

Tous ceux-là donc, et avant et après, créés pour être la lumière et le soleil du jour qui passe ! Mais tombés sans nom, comme un soleil sans horizon dans un jour sans lumière. Mais ils sont la lumière qui par-dessous est allumée, ils sont le cimetière sans sable ni bougie ni coquillage qui sous tes pieds fait l'incendie : tu oublies Guillaume ou un autre prétexte quelconque, tu regardes sous tes pieds la marque et les flambeaux. Tous ceux-là, allumés avant même que le père de ton père soit né, qui font des lumignons pour toi Mathieu. Les combattants sans nom dont tu ne connais même pas le geste. Levés pour toi Mathieu. Pour que tu quittes le pays infini là-bas et alors tu prends ici dans ton corps la terre rouge délimitée. Tous ces soleils incendiés jour après jour, mais tu ne retrouves pas la fosse dans les bois, seulement de temps en temps un os jauni sous une racine en pourriture. Pour qu'un jour Stéfanise, qui depuis des mois court partout sur les mornes afin de mieux porter la chair de sa chair et de ne pas mourir de peur devant Apostrophe, choisisse le moment où Apostrophe s'est éloigné, et avec l'aide d'une voisine pousse dans son corps jusqu'à la terre de la case ce petit tas de viande. Sans un cri, de peur qu'Apostrophe, s'il entendait, n'arrive au triple galop. Elle qui passait sa vie à crier. Et qu'elle regarde le petit tas, raidement noir sur la terre de la case, et dise en riant à la voisine : « Celui-là, il va savoir qui est le maître », – se soulageant ainsi de l'épouvante qui avait jusque-là grossi en elle en même temps que l'enfant. Et personne n'avait d'abord songé à nommer cette chose pleine de sang, tu te rends compte, un bout de viande les yeux fermés, qui s'appelait déjà papa Longoué. Depuis le premier jour. Et même si on décida plus tard de lui donner, mettons, Melchior ou Ocongo ou les deux à la fois, ça ne fait rien, il est déjà papa Longoué. Comme né vieillard, pour être le papa dont le seul fils serait tout au loin foudroyé.

Mais Stéphanise, on dirait rancunière, comiquement furieuse que celui-ci ait mis quatorze ans à se présenter, tint sa promesse et fit bien voir *qui est le maître*. Passionnée de l'enfant, elle le prit en main, devançant même Melchior le grand-parent, et décidant pour tous. Melchior souriait, pensant que peut-être Stéfanise le mettait, lui Melchior, au même rang qu'Apostrophe. Elle ne manifestait aucune volonté d'accaparer, n'imposait rien par la violence ; mais simplement l'enfant la suivait partout. D'abord dans ses bras tel un boutou, puis à ses côtés comme une spirale dont elle ne semblait pas se préoccuper. Mais elle avait retrouvé pour lui la pratique du monologue chère aux Longoué, et sans le regarder commentait à voix haute chaque geste qu'elle faisait, décrivait chaque endroit. À lui, dérivant autour d'elle, de retenir ce qu'il pourrait. Ainsi les éclats dont elle avait jadis inondé le morne se transformèrent-ils en une suite continue de paroles, ni basses ni hélées mais normales. Claires, évidentes. Et ainsi commença pour papa Longoué, encore enfant, et même, à peine dressé sur ses jambes, l'histoire douloureuse qui devait être à jamais la sienne. Car il souffrit toute sa vie de peiner après une connaissance pour laquelle il était appelé, qu'il méritait certes de posséder, mais qui le fuyait sans relâche ou plutôt le laissait sans cesse insatisfait : peut-être parce que la connaissance ne suffisait plus, peut-être parce qu'il s'était essoufflé à courir derrière Stéfanise, et peut-être précisément parce que Stéfanise, malgré sa lumière, n'était pas celle (une femme) qu'il fallait pour transmettre la connaissance. Elle parut le savoir et le redouter, car dès le début elle répéta qu'elle voulait *faire* de l'enfant un Longoué, comme s'il n'en était pas un. Apostrophe il est vrai était trop absent, il ne s'occupait pas assez de son descendant. On aurait dit qu'entre Melchior et papa Longoué s'ouvrait à nouveau un trou que Stéfanise s'acharnait à combler, mais au bord duquel se balançait Apostrophe insouciant. Pourtant, d'eux tous, celui-ci était peut-être le plus adapté à son état. Comme si, errant dans sa perpétuelle distraction, il était resté seul à rêver du grand pays là-bas, de la côte infinie sans courbes ni retrait – et qu'il devait emporter dans la mort son rêve solitaire. Ou que, seul parmi eux, il ne connaissait pas en lui cette curiosité qui avait poussé Melchior vers le bourg et si longtemps retenu Stéfanise à Roche Carrée. Il ne souffrait en rien d'être comme coupé de la vie réelle, de la basse misère qu'il partageait pourtant. Il n'avait pour les gens des fonds ni mépris larvé ni tendresse inquiète : il les voyait simplement, il leur parlait parfois, il les soignait ; ne se doutant pas qu'une telle indifférence l'éloignait presque définitivement ; qu'à son niveau, et dans une autre manière, se recreusait le vide que Melchior avait franchi avec tant de patience. C'est aussi qu'on aurait pu réaliser d'un seul coup, ni une fois pour toutes, l'harmonie entre ces univers différents. Et, à cause de ce nouveau détour, à cause de ce recul, papa Longoué souffrit l'inconfort dont Apostrophe l'avait ainsi doté, dans la mesure même où il était doué pour flairer l'inconfort. En quoi, à tout prendre, il fut un Longoué, tout en ne l'étant pas. Ce qu'on eût ailleurs appelé une grande sensibilité mais qui, latente en lui et nullement alimentée de raisonnements, n'était peut-être que la fatigue d'avoir tant couru autour de Stéfanise, le marqua d'une inquiétude et d'une faiblesse jamais vaincues. Sa valeur tenait à cette faiblesse. Et il eût sans doute succombé à l'affaire, étouffé sous l'enseignement forcené de Stéfanise, si Melchior, sans rien manifester, ne l'avait empli d'un tremblement, d'une capacité infinie de sourire et de patienter, qui l'aidèrent à traverser sans périr la région nocturne et irritante, pleine de séductions et d'insaisissable, que devait être sa propre vie.

Il avait donc cinq ans, et commençait à ouvrir de grands yeux sur les effervescences de Stéfanise, quand un jour Apostrophe resta couché dans la case. L'enfant ne comprit rien à l'agitation générale, il regardait Melchior penché sur Apostrophe, le coui d'herbes bouillies, le linge fumant bandé autour de la poitrine du malade, les yeux fixes d'Adélie assise dans un coin, le remuement précis et ordonné de Stéfanise soudain silencieuse, qui aidait Melchior sans penser à décider quoi que ce soit. Et plus tard, il apparut à papa

Longoué qu'en cette occasion il avait d'un seul coup vieilli, c'est-à-dire que d'un seul coup il s'était confondu avec sa propre nature et avait rejoint le vieillard sans nom qui était en lui, car il ne lui resta finalement de cette journée, mis à part ces préparatifs et toute l'agitation de la maladie et de la mort, que le cri de bête que poussa Stéfanise depuis cinq heures de l'après-midi jusqu'au lendemain à midi. Un seul terrible cri de jument à l'agonie, de mère blessée, de terre éventrée, qui roula sur les mornes pendant une soirée, une nuit, et une matinée entières. Comme si Stéfanise, cette première fois, criait pour tous ceux qui n'avaient pas crié ; qu'elle remplissait le pays de la voix, pour tous ceux qui depuis le premier jour, ébahis et fiévreux, n'avaient pas eu le temps de monter avec un cri sur le sommet de la douleur ; pour tous ceux qui avaient fait de leur histoire un long processionnal sans larmes. Qu'elle prenait sur sa tête la douleur accumulée partout dans les acacias, dans l'aplatissement des champs, l'eau jaune des Cohées, dans la douceur moisie des vieux marigots. Elle cria donc sans arrêter, comme détachée de la circonstance, et ne regardant pas une seule fois vers Apostrophe étendu là. Ceux qu'il avait soignés, qu'il avait soulagés de leurs misères, pour lesquels il avait été le seul docteur approchable, le seul confident possible, la seule autorité redoutée (ayant de la sorte bien tenu son rôle – malgré le rêve qui le portait ailleurs – dans le lent mûrissement de la terre nouvelle) vinrent et passèrent près du cri, marchant au long du cri, et eux, à leur tour, ne regardant pas une seule fois vers Stéfanise source immobile du cri. Et papa Longoué enfant se noya pendant le temps d'une journée dans ce cri qui se prolongea en lui bien après que ses oreilles ne l'entendirent plus. Il en sortit non pas suffoqué, mais imbibé jusqu'à la moelle : vieillard savant qui, dès l'âge de cinq ans, couvait dans sa carcasse d'enfant sans nom tout ce qu'il fallait pour bien connaître et supporter une telle lamentation.

Et ainsi fut-il prêt à recevoir, pendant les trois autres années où Stéfanise automatique comme une pendule marcha dans la stupéfaction, la parole de Melchior. Celui-ci ne l'embarrassa pas de recettes ni de connaissances précises, mais, comme un oiseau siffleur invisible dans les branches, et aussi ténu et insistant que l'oiseau, lui donna dans cette parole bruissante le goût de l'eau qui se cherche, de la tige qui pousse, de la roche qui s'effrite, de la terre qui travaille ; de ce qui s'anime doucement et patiente sous le soleil.

« Regarde, disait Melchior, Stéfanise est toujours à courir partout. Elle te dira les mots, moi je n'ai pas le temps, je suis déjà planté de l'autre côté du morne. Je vais revenir avec mes pieds pleins de boue dans le pays là-bas. Il ne faut pas que tu quittes Stéfanise, elle fait du bruit, tu peux croire qu'elle ne connaît pas, mais je te dis, elle te mettra dans la bonne terre. »

« Regarde, disait-il, n'essaie pas de courir quand ton jour est venu. Ceux qui sont partis te halent de leur côté, leur force est plus que ta force. »

« Regarde, disait-il, tu as ce bois d'acacias, mais ne manque pas de descendre sur le terrain plat, manger les icaques de la savane et sucer les citrons d'en bas... »

Puis il entrait avec l'enfant dans la nuit vacillante où nul ne pouvait les suivre et où Stéfanise elle-même n'accédait pas. Là, il lui montrait Apostrophe, plus réel et vivant que l'ombre habitée de rêve qui avait vécu dans la case, Liberté souriant qui demandait à porter le sac, Longoué courant après Man-Louise, un grand pain doré dans sa main, Cydalise Nathalie entourée de fleurs voraces, le vieux bougre qui s'enterrait lui-même sous les roches, puis les autres, parqués sur le bateau et sur tous les bateaux qui avaient précédé celui-ci. Mais surtout il lui fit toucher l'indescriptible nuit, c'est-à-dire le côté où ce bois transparent se confondait avec la lourde forêt du pays là-bas, au point que leurs deux folles germinations, leurs deux poussées foudroyantes créaient

241

sous les voûtes un même ciel pour des terres si éloignées l'une de l'autre ; puis le nœud d'herbes en vrac, attachées par *la feuille de vie et de mort* ; et le souvenir, qui n'était rien qu'une plus grande volonté, capable de transformer un sac en tombeau, une barrique en gouffre labouré de chemins noirs, une écorce sculptée en paravent contre les puissances ; et l'avenir, qui stagnait.

Tout ce tremblement de la nuit, d'où vint à papa Longoué la faiblesse qui résulta de sa propre clairvoyance, le prépara donc à affronter la clarté de Stéfanise. Comme dans un champ bien aéré, bien friable, on plante rapidement et avec profit les boutures de la prochaine récolte, ainsi, ameubli par Melchior, put-il enfouir dans sa poitrine les mots précis que Stéfanise y jetait, et apprendre l'odeur pâle du bateau, les herbes triées qui guérissent, les morts appelés qui reviennent.

Elle était ma mère, bon, mais c'était un phénomène ! tu ne peux pas imaginer comment elle est entrée loin dans ma tête ; heureusement j'étais armé pour résister. Comme disait Melchior : « Elle va te prendre dans sa main, elle va te poser sur son épaule. Si tu n'as pas la force de rester sans bouger, tu dégringoles. Mais si tu es là solide comme un palmier, alors du haut de son grand corps tu vois alentour ce qu'il faut voir. » Et je peux dire que je n'ai pas dégringolé. Je peux dire que j'ai vu. Maintenant, ah puissances, les hommes dégénérés qui ont la prétention de voir et qui abusent le malheureux. Il y en a un installé en bas, il fait semblant de fermer les yeux et de regarder, il leur vend de l'eau de source et il prétend que ça guérit, comme aussi bien ils prennent l'eau bénite à l'église et ils croient qu'avec ça leurs gros-pieds vont désenfler ; et celui-là, un malin, mais il finira la tête à l'envers et ses yeux dans ses cheveux, voici comment il est :

Un jour donc, un bougre arrive, je le connais, c'est un vieux qui avait craché qu'il ne monterait jamais ici, et il dit au prétendu voyant : « Mon mulet, je ne comprends rien, plus je lui donne dans sa baille, plus il tire la langue sans manger. » Le prétendu

242

lui dit : « Ah ! Tu as donc un mulet ? » Alors le vieux se fâche,
pourquoi qu'il aurait pas un mulet, il est un homme respectable, et
plus ça va, plus il pense que la bête va disparaître dans un courant d'air, tellement elle est chagrin. Bientôt ses côtes vont monter
dans sa tête, et au revoir de l'autre côté. Et le prétendu dit : « Ce
n'est rien, rien et rien, il faut lui faire avaler de la poudre perlimpinpin dans une baille d'eau. Voilà, c'est deux francs. » Le vieux
reste là, tout immobile, il dit : « Et qu'est-ce que c'est la poudre
perlimpinpin ? » Et le prétendu crie : « Comment, à ton âge, respectable comme tu es, tu ne connais pas la poudre perlimpinpin ?
Ah ! vraiment, mes oreilles vont tourner en eau ! Tu prends la
poudre des Amériques, tu la mélanges avec la poudre perlimpinpin, tu ajoutes l'essence min-nin vini, car tu comprends si tu ne
mets pas l'essence la bête ne vient jamais boire la dose, et enfin tu
mets dedans l'extrait de la plume du taureau d'Espagne, ça c'est
pour la force. Voilà, c'est deux francs. » Le vieux répète :
« Poudre des Amériques, poudre perlimpinpin, essence min-nin
vini, plume du taureau d'Espagne. » Puis il reste là, plus raide
encore, il dit : « Bon, mais où ça que je trouve toutes ces
poudres ? » « Ah là là, dit le prétendu, où ça que tu trouves le
poisson rouge si ce n'est pas dans la mer, et le poisson noir si ce
n'est pas dans la rivière ? La poudre est à la pharmacie, tu n'as
qu'à descendre à la pharmacie et monsieur Toron un bon mulâtre
va te montrer les poudres alignées sur les étagères, pour quatre
francs tu les auras, c'est un franc par poudre. » Et ce vieux qui
calcule quatre plus deux, sa tête éclatée de sueur ; puis il tire un
chiffon et à force de compter les gros sous et les petits, les sous en
cuivre et les sous percés, il aligne deux francs dans la main du prétendu. Voici comment il est, celui-là. Un prétendu. Ce n'est pas
lui qui aurait résisté, je ne dis même pas une minute, devant la
voix de Stéfanise. Il serait tombé en poussière rien qu'au moment
où elle aurait crié son nom. Il n'y en a plus, c'est vrai, depuis le
jour où Melchior est resté debout contre le gros manguier, son boutou à côté de lui. Non. Il n'y en a plus.

Depuis le jour où Melchior, à la même place que Man-

Louise, mais debout, lui, debout contre le manguier, son corps épais et droit appuyé au tronc, avait attendu de voir Stéfanise et l'enfant apparaître une dernière fois dans le détour du bois ; puis il avait fermé les yeux, et il était descendu sans faiblesse ni fatigue, comme un homme solide sur lequel les carêmes ne passent pas. Et quand Stéfanise l'eut enterré à son tour dans une fosse (après Adélie et les autres qui avaient disparu là), quand elle eut damé l'emplacement, – dans tout le pays peut-être il n'y en avait plus un seul. Plus un, hormis l'enfant vieillard tout en faiblesse dans son nom, qui puisse faire la nuit en plein midi. Plus un pour allumer le peuple de zombis dressés d'attaque, ni pour noyer un Senglis dans le délire agonisant de minuit. Leurs zombis ne servaient alors qu'à épouvanter les enfants, leur pouvoir s'arrêtait à tourmenter le voisin.

Il n'était pas étonnant que dès ce moment ceux d'en bas aient si volontiers appris à se mépriser entre eux ; à monter l'un sur l'autre, c'est-à-dire celui qui se croyait le plus éloigné des hauteurs sur celui qui en était encore proche, et ainsi de suite. Qu'ils aient si volontiers confondu les prétendus et les véritables. Qu'ils aient méprisé la couleur du bois sur leur peau et connu dans leur chair la tentation de sortir de la chair. Car le pays là-bas était mort pour toujours, bon c'est d'accord il y avait la terre nouvelle, mais ils ne la prenaient même pas dans leur ventre, ils ne voyaient pas l'unique ciel au-dessus d'eux, ils cherchaient au loin d'autres étoiles, sans compter leur rivière qui était à sec, et leur forêt sans racines. Comme si ce pays était un nouveau bateau à l'ancre, où ils croupissaient dans la cale et dans l'entrepont, sans jamais monter dans les mâts sur les mornes. Et au contraire ils s'enfonçaient de plus en plus, chaque jour plus tassés dans l'ignorance du grand jour, ayant laissé au haut des mâts le vieillard enfant dont le vertige (la faiblesse) était la plus grande valeur. Ce n'était pas étonnant qu'ils crient sur eux-mêmes les nègres. Ce qui les halait ne prenait plus sa force on dirait dans le pays infini là-bas ; ils croyaient qu'ils pourraient rejoindre La Roche ou Senglis, ou peut-être même Lapointe dans sa lande ou dans son bureau de Bordeaux. Voilà comment les deux commis, comme des prophètes aigris, les avaient tous envoyés dans le Poitou et le comté de Bigorre où ils erraient sans feu ni lieu. Mais la misère te travaille, malgré toi tu remontes l'océan ; bientôt tu débarques dans le goulet de toi-même. Après tout, ce n'était qu'un autre précipice à franchir, une nouvelle ravine, un trou d'eau comme celui que Melchior avait pendant sa vie dépassé. Ce n'est pas dans une seule enjambée que tu peux sauter sur le gouffre ni monter sur la falaise. Et déjà, au moment où sans division, une fois de plus, ils s'étaient tous levés dans le sud, à ce moment oui, Anne Béluse, qui portait en lui la terre craquelée d'en bas le morne, avait été envoyé au cimetière du bourg, enroulé dans une toile blanche suspendue comme un hamac à un bambou. Le premier de sa lignée à partir ainsi, précédé d'un homme à dos de mulet, et balancé au petit trot sur les épaules de quatre voisins qui se relayaient deux à deux (la toile arquée sous le poids du mort traînant presque dans les herbes des sentiers) en s'excitant de la voix. Et désormais les Béluse prendraient ce chemin pour leur dernier voyage ; on aurait cru qu'ils attendaient ce jour avant d'entrer dans la communauté d'en bas ; ainsi Saint-Yves, mort dans la même année que Melchior, ainsi jadis la femme de Anne et hier la femme de Saint-Yves. Mais entre-temps Zéphirin, fils de Saint-Yves, avait bien grandi ; et un an après la naissance de Ti-René Longoué, il avait eu un fils, qui était Mathieu Béluse.

II

(Mais tu vas trop vite ! dit Mathieu. Est-ce que tu ne peux pas proclamer les dates l'une après l'autre, — et finir de tourner, en avant en arrière ? Tu tourbillonnes comme la poussière de Fonds-Brûlé, ho ?)

245

dates

Alors ! Tu espères qu'un registre, un de ces gros cahiers qu'ils
ouvrent à la mairie sous ton nez pour t'impressionner, peut te dire
pourquoi un Béluse suivait ainsi un Longoué, ou pourquoi Louise
avait obéi au geste, elle qui se considérait déjà une parente de La
Roche, ou encore comment il se fait que toutes ces langues afri-
caines sont parties de leur cervelle comme un vol de gros-becs ?
Ouvre tes registres, bon, tu épelles les dates ; mais moi tout ce que
je sais lire c'est le soleil qui descend en grand vent sur ma tête. Et
tu vois les premiers jours, ils sont là-haut sur place un seul nuage
presque bleu, tu essaies de monter dans la palpitation, mais ce
sont des jours plus lourds plus profonds que l'envers de la terre, ils
bougent à peine parmi la splendeur du ciel, à peine si tu les
observes démarrer vers toi, et puis petit à petit c'est la précipita-
tion, tout ça dévale, avant-hier est un soupir, hier est un éclair,
aujourd'hui est si vif dans tes yeux que tu ne le vois pas. Car le
passé est en haut bien groupé sur lui-même, et si loin ; mais tu le
provoques, il démarre comme un troupeau de taureaux, bientôt il
tombe sur ta tête plus vite qu'un cayali touché à l'arbalète.

Ne permettant même pas qu'on s'arrête dans un détour,
qu'on regarde alentour, qu'on embrasse la savane toute
rase, son crépi de verts mêlé d'éclaboussures rousses. De
loin en loin les icaques, par petites troupes paissant la
savane, leurs feuilles rêches cachant le jaune des fruits. Les
étendues rapides, vite épuisées, où une zone de taillis soudain basculait dans le bruissement d'une touffe de bambous. La plate volée d'un labour rouge, bientôt noué de val-
lonnements ou buté dans l'élan de trois filaos. Tout ce qui
résonnait clair et sec, vert pâle et brun léger, alentour des
grands mornes ou des sombres hauteurs. Mais un même
travail égalisait partout l'humus originel ; au plein des
cannes soudain s'ouvrait un fouillis d'où cascadait une eau
tout en fonds. Or le passé déboulé sur la tête ne permettait
pas qu'on musarde au long de l'ouvrage patient qui avait
ainsi ratissé le bois, haussé la savane, réparti l'humus, rapproché les hommes. Il eût fallu connaître le moment où la

mer de terre lancée à l'assaut de la falaise s'était apaisée dans le bois (désormais éclairci) d'acacias. C'est-à-dire apprécier le côté où la savane et les champs avaient rejoint le bois (encore chatoyant dans sa folie de germination, plus haut que les acacias) qui avait lui-même rejoint la lourde forêt du pays infini. Mais le vacarme du passé sur la tête ne permettait pas qu'on vérifie ce moment ni qu'on mesure ce côté. Alors il valait mieux apprendre l'homme, bête d'humus ou bêtes à cannes, comment ses pieds avaient marché de la savane à la forêt, de la forêt à la savane. Envisager des raisons plus serrées, par exemple comment la terre était ici abandonnée, et là usée. Pour quoi usée ? Usée pour qui ?

Car je te dis, où était la division entre elle et moi, ho, quand nous nous sommes connus ? Et ne baisse pas la tête comme la feuille-demoiselle ! – je peux bien à mon âge raconter comment et pourquoi mon fils est né. Si tu vois que je vais trop vite, c'est peut-être parce que je veux toucher le moment où mon fils est né, pour ensuite me précipiter dans le moment où il est mort ! Non ? Et entre-temps, il faudra bien que je ferme les yeux pour la voir encore, devant toi le premier à qui je parle d'elle, depuis ce jour du cyclone. Pour moi elle est la mesure dans le temps qui passe. Il y a un jour avant elle et un jour après. C'est donc inutile de baisser la tête et de faire semblant de compter les herbes de la barrique – je pourrais être le frère du père de ton père, et alors elle serait ta grand-tante. Regarde. Est-ce qu'elle montait pour me rencontrer ? Non, non ! Pour cette fois il y avait la jeunesse qui appelait partout : un jeune voyant sans barbe cloîtré dans la case de Stéfanise et une mûrie-trop-vite qui passait son temps à laver ses frères, à soigner les bêtes, à amarrer les cannes (son corps maigre en zoclette-piment, la bouche retirée dans la tête) et à désespérer de récolte en récolte, sans même savoir qu'elle désespérait, ni pourquoi. Et quand l'un de nous, je ne sais pas lequel, a vu l'autre, va prouver si c'était sur les mornes ou dans les fonds ? Moi j'entendais son nom, Edmée, pour la première fois j'écoutais un nom pareil, je n'avais pas couru beaucoup du côté de la savane,

Edmée on dirait que c'est la brise qui te dit aidez-moi, et j'étais là sans savoir aucun mot, mais voilà. Avec sa tête presque en triangle et ses yeux qui brillaient au fond, il n'y avait pas besoin de mots. Pour nous un flamboyant était debout (je ne suis pas vantard) et il ne faudrait pas moins que la rage d'un cyclone pour le déraciner. Or c'est en 90, puisque tu cries après des dates je te donne celle-ci, que mon fils Ti-René est venu. Elle habitait déjà la case, où Stéfanise faisait les plus gros efforts pour s'accommoder ; nous n'avions rien annoncé à Stéfanise, un jour elle voit l'autre arriver, pas un mot, pas une explication. Deux statues armées dans la case, moi au milieu sans paroles. Et de même, je n'étais pas allé à La Touffaille, je serais mort plutôt que de demander, demander quoi ? Elle est restée une semaine, puis elle est retournée là-bas pour chercher un ou deux effets. Le père ne l'a pas vue, les enfants criaient, la mère toute fixe la regardait partir. C'était la vie...

Et aucune des filles n'avait pensé à lui jeter des insultes. Et encore cinq ans plus tard, à l'époque où leur insouciance avait fané dans l'air sec, elles persistaient à défendre leur sœur. Le père, d'abord taciturne et comme détaché de l'affaire, peu à peu s'était aigri. Il reprochait à sa première fille ce qu'il tenait pour une désertion. Mais s'il s'exaspérait ainsi contre l'absente, c'est qu'il avait renoncé depuis longtemps à La Touffaille ; il n'insistait qu'à cause des autres, qui ne parlaient jamais de partir. Et les garçons aussi, qui n'espéraient plus, accablaient Edmée. Pour les trois filles, sinon optimistes du moins tranquilles, elles ne voyaient aucune raison de rejeter sur leur aînée la responsabilité du malheur. Une d'elles en particulier, si belle avec sa peau luisante, ses cheveux qui tombaient sur les reins, noirs et lisses, ses bras et ses jambes rondes, aussi belle qu'une femme couli à qui elle ressemblait, et sa voix douce chantant les mots sur une seule note ténue, toute calme et timide défendait sa sœur, sans laisser passer une seule allusion blessante. Comme elle s'appelait Aurélie, les fils criaient, encouragés par le silence du père : « Aurélie et puis Edmée, c'est un même canari ! » Mais les années qui passaient déposaient un fiel dans le cœur du père. Un jour, cinq ans exactement après le départ d'Edmée, il annonça une veillée pour le prochain samedi. Une veillée intime, au bénéfice de la famille seulement. Et, dit-il, c'était pour sa fille qui était morte cinq ans auparavant. Le jour venu, il fit repasser une toile blanche qu'il arrangea sur une caisse près du lit, il y déposa un bol d'eau bénite avec une branche, et dès que la nuit fut là, il alluma deux cierges près du bol. Les filles crièrent que la malédiction s'abattrait sur eux tous. La mère n'ouvrait pas la bouche. Il exigea que chacun s'installât et que la mèche de la lampe de fer-blanc fût baissée. Les fils l'entourèrent près du lit, la mère s'isola dans la salle, les filles pour marquer leur réprobation s'accroupirent dehors près de la porte. Mais il voulut qu'on observât les rites d'une vraie veillée. Il fit distribuer à manger puis à boire : du boudin qu'il s'était procuré ailleurs, du rhum et des sirops. Le tam-tam de monsieur Pamphile courait sur la nuit. Son lourd battement et parfois son crépitement se prolongeaient sur chaque pente des mornes, au-dessus des bois immobiles, dans les sentiers à peine tracés. Ce tam-tam débouchait lugubre sur La Touffaille, où tout ce qui donne éclat et mouvement à une veillée (les conteurs à voix grasse, les danseurs paillards, les enfants frissonnants, les victuailles, et la familiarité avec le mort) était ce soir-là aussi absent que la défunte présumée. Le boudin était froid, chacun en mastiquait machinalement un morceau. Le tam-tam venait de trop loin, il mourait dans le trou noir de la salle où la lampe éclairait bien moins qu'un cierge. Le père entêté parlait sans arrêt, comme pour remplacer les conteurs. Ce qu'il disait, c'était La Touffaille elle-même, sa morne lutte, son histoire désagrégée, depuis ce temps où il était interdit de battre le tam-tam dans les campagnes jusqu'au jour où Senglis leur proposa l'échange après avoir démontré comment La Touffaille ne pouvait plus

249

rapporter que les dettes et la misère. Or, n'était-il pas vrai que les gendarmes étaient passés à plusieurs reprises, furieux en novembre dernier de s'être embourbés dans le détour des quénettes, et harassés l'autre fois, le corps en sueur sous le soleil du carême ? Ils n'insistaient pas encore, ces gendarmes, ils passaient tout bonnement se faire admirer, ils parlaient à voix haute (que la prison pour dettes ça existe). Si la loi était contre, plus rien ne pouvait sauver... Et ainsi, près de ce lit vide où sans doute il avait en esprit déposé le cadavre de La Touffaille, le père peu à peu oublia Edmée partie avec son quimboiseur. Les fils faisaient les réponses rituelles, précisaient un point ou renchérissaient sur une lamentation. Les filles, qui d'abord s'étaient entretenues à voix basse (« Mon dieu seigneur, avait chuchoté Aurélie, je ne vois pas comment elle fait, une seule nuit que je passe là-haut et je suis morte, avant de me réveiller dans la peau d'un chien, avec un revenant couché sur moi pour m'embrasser », puis elles avaient imaginé les diverses transformations qui guettaient leur sœur, pour peu que celle-ci mécontentât Stéfanise ou son fils), à mesure que la nuit avançait se rencognèrent silencieuses vers la chambre. Le long cantique de l'abandon, calme, précis, les cernait. Et, à leur tour, vers le matin, le désespoir entra en elles. Cette parodie mortuaire, plus profondément que les misères de l'existence les atteignit, abattit ce reste d'ardeur qui les avait jusque-là entretenues de constance. Plus engourdies que pétrifiées, elles se joignirent au père, non pour maudire Edmée mais pour détailler le malheur de La Touffaille. C'est-à-dire qu'elles apportèrent à la litanie sans éclat le poids de leur silence. Et quand, obsédé de sa cérémonie (même après qu'il en eut oublié le prétexte), le père les obligea tous à venir bénir le lit, les filles obéirent sans dire un mot. Le tam-tam était mort, des blancheurs rosées se groupaient au loin sur les crêtes, déjà la chaleur se dégageait de la terre. Cette veillée avait tué La Touffaille pour de bon, les figurants le voyaient bien. Ils se couchèrent dans la chambre autour du lit vide, écoutant les mangos tomber sur le toit ; leurs yeux ouverts sur ce jour dont ils ne savaient qu'attendre ; et, malgré eux, la tête tournée vers la mère dont ils sentaient, dans le clair-obscur, qu'elle restait l'unique force, la seule corde qui les rattachait à cet endroit. Mais la mère, serrée sur elle-même, n'avait pas dit un mot...

Ah, je m'étonne toujours, comme l'esprit est frivole ! Te voici tout remuant, tu n'écoutes pas ; La Touffaille pour toi ce n'est rien ; les Targin, c'est le vent. Tu demandes ce qu'il devient, ce mulet. Toi aussi tu quittes le terrain pour aller courir partout derrière des fumées. Toi aussi tu cherches la poudre perlimpinpin. Bon, une histoire qu'on ne finit pas est comme un tam-tam qui roule sans les ti-bois ! Regarde, tu peux attraper sinon le mulet du moins le maître, au moment où celui-ci arrive dans la pharmacie. Depuis le matin il descend des mornes, son corps n'est que de la sueur, mais il est presque pimpant dans le linge qu'il a mis avant d'entrer au bourg. Ses hardes sont en tas dans le panier caraïbe. Regarde, il est debout planté au milieu de la boutique, sa tête tourne de droite à gauche, un tour complet, pendant qu'il dévisage les bocaux verts, blancs, noirs. Il s'arrête devant un qui est énorme rouge, il pense : « Il n'y a pas, c'est sans erreur dans celui-ci qu'ils ont mis la plume du taureau d'Espagne. » Et monsieur Toron un bon mulâtre, qui a déjà vu comment l'affaire se présente (rien qu'à examiner ce golbo en train de tourner comme un manège au plein mitan de la pharmacie), se porte au-devant : « Alors, que se peut-il pour vous ? » Et l'autre, bien méfiant, qui se présente : « Voilà, j'ai un mulet qui n'ouvre pas la gueule, même pas pour dire amen. Aussi bien, on m'a dit que vous pouvez me donner une composition pour l'obliger à boire. La poudre perlimpinpin. » « Ah bon, bon, dit Toron, la poudre perlimpinpin. Je vois. » « Oui, dit le vieux. D'abord la poudre des Amériques, et puis le perlimpinpin, c'est le principal, et puis l'essence min-nin vini, car vous comprenez, c'est ça qui le fait venir boire, au mulet, et puis la plume du taureau d'Espagne, qui est pour donner de la force. » « Bon. Bon. Je vois, dit Toron. » Puis il appelle son commis : « Anatole ! Vous allez préparer quatre poudres pour le mulet de notre ami. » Puis il explique au commis, un jeune homme, bien fier de ses lunettes neuves, quelles sont les poudres et à quelle place il les trouvera sur la planche derrière l'office (« Vous savez, des produits aussi rares, on ne les expose pas sans raison à un accident »), pendant que le vieux commente, précise, inquiet de voir partir ainsi ce commis, même si le commis porte des lunettes neuves qui le font ressembler, avec son tablier blanc, à un chatrou noir échoué sur la plage. (« Non, non, crie Toron, c'est un excellent préparateur. Entre nous, dit-il à voix basse, il est aussi savant que moi. ») Alors ton bougre s'assied tout raide, à attendre que l'excellent préparateur lui enveloppe dans quatre bouts de papier un peu de farine ou de sucre blanc ou de bicarbonate, est-ce que je sais, et qu'il écrive sur chaque papier le nom de la poudre.

Bon ! Le voici, délesté de quatre francs qui ont passé comme un éclair dans son chiffon, planté devant le mulet qui souffle comme un volcan. Mais lui le maître, il souffle presque autant, il a couru depuis la pharmacie jusqu'à sa case, tout d'un trait sans voir à droite ni à gauche, sans prendre la précaution de changer son linge du dimanche, sans même ranger les quatre papiers. Il les serre dans sa main, la sueur a presque traversé la farine ou le sucre blanc. « Voilà, voilà, dit-il, à présent si tu ne manges pas et si tu ne bois pas, c'est Lucifer on peut dire qui a fait trembler la main du monsieur à lunettes. » Puis il attrape la baille, il verse de l'eau, il met la poudre, il tourne, et le voilà à califourchon sur le mulet, il ouvre la gueule enflammée, il enfourne le tout ; la bête n'a même pas la force de le débarquer, ses yeux rouges grands ouverts sous la cascade ; mais enfin le vieux se relève bien content. Le perlimpinpin est à l'ouvrage dans le ventre en squelette. Il n'y en a pas pour longtemps. Et bien entendu, deux jours après, ce mulet-là était crevé. Tu vois le vieux, il est devant la carcasse gonflée, il tâte les pattes plus raides qu'un bambou, enfin il coupe un bout de queue, il reste là debout, la touffe de poils dans la main, il médite : « À présent, toi et moi, il faut aller dire deux mots à monsieur Toron. »

Et pendant ce temps, les registres fonctionnaient ! Venir, la canne, mourir. Tu consultes les vieux papiers, voilà ce que tu vois : venir, la canne, mourir. Aussi bien dans les fonds que sur les hauteurs. Alors, ce n'est pas nécessaire qu'un jeune homme monte dans les bois pour amener un vieux débris sans attaches jusqu'au bord de la parole. Tu ne m'as rien obligé, c'est le malfini dans le ciel qui m'oblige : celui qui tire les ficelles depuis le premier jour, et il est le seul qui agrippe le passé dans son bec ! Je te dis, Maître Mathieu, si au lieu de fouiller la fosse sur les mornes toi aussi tu pars pour chercher la poudre perlimpinpin, alors ta tête devient vide comme la Pointe des Sables, tu restes sous la lune comme une roche sans froid ni chaud. Ainsi font-ils dans ce pays. Alors à la fin, ils ont peur même d'un prétendu qui se balance dans sa berceuse. Ils ont peur de l'abbé Samuel, ils croient que l'abbé va s'il se trouve secouer sa robe sur eux pour les faire infirmes. Depuis ce temps où les sermons leur ont prédit les feux d'enfer au cas où ils ne resteraient pas dans la soumission qui est la vertu et le devoir, ils ont tous peur de passer à côté d'une robe noire ou blanche. Car ils croient que la robe de l'abbé va les poursuivre et les dénaturer. Ils ont peur de minuit, ils pleurent que minuit est couché sur la branche à les attendre au passage. Voici comment leur cervelle est asséchée. Or tu ne vois pas les choses passées qui dans la terre sont plantées pour te parler. Ni les registres, ni papa Longoué, non ! Prends seulement un plant de canne, regarde-le pousser dans la terre jusqu'au moment où sa flèche pète dans le ciel, et suis-le à la trace jusqu'à l'Usine Centrale et observe comment il tourne en mélasse et en sirop de batterie, en sucre ou en tafia, en gros-sirop ou en coco merlo ; alors tu comprends la douleur et tu entends sous les registres la vraie parole d'antan qui de si longtemps n'a jamais changé. Tu l'entends.

(Tonnerre de dieu. C'est la vérité vraie ! – dit Mathieu.)

253

Pendant ce temps, les autres font construire les routes. Les coloniales, qui courant à l'Usine et ne s'occupent jamais de ce qui stagne des deux côtés. Qui mènent à la gendarmerie, leurs traînées noires coupant dans la savane. Qui serpentent jusqu'aux villes et aux ports, butant dans les quais branlants où les bateaux se remplissent de marchandises. Ces routes-là n'ont pas le temps de pénétrer au chaud des terres, chacun peut voir qu'elles courent au plus pressé, du bord des champs au bord de mer.

Pendant ce temps, ils agglomèrent les villes ; ce qu'ils appellent les villes, puisqu'il n'y a pas d'autre nom pour la chose innommable. La bousculade de tôles et de bois de caisses tassée en gangrène entre les allées de boue ; d'une part l'église, à l'autre bout la Croix-Mission. La longue rue centrale, pas mal dégagée, pour les tilburys et les voitures légères, les robes à crinolines et les enterrements de première classe. L'apparat donc, la façade pétulante, et, non pas à vingt ni dix mais à cinq mètres en arrière, la lèpre grouillante qui descend avec naturel vers l'enclos du cimetière. Ainsi les anciens marrons n'étaient descendus de leurs mornes, les esclaves n'avaient tenu dans les fonds que pour finir par grouiller dans cette misère ? Eux aussi, indéterminés ; ni Longoué ni Béluse ni Targin ? Et la longue histoire s'engluait dans la boue des taudis ?

Mais l'une de ces villes ! Élue d'entre tous les amas de cases, pour être l'exemple et la vigueur de lèpre ! Forcenée jour et nuit dans son vacarme, afin simplement d'étouffer toute autre voix sur les hauteurs. Frissonnante dans l'éclat jaune des lampes, criant sa vie à chaque croisée, fabuleuse de flambeaux et d'étalages, de marchandages et de sang ; jouant dans ses théâtres et dans ses rues l'éternel carnaval qui l'avait saisie. Et, pour étouffer le cri de mort partout ailleurs, mimant la mort en robe noire, la figure enfarinée.

Jetant les uns contre les autres, dans l'arène où elle fermentait, ses mulâtres et ses blancs, ses hommes de couleur et ses maîtres. Une ville où la musique pétaradait à l'aube pendant que, compassés à souscrire à la noble coutume, les braves se présentaient au rendez-vous du duel. Mais où aussi, dans la lueur blême, les rasoirs fulguraient autour des tables de jeu. Une folie, amarrée à la proue de la terre, pour opposer à la voix indistincte de la misère son écran de surdités échevelées. Mais la voix descendit des hauteurs ! – un matin elle balaya de cendres et de feux la turbulence et le dérèglement ; elle frappa de stupeur ceux qui stupéfiaient cette terre ; elle se couvrit de laves en guise de farine, et sa robe obscurcit le ciel. Elle mima sur cette ville en chaleur une chaleur qui pétrifia les murs, les rues, la boue, l'année, le jour, l'air alentour, et jusqu'à l'idée qu'on pouvait se faire d'une ville. Et quand elle se fut retirée, elle ne laissa aux hommes pour garant de son passage (si l'on ne compte les ruines) qu'un pan de roche en suspens sur les ruines et un vieux nègre épouvanté d'être vivant ébouillanté, le seul vivant, dans la geôle où sous terre on l'avait jeté. Mais qui donc se demanda pourquoi de tels événements ? Pourquoi ce nègre que nul n'aurait certes pensé à nommer « homme de couleur », pourquoi cette roche en équilibre au haut des murs béants, et qu'il fallut tenir par des chaînes de fer ? Qui se demanda si ce n'était pas fini une fois pour toutes de voir pousser et grouiller des villes ? C'est-à-dire la chose innommable qui enfle sa voix pour étouffer l'appel des hauts ? C'est-à-dire le vase clos où s'engluent et se perdent l'histoire de la terre et la connaissance du passé ?

Quittons la ville, sa douleur sans écho, son désert stupéfait. Pendant ce temps, la terre continuait de s'étendre sur elle-même, d'égaliser toutes choses. Sourdement, dans ses replis. Elle portait l'un vers l'autre l'humus sauvage et le terreau domestique. Dans l'éclaircie qui s'ouvrait ainsi, bientôt apparaissaient les chantres, surgis du néant pour louer la beauté. Dans un pays où chanter est comme devenir libre, les chantres étaient inévitables. Dès que l'épaisse végétation originelle permit un peu d'espace pour leurs voix graciles, ils naquirent de leur propre béatitude. « Qu'il était beau et bon, en rangs ordonnés, au rythme du tam-tam, et dans la joyeuse confiance du travail, de couper la canne : pendant qu'au loin les alizés caressaient la douceur des fleurs, des fruits, des feuilles et des branches ! » À peine détaché du morne, à peine levé du champ de canne où ses pareils s'épuisaient, le chantre marmonnait sur la fragile beauté, sans connaître la robe de mort qui habillait la beauté. Il s'évertuait à éloigner de lui le suint de la feuille de canne piétinée, au point qu'une feuille pour lui n'eut bientôt plus que l'épaisseur qui convient à la parole d'un chant. Dans l'éclaircie, le chantre se balançait, feignant la volupté. Ayant oublié, non seulement le morne et sa raide exigence, mais encore l'épuisement, les fourmis rouges, la saignée, le désert des cannes étendues sous le soleil. Et c'est que le chantre dansait sur un chemin qui n'était pas tracé pour ses pieds ; il rejetait loin de lui jusqu'au souvenir de la boue primordiale. Il courait à d'autres bonheurs, ne sachant pas encore qu'il les verrait se dérober sans fin devant sa main tendue (que, même au plus inconscient de la satiété, un manque obscur le rejetterait sans cesse au bord du chemin) – pour cela qu'il lui faudrait un jour revenir dans ce sentier, à la croisée avant de déboucher sur la route coloniale, et, les deux pieds rivés dans le trou devant les citronniers, tâcher de surprendre la force qui barattait son âme. Afin au moins de comprendre l'homme qui bougeait au fond oublié de son âme. L'homme : non plus Melchior ni les Targin, et non pas Mathieu ni papa Longoué, mais celui indistinct (Sylvius, Félicité ou Ti-Léon) qui connaissait dans sa chair le poids réel et la mesure d'une feuille de canne, et qui peut-être le samedi battait pour son plaisir le tam-tam chez monsieur Pamphile, et qui chaque soir, dans son pantalon de toile de

256

sac frangée aux genoux et ajourée de trous, se couchait sur sa planche en pente, quand ce n'était pas sur la terre de la case – pour qu'un chantre bucolique fasse avancer dans l'air parfumé un cortège de colibris, et pour qu'ensuite un Mathieu Béluse, non moins chantre, s'arrête et tente de prendre dans son poing fermé le gargouillement de chant qui s'étranglait dans sa gorge.

Mais cet homme avançait lui aussi. Il laissait à l'un ou l'autre de ses fils, incroyablement échappé du champ pour être chauffeur de camion ou docker sur les quais, agent de contributions ou préparateur de pharmacie, employé de mairie ou instituteur, ou tout simplement chômeur chronique à la recherche de petits jobs, le soin d'embrasser le champ d'un seul coup d'œil et d'en mesurer la profondeur. Lui, confondu au champ, n'avait pas d'autre horizon que les deux mains de largeur au-dessus du sol (là où couper la tige) et les trois mètres où atteignaient les hautes feuilles. Mais il avançait quand même : puisque pendant tout ce temps où les commandeurs et les économes des habitations furent de plus en plus recrutés parmi les « gens de couleur » et où les « gens de couleur » se battirent, d'abord pour obtenir ce droit, puis pour enlever ceux qui lui étaient naturellement consécutifs (le droit de s'agiter en citoyen qui élit son maire ou son député, le droit d'être, non pas égal à soi-même, mais l'égal illusoire d'un autre, le droit d'ouvrir boutique et de parader, le droit d'orner la nuit d'une guirlande écumante de mots), et souvent avec tout l'acharnement et toute la générosité de l'héroïsme, et toute l'abnégation de celui qui croit à la vertu de son combat, et pour des résultats qui en somme n'avaient pas tous été vains (car sur tant d'errements parfois se posait le charbon d'un cri étranglé, parfois se révélait le haussement d'un qui se retourne et soudain voit derrière lui le passé déterré qui lui parle), et qui avaient même parfois contribué à porter un peu de terre dans la terre – lui, l'homme, coupeur de canne à sucre ou chauffeur à l'Usine

Centrale, cloué entre les deux extrémités du plant de canne, n'avait pas eu un seul moment pour élever sa voix, n'avait pas repéré un seul silence pour y tremper sa voix véritable afin de la brandir ensuite au-devant de lui ; de sorte que tout ce mouvement d'urnes, d'écharpes, de cravaches, de recettes, de bravos, était passé par-dessus sa tête, qu'il n'y avait jamais eu part, et qu'ainsi tout ce bruit qui parfois le prenait pour prétexte, et cette ardeur de changement et de profits qui de temps en temps se référait nommément à lui, en fin de compte le laissèrent inchangé dans sa boue : spectateur au bord de la route, qui acclamait au changement, qui descendait même au bourg voisin, dans les charrettes puis dans les camions, afin de déposer dans une boîte scellée le papier qui pour d'autres changerait toutes choses, mais spectateur préservé du leurre (amateur du bruit de fête, et très vif à acclamer le changement qui passe, mais toujours revenu de ces griseries quand il fallait au lendemain réintégrer l'univers clos où plus un braillard, plus un officiel ne viendraient l'aider), dans l'œil duquel vacillait toujours, après l'éclat des solennités, cette petite pluie maligne du morne savoir.

Pendant ce temps donc, la terre minuscule, retournée sur elle-même, tout en boucles, détours, en mornes et ravines, resserrait autour de celui-ci (à qui Stéfanise eût demandé : « Quel est ton nom ? » − et qui tout naïf aurait répondu : « C'est Sylvius mon nom ») les nouvelles Plantations, le cercle où il n'y aurait plus à distinguer entre des hauts et des fonds, entre celui qui refuse et celui qui accepte, entre un marron hagard et un esclave agonisant. Et ainsi cet homme, tenu à l'écart du mouvement des hommes, qui mangeait aujourd'hui ce qu'il avait mangé hier, pourtant avançait dans le mouvement de terre, là où la savane et les champs rejoignaient le bois. Il crie sur lui-même, il lui reste un précipice à franchir. Tant qu'il ne l'a pas franchi, c'est le passé qui continue ; et au moment où il l'aura franchi, l'avenir commence. Il n'y a pas de présent. Le présent est une feuille jaunie sur la tige du passé, embranchée du côté où la main ni même le regard ne peuvent atteindre. Le présent tombe de l'autre côté, il agonise sans fin. Il agonise.

Et au fond du précipice, le dernier, les chantres châtrés, hommes de délicatesse et de bonne volonté, laissés à eux-mêmes, charmés de leurs dispositions, tassaient sous leurs pieds les racines d'où pointait parfois un os décoloré, dansaient leur danse d'élégance sur le terrain où criaient les héros anonymes, que nul ne ressuscitait ; où se consumaient ces lumignons, tout le cimetière souterrain allumé par les combattants sans nom que nul ne ferait lever de leur terre : car c'était acquis, leur combat avait été vain (leur descente comme une rivière sauvage, leur montée comme un vent sauvage : il n'en restait pas une brûlure sur la peau) ; il valait mieux – c'était pour les habitants la seule ouverture possible, et aussi une tentation de chaque instant – tâcher de tarir l'océan, non pas pour rentrer dans le pays infini là-bas, mais pour courir sur le fond fangeux de la mer, parmi les bêtes des profondeurs tout étonnées de se retrouver agonisantes au grand ciel, et pour aller ainsi jusqu'au bureau de Lapointe et l'aider à achever son dernier rapport. Et puisque ce rapport conterait des histoires peu soutenables, il serait bon de fleurir des mots en papillon et légèreté, des tournures en miel, des phrases en transparence et bleu de lune, afin d'étouffer sous la grâce du dire l'horreur incongrue du décompte.

D'où leur vint cette manie de folklore languide dans lequel les maîtres les confirmèrent. Et encore ces maîtres n'avaient pas grand effort à soutenir, il leur suffisait d'adopter le créole du cru, langue de complicité où le tu se fondait au vous, et d'extirper de la langue jusqu'au souvenir de cette fixité qui saisissait Louise et Longoué, avant que Louise entreprît d'apprendre à Longoué les mots rêches et chantants. Il se créa ainsi autant de langages pour la bouche qu'il existait de degrés depuis les hauts jusqu'à la mer. Sans compter que le langage, au lieu de travailler sa portée, finissait par se dénaturer quand il bloquait sa course dans la gorge d'une vieille institutrice à voix plate, éperdue de son beau français tout neuf, et qui déplorait naïvement : « Je ne comprends pas les jeunes gens d'aujourd'hui, ma chère, ils ne peuvent pas commencer une phrase en français, *si yo pa finille an créol* ! »

(Comme la femme Eudorcie, dit Mathieu. Tu ne la connais pas, elle ne sort pas de la maison Senglis, c'est une joufflue qui rit tout le temps, elle marche sur la pointe des pieds comme pour ne pas casser son gros derrière ; et chaque fois que Senglis veut boire un bol de thé, il crie : « Eudorcie, *fè an dité ba moin* », et chaque fois Eudorcie, plus pointue que madame la Gouverneur : « Qu'est-ce que ce sera, monsieur, une infusion ou une décoction ? » Et Senglis exaspéré qui clame : « Infusion ou décoction, sacré tonnerre, *man di' oü fè an dité ba moin* ! »)

Oh !... Oh oh oh !... Et en fait de décoctions, elle aurait pris des leçons auprès de Cydalise Nathalie, une autorité en la matière, hein ? Cydalise, qui détaillait les herbes derrière les cases comme une vraie négresse, et qui te ferait engrosser n'importe quoi, sauf si une volonté plus forte que la sienne se cache au coin d'une racine dans les acacias ; ce n'est pas elle Cydalise Éléonor qui serait allée chez Toron dépenser tant d'argent pour un peu de sucre blanc ou de poudre de magnésie. Et même si elle l'avait fait, ce n'est pas elle Marie-Nathalie qui serait revenue avec une queue de mulet dans sa main (comme ce bougre) pour demander des comptes.

Tu le vois, il entre dans la pharmacie, il tourne et retourne, comme si les bocaux l'attaquaient de partout. Monsieur Toron, un bon mulâtre, connaît déjà l'affaire. Il s'avance, plein de feu : « Alors, comment va ce mulet ? » Le vieux stoppe, c'est le soleil qui arrête de tourner, il prend sa respiration jusqu'au fond, il lève doucement la main, il secoue la touffe de poils, sans dire un mot.

« Comment, dit Toron, je ne peux pas le croire ! » « Oui, oui, dit le vieux, ce serait à penser que monsieur Anatole a mal préparé. » « Vraiment, dit Toron, ça c'est impossible. » Il appelle : « Anatole, voyons, venez ici ! » Le commis, sérieux comme un pain rassis, pur comme le premier matin, à son tour entre dans la danse. Les voilà tous les trois qui s'égosillent dans la boutique, derrière le rideau de bambous qu'on installait sur les portes. Ils tournent en rond, aussi incapables l'un que l'autre d'entendre ce que crie le vis-à-vis, jusqu'au moment où Toron, comme si la lumière de grâce était tombée sur lui, tout soudain s'arrête avec un grand geste, appelle les deux autres de la main, va pour se frapper le front, s'assied sur une chaise, et regardant le vieux, de bas en haut, l'œil filtrant et la voix en boule, lui dit : « Mais quelle couleur il avait, votre mulet ? » L'autre, saisi devant la question, et qui pressent déjà la cause surnaturelle, définitive, à l'échec du remède, balbutie : « Mais alors, mais alors, il était gris ce mulet. » « Allons bon, dit Toron. Mais il fallait préciser ! Nous avons pensé à la couleur ordinaire, Anatole a pesé la poudre ordinaire. Pour le taureau d'Espagne, voyons, il y a le taureau noir, le blanc, et puis le gris. Et quelle est la couleur ordinaire, Anatole ? » « C'est la couleur du blanc, monsieur Toron. » « Alors vous voyez, si seulement vous aviez dit que le mulet était gris ? Anatole vous a préparé la plume du taureau blanc, vous êtes témoin, il n'y avait pas une seule poudre noire dans les papiers, encore moins une grise. La poudre a tourné dans le sang du mulet, elle ne pouvait pas faire son effet. » « Oui, dit le vieux, c'est vrai ça, elle ne pouvait pas. »

Ce n'est pas Cydalise qui aurait ainsi remis ses pieds dans la boutique, avec l'intention bien arrêtée de reprendre ses quatre francs, pour se faire berner une deuxième fois par un pharmacien aussi peu soucieux de la vie des gens que de celle d'un mulet ; et ceci, avec les prolongements les plus somptueux qui se pourraient imaginer : par exemple Toron, afin de calmer définitivement ce vieux, lui proposant de racheter la queue de mulet pour dix sous, parce qu'il serait intéressant (disait-il) d'observer sur la queue l'effet de la plume de taureau gris ; et ainsi de suite. Cydalise aurait arraché trois herbes derrière une case, et Toron illico sur la pente n'aurait même pas eu le temps de dire un adieu à son préparateur.

Et encore moins Stéfanise. Si la grande, retirée dans la cahute de Melchior, avait consenti à s'entendre avec Edmée, il ne fallait pas croire que pour autant elle abdiquait quoi que ce fût. Elle avait d'abord adapté sa voix à la situation : depuis les premières cinq années de papa Longoué, et après la mort d'Apostrophe, son rôle d'information lui avait imposé un ton uni, sans éclat ni cajoleries. Mais pour qui eût-elle crié désormais ? N'avait-elle pas épuisé en une journée la réserve de cri qui était en elle ? À qui eût-elle demandé un grand merci beaucoup ? L'extinction de sa voix était pour marquer la perte subie avec le départ d'Apostrophe : c'était sa manière de pleurer le défunt. Et ensuite, simplement, elle s'était assigné une autre tâche dans la vie. Quand elle se fut retrouvée face à cette sorte de mystère tout en peau et en sueur qu'on appelait Edmée, qu'elle eut compris, premièrement que ce mystère valait la peine, deuxièmement que papa Longoué s'y était enferré pour toujours – elle avait fait le tour du mystère, avec précaution, décidée à l'amadouer. Mais elle avait échoué chaque fois en face de cette bouche quatre fois bouclée, barrée au travers de la figure en triangle. Elle avait découvert avec stupéfaction que l'entêtement pouvait s'enraciner loin du cri ou de l'éclat. Ainsi son amabilité envers Edmée releva davantage de l'affrontement que de l'amitié. Quand René, fils de papa Longoué et de son mystère sans paroles (que Stéfanise appelait plaisamment « la nuit en baramine ») fut là, elle négligea cet enfant (d'ailleurs, pensait-elle, quand on est René on n'a aucune chance de quoi que ce soit) pour continuer uniquement à tenter de séduire la mère. Ce fut son dernier ouvrage, nul ne peut dire si elle y réussit. Papa Longoué observa de plus en plus souvent les deux femmes penchées sur le même travail, silencieusement solidaires dans chaque jour qui passait. Il ne sut jamais si Stéfanise avait fini par dompter la « baramine » ou si Edmée (c'eût été le plus beau) avait à la fin engourdi et enterré dans son silence la volonté de la grande. Stéfanise, il est vrai, ne vécut pas le temps nécessaire pour réaliser son projet. Un jour qu'elle était descendue au bourg, elle se battit avec une marchande à propos d'une affaire de viande salée, contestation qui dégénéra en insultes sur « les sorciers, fils de Satan et de ses œuvres » (c'était la marchande qui criait cela) et sur « les scélérats qui profitent de la misère » (c'était l'avis de Stéfanise), pour se terminer en émeute. Après avoir aplati cette marchande comme une cassave et avoir réussi à fuir devant les forces de la loi, Stéfanise remonta en brandissant un quartier de viande salée non débitée qui était le butin de son combat. Mais cette viande fut son dernier trophée. Le soir de ce même jour elle trépassa, après avoir gémi pendant deux ou trois heures. « Ou pa palé anpil », dit-elle à Edmée, « tu n'as pas dit grand-chose ». Ce furent ses derniers mots. « Elle a raté le détour du chemin, dit papa Longoué, et son cœur n'a pas résisté. » Il se sentait lui-même comme une charrette qui tombe dans une ravine.

Un an après cela, le cyclone vint déraciner tout mystère alentour. Et deux années plus tard, le calendrier officiel quittait les dix-huit cent pour entrer dans les dix-neuf cent. À cette époque encore, dans le désert de La Touffaille, seule la mère veillait. C'est-à-dire qu'elle seule, de tous ces Targin qui avaient attendu on ne sait quel miracle sur la face de la terre, restait encore à l'ancre, inflexible, refusant de céder le terrain. Les autres (son homme, ses enfants) l'épiaient, depuis ce samedi où la veillée parodique avait célébré le cadavre de La Touffaille ; père, fils, filles, sans se concerter, auscultaient les moindres ratés perceptibles dans cette mécanique de l'obstination ; sans se hasarder non plus à des allusions ni à des invites. Elle tenait, solitaire, comme une bête acculée par un clan silencieux, mais qui dédaigne ce qui la cerne. L'annonce que le fils aîné irait peut-être chercher un job à la ville (c'était là une permission qu'il sollicitait) ne lui fit pas desserrer les dents. Comme elle était, d'eux tous, la plus petite en taille, elle semblait vraiment une bougie allumée entre de grands bois, qui refuse de s'éteindre. Le temps passait, de plus en plus vide et ardu, c'est-à-dire gonflé seulement de dettes, d'épuisement, de fruit à pain et de manioc, sans un répit, sans une joie. Il était visible que La Touffaille ne pouvait résister à la volonté des importateurs de bœufs. Or elle tenait, mère primordiale, simplement silencieuse, en marge du bruit ou de l'abattement. À l'époque où le père allait encore voir Senglis pour débattre les conditions, elle s'était finalement refusée à écouter ses rapports, quand il revenait lourd de ce privilège (non pas d'avoir connu les conditions avant les autres, mais d'avoir regardé dans le yeux un homme qu'aucun d'eux ne connaissait, ne l'ayant même pas aperçu au bourg un matin de dimanche, et qui pourtant jouait avec leurs destinées, gagnant d'avance) et accablé du privilège. Ce refus d'écouter n'avait pas été ostensible ; elle n'était pas présente chaque fois que le père revenait, voilà tout. Puis les visites à Senglis cessèrent ; aussi bien le terrain ne produisit bientôt plus que des légumes et des fruits, qu'elle allait vendre au marché, accompagnée des filles. Devant la maison, la pente qui jadis descendait si paisible se présentait maintenant comme un triste fouillis de terre rouillée, où les anciens alignements étaient encore marqués par les plants desséchés. Les cacaos, derrière, étouffaient dans leur pourriture. Les orties gagnaient autour du manguier, et partout ailleurs, au moins, l'herbe à lapins ne manquait pas. Dans l'étendue entre la rivière et la côte, l'envasement progressif entretenait au long de La Touffaille de grosses herbes pour les taureaux, qui présageaient sans doute l'entrée de ce Senglis. Or, elle tenait, droite sous son panier, confondue au vacarme des femmes qui envahissaient le marché (où elle avait sa place retenue), familièrement interpellée par ces compagnes parmi lesquelles soudain elle retrouvait sa voix, s'égayait, contait des histoires interminables qui rebondissaient de dimanche en dimanche ; grave, toujours retenue, mais le sourire enfin affleurant son visage, levant les pommettes un peu pâles dans la peau noire. Comme si ces femmes du marché, qui allumaient autour des tréteaux un tel éclat de bruit, un tel boucan de voix et d'agitation, essayaient contre tous de maintenir, à coups de fruits et de légumes péniblement écoulés, au moins la présence (sinon la force) de la terre d'en haut. Comme si Stéfanise, partie après ce combat, puis Edmée, emportée par ce cyclone, avaient confié à ces autres femmes le travail de crier la vie, sans arrêt ni faiblesse.

Mais, précisément après le passage du cyclone, il n'y eut plus rien à espérer. Le père et les enfants la virent, attentifs, peu à peu se tasser sur elle-même. D'abord ce furent les réparations, le toit béant, les cloisons éventrées, les arbres couchés ; puis l'enterrement d'Edmée, sans veillée cette fois, rapidement expédié dans l'exténuement général : ce qui fait qu'elle ne ressentit pas tout de suite le vide qui (en elle) la faisait comme flotter à la surface des choses. Mais à la fin, elle ne pouvait que chanter à voix basse, monotone, les dégâts du cyclone, les ruines accumulées, jusqu'au moindre plant d'igname déraciné, qu'elle allait recenser. Ne parlant jamais de sa fille, partie là-haut et renvoyée sans vie, comme une boule, par le vent descendant. Pour oublier la fille, s'acharnant au compte des ravages matériels qui à vrai dire ne laissaient plus d'espoir, ni le choix. Les autres la surveillaient, ils avaient compris qu'il ne s'agissait plus que d'attendre. Qu'elle mûrisse d'elle-même sa décision. Aussi, comme par remords, l'entouraient-ils de soins et d'attentions tout à fait insolites.

Elle traîna son désarroi pendant quelque temps encore,

les obligeant à connaître leur attente et à l'endurer. Chaque dimanche, en entrant dans ce marché, elle semblait y puiser une force nouvelle, une réserve de patience pour la semaine qui allait suivre. Elle comptait dix fois les pièces de monnaie. Elle mesurait dix fois les couis de manioc, les louches de sel, les cuillerées de sucre. Jusqu'au jour où, épuisée à son tour d'aller ainsi vendre des tas de plus en plus rabougris de mangos et d'ignames, de fruits à pain et de patates, d'oranges et de quénettes, grappillés au hasard, elle s'assit enfin et les regarda tous autour d'elle, père, fils, filles, et traça de la main un vague geste d'abandon, comme pour rejeter loin de sa fatigue toute la végétation à la dérive de La Touffaille...

Pendant ce temps, les Béluse s'évertuaient.

C'est-à-dire qu'en 1910, Zéphirin s'en fut rejoindre les morts ; mais non pas par accident ni par fatalité. L'usure l'emporta, lui aussi. L'usure qui, de ses mains pâlies et gluantes, pétrit doucement pour ce Béluse le destin commun à tous, la règle de mort des habitants, et le fit ainsi rentrer dans la norme générale. Par quoi les Béluse, qui depuis longtemps réintégraient pour leur dernier jour (étant portés, à travers la campagne, les bois et les champs, sur la route coloniale et dans les ruelles détournées, jusqu'au cimetière du bourg) au moins la communauté des morts – avec Zéphirin achevèrent de se confondre dans la masse. Puisque sa mort elle-même (c'est-à-dire, la manière dont la mort lui vint) ne le distingua plus. Avant de finir par vivre comme tout le monde, avant d'abandonner les Longoué, leur rage de refus, ces Béluse apprirent donc à mourir de l'usure commune. Zéphirin, qui n'avait pas comme Saint-Yves son père la vocation du négoce, s'acharnait à maintenir Roche Carrée tout en travaillant chez Larroche ; il mourut à trente-huit ans. Ainsi ces Béluse s'évertuaient à rejoindre, c'était leur travail, la destinée indivise répandue en sueurs sur les bois, les bourgs, les cases, les mornes tremblants et les sil-

266

lons raides ; partout où la terre, unie, indifférenciée, ouvrait au poids du soleil ses étendues désormais sans à-pics. Certes Mathieu Béluse, père de Mathieu, suivrait encore Ti-René Longoué à la grande guerre au-delà des eaux ! Mais il en reviendrait, lui Béluse.

IV

Ah, je te dis.

Puis le silence, alentour le carême, papa Longoué sans voix près des fougères calcinées (Mathieu comme un feu éteint se tassait sur la terre lamellée, buté contre le jour qui ruait par la brèche, là où la parole avait on dirait consumé l'écran de verdure, le fouillis de lianes et de bambous, pour ouvrir dans le rideau alentour une éclaircie, et plus, un ravage de calcinations et de clartés), vieux corps raviné, esprit rétif et tout d'une pièce, enfant sagace qui – depuis le jour où la mort d'Apostrophe l'avait précipité au cri de Stéfanise – plongeait dans ce silence et ce mystère où il avait rencontré Edmée. Le silence. – Mais comment par exemple aurait-il pu parler de son père Apostrophe, il ne l'avait connu que dans la nuit indescriptible où Melchior avait levé devant lui la foule des morts – pour le reste, Apostrophe n'était qu'une ombre projetée sur l'émerveillement de l'enfance. À peine si papa Longoué revoyait le visage rond, cette lune noire dans le ciel, penché au-dessus de l'enfant qu'il était et que sans doute il n'avait vieillard jamais cessé d'être, pendant que la voix distraite épelait : « Ce garçon-là, il va être mûri avant d'avoir poussé. » Et comment aurait-il pu montrer Saint-Yves Béluse le passionné de commerce, ou son fils Zéphirin mort à trente-huit ans, ou leurs femmes leurs enfants, grandis dans la case ou semés partout ailleurs, et comment aurait-il dit s'ils avaient débattu des problèmes, posé des questions, souffert ou haï, lui qui n'avait pas eu assez de tout son temps pour essayer de se rappeler les yeux dans la lune noire, et si ces yeux disaient autre chose que la voix lente descendue de cette lune comme la pluie de nuit ?

L'odeur de pierraille, le goût de roche dure de l'eau des mares, le bois brûlé qui tombait du feu et s'éparpillait en étincelles sur la terre noire autour du canari de patates, et peut-être oui le relent de glaise pétrie sur les mains et les bras de la femme (à qui Saint-Yves imposait de tourner des carafes et des chaudrons – qui sait comment elle avait appris à les façonner – qu'il faisait lui-même cuire, entre deux débitages de bois, et qu'elle allait ensuite vendre à l'entrée du bourg) et Zéphirin enfant qui ramassait les morceaux des carafes cassées, entassant un trésor rêche de fonds noircis, d'anses arrachées, de goulots fêlés ; puis l'usure les années les nuits et le four à l'abandon, les ébéniers aussi, jusqu'à ce jour où la forêt victorieuse avait repris ses droits sur l'empan de terre et le trou d'argile – les bruns coulés et les violets luisants (jaillis de la folie verte) couvrant d'ombre le rouge cru qui avait creusé sa plaie dans le sol – et l'empreinte durcie du pied de Saint-Yves, trois pas à droite de l'entrée de la case, que ni les averses brûlantes ni les fines et chaudes pluies d'août n'avaient pu effacer – puis, et en même temps certes, mais dans un autre monde, sur l'autre versant de ce morne (ni plus ni moins qu'un autre morne) qu'aucun habitant ne savait ainsi désigné pour porter les deux extrêmes d'un même devenir, Apostrophe regardant Stéfanise balayer le sol de la case : la terre tassée, lissée, luisante comme un vernis, où la poussière glissait sous les branches de corossol comme du sucre brut sur le fond patiné d'un chaudron, – et avec un soupir se levant, écartant une fois pour toutes loin de lui l'agitation et l'énervement : presque comme s'il ruminait, silencieux et au-delà de toute pensée : « Ah ! ce pays n'est pas encore pour nous, non, il n'est pas pour nous » – et, pour rattraper sans doute cela qu'il ne pouvait définir, prenant la barrique sur ses genoux, avec des gestes délicats et minutieux, afin de consolider au moyen d'une corde de liane les lattes branlantes du fût.

Et comment papa Longoué, après qu'il avait nommé le mystère, aurait-il pu l'analyser ou le montrer ou simplement l'évoquer, lui qui s'était trouvé tout hébété debout devant l'insondable de cette tête en triangle, attiré sans recours et subjugué par ce silence absolu, définitif, et qui n'avait jamais pu faire autre chose que de constater le fleurissement des os sous la peau, à mesure qu'Edmée devenait de plus en plus maigre, non pas comme une baramine mais plutôt comme une branche d'épini ? Le mystère. – Quel autre mot pour cette personne qui se consumait sans se dessécher : les os affleurant chaque jour davantage, mais toujours enrobés d'un peu de chair dense, d'une peau luisante qui n'était ni flasque ni fripée ? Il n'avait jamais pu, au long des années, que murmurer chaque soir, assis devant la case, tourmenté de ce silence, et l'écorce sur ses genoux comme un bout de bois sans poids : « Aujourd'hui elle a maigri encore, bientôt le grand vent va la charrier jusqu'en bas » – n'osant pas croire qu'il voyait ainsi dans l'avenir et tâchant plutôt de conjurer par cette plaisanterie quotidienne la glauque menace qui appuyait sur ses paupières pendant la nuit et soudain le réveillait suffoqué, aveuglé, comme un homme qui se noie dans la boue liquide des mangles.

Ce cauchemar qui n'en était pas un (puisque à vrai dire il ne rêvait de rien et ne touchait l'horreur qu'avec ce réveil en sursaut dans la nuit balancée au cri des insectes) avait gagné en intensité, le faisant nerveux comme un animal qui sent l'orage ou la mort. Jusqu'à l'époque où le mystère et le silence s'étaient tout de bon retrouvés couverts par l'éclat et l'absurdité de ce vent (on eût dit un vent rouge, tellement il brûlait aux yeux) qui pendant deux jours avait soufflé, ménageant encore toutes choses sur leurs fondations, mais préparant seulement la place pour le véritable cyclone : une éruption de tonnerres et de stries dans la folie qui un instant auparavant avait encore été l'air qu'on respire et dans lequel on se déplace, un combat de bois de fers de tôles en furie –

c'était cinq heures du matin mais la nuit tombait une seconde fois – et le fleuve d'air mugissant à travers les planches de la case, emportant tout à l'extérieur, arrachant la porte (la case elle-même cabrée sur la terre comme un mulet rétif), le fracas gémissant dans l'oreille, sans fin, l'odeur de brûlure qui d'abord chatouillait le nez puis l'obstruait jusqu'au fond du cerveau, la pluie enfin, arrachée du ciel et balayée avec les arbres, les caisses, les étincelles de paille comme des brandons sur le corps, les tonneaux éventrés, et eux deux (elle plus légère qu'un sac, lui chargé de l'enfant qui, pas encore épouvanté, s'amusait presque) arcboutés au fond de la case puis emportés sur le terre-plein, peu à peu dérivés vers le sentier descendant, – mais la figure en triangle toujours impavide, les yeux fermés, le trait de la bouche comme un filet, pendant qu'il criait de s'accrocher, et c'était comique d'ouvrir la bouche dans ce trou de tonnerres – et il avait été plaqué contre le manguier, maintenu là par le poids du vent, cloué sans souffrance au tronc, l'enfant contre lui, et sentant le ciel tomber en ruines mortelles dans le morne alentour, et il l'avait vue glisser doucement vers la pente, désarticulée au fur et à mesure que le cyclone gagnait en force, et il avait essayé, oui essayé de la rejoindre, de descendre avec elle (malgré le souci de sauver l'enfant, qu'il avait réussi, à force de contorsions, à caler entre l'arbre et lui) mais ces mains d'air qui le plaquaient contre le manguier ne lui permettaient pas de mourir ; et il l'avait vue disparaître dans le sentier, déjà tuée sans doute, son corps bringuebalant d'une roche à l'autre, sa robe depuis longtemps arrachée, les bras et les jambes noués autour de la tête – et il était resté là dans le déluge et les éclairs des choses déracinées, dans la nuit d'étain limaillé, dans l'incendie d'air et de trombes, sachant qu'il était inutile de s'agiter, de bouger, de tenter de fuir, de chercher ce corps pratiquement envolé sur la pente du morne, et il avait fermé les yeux, il s'était détaché de la vie, de la rage de vie qui

autour de lui bouillonnait mortellement, et il s'était seulement tassé au pied du manguier au fur et à mesure que la
force déclinante du cyclone avait relâché son étreinte, et
quand enfin un rai de soleil l'avait frappé entre les yeux
(René maintenant serré dans ses bras et pleurant sans arrêter tel un mécanisme), il avait reconnu que le silence et le
mystère étaient revenus sur la terre : car il avait vu partout
alentour les eaux qui bombaient dans le moindre recoin, qui
frissonnaient sur la moindre surface plane, qui cascadaient
doucement sur la déclive parmi les roches dessouchées, les
tapis de lianes et de troncs, entre les planches plantées dans
la glaise et les arbres sciés, dans le fouillis étincelant où les
bambous scintillaient comme des braises vertes ; il avait
enfin écouté le bruissement de l'eau de boue plus uni et plus
dense que le silence, plus mystérieux que l'horizon de mer :
c'était la voix des puissances du premier jour planant sur les
eaux primordiales sans passé ni mémoire.

René, agrippé à son cou, le sortit de la torpeur. On peut
dire qu'à partir de ce cyclone grandirent entre eux
l'incompréhension, la distance que jamais le père ne parvint
à réduire. Âgé de huit ans, l'enfant était assez sensible pour 1897
éprouver à jamais un tel jour d'épouvante ; il semble que do né en
pour le reste de sa vie, malgré les soins dont son père l'avait 1889
entouré en cette occasion, il confondit papa Longoué, le
cyclone et la peur. Ainsi commença entre eux la dispute sans
paroles qui ne devait pas finir. Papa Longoué sans le vouloir
compliqua encore l'affaire ; car au moment de partir à la
recherche d'Edmée, il ne voulut pas emmener l'enfant – les
chemins avaient disparu, les risques étaient grands ; et dans
sa maladresse et son ignorance des choses, il essaya de
sécher les vêtements et le corps de René (mais comment,
dans cet univers qui soudain était uniquement fait d'eau et
de boue ?) après quoi il l'installa au fond de la case, sans
doute pour le garder contre un éventuel retour du vent, et il
le laissa là, en proie à l'humidité, à la solitude, au froid

271

même, quand il eût été plus normal de l'installer en plein soleil. René souffrit davantage du peu de temps qu'il passa ainsi dans la case (très vite il s'enfuit au-dehors) que des heures de délire endurées dans le cyclone.

Papa Longoué retrouva Edmée dans un trou d'eau. Le dos seul émergeait de cette boue qui était déjà tiède. Il souleva le corps sans le regarder, libérant du même coup une cataracte jaune et presque sulfureuse, il l'enveloppa comme il put dans sa vieille chemise de gros drap déchiré ; puis il l'emporta. Non pas vers la case, mais dans la direction de la mer, vers La Touffaille. Comme si le cyclone avait effectivement rasé la case, ou comme s'il estimait honnête de rendre Edmée à ses proches, pour ce dernier jour. La vie frémissait alentour. Les gens hébétés devant les ruines déblayaient vaguement, cherchaient les blessés, se lamentaient avec de grands gestes autour des morts. Nul ne s'occupa de cet homme maigre, presque nu, qui portait dans ses bras une femme encore plus dénudée. Devant la maison dévastée de La Touffaille, il les trouva réunis. De très loin ils le regardaient venir, et Aurélie se mit à gémir. Il déposa son fardeau devant la mère puis il resta immobile, muet, comme si cette affaire ne le concernait plus. De fait, nul ne lui adressa la parole, nul ne lui fit mauvaise figure. L'enterrement eut lieu le jour même, un enterrement collectif, béni au cimetière par le chanoine de la paroisse, et entouré de vagues mesures de prophylaxie. Les fosses et les tombes, ravagées, déplacées, sans croix ni sable ni fleurs artificielles, étaient comme des trous de crabe bouchés dans un champ de vase. Le chanoine ignorait que dans une de ces caisses qu'il aspergeait à la file, reposait la femme d'un quimboiseur. Tous étaient harassés, abrutis. L'héritier des Longoué suivait la foule, ne sachant pas comment il était ainsi arrivé au bourg, entré dans ce cimetière, demi-nu et anonyme. Il ne devait plus revoir les Targin. Quand il remonta dans la case, Ti-René avait disparu.

Qu'est-ce que j'ai fait, si ce n'était pas pour essayer de ne pas perdre la chaîne depuis le premier jour, tout ce qu'il y avait dans mon corps était pour ne pas oublier ceux qui sont partis trop vite, ce qui est fait-bien-fait, la terre que tu remues pour déplanter la connaissance ; mais la vérité passe comme l'éclair, tu restes saisi avec ta main tendue et le vent roule dans tes doigts comme une rivière. Tu écoutes le mystère, le silence, jusqu'à tant qu'un cyclone te déracine, puis les eaux recouvrent ton corps puis le soleil entre dans toi comme une médecine. Ah ! Maître Mathieu, tu prétends que je ne connais pas aujourd'hui, que je ne descends jamais jusqu'à la route goudronnée, mais aujourd'hui est fils de hier, et tu es Mathieu fils de Mathieu qui arriva pour me raconter le trou dans la terre où Ti-René mon fils, parti on peut dire depuis le jour du cyclone, à la fin est tombé au bout de son voyage. Ah ! Tu as les yeux, la lumière est dans tes yeux, mais tu ne connaîtras pas de sitôt ce qui remue dans la tête quand on voit passer Melchior, un grand nègre sans précipitation, méprisé par les messieurs, et ignoré dans son ignorance, mais il domine. Et la grande, suspendue sur sa voix comme un canari sur le feu. Il y a des taureaux qui montent sur les mornes, personne ne peut plus les retrouver. Je descends le soir à la source, et pendant que je remplis ma bonbonne avec le coui j'entends qu'ils s'appellent à travers la nuit. Il y a des maisons à deux étages dans la grande rue du bourg, moi je serais curieux d'entrer dans une de ces pièces du deuxième étage et de regarder par la fenêtre pour voir si la rue est toujours là. Qu'est-ce que j'ai fait, si ce n'est pas que chaque jour j'ai porté dans le jour un peu du soleil de la veille, pour éclairer jusqu'à aujourd'hui le passage des bœufs, la descente de Melchior, et même, partout dans les bois que tu vois, respirer l'odeur de ce grand bateau. Tu ne fais pas attention à un vieux corps qui délire, mais pourquoi est-ce que tu prétends que je ne connais pas aujourd'hui ? Je leur dis toujours : « Allez crier chez le docteur, il a des remèdes très forts », mais le docteur c'est cinq cents francs. Je leur dis : « Moi je suis un vieux nègre sans appui », ils répondent : « Alfonsine va mourir, son cou a gonflé dans la

nuit. » *Je leur dis : « Est-ce que vous ne sentez pas ce bateau ? »
et ils répondent : « Assez dire des bêtises, papa Longoué, tu vas
finir par devenir fou. » Et je leur dis : « La misère n'est pas
comme le jour qui passe, il n'y a pas de matin dans la misère, pas
de midi pas de soir », et ils répondent : « Tu vois bien ce que tu
vois, même si tu ne bouges pas de cette case. » Mais qu'est-ce que
je fais, quand même j'attrape ma houe pour aller sarcler quelques
plants, si ce n'est pas que je ramasse jusqu'à aujourd'hui le
nombre de nuits que j'ai passées à revoir mes morts, ajoutées au
nombre de jours où j'ai attendu Ti-René Longoué. Mais celui-là
il n'est vraiment pas revenu, même si son corps est apparu de
temps en temps par ici. C'est qu'ils ont dans la peau une bête qui
les porte au loin, ils regardent tous au-delà de la mer ; et c'est
pourquoi j'ai vu, bien avant le temps, que René Longoué allait
quitter cette case et partir tout au-delà de ce bois.*

Car, pour le quimboiseur, la première caractéristique de
René fut la sauvagerie. Quand son père le retrouva, au soir
du cyclone, l'enfant ne réclama pas une seule fois sa mère,
ce qui était déjà un signe. La journée pendant laquelle il
avait erré seul dans l'incompréhensible amas de végétation
broyée, d'eau jaune et de limon (avec encore dans la tête la
sirène du vent) l'avait laissé, eût-on dit, insensible. Non pas
stupéfait ni idiot, mais satisfait en lui-même. Papa Longoué
lui parlait, mais lui, n'écoutait vraiment pas, toujours tendu
vers quelque chose qui était hors de portée de sa vue ou de
son ouïe. Sceptique et agressif, il ricanait ouvertement aux
évocations de Stéfanise (qu'il avait connue), de Melchior ou
d'Apostrophe. Même sa mère semblait le laisser froid. « Ta
mère qui était ta mère », disait papa Longoué ; mais le jeune
garçon farouche se taisait.

À treize ans, il se fit embaucher dans une tannerie où il
apprit le métier du cuir. Son père le voyait de moins en
moins souvent, et c'était chaque fois pour une dispute. On
disait ce jeune homme *foubin* : inconséquent, peu soucieux
de ce qu'il pouvait déclencher comme catastrophes. Il était

pourtant sérieux au travail, et quant au reste, le plus serviable des camarades. Mais, susceptible à l'extrême, il ne supportait aucune allusion à ce qu'on aurait pu appeler le métier de son père. Il aimait se battre, non point tant par mauvais esprit que pour se persuader qu'il participait à la vie commune. Un combat représentait pour lui une manière intense de se faire agréer. Ses amis ne comprenaient rien à de telles dispositions, ils criaient que Ti-René tanneur était un diable habillé. Au surplus, timide (en particulier avec les femmes délurées qui fréquentaient la tannerie), il n'essayait pas de tricher avec cette timidité. Mais il ne put empêcher qu'on y vît une suprême tactique.

Avec son père seulement il laissait libre cours à son naturel sauvage. Mais papa Longoué croyait avoir saisi la cause réelle de cette attitude, le vrai bagage qui se cachait au fond. Il acceptait avec patience les éclats de son fils, ses ricanements, ses aigreurs. Il apprit à l'amadouer sans le flatter ; à l'inquiéter sans lui faire de reproches. Et peu à peu Ti-René changea. Il se prit à questionner son père, quémandant des explications à propos d'Edmée – comment l'avait-il connue, pourquoi ne parlait-elle jamais – et de Stéfanise qui l'avait toujours négligé. Quoiqu'il ne consentît jamais à étudier les quimbois (il n'y croyait tout simplement pas), il écoutait sans acrimonie l'histoire monotone surgie du passé, et peut-être, parfois avec une certaine tendresse. Là où tout se gâtait, c'est quand papa Longoué insistait avec véhémence pour que René quitte la ville et s'installe à nouveau sur les hauteurs. À ces moments le garçon criait un bon coup, puis s'en allait sans soutenir la dispute. Son père ne savait pas encore qu'en fait il n'avait pas de domicile et qu'il vagabondait un peu partout, au gré de sa fantaisie. Il aimait surtout les abords incertains des villes, où les cases de tôle éclairées à la bougie créaient par leur entassement inextricable comme un refuge d'intimité : il était bon d'y boire du rhum en soutenant d'interminables palabres dans la nuit, ou d'y danser librement autour d'un tambour, devant un de ces petits débits de boissons qui s'appelaient justement des « privés ». Là, il trouvait l'occasion de maintes bagarres, entre deux discours enflammés. La ville était le sanctuaire de la parole, du geste, du combat.

Papa Longoué savait bien que tout ceci ne recouvrait que le seul et intense désir de partir, de sortir, de quitter le rond de terre comme un coui trop plein, de nager dans l'espace au-delà de l'horizon. Apostrophe n'avait-il pas pensé, même s'il ne l'avait jamais dit clairement, que cette terre n'était pas pour eux, pas encore pour eux ? Au fond d'eux, ils couvaient l'ardent souhait de connaître un ailleurs où ne plus être des objets, où voir et toucher à leur tour : ils quittaient le morne, mais ce n'était pas – pensait le quimboiseur solitaire – la ville qu'ils cherchaient, c'était le nuage tassé derrière la ligne de mer et qui jamais ne venait de ce côté remplir le ciel net.

La déclaration de guerre, c'est-à-dire aussitôt l'appel d'un grand combat inconnu pour un butin inestimable et que de vrai nul n'aurait su calculer (puisqu'il n'était pas désiré comme un bien concret, usuel, facile à monnayer, mais qu'il planait diffus dans l'espérance comme une limaille de bonheurs, une promesse d'ailleurs aventureux) emplit donc le pays – et particulièrement Ti-René – d'enthousiasme, dans la mesure même où papa Longoué l'accueillit au contraire avec toutes les manières du doute et de l'irritation. « Reste ici, disait-il, aucune autorité ne viendra te chercher. Qu'est-ce que tu as mis là-bas pour aller faire la guerre ? D'abord, est-ce que tu sais seulement comment c'est fait, un Allemand ? Ça ne comprend aucune langue qu'on parle. Quand tu en verras un, tu ne pourras même pas l'injurier un bon coup avant de tirer avec ces sacrés fusils. » Mais il n'y avait rien à faire, René Longoué ne discuta même pas. Dès l'instant qu'il revêtit l'uniforme, et jusqu'au départ du bateau, son père ne voulut ni le voir ni l'entendre. René essaya plusieurs fois de se faire au moins admirer dans sa nouvelle tenue, mais papa Longoué se retirait sous les bois derrière la case et le soldat restait seul sur le terre-plein, criant à la volée : « Tu es un sauvage ! Plus que toi, il n'y a pas ! » – après quoi il redescendait lourdement.

Il embarqua, sans avoir embrassé son père, sur le premier transport de troupes. Ce départ avait remué le pays, l'allégresse était grande, nul ne pouvait ignorer l'événement. Papa Longoué, de l'extrême hauteur, observa la sortie du transatlantique. Debout, seul, plus abandonné ce jour-là qu'il ne le serait jamais dans sa vie, et immobile entre les palmistes qui bordaient la crête, il voyait loin en avant et en bas le bateau qui fumait comme un boucan de branches vertes balancé au vent sur le vert de la mer (pour eux le premier bateau en partance, après tant d'autres qui n'avaient fait qu'arriver), et entre le bateau et lui, le carrelage de terres muettes, désertes sous le soleil. « Allez, songeait-il, allez, mon fils qui n'est pas le fils de Melchior, et qui est sauvage comme Longoué mais incroyant comme Apostrophe. Si tu ne reviens pas dans la terre, il n'y a plus de terre pour moi. Allez mon fils. Parce que personne ne répond, quand je crie avec mes bras. » Et il ouvrait les bras sur l'étendue ; puis il riait, disant : « Tu vas finir par devenir fou, ho Longoué. »

(René Longoué qui, ce bateau encore au milieu de la rade, et après un fugitif – comme honteux – regard accordé aux mornes vert sombre, déjà organisait dans la cale qu'on leur avait aménagée une partie de serbi. Tout de suite violent, avec ces manières précipitées qui ne le quitteraient plus jusqu'à la fin. Il ne reconnaissait d'autorité qu'aux gradés blancs, et encore, à partir du grade de lieutenant. Il trouvait par exemple déshonorant qu'un chef pût être *sous* quelque chose, et en conséquence refusait tout net l'autorité des sous-lieutenants, estimant abusif l'usage qui voulait qu'on les appelle lieutenants tout court. Telles étaient ses préoccupations, tels ses problèmes. Pour le reste, la contestation était sa loi. Il passa la majeure partie de la traversée dans les fers, mais il en riait sauvagement. « Qu'est-ce que tu es ? criait-il. Un sergent. Est-ce que tu crois qu'un sergent peut me monter sur les pieds ? » Il lui fut bientôt reproché de nuire, par sa conduite et sa mauvaise réputation, à l'ensemble de ses compatriotes. Quand il se trouvait libre, il parvenait à pénétrer dans les cuisines d'où il rapportait toujours d'énormes tas de mangeaille. Les autres ne faisaient pas de manières pour partager avec lui ces providences ; satisfait et méprisant, il en riait sous cape. Turbulent, indompté, toute son exubérance tomba pourtant, quand le bateau entra dans le port du Havre. Le froid depuis longtemps les avait saisis ; il s'en était moqué, prétendant ne rien ressentir et affectant de se découvrir par moments. Mais la terre brumeuse à l'infini, le sol de neige fondue, les éclatantes volées des toits blancs, l'activité de ruche enfiévrée, les embarras, toute cette familiarité goguenarde d'une guerre qui ne se révélait pas encore interminable, l'éteignirent pour un long temps. Il n'en devint que plus arrogant avec ses camarades, se gaussant de leur maladresse à évoluer dans ce nouveau milieu – lui qui, au début, sursautait dans les rues barrées de boue glacée, chaque fois que surgissait en klaxonnant une de ces automobiles qui le fascinaient tant. Il est vrai que son indéniable pouvoir de séduction le fit rapidement adopter par les habitants et par les enfants – qui l'appelaient Blanchette – et qu'il put se prévaloir d'un certain nombre d'invitations à dîner, dont il tirait grande gloire. Sa pratique de la langue française se raffermit dans la fréquentation des soldats blancs, qu'il eut la surprise de découvrir aussi démunis que lui face à l'autorité des chefs. Il intégra sans manières à son parler français un certain nombre de termes anglais ou canadiens, et quelques proverbes de Normandie.

Ces dispositions ne l'empêchèrent pas d'être victime d'une aventure comique, dans le nord-est de la France, à l'arrière des lignes. Invité à dîner dans une famille, face à la caserne où son régiment prenait ses quartiers avant de gagner la zone des combats, il se trouva un soir assis devant un étrange légume [que la maîtresse de maison avait présenté en disant : « J'espère que vous aimez les artichauts, il nous en reste par ce temps. »]. Le voici donc assis là, ne sachant absolument pas ce qu'il fallait faire de cette chose, et tous autour de la table, sous couvert de politesse, le dévisageaient avec une indéniable curiosité, attendant de voir comment ce jeune sauvage se servirait de ses mains, de sa serviette, de son assiette. « Oui, dit-il en riant. » « N'est-ce pas », dit le père de famille. « Oui, oui », dit-il encore, puis soudain : « Excusez, je dois sortir, je reviens ! » Laissant là cette tablée interloquée, se précipitant à travers la place, bousculant les sentinelles du corps de garde, faisant irruption dans la chambrée, hors d'haleine, criant : « Vite, vite, comment qu'on mange les artichauts ? » Et les autres, du moins les quelques Blancs qui étaient avec eux, dans une explosion d'hilarité lui donnant les conseils les plus fantaisistes : « Tu prends un mouchoir, tu l'enveloppes dedans, tu le suspends à ton cou, tu fais le tour de la table sur un pied », jusqu'à ce que, passé le divertissement, l'un d'eux lui fournisse enfin les explications. Et lui, rageur, retraversant au pas de course la place, s'asseyant essoufflé à la table d'où nul n'avait bougé, puis, avec des gestes exquis et un large sourire, commençant à dépiauter l'artichaut qui lui donnait mal au cœur.

C'en était fini – après cette aventure – de son prestige : il en conçut un irrémédiable dépit. Ce qui l'entraîna, quand ils furent au front, à prendre des risques exagérés, d'ailleurs contraires à la discipline, et dont il se glorifiait par la suite. Mais il connaissait de longues périodes de prostration, dont la guerre n'était pas cause. Il semblait au contraire que cet homme ne parviendrait jamais à concevoir l'intensité des affres de la mort autour de lui, ni le danger qui le menaçait en permanence. Son sergent, un solide professionnel de l'encadrement pour troupes coloniales, lui disait : « Tu n'es rien qu'un flambard », et lui, qui avait vite appris les détours de la langue, répliquait : « Le flambard, il vous pisse au cul. »

Il était bien vu [sinon noté] des officiers, lesquels n'appliquaient pas à ce régiment les règles qui d'ordinaire régissent les relations entre la troupe et les gradés supérieurs. L'un d'eux, qui l'avait remarqué au combat, lui demandait par exemple avant chaque attaque : « Alors, c'est pour aujourd'hui, Blanchette ? » – réflexion qui n'eut certes pas été recommandée dans une autre unité. C'était incroyable comme ce tanneur des Tropiques ignorait la peur. On avait fini par ne plus porter cette bravoure à son crédit mais au compte d'une nature « spéciale » ; aussi ne fut-il jamais proposé, et même pas après les trois sorties qu'il avait marquées de son action, pour un galon ni pour une médaille. Il s'en moquait. Un jour, comme il précédait une fois encore ses camarades et ses chefs, au cours d'une attaque de ligne, il sauta par pur plaisir gymnastique dans un trou d'eau croupie, où un obus arriva en même temps que lui. « Je savais bien que j'aurais sa peau », pensa le sergent dans un éclair. On retrouva son matricule, ce fut tout ce qui resta, identité ou réalité désincarnées, de l'homme d'acharnement qu'avait été René Longoué.)

Et de longtemps je le savais, j'avais reçu un papier, peut-être cinq ans avant son retour, et ce papier je l'avais enterré dans le bois près de la case, à l'endroit à peu près où devaient se trouver Louise, Longoué, Melchior et les autres. Je le savais, mais je voulais l'entendre de sa bouche, puisqu'il avait assisté en témoin à la chose. Et il était devant moi, Mathieu Béluse qui n'était pas encore le père de Mathieu Béluse, lui qui était resté deux années là-bas après la fin de la Grande Guerre, il tournait et retournait, je lui ai dit : « En toutes manières, il ne peut pas ressusciter. Alors assieds-toi sur cette caisse, et raconte-moi le jour, l'heure,

l'endroit. » *Il s'assied, c'est un homme plein de dignité, il ne pou-*
vait pas croire que je criais au fond de moi, il faisait le portrait de
l'infirmerie de campagne, depuis ce jour je vois les tentes relevées
par-devant, la paille et les hommes à brassard, vraiment je
connais tout sur l'infirmerie de campagne, il expliquait comment
on monte en première ligne, comment on descend, tous les titres
des compagnies et des régiments, les numéros, les uniformes, je lui
dis : « Mais est-ce que tu étais avec Ti-René ? » Il me dit :
« Depuis dix ans, papa Longoué, qu'on ne se quittait pas », et
moi je dis : « Ah ! Parce que tu es un Béluse, le fils de Zéphirin
qui était le neveu de ma mère Stéfanise », et il dit : « Oui, papa
Longoué. » Mais c'était déjà un homme tout en dignité, il allait
bientôt pour être gérer à Fonds-Caïmite, depuis dix ans il était
camarade avec Ti-René, l'un qui faisait les bêtises, l'autre qui
passait derrière pour réparer. Oui, et sa dignité faisait qu'il
racontait toute la guerre, par exemple un homme placé en sen-
tinelle qui était écrasé sous la peur et qui avait tué son capitaine
quand celui-ci revenait d'inspection, et moi tout ce que je voulais
c'était savoir comment ce trou était fait, à la fin des fins il me
raconte, et même, pour me consoler, pour me dériver, il fait l'his-
toire d'un autre homme dans un autre trou et un obus tombe entre
ses jambes mais l'obus n'éclate pas, cet homme reste là sans bou-
ger, il crie, il crie, et quand on l'a déplacé il était devenu fou ; oui
je songe à tout ça. Et lui Mathieu est à la fin reparti vers les six
heures du soir, je le voyais descendre ; qui m'aurait dit que le fils
de Béluse viendrait sur les mornes me demander un jour le quoi et
le pourquoi ? Aujourd'hui, c'est une autre guerre. Qu'y a-t-il eu
pour nous, sinon un grand trou que le temps a sauté d'un seul
coup ? Et aujourd'hui, voilà, combien de trous sont ouverts dans
la terre au moment même où je parle, et qui sait combien
d'hommes sont devenus fous avant de mourir ?

(Les Français ont pris Bir Hakeim, dit Mathieu.)

Puis le silence ; le vieillard et le jeune homme assis à
même la sécheresse, comme collés aux choses immédiates ;
mais en pensée ils traversaient l'épaisseur du monde, les

1942

espaces entassés l'un sur l'autre, non pas pour aller en un lieu précis, élu, mais parce qu'ils étaient pleins d'un rougeoiement, d'une crépitation en eux et autour d'eux (le monde : chambard féroce et irréel, grouillant et toujours lointain), et qu'ils se laissaient aiguiller par la force. Parce qu'ils n'avaient pas épuisé la profondeur des bois secs, des lianes en squelettes, de la poussière brune sur le terrain luimême rougi au feu ; parce qu'ils étaient brûlés par le souffle, comme une rauque respiration, qu'exhalaient les branchages craquelés ; parce qu'ils épuisaient leurs forces sur ces labours enfoncés dans les sentiers par la pluie d'hivernage et sculptés en fours brûlants par le carême à son plein. Ils partaient tous deux sur les nuages débiles qui s'enfuyaient dans le ciel, ils poussaient de tout leur sang, par-delà l'épi de terre égrené, dépouillé, jusqu'à une hauteur d'où l'eau et la plaine, les cyclones et les feux de brousse, la loi du tambour et la loi écrite leur parvenaient d'un seul tenant. Unis, vieillard sans cause et jeune homme tout savant et naïf, par une semblable crue du flot qui battait dans leurs corps, ils dévalaient jusqu'au monde (sa diversité pitoyable), cherchant peut-être à deviner, parmi les nuages et les buées, le long pays infini pour lequel ils n'avaient pas de mot, et qu'ils ne ressentaient certes que comme une absence ; ils ne le requéraient qu'afin de mieux saisir la terre proche qui autour d'eux leur demeurait insaisissable.

(Mais tu peux le voir, dit doucement Mathieu. Maintenant je sais que tu peux le voir.)

Quel est celui qui peut ? Il est si grand. Je vois des lions plus gros que le Morne des Esses, d'un seul coup ils sautent par-dessus les montagnes, et des rivières plus larges que la mer, tu peux jeter dedans la terre entière, je vois l'herbe, elle roule sur ta tête comme une maison, et quand elle s'allume, les lions-montagnes se couchent dans le feu pour l'éteindre ! Je vois les rues bordées de magnolias, la paille sur les toits fleurit avec de grands parfums, la rue monte dans un arbre, plus loin que midi. Je vois midi, je sens le premier vent du matin qui les rassemble pour le travail, et j'entends la musique dans la nuit, quand les étoiles descendent parmi les branches et se posent sur la feuille. C'est le pays infini : tu es jeune vaillant quand tu montes dans un acajou, tu es vieux corps quand tu arrives là-haut sur la dernière branche. Ah puissances, le jour est faible, l'œil ne voit que par endroits. Si tu es tout vif dans ton œil, dans ton œil seulement, le champ de l'œil devient désert devant tes yeux. Le pays est trop grand, il bouge du nord au sud, – est-ce que tu peux deviner un pays, qui respire pendant que tu dors, qui est visible où tes yeux ne voient pas, est-ce que tu peux, si tu ne descends pas là où toute l'eau se rassemble par-dessous, si tu ne cours pas sous ta peau pour trouver la lumière au bout du canal, puis la mer ouverte dans la lumière ?

(Mais tu peux voir l'endroit, dit doucement Mathieu. Les maisons, la forêt, la rivière.)

Je vois, je vois le fou qui fait le marchandage avec les hommes marqués pour être ses maîtres, il croit qu'il est tout-puissant, pourtant celui qui lui donne un coutelas, deux barriques de rhum, une chemise salie, celui-là pense déjà : « Quand tout sera fini, on l'embarquera lui aussi. » Mais le fou est aveugle, il ne lit pas dans les yeux du démarcheur, alors il ouvre la route devant eux, il leur montre la direction dans la forêt plus noire que la suie de trois mille incendies, et il les amène jusqu'au mitan de la place, après qu'il a lui-même égorgé les chiens.

(Ah ! Plein du fiel de la vengeance, dit Mathieu.)

C'est la passion d'être l'élu, le commandeur. Ils s'étaient disputés devant la population rassemblée, chacun d'eux avait parlé, mais à la nuit-descendant, le choix était confirmé. Alors il s'était enfui dans les bois, poursuivi par un grand nombre car il avait injurié les anciens, invoqué les morts en sa faveur. Puis la vie en solitaire, jusqu'au moment où il avait tourné autour de la colonne d'esclaves ; et comme les démarcheurs le capturaient prisonnier, il avait proposé un troc. Puis il avait compté sur ses doigts le nombre des habitants qui pourraient être emmenés ; alors les hommes blancs avaient étalé devant lui une procession d'objets pour qu'il choisisse. C'est la passion déjà d'être le commandeur. On peut dire qu'il était méritant ; mais la racine pourrie s'est déposée dans son ventre, elle a fleuri sa pourriture. Et peut-être même que le droit était en sa faveur. Que la coutume commandait de le choisir, lui. Que son père avait rendu les plus grands services, et qu'il était considéré comme l'héritier ou le continuateur.

(Peut-être, dit Mathieu, oui peut-être, oui.)

Mais tu ne vas pas nier que l'autre avait la puissance. Les anciens ont reconnu sa force, il marchait dans la nuit et il calculait l'horizon, les arbres étaient dans sa confidence, les bêtes obéissaient, l'enfant à gale souriait, la femme enceinte se levait. Ainsi le choix entre eux deux est venu de la terre alentour ; d'où est venue ensuite la brocante. Une chemise salie comme prix de la solitude. Car, dans l'emportement de la haine, au moment où ton ancêtre ramassait ce coutelas et ces deux barriques dans le bagage exposé devant lui, il savait qu'à partir de là ce serait la solitude éternelle. Une chance pour lui qu'on le jette dans ce parc, puis dans la cellule de la maison, puis dans ce bateau où près de lui, et il ne la voit pas, s'est accorée la femme ; elle arrivait d'une autre partie du pays, elle ignorait toute l'affaire : autrement, elle ne serait pas allée vivre avec lui. Et une chance que l'autre, je ne sais pas ce qu'il avait dans la tête, décide justement de le laisser vivre jusqu'à la terre nouvelle, puis sur la terre nouvelle jusqu'à la mort de servitude.

Mais lequel ici se souvient du bateau ? L'espace au-delà est épais, tout ça s'est refermé comme un chadron bien cuit. Alors au fond d'eux ils sentent la grattelle, des pieds qui se lèvent pour marcher, des ailes qui poussent pour voler. Pour eux, ailleurs est un aimant. Il n'y a rien contre ça. Ce qui fait qu'à cette heure tu restes sans paroles, Mathieu Béluse, et tu tournes en poussière devant ma case, tellement il y a du temps que tu es assis là pour m'entendre...

Et il ne disait pas – « mais il le sait mieux que moi » pensait Mathieu – que pour ajouter à la fascination de l'ailleurs, à cet appel de l'horizon, à cette démission de toute la chair

dans le songe paradisiaque du « lointain », il y avait la comé-
die de la misère, à ce point jouée que c'était ridicule d'en
dénombrer ensuite les actes, d'en montrer le décor. Et par
exemple (pensait papa Longoué), Ti-René travaillait depuis
deux ans dans cette tannerie – c'était donc trois ans après
l'éruption du volcan qui avait rasé la grande ville et rejeté
des cendres jusque dans les salines du sud – quand à La
Touffaille la mère s'était assise un jour, quelques feuillages
sur les genoux, et avait écarté de la main toute cette chaleur
de midi.

La sirène de l'Usine Centrale donnait à plein, les
mouches affolées par le bruit tournoyaient au-dessus de la
table. Les trois garçons et les trois filles se levèrent, regar-
dèrent le père, attendant qu'il dise la parole. « Bon, décidat-
t-il (il avait toujours cru que la décision lui revenait, il continuait paisiblement à le croire), j'irai voir Senglis au prochain
samedi, j'accepterai les conditions. » Puis le silence qui frappait comme un coup de boutou après le dernier éclat de la
sirène, et les mouches retombées d'un coup sur le vinaigre
qui brûlait le bois de la table. Cette parole était dite, le père
verrait Senglis. Senglis : un nom plus qu'un homme, une
présence sans présence, presque un grain dans un chapelet.
Aucun d'eux n'aurait pu dire si ce Senglis aimait sa femme,
s'il buvait son café à la cuiller, ou s'il retournait parfois la
terre de son jardin pour la regarder jaunir. C'était un
numéro dans une file sans fin, peut-être même pas celui qui
le premier avait voulu prendre La Touffaille. Aucun d'eux
(et non plus le père) n'était jamais allé plus loin que l'entrée
du « château ». C'était un numéro sans couleur, même pas
un chiffre, dans une suite infinie. On comprenait qu'il n'avait
pas été pressé de saisir La Touffaille ; il avait tout son temps.
Le temps ne compte pas pour ceux qui sont précédés et suivis. Depuis dix ans il aurait pu leur mettre la main au collet,
non, il avait préféré les chemins détournés, et les étouffer
doucement. Enfin voilà, c'était dit, le père irait voir Senglis.

Aussitôt les fils commencèrent l'inventaire du déménagement. Il se révéla bientôt que chacun d'eux était monté en cachette vérifier la terre dans la montagne. Les filles demandèrent si la source était loin de l'emplacement de la future maison, et s'il n'y avait pas des serpents par là. Il y avait surtout des campêches. Le père calculait qu'avec l'indemnité proposée ils achèteraient un petit fonds de poules et de lapins ; l'élevage vaudrait mieux que la culture, sur les hauteurs... Dehors, la boue durcie scintillait. Un doux crépitement de chaleur berçait la terre et les arbres. Mais la terre déjà n'était plus à eux ; ils ne pouvaient ni la vendre ni la céder officiellement, puisqu'ils n'avaient aucun titre de propriété. Ils signeraient simplement un certificat d'abandon. Et c'était peut-être la raison pourquoi Senglis ne les avait pas brusqués ?

La mère se leva et s'avança près de la porte, elle plissa les yeux dans l'éblouissement du carême. Peut-être pensait-elle à ceux qui n'avaient pas même un certificat d'abandon à signer. S'ils se trouvaient si misérables à La Touffaille, que faudrait-il dire quand on pensait à ceux qui s'entassaient dans les cases proches de l'Usine – dépendances de l'Usine ? Pour la dernière fois, la mère regardait la pente noyée dans le flot de réverbérations. Mais l'éblouissement lui-même n'était plus à eux. Le bruit de chaleur n'était plus à eux. Et la mère porta les mains devant ses yeux, elle s'appuya contre la porte. Derrière, les autres baissaient la tête. – Il n'amène à rien d'avoir un peu de terre, quand toute la terre n'est pas à tous.

LA CROIX-MISSION

CHAPITRE XII

I

Mathieu refusait de monter chez le quimboiseur, criant à madame Marie-Rose sa mère que les docteurs étaient assez payés pour être efficaces. « Mon dieu Seigneur, disait madame Marie-Rose, un enfant qui a tout à peine neuf ans, il discute avec sa mère ! » Et elle, qui décrochait si souvent la cravache derrière la porte, pour cette fois restait sans réaction devant l'entêtement de son fils.

Du plus loin qu'il se souvenait, Mathieu n'avait jamais discuté. Élevé d'abord par sa tante Félicia, puis par sa mère elle-même et par sa sœur aînée, il avait grandi à l'ombre de ces femmes qui prenaient sur elles, comme toutes les femmes du pays, l'éducation des enfants. Quoiqu'il portât le nom de Béluse, son père l'ayant reconnu, Mathieu ne dépendait en tout que de sa mère. Madame Marie-Rose avait quatre enfants, deux filles et deux garçons ; l'aînée s'était mariée en 1934, son mari travaillait à la ville d'où il ne revenait qu'à la fin de chaque semaine. Ce qui fait que cette sœur, plus âgée d'une quinzaine d'années, avait été pour Mathieu (après madame Marie-Rose et la tante Félicia) une troisième mère. Elle demandait encore à Mathieu, en manière de plaisanterie, et pour lui rappeler ses premières années : « *Ti-Mathieu nèg', sa ki rivé' oü ?* », à quoi il répondait d'une voix chantante, comme à l'époque de ses quatre ans : « C'est ma tante qui m'a battu. » Mais la tante ni la sœur n'auraient pu contenir la turbulence de l'enfant ; seule la mère y parvenait. Elle, qui savait à peine lire et écrire, lui faisait réciter les leçons, le livre posé grand ouvert sur ses mains comme un objet fragile : Mathieu n'avait jamais pu la prendre en défaut, réciter une leçon à la place d'une autre ni improviser quand il était à court. Elle devinait, à l'intonation, que l'enfant ne connaissait pas le résumé, et elle prenait la cravache.

Une silencieuse complicité les liait, madame Marie-Rose fière de son fils et de ses succès d'écolier ; mais une étrange pudeur les avait l'un et l'autre éloignés des marques d'affection qui d'ordinaire s'établissent entre un garçon et sa mère. Il faut dire que Mathieu redoutait la sévérité de madame Marie-Rose. Aussi s'étonnait-il qu'elle lui demande avec tant d'égards de monter chez le quimboiseur. L'enfant de la sœur aînée agonisait presque, et Mathieu refusait d'obéir à sa mère.

« Tu n'as pas honte, disait-elle, l'enfant de ta sœur. Ah ! La Vierge, protégez-nous. Je ne vois ni mais ni pourquoi, les docteurs ont dit qu'il va mourir, il faut monter là-haut chez papa Longoué. »

Pour Mathieu, c'était la panique : gâcher une après-midi à grimper sous le soleil, et se retrouver seul en face du quimboiseur, à six kilomètres de toute oreille, perdu dans le bois d'acacias. Comme s'il avait deviné, enfant, qu'en montant dans ce bois il quitterait à jamais le rassurant néant, l'absence ronronnante, *la crève* paisible qui les faisaient survivre à l'ombre de la Croix-Mission, là où chaque soir il s'asseyait, sur les marches de ciment, pour mieux goûter les fanfaronnades des deux majors du quartier. Marcher pendant six kilomètres dans la pierraille surchauffée après le goudron liquide, puis sur la terre coupante, entre les rangées

290

de bambous ; et se retrouver seul devant le quimboiseur, alors que le silence tomberait sur le morne ou que le vent chuinterait dans les feuillages.

Or Mathieu connaissait bien l'homme. Quelques semaines auparavant, alors qu'il se trouvait chez Sainte-Rose le coiffeur, ce quimboiseur était entré, s'était assis sur un escabeau ; et pendant qu'un habitué de l'endroit grattait sur un banjo et que Sainte-Rose s'activait avec ses ciseaux en répétant son éternel refrain (« Les fers sont maniables et tangibles, en décadence comme les noix dans les pieds ! ») – son regard d'enfant avait rencontré dans la glace le regard de l'homme. Ils s'étaient dévisagés un long moment, tous deux tranquilles et vacants, avant que l'enfant baisse les yeux ; et l'homme lui avait dit, au moment où impatient d'aller jouer il sautait du fauteuil (une grande chaise de bois tressée de paille) : « Jeune garçon, tu as les yeux, tu peux me croire. » Ce souvenir était vif en lui, au moins aussi aigu que celui du jour où le canot de son oncle avait chaviré dans la baie du Diamant ; et s'il fermait les yeux il retrouvait à la fois le regard du quimboiseur et la longue clarté bleutée qui l'avait avalé, doucement montée en lui et autour de lui quand il s'était enfoncé dans la mer, et avant que son oncle ait plongé pour le rattraper.

Il craignait donc en ce temps la puissance du quimboiseur – quoiqu'il se fût demandé ce jour-là (se précipitant hors de la boutique, et désagréablement surpris par un petit vent de chaleur sur ses tempes) pourquoi l'homme venait se faire couper les cheveux. Il ne pouvait donc pas arrêter la poussée des poils ?... Et quand madame Marie-Rose lui avait ordonné de monter dans les acacias, il avait vu devant lui un grand miroir obscurci où éclataient deux yeux sans sourcils.

Madame Marie-Rose avait tenu bon, et voilà qu'il était sur la route, un samedi après-midi. L'esprit tendu vers le moment où il s'arrêterait devant la case (« tout en haut du chemin, tu ne peux pas te tromper ») et où il crierait, pour se donner du courage : « Il n'y a personne ? » Et tellement préoccupé de ce moment qu'il ne s'aperçut pas de la distance parcourue, ne vit pas les deux citronniers au débouché du chemin de boue, ni les grosses roches plates tassées l'une sur l'autre dans les derniers détours, et qu'il se retrouva soudain assis dans la case sombre, mal installé sur un escabeau grossièrement taillé, après que papa Longoué lui eut dit : « Asseyons-nous, et suivons le chemin. » Alors il se réveilla de son hypnose et s'amusa presque, à voir ce vieil homme décharné, les yeux fermés, qui semblait vraiment avancer au-dedans de lui-même, pendant que la voix, pleine on dirait de sommeil, marmonnait : « Je descends, je descends, je prends la route goudronnée à gauche, je passe devant la scierie, je traverse le pont, je monte la grand-rue, je tourne au coin du magasin Bonaro, je passe le jardin, la maison du dieu, je tourne encore à la mairie, voici, c'est la rue de derrière, une case, deux, trois, un petit chemin, c'est là, j'entre dans la cour, il y a un passage pavé (" Ah là là, pensait l'enfant, comme s'il ne connaissait pas l'endroit, depuis cent dix ans qu'il est né ! " – mais il sursautait, car la momie devant lui, dans l'obscurité de la case, criait presque :) je ne peux pas entrer, je ne peux pas entrer dans la maison, la nappe est à l'envers sur la table, et il faut retourner la statue de la Vierge sur l'étagère ! » Puis le vieillard se leva, tout ordinaire, et dit : « Tu vas redescendre, je ne peux pas entrer. » Il ajouta : « Je te connais, j'ai vu tes yeux chez Sainte-Rose. »

L'histoire insensée qui s'ensuivit : Mathieu exaspéré de ces kilomètres, sa crise de larmes quand il revint, les supplications de sa mère, et sa sœur qui pleurait doucement, déplorant l'absence du mari, le neveu qui brûlait de fièvre dans un tray rempli de toiles et couvert d'une peau de mouton, la remontée dans la matinée du dimanche (pendant que les amis jouaient à la guerre des Forts dans le jardin de la Cantine), la scène recommencée, le quimboiseur en « état », la descente en esprit, la parodie de consultation, enfin papa Longoué redevenu ordinaire qui lui souriait avec malice. Et le pire, tout concordait : la nappe était à l'envers, la statue de la Vierge sur l'étagère ; et le quimboiseur décida d'un remède qui, Mathieu ne sut par quel miracle, guérit l'enfant.

Et, même après qu'il eut oublié ces deux séances, c'est-à-dire pendant les cinq années où pas une fois le souvenir du quimboiseur ne lui revint, Mathieu garda pourtant dans sa tête, et peut-être à même l'équilibre de son corps, le profond d'ombre de la case et l'aérienne portée du chemin qui défilait depuis cette ombre jusqu'à la plate chaleur de la route coloniale. Et en lui, pendant tout ce temps, la sensation d'éclaircie progressive, de poids grandissant, qui l'avait porté pendant qu'il dévalait les trois routes de boue, de pierre, de goudron. Mais ce n'est pas la route qui le rappela auprès du vieil homme, ni le désir de connaître l'avenir, ni même la fascination d'un pouvoir auquel il ne croyait plus, à l'époque où, jeune lycéen de quatorze ans, il fréquentait en esprit des puissances bien plus séduisantes. Ce qu'il revenait chercher dans la case était bien plutôt l'abîme d'ombre et de légèreté, cette immobilité patiente, qui se trouvaient si loin de sa propre nature.

Il se rappelait comment, à l'époque de la « séance », le pays s'était agité d'une folie de fête et de célébrations. Ce qu'on appelait le Tricentenaire et qui était passé en proverbe chez les écoliers, tellement on leur avait seriné jour après jour la litanie : « 1635 – rattachement à la France, 1935 – Tricentenaire du rattachement. » Une éruption de banquets, de discours, de vins d'honneur. Et à quatre reprises (sans doute deux allers-retours) il s'était retrouvé au bord de la route pour agiter un drapeau, parmi les acclamations qui se nourrissaient d'elles-mêmes, étant donné que l'objet de leur déferlement (une automobile noire et brillante) passait vite entre les deux haies de population. Parce que depuis longtemps déjà la passion était née, s'était fortifiée, de tout ce qui arrivait d'ailleurs, d'au-delà l'horizon ; et la confiance éblouie en tout ce qui, légitimement ou non, se proclamait l'émanation et la représentation de l'ailleurs. Comme si c'était un morceau miraculeux du monde qui venait chaque fois traverser en météore l'espace clos de l'ici.

Mathieu se rappelait combien, dès les premières classes, il était transporté, rendu léger et impalpable, immense et exubérant, par la lecture d'une phrase, mettons : « Les mers boréales sont peuplées de baleines » ou par la contemplation d'une photographie, des Causses par exemple, dans son livre de géographie. (C'était donc, plus général et plus tyrannique encore que l'attachement ou le rattachement, c'était déjà le sourd désir de partir, de participer, d'épuiser la diversité irrémédiable – mais qui sans cesse provoque à la réduire en unique vérité – du monde.) Mathieu couvait pourtant le petit volume vert, de seize pages ou à peu près, qui rapportait à sa manière l'histoire du pays : *la Découverte, les Pionniers, le Rattachement, la Lutte contre les Anglais, le Bon naturel des natifs, la Mère ou la Grande Patrie.* Il ne lui en venait ni contentement ni paix. Toujours agité d'une inquiétude dont il n'était certes pas conscient, il avait comme ressource de s'identifier, ainsi que ses camarades, aux héros de cinéma qui, deux fois la semaine, les emportaient tous dans un autre monde. Bientôt les trépidantes séances si néfastes aux banquettes de l'*El Paraiso*, et indéfiniment commentées sur les marches de la Croix-Mission, ne suffirent plus. Ni les livres dévorés en vrac (jusques et y compris des « films-complets » dont il avait découvert chez la tante d'un ami, personne évoluée, une invraisemblable pile à laquelle il s'approvisionnait en cachette). Quand la guerre de 1939 vint allumer une autre chaleur d'enthousiasme et que les soldats embarquèrent, la fleur au fusil, pendant que la foule chantait :

Roulé ! Roulé, roulé, roulé
Hitlè, nou kaï roulé' oü anba monn'la ! –

ce morne, au bas duquel ils allaient rouler Hitler, ne le
ramena pas, lui Mathieu, vers un autre morne, deux fois
dévalé quatre ans plus tôt. Il était simplement béat d'admiration devant ceux qui partaient. Il courut jusqu'à la *Tran-
sat*, écrasé dans la masse des gens ; puis au long de la jetée,
avec la même foule en délire, pour suivre la lente progression du bateau sur la ligne d'horizon où il disparut. (Pour
eux le second bateau à partir vraiment, après tant d'autres
qui n'avaient fait qu'arriver.) Ainsi sa vie – ou plutôt ce qui
constituait le fond réel et insoupçonné de sa vie – était faite
d'une suite d'éclats où l'acclamation de celui qui passait,
venant de loin, se mêlait à la frénésie de ceux qui partaient.
Or la guerre très vite les rejeta tous dans leur marais
salant. Dès 1940, il ne fut plus question de vibrants départs ;
au contraire, de notables forces armées leur furent dépê-
chées pour les persuader de ne pas bouger. À nouveau le
vaste monde se fermait. Mathieu se retrouva (un samedi où
il était remonté chez lui, à travers la campagne, par des rac-
courcis, depuis la ville distante de quinze kilomètres) assis
sur ce même fauteuil dans la boutique de Sainte-Rose ; et,
quoiqu'il n'y eût personne d'autre que le coiffeur et le
joueur de banjo, il vit les yeux dans la grande glace.
– Qu'est-ce qu'il est devenu, ce papa Longoué ?
– Ah mon cher, dit Sainte-Rose (Mathieu avait quatorze *1940*
ans, il était lycéen – ceci lui valait la fraternité sans manières
du coiffeur), il est toujours sur les hauts.
– Il se fait couper les cheveux ?
– Jamais de jamais. Le jour où tu l'as vu ici, mon cher, il
n'est pas resté dix secondes après toi. Il ne vient jamais en
ville. (Sainte-Rose se serait tué plutôt que de parler d'un
bourg.)

295

Et ainsi Mathieu retrouva l'ancienne crainte. Il ferma les yeux, il se sentit fondre dans le bleu de mer, descendre et descendre comme un cerf-volant dans une clarté d'algues transparentes et de soleil en buée ; il vit à nouveau les yeux, non plus dans la glace, mais au fond de l'eau bleue qui ballait en lui. L'ancienne crainte et l'actuel tourment se confondirent. Il ne sut pas pourquoi il le faisait, mais le lendemain, un dimanche matin donc, il était pour la troisième fois sur cette route. L'ombre d'en haut, la légèreté, la fixité l'attiraient.

Papa Longoué lui dit aussitôt : « Ah ! garçon, ce sera difficile pour toi d'être content dans ta vie », comme s'il reprenait une conversation interrompue la veille. Le garçon resta tout le jour, sans parler ou presque. Le silence entre eux vibrait autant que l'air sur les champs de cannes tout en bas. Ils s'observaient et se pesaient. Et peu à peu, ils en vinrent à évoquer les bisaïeuls et les générations passées. C'est-à-dire que Mathieu, trouvée la direction, obligeait le vieillard à raconter l'histoire, pendant que le vent-montant les couvrait lentement de sa crue.

Papa Longoué, qui s'était efforcé d'approcher le fils de Béluse, maintenant se demandait pourquoi ce jeune homme venait ainsi, sans parler, s'asseoir sur la terre devant la case. Un garçon déjà plus instruit que le Secrétaire de mairie. C'était l'ombre, la fixité, le profond des vérités révolues qu'il cherchait, pour en recouvrir, comme d'un cataplasme, l'inquiétude et l'agitation qui boulaient en lui.

Parfois quelqu'un venait par le sentier, un coupeur de cannes ou une marchande de charbon ; papa Longoué recevait le consultant, et Mathieu attendait. Le passé. En matière de passé, il n'avait que l'expérience de sa vie d'écolier (il était le dernier de la famille, celui pour qui l'école avait été l'unique souci) dont il ne pouvait – à chaque fois que le quimboiseur le quittait pour donner une « séance » – que repérer dans sa mémoire des bribes éparses, soudaines, comme des mangos verts qui tombent un à un.

La cour de l'école, semée de grandes herbes que les élèves attachaient trois par trois d'un gros nœud au sommet, en récitant la formule (« trois chiens, trois chattes, si elle vient c'est pas pour moi ») qui permettait de ne pas être interrogé à la classe suivante. La file des élèves devant la porte de la salle (sous la pancarte aux lettres fleuries : « Dormez neuf heures – C'est le secret – D'une verte vieillesse ! »), tous attentifs à bien « marrer nica », le majeur de la main gauche noué sur l'index, toujours pour éloigner l'attention du maître et échapper à l'interrogation. Ceux qui se faisaient surprendre à parler le créole, langue honteuse et prohibée : alignés, les mains offertes, les doigts joints et tendus vers le haut, pour recevoir chacun les cinq coups de règle. Le directeur, un homme corpulent, bon et implacable, mystérieux aux yeux des écoliers, qui les retenait après la classe (du moins ceux qui préparaient leur certificat d'études) et passait entre les tables, la règle sous le bras, criant : « Allons, coco, allons, 1515, 1515... ? » Et la règle drossait le sommet d'un crâne, chaque fois qu'un écolier terrorisé tardait à solenniser Marignan sur son ardoise, tandis que les autres levaient, soulagés, loin au-dessus de leur tête, la réponse juste. La petite fille en longueur (elle riait tout le temps, il était subjugué par sa grâce) dont il admirait les robes toujours repassées de neuf, et qui avait une si grande bouche qu'on aurait dit que seules ses oreilles avaient pu arrêter la fente – ce qui fait qu'on l'appelait naturellement « Merci-z'oreilles ». Cette autre, les pieds en équerre quand elle marchait, d'où lui était venu son nom : « Dix-heures-dix. » Les batailles décidées en classe, dont l'annonce faisait le tour de la salle ; puis, à la sortie, dans le cercle formé par les autres, dont on ne pouvait s'évader, la ligne tracée entre les adversaires et que le provocant devait franchir ; et les deux combattants s'empoignaient farouches, parfois se cassaient dans la main ou le bras les plumes sergent-major, dont il fallait ensuite extirper les pointes qui laissaient dans la chair deux trous rouges, violacés d'encre. Le cortège qui, lorsqu'un provoqué avait refusé le combat, le raccompagnait à grand bruit (« *hi cayé, hi cayé, hi cayé - é - hi cayé !* » – il a fui !) jusqu'à la maison de sa mère, où sans manquer il recevait une volée de cravache. Mais aussi, la même tannée guettant les vainqueurs superbes.

L'examen des Bourses, et sans doute cette virgule ou cet accent bien placé sur un passé simple, qui lui avaient valu de descendre à la ville, demi-pensionnaire du lycée. Sa tante Mimi qui le logeait et lui servait le repas du soir, pour une maigre pension. Les anciens camarades d'école, anciens rivaux, revenus à la canne, et désormais plus éloignés de lui qu'un marchand syrien d'une montre qui marche... Mais, vraiment, ce lycée ne lui plaisait pas. Sa tendresse, sa mémoire active, revenaient à la cour d'école embroussaillée comme une vraie savane, et au jardin du directeur (le saint des saints) où les meilleurs élèves étaient désignés pour sonner la cloche.

Antérieure à l'école, mais baignant aussi dans cette zone d'existence où le garçon se reconnaissait volontiers, l'église. Et d'abord, la messe de cinq heures, c'est-à-dire l'obligation de se lever dans la nuit, de s'engouffrer (comme un vent délirant de panique) dans la rue de derrière, pour tomber haletant dans la demi-lumière de la sacristie, où une sœur s'affairait déjà. La lutte sournoise, entre les neuf ou dix garnements qu'ils étaient, pour gravir la hiérarchie et par conséquent obtenir le droit de porter la Croix : o f. 25 par cérémonie, plutôt que l'encensoir : 0 f. 15, ou les burettes : 0 f. 10. Le sourd mépris (corsé de la rancune de l'honnête travailleur) pour celui d'entre eux (le seul) qui n'était pas payé, ses parents aisés n'acceptant pas qu'il fût rétribué pour un service divin. Aussi, le vertige des chants d'église, l'encens qui faisait lever des forêts primordiales, les dragées de baptême, l'odeur tiède des vins de messe. L'abbé Samuel, un Canadien qui, lorsqu'il était furieux, criait aux acolytes : « Va-t'en chez vous ! » Le livre de répons, où les mots latins se détachaient en capitales noires sur le maigre italique des explications. Le bureau où le vicaire, installé dans sa berceuse derrière une table vitrée, leur remettait le montant de leurs gains (consignés sur un cahier), et parfois – en prime charitable – une paire de chaussures bata envoyée par on ne savait quel organisme religieux. Enfin, ces vingt-deux ou vingt-cinq francs (c'était selon les morts et les naissances) qu'à la fin de chaque mois il ramenait scrupuleusement à sa mère, laquelle en gagnait cent vingt chez le docteur Toinet.

Par association avec cette messe du matin, les cinq seaux d'eau qu'il allait prendre à la fontaine de la rue (un yoyo dont il était fort agréable de tourner la manivelle) et avec quoi il remplissait, avant de partir pour l'école, un gros fût installé devant la maison. Les jours où il était en retard et où ses camarades, déjà sur le chemin, le voyaient attendre à la fontaine, derrière une vieille trop tremblante pour agir vite. Par association, l'herbe à lapin qu'il fallait trouver chaque soir, en plein bourg, passé les terrains vallonnés touffus d'orties où les gens déversaient leurs ordures. Les lianes douces (la meilleure herbe possible) dont il repérait les zones, et qu'il voyait diminuer avec appréhension.

Tranchant sur le tout, la journée de cauchemar qu'il avait endurée dans un des pavillons de bois de l'hôpital : amené le matin par sa mère, laissé dans un lit en compagnie de mouches, effaré devant les vieillards squelettiques, tous munis de petits chasse-mouches (principal attribut du lieu), dépaysé par les sœurs, douces et pourtant lointaines – dont l'une, à sa stupéfaction, était aussi noire que lui, et paraissait la plus revêche – qui étaient venues à midi et à trois heures faire réciter à la salle une suite impressionnante de *Notre Père* et de *Je vous salue* – ce qui fait que le bourdonnement cadencé des malades avait balancé le bombillement des mouches. Au milieu de la journée, la fade horreur de cette tisane, amenée dans des seaux, et où trempaient déjà quelques croutons de pain. L'irréel de la salle, dont un des versants avait été réservé aux enfants de son âge, infirmes, débiles ou blessés (– l'un d'eux, vert et décharné, avait mangé de la terre pendant des mois : il allait mourir). À quatre heures de l'après-midi Mathieu s'était levé, il avait suivi l'allée d'herbe bordée de deux caniveaux de ciment, il avait passé par la grande porte exceptionnellement ouverte, et toujours vêtu de ce pyjama de grosse toile grise, sans se soucier des gens qui dans la rue l'interpellaient, il était rentré chez sa mère, dans les deux petites pièces qu'elle louait à monsieur Bedonné, contiguës aux dix autres, alignées sous le même toit de tôle, qui constituaient l'ensemble d'habitation. Quand sa mère l'avait trouvé dans le lit, il avait déclaré tranquille : « Je ne retourne pas là-bas. » Madame Marie-Rose, après un temps d'hésitation (et pour la seule fois qui soit connue – mais sans doute était-ce parce que l'hôpital représentait pour elle comme une introduction à la mort), céda devant lui.

Mais qu'était ce passé, quoi ces souvenirs ? – sinon la trame tiède encore de son existence, la suite d'images et d'éclairs en quoi il trouvait chaque jour l'élan du jour suivant. Pouvait-il enfant méditer son enfance ? Et, supposé qu'il le fasse, alors se porter assez loin de ce jardin directorial, de ce pavillon à claire-voie dans l'hôpital sans remèdes, ou de ce couloir de sacristie orné des robes rouges et des camails, assez loin du moins pour que ces lieux lui soient comme des soleils ? Il aspirait au lieu si éloigné que l'éclat lui en parviendrait, dans la région où l'œil ne voit plus, comme une flèche de feu. Il y avait un autre passé, d'autres nuits à traverser avant de toucher, hors d'haleine, la demi-lumière d'un matin. Voici ce qu'il devinait de tout son corps. Et certes, tant qu'il ne déboucherait pas *là*, il aurait peur de la nuit. Et s'il ne craignait plus, sceptique, la puissance du quimboiseur, c'est aussi qu'il guettait, derrière ce front ridé, sous les mots de plus en plus débités à la chaîne, un pays de tremblement, de vérités éteintes ou interdites qui déjà l'emplissaient, librement rallumées, d'un plus lourd souci.

Et ainsi, de quatorze à dix-sept ans, il vécut (exalté, embroussaillé, amaigri de privations et d'éclats) dans cette pointe et cet excès. Balancé entre le vertige de cette nuit où le passé réel (la lointaine filiation) s'était englouti et le clair lancinement du présent, ou plutôt de la vacance présente. Pourtant la fébrilité s'apaisait à mesure. Il progressait d'un samedi à l'autre – mais parfois il restait un mois sans monter – vers le profond tranquille de cette case, et entre-temps accomplissait dans une vie accessoire les actes usuels du lycéen, sans cacher un détachement et un écart qui le rendaient peu aimable. Et il entra peu à peu dans l'amitié de quelques-uns, dont il ne savait pas qu'ils étaient aussi égarés, arrogants et inquiets que lui. Jusqu'à ce jour de plein carême où, parti avec le vieux voyant dans ce qui était un pays rêvé en même temps que le passé frémissant d'un pays réel, il comprit que le chemin descendant menait à la vie de chaque jour, que par là on passait des acacias aux champs, des champs jusqu'au bourg : mais que ce n'était toutefois qu'une apparence de vie. Car l'éclaircie progressive rejoignait le néant, la vie réelle restait sans objet, la plate chaleur du goudron ne s'élevait à aucune hauteur digne de la vie – tant que cette ombre d'en haut n'était pas décrochée de la case où depuis si longtemps elle dormait, pour ruer douce et imparable dans la terre alentour. Le passé. Mathieu dit doucement au quimboiseur : « Maintenant, papa, tu peux me raconter ce qu'il y avait dans cette barrique. »

– Maintenant, dit papa Longoué.

Et le vieillard fouilla sous la ceinture de son pantalon et en sortit une bourse de grosse toile jaune attachée d'une cordelette de chanvre et l'ouvrit et l'étala sur sa main et tendit l'objet vers Mathieu. Celui-ci se pencha : au fond de la bourse il ne vit rien, si ce n'était peut-être une infime poussière grisâtre qui pouvait aussi bien être venue de l'usure de la toile. Il regarda le quimboiseur. Mais déjà la voix du vieillard montait claire dans l'air sec, comme arrachée du fond tremblant du passé, désormais nette et tranchée, à l'image des bambous, des fougères, des lianes que le carême alentour desséchait en squelettes, sans profondeur.

— Alors, dit Longoué, La Roche était là debout devant la falaise d'acacias, juste à l'endroit où en descendant tu vois ces deux pieds de citron, il était tout au loin des autres, un homme que tu ne peux pas prévoir, peut-être qu'il riait, peut-être qu'il criait contre les acacias, qui peut dire ? Et quand ils sont revenus, il a déposé la barrique devant la porte de la cuisine. Ce n'est pas un des esclaves (de ceux qu'il appelait ses gens) qui lui aurait rappelé la chose, la barrique ; ils savaient ce qui était dedans. Et ce n'est pas Louise non plus. La Roche lui avait montré la barrique, avant de partir pour la chasse, disant : « Nous verrons s'il s'entend à me bien marquer, quand je l'aurai repris. » Ah ! Je connais cette parole par cœur. Louise n'a donc rien fait observer à propos de la chose posée là dehors. D'ailleurs le lendemain Louise était sur cette machine, et lui, il buvait plus de tafia que tu ne peux en porter d'un seul coup. Bon. Longoué entre par la porte de la cuisine, il manque de trébucher sur la barrique, il repart en portant Louise. Le lendemain encore, quand les gens terrorisés viennent pour annoncer à La Roche qu'il n'y a plus personne sur cette machine en croix, il sort tout englouti dans son rhum, ce qui fait qu'il prend par la porte de derrière et que la première chose qu'il voit n'est pas la machine inutile mais sa barrique. Alors il rit pour de bon, et au lieu de commander son cheval de course pour la poursuite, il ramasse la barrique et il la porte à l'intérieur, pendant que ses gens attendent. Et il reste peut-être une journée entière dans le grand salon, assis devant elle comme s'il voulait l'hypnotiser. Et au soir il la range dans le débarras où Louise dormait, et il défend qu'on la déplace. Oui, c'est ainsi. Mais Longoué lui aussi savait ce que cette barrique cachait. Louise lui avait dit. Et quand La Roche, dix ans plus tard, envoie la chose à ses pieds, aussitôt il pense que la bête est revenue vers lui à cause de sa propre faiblesse ; pour la raison qu'il est allé casser et disperser la tête de boue sous la racine dans les bois. Aussi, depuis ce temps, personne n'ouvrait la barrique dans la case. Longoué lui-même avait dit à La Roche : « Tant pis si la bête se retourne contre moi. » Car (dit le quimboiseur en tendant sa main ouverte où la bourse laissait voir ce rien de poussière), voilà ce qu'il y avait dedans. Un serpent.

Le vent frémissait contre les jambes : Mathieu d'instinct se frotta, comme pour éloigner une menace ; guettant à ses pieds le serpent toujours possible. Puis ils rêvèrent tous deux, immobiles devant cette poussière.

– Tu vois cette chose, dit Mathieu. Rien qu'une petite futaille. Elle est donc restée devant la porte pendant toute cette nuit où ils faisaient la fête, et Louise s'est couchée tout près d'elle. Et la bête vivait là-dedans. Puis La Roche l'emporte dans le débarras, sur le grabat de Louise s'il se trouve. Combien d'années avant que cette bête folle tombe en morceaux ? Elle cognait sa tête contre le bois si ça se trouve. Ou peut-être qu'elle s'est enroulée au fond et qu'elle s'est endormie là. Puis ça s'est desséché, la peau effilochée, à la fin tout le corps n'est plus que de la poussière qui remue. Et Stéfanise la levait sur sa tête.

– Et vois que La Roche était intrépide. En tout cas, il essayait de renvoyer le signe. Il aurait enfourné la bête dans la bouche de Longoué. Ou peut-être qu'il lui aurait tout bonnement remis la barrique, devant les chasseurs hébétés. Un homme imprévisible.

– Et comme ça, dit Mathieu, il supportait de dormir avec la bête réveillée à côté de lui, derrière une cloison de bois et dans une maison où les portes n'étaient là que pour la forme. Et n'importe lequel de ceux que tu appelles ses gens pouvait se glisser la nuit et tout simplement ouvrir la barrique. Mais sa folie le protégeait. Il a vécu cent ans, là où Senglis serait mort une dizaine de fois.

– Il était marqué, dit Longoué. Car c'est plus facile de donner la mort subite que d'imposer la manière de la mort future.

– Parce que tu crois que...

– Oui, dit le quimboiseur. C'est la raison pourquoi la barrique est restée fermée. Ni Longoué ni Melchior ni Apostrophe ni Stéfanise. Garder la bête bien au chaud. Qu'elle ne pointe pas sa langue au-dehors. Elle s'était retournée contre lui Longoué. Mais quand Ti-René est mort, alors il n'y avait plus de raison. J'ai fait la bourse, et le jour même où j'enterrais ce papier de la mort, j'ouvrais la barrique. C'était de la poussière, il y avait encore un petit parchemin. Depuis ce temps tout s'est perdu dans cette bourse. Mais elle est là sur ma peau.

– Ah ! dit Mathieu, saisi, tu es plus bandit que je ne croyais.

Le vieux sorcier rit silencieusement.

II

Le garçon ne ressentait donc, à cette époque, aucune souffrance d'énergie gaspillée. L'enthousiasme au contraire crépitait, quand pour lui et pour ses amis montait la grande cavalerie, cette ivresse du monde d'où le monde sans fin s'absentait. Mais il s'irritait par moments de ne pouvoir saisir jusque dans ses palpitations les plus nuancées la parole chaotique, brûlante, pour laquelle il se sentait croître un sens secret de perception. C'est que, plus disponible, plus confiant, et peut-être plus naïf qu'aucun de ses proches, devant lui s'ouvrait déjà la longue et patiente veillée, sans éclat ni démesure, où il guetterait la lumière d'en bas. Il éprouvait comment des gens (il n'allait même pas jusqu'à dire : un peuple) pouvaient s'en aller, tarir sans descendance réelle, sans fertilité future, enfermés dans leur mort qui était vraiment leur extrémité, pour la simple raison que leur parole était morte elle aussi, dérobée. Oui. Parce que le monde, dont ils étaient une écoute acharnée ou passive, n'avait pas d'oreille pour leur absence de voix. Mathieu voulait crier, lever la voix, appeler du fond de la terre minuscule vers le monde, vers les pays interdits et les espaces lointains. Mais la voix elle-même était dénaturée. Mathieu le pressentait. Étrangement, lui, déporté sur des frontières ; partagé entre l'univers sans détour de la canne, de la glaise et de la paille (où la parole n'aidait pas à *guetter*, à *fouiller*) et l'autre secteur, celui des gens disants dont il sentait que le dire était néant, fumée déjà bleutée à l'abîme du grand ciel.

Ce que papa Longoué nommait encore « les Béluse » n'était plus ce clan monotone qui, à l'instar des Longoué, s'était répété un à un dans la case de Roche Carrée. Mathieu Béluse le père avait vu le monde, plus rien ne l'aurait retenu dans cette case. Il avait exercé un assez grand nombre de métiers, avant d'entrer dans le groupe très fermé des gérants de plantation. Il n'avait pas pris femme, du moins de manière régulière, et on prétendait qu'il avait mené l'aventure avec une Française. Pas mal d'enfants lui étaient reconnus à la ronde. Il affirmait, parlant de lui-même : « Tout l'usage ne l'a pas usé. » La virgule ou l'accent aigu lui avaient fait défaut dans sa jeunesse, à un quelconque examen ; il racontait sans cesse l'affaire. Entre deux temps de plein emploi, il s'accordait de brefs intervalles de méditation, au cours desquels on imaginait qu'il « comptait d'en bas les feuilles de tamarin ». Mais c'était un homme de sens et, comme affirmait le quimboiseur, de dignité. Il se voyait peu à peu dépasser, dans cette zone indistincte d'activités où les réchappés de la canne s'agitaient, par une génération qui bénéficiait d'avantages plus conséquents. Il en marquait peut-être quelque dépit et, par réaction, s'appliquait avec une belle conscience à son métier de commandeur, où il acquit une indéniable autorité. À la fin, il devint géreur d'habitation. Son sens de l'honneur et de la justice, ancré (et comme charpenté) dans son imposante stature, l'aurait fait paraître, dans un autre monde, et avec d'autres moyens, comme un patriarche de vocation : de ces hommes pauvres mais rayonnants qui imposent autour d'eux leur lumière. Mais les générations se bousculaient, Mathieu le père ne suivait pas ; il lisait des hebdomadaires illustrés venus de France et commentait sans fin, comme affaire du pays, la politique de Daladier.

Mathieu le fils n'avait que peu de rapports avec ce père. Il ne se sentait pas dépositaire du bien des Béluse, et au contraire se plaisait au commerce de ses oncles, frères de sa mère, dont l'un en particulier, chaque fois qu'il passait au bourg (ceci, bien entendu, avant la guerre et la précipitation qu'elle avait déterminée) arrêtait son cheval et entrait jouer avec l'enfant. Les Béluse, multipliés, dispersés, nouveaux, commençaient une autre histoire. Mathieu n'avait pas connu son grand-père Zéphirin. Le peu qu'il en savait lui avait été rapporté par le quimboiseur : Zéphirin lui aussi était une ombre, à partir de qui les Béluse s'égaillaient. Quant à la femme de Zéphirin, grand-mère paternelle de Mathieu, le garçon ne l'avait jamais fréquentée qu'un dimanche sur deux, au sortir de la messe où, très croyante, elle ne manquait jamais.

Il s'irritait par moments. Ne sachant pas encore combien il est incommode de vivre sans jamais prononcer en connaissance : « Jadis. » Ne comprenant rien à cette fièvre des pays d'ailleurs qui bouillait en lui. Ne repérant dans la terre aucun des endroits où la terre avait mué. – Trois manques solidairement noués de vide et de vertige dans sa tête. Mais celui qui a souci de l'horizon et s'élargit dans sa cahute, celui-là est privilégié déjà. Il montait vers la case, fouiller l'antan et mesurer la terre.

Les marins pétainistes occupaient le pays, leurs bateaux veillaient à le maintenir clos. Mathieu avait épié ces marins, débarquant des camions et raflant sur une habitation de petites gens tout ce qui pouvait (fruit à pain, igname, banane) être emporté. C'était la cravache sur les nègres ; c'est-à-dire, brandie, ostentatoire. La mer stérile et infranchissable. Les jeunes hommes à l'étroit dans le pays traversaient pourtant la mer pour s'engager dans les armées alliées. Quand on s'inquiétait de quelqu'un qui avait soudain disparu, la réponse était rituelle : « *Sille pa neyé, i Ouachigtone* », – s'il ne s'est pas noyé, il est à Washington.

La vie tomba. Elle s'enlisait. Elle se préparait (passé la guerre, son silence anémié, l'explosion qui en marqua la fin, le mouvement d'air sur l'espace, l'éblouissement) à la plate cadence qui la scanderait bientôt, mollement : le rhum et l'orgeat dans les ajoupas à la fête du bourg, le boudin et le pâté chaud à Noël, le quinquina des Princes au jour de l'an, le matoutou de crabes et le riz-debout au lundi de la Pentecôte, le noilly-prat du dimanche de Pâques (l'eau bénite pour le dimanche des Rameaux), le pain au beurre et le chocolat au lait de la première communion, l'apéritif à la mairie pour le 11 novembre, et dans l'intervalle entre ces richesses sacrées (pour lesquelles chacun se serait ruiné), la même monotone abstinence.

Mais rayonnaient, en marge de cette existence débilitée où les bourgs et les villes s'endormaient, un haut plateau, une grande riche déroute, un chaos de lumières terriennes, d'appels enfouis, d'écoutes naïves, une fertilité obscure et débandée comme la Lézarde, un déboulé d'eaux trop épaisses, de cris trop crus, d'enfances, de lait de sable : dans cette région de l'instable et du fertile, Mathieu Béluse rencontra Marie Celat. Celle dont tout un chacun ne pouvait s'empêcher de dire en la voyant : « Ah ! mi Celat ! » – voici Celat. D'où le nom usuel et pathétique : Mycéa. La beauté qui se cabre et puis se rend comme une corde-mahaut. Mais

Mathieu repoussait la fille aux yeux sombres, il se persuadait d'amours improbables, il délirait. Inquiet devant celle-ci qui, la première de sa famille, se présentait en disant : « Je suis Marie Celat. » Pressentant peut-être qu'en elle étaient préservés l'entêtement, les forces, la voyance des Longoué. Mais il ne savait pas, ou plutôt, il avait oublié, que les Celat étaient *les Longoué d'en bas.*

— Ah, monsieur Mathieu, disait papa Longoué amusé, tu as peur de cette jeune fille. Tu n'as pas encore accepté ce combat sur la *Rose-Marie.*

— Qu'est-ce que ça vient faire ? criait Mathieu.

— Va consulter les registres, murmurait le vieillard, les yeux plissés – les registres te le diront.

En de tels moments, Mathieu préférait porter ailleurs le poids de son exaspération. « Quand tu penses, disait-il (quelques gouttes de pluie cristallisaient soudain dans la poussière devant la case ; et papa Longoué approuvait le discours, oui oui oui), quand tu penses ! Cette dondon, son arrière-grand-père était sur ce bateau, sans erreur, mais si elle voit entrer dans le corridor ce qu'elle appelle un nègre de la campagne, aussitôt elle court s'enfermer dans son salon. Ah ! ça ne mérite pas que je te dise qui elle est, ni comment. Et suppose qu'elle m'entende parler des acacias ou de Liberté que j'aime tant, il était si adéquat hein ? – suppose – d'abord elle ne comprend rien, ensuite elle crie : Monsieur Béluse, un jeune homme instruit, tout ce qu'il trouve à raconter, des histoires de nègres marrons ! Ah ! papa, ce n'est pas la misère, non, non. La misère vient avec, mais c'est d'abord la moitié de cerveau, le bras coupé, la jambe qui nous manque depuis si longtemps. Et c'est enterré si loin dans la terre, papa. »

Le vieillard disait : oui oui oui.

Mathieu fulminait contre les obtus, revenus béats dans ce pays, qui portaient comme une étoile sur le front le faire-part de voyages dont ils étaient sortis aussi légers qu'avant,

308

sans épaisseur – sans même une poussière dans les cheveux. Il vitupérait les niais (tous pourvus de ce petit poste où on les accrochait comme des maïs, à sécher sur place dans leur propre gonflement) qui insinuaient – avec des manières – qu'ils étaient descendants de Caraïbes. Descendants de Caraïbes, tu entends ! Parce qu'ils désiraient tout bonnement effacer à jamais le sillon dans la mer. Ces avortons sans honneur n'avaient aucune lumière vraiment sur les Galibis : un peuple d'hommes si fiers que Christophe Colomb, débarquant avec son armement, en juillet 1502, fut frappé de leur audace et de leur dignité. Christophe Colomb qui se tenait pour l'élu et le comptable de son dieu, face à eux, qui prétendaient que leurs Pitons du Carbet étaient le berceau de la race humaine. Eux, les mêmes, qui avaient chassé de cette terre les Ygneris, avant d'être exterminés à leur tour jusqu'au dernier, remplacés par la cargaison cent fois débarquée du bateau. Ils se lèveraient tous de la Baie des Trépassés pour protester qu'ils n'avaient pas de descendants, et qu'au moins ils n'iraient pas pourrir une deuxième fois dans le souffle de gens assez dénaturés pour renier leurs bisaïeuls !

Le vieillard disait : oui oui. Oui monsieur Mathieu.

Et Mathieu ne remarquait pas qu'à ce moment précis, dans l'emportement de la parole, il avait commencé la chronologie et posé la première borne à partir de laquelle mesurer les siècles. Non pas l'écart de cent années déroulées l'une après l'autre, mais l'espace parcouru et les frontières dans l'espace. Car chaque jour ils affirmaient sans y penser autrement, pour marquer l'irritation ou l'admiration à l'égard de quelqu'un : « Ce nègre-là, c'est un siècle ! » – mais aucun d'eux n'avait encore dit, la main en visière devant les yeux : « La mer qu'on traverse, c'est un siècle. » Oui, un siècle. Et la côte où tu débarques, aveuglé, sans âme ni voix, est un siècle. Et la forêt, entretenue dans sa force jusqu'à ce jour de ton marronnage, simplement pour qu'elle s'ouvre devant toi

Nature + histoire

et se referme sur toi, elle qui ensuite va lentement dépérir, abattant presque d'elle-même le tronc énorme sur la souche où avait été posée la tête de boue qu'étreignait la bête de liane, est un siècle. Et la terre, peu à peu aplatie, dénudée, où celui qui descendait des hauts et celui qui patientait dans les fonds se rencontrèrent pour un même sarclage, est un siècle. Non pas enrubannés dans l'artifice savant d'un tricentenaire, mais noués au sang méconnu, à la souffrance sans voix, à la mort sans écho. Étalés entre le pays infini et ce pays-ci qu'il fallait nommer, découvrir, porter ; enfouis dans ces quatre fois cent ans eux-mêmes perdus dans le temps sans parole, ou – ce qui revient au même – dans cette barrique où la bête immémoriale peu à peu s'était faite poussière puis néant.

— Ils dessinent les portraits des pays, dit Mathieu. Ils te répètent : l'Oubangui-Chari est comme ci, Montevideo comme ça. Tu t'en vas, dans tes yeux l'image ; ils t'engluent. Mais qu'est-ce que c'est, ailleurs ? C'est quand tu as fouillé tellement dans le terrain contigu, qu'à la fin tu sens le tremblement qui passe dans tes yeux, qui te chante. La parole éteinte de longtemps, qui à la fois resurgit de partout !

— Oui, dit le vieillard. Mais tu as beau crier, monsieur Mathieu, tu es marqué pour cette jeune fille ! Et qui dit que tu ne partiras pas comme René Longoué, tomber dans un trou d'eau à deux pas de l'Oubangui ?

Les deux amis baignaient dans la moiteur qui précède la pluie, et aucun d'eux n'était conscient de ce que le plus jeune, répétant ou à peu près les paroles de l'aîné, pourtant semblait enseigner à celui-ci des vérités éternelles. La lumière est en avant, or papa Longoué arrivait au bout de son chemin. Il était fixé là, jusqu'au moment où il descendrait sans retour. Il ne suivrait certes pas Mathieu dans la course. Au contraire, comme le jeune homme frissonnant se recroquevillait tel un plant desséché (un grand coup de nuit avait en plein midi terrassé uniment la terre et le ciel, les bambous avaient chanté, frileux, leur feuillage vert sombre était, viré au vert pâle, maintenant la seule tache dans la nuit diurne ; tout l'éclat des odeurs – l'âcre du bois d'Inde, l'épais des fougères, le délicat des pommes-liane – avait chaviré vers les deux hommes, aussi violent qu'un paquet d'eau ; enfin les larges gouttes s'étaient écrasées dans la poussière, aussitôt absorbées, et de la terre s'était levée une chaleur humide qui prenait à la gorge et berçait doucement – puis l'averse par rafales, mais tiède et éclaircie, s'était mêlée aux relents, aux ombres et au chaud de terre) – « allons, dit papa Longoué, tu es là tu brûles comme une chaudière ! À la fin des fins, entrons dans cette case ».

CHAPITRE XIII

Depuis que je t'attends moi glaise ortie moi fumée dessouchée
près du songe naissant
 La terre fume et prend au coutelas – très pure idée – son sang de
terre, plus ardent depuis deux fois cent ans.
 (Or acacias partout me brûlent, je rêvais de trois ébéniers !)

Il chante non le temps mais l'immobile dure idée que ne tarit :
soleil, soleil et dont le faste n'a jauni
 En nul automne.
 (Un oiseau se levait parmi des ailes enlacées.)

Non pas l'été – quand dans sa sève aura roulé la nue, et sa
chaleur est embaumée
 D'antans glacés –
 Mais l'éclat fixe d'où la sève a bouillonné, ah ! quand la roche
sous nos pieds... – puis Mycéa entrait, toute à ses remèdes,
criant : « Ah là là, tu es à te fatiguer, je ne sais pas ce qu'il y a
dans ton corps, on dirait que tu fais la course avec cette
fièvre, pour savoir lequel sera le plus fou. »
 Et le plus fou était en effet le *balan* de chaleur dans lequel
s'engluait la lourde histoire arrachée de la boue d'oubli ; et
la bruyante folie, professée, inculquée (« *vous ne sauriez*
connaître ni agir ; vous ignorez le bénéfice des saisons, le rythme

qui procure la mesure et introduit à la méthode, le froid tonique et l'éveil stimulant : toute cette braise de soleil vous accabla et abrutit ») s'évaporait en cris sans durée, ou en parole continue épaisse sans leçon. Car la terre, réelle, accrochée aux falaises, montée douce à partir des plages, égalisée partout et striée de l'uniforme carrelage, n'était plus même ce lieu d'effroi et d'inconnu où le bateau vous avait déversés ; il n'y avait plus de limite marquée (non pas même par les raisiniers ou les manceniiliers) entre ici le terreau et là l'écume qui poussait devant elle la poussière du monde. L'île ainsi abolie ne connaissait plus dans la mer ce chemin de l'ailleurs où Louise avait voulu se jeter. Ce qui manquait, n'était-ce pas, à défaut de courir loin au-delà de l'horizon, oui n'était-ce pas de fouiller le sol rouge et de déterrer, au mitan, la source de la mer ?

Mais Mycéa, qui avait dépassé d'un coup les poétiques enfantillages nés du vertige d'ignorance, Mycéa qui à cette heure n'était plus la jeune fille aux yeux sombres mais déjà la femme préoccupée du bien-être de son homme, le faisait exprès de marquer l'inconfort des jours, la quotidienne lutte, la prosaïque nécessité du boire et du manger. Elle devinait qu'il fallait combattre en Mathieu non seulement la fièvre et la maladie qui à cette époque le minaient – et qui étaient peut-être des séquelles du régime de privations qu'il avait enduré pendant la guerre – mais aussi une propension au dérèglement, à l'éclat incontrôlé. Elle connaissait à coup sûr les causes véritables de ce déséquilibre chez Mathieu, le « bagage qui est au fond » comme aurait dit papa Longoué ; mais par une sorte de pudeur, et peut-être par prudence thérapeutique, elle feignait de ne pas comprendre grand-chose à ce qu'il racontait, ou bien elle lui répondait tout cru : « Mais qu'est-ce que tu crois, tout ça c'est fini, quand ton linge est lavé il faut l'empeser. » À ces moments elle redevenait la jeune femme ordinaire dont la malice s'exerçait à fleur d'existence. Elle lui épargnait ainsi d'avoir à confesser des soucis, des rêves, des impulsions dont il n'aurait pu énoncer fermement le principe ni dégager le sens. Et, inconsciemment, elle témoignait par là qu'elle avait – sans être montée vers la case dans les acacias et sans jamais s'être trouvée face à papa Longoué – entendu la longue histoire, souffert le long vertige de la révélation. Peut-être savait-elle, par une de ces intuitions qui soudain vous portent dans la nuit indescriptible, pourquoi Marie Celat et Mathieu Béluse étaient, par-delà l'épaisseur quotidienne de l'existence, prédisposés l'un pour l'autre. Pourquoi un Béluse et une Celat, gardés secrètement au long de cette histoire, et appelés à la connaissance, dépasseraient ensemble la connaissance pour enfin entrer dans l'acte : non plus le geste évanescent ni l'ardeur sans lendemain mais l'acte oui fondamental qui s'établirait dans sa permanence et trouverait son *état*.

Ainsi Mycéa partageait-elle les emportements de Mathieu ; mais, connaissant aussi qu'au-devant d'eux, là dans le futur, d'autres tâches, plus concrètes, plus ardues, les attendaient, elle rompait le fil, repoussait loin en arrière l'éblouissement du passé, combattait, à coups d'ironie ou de prosaïsmes délibérés, l'espèce de vertige qui était en Mathieu. Elle pressentait que c'était mortel d'ignorer le vertige (en méconnaissant ce qui l'engendrait) et mortel de s'y complaire sans fin.

Si elle n'avait rien su de la vie de papa Longoué, elle s'était en revanche inquiétée de la mort du guérisseur ; c'est-à-dire du moment où, enfin soulagé de son fardeau (pour avoir réussi, dans l'extrême temps de sa vie, à communiquer à un descendant élu – Mathieu Béluse – l'inquiétude sans corps ni visage qui était son lot), il s'était couché dans la case, près des vieilles accourues pour le veiller, avait mis la main devant son visage comme pour mieux s'abstraire du présent et mieux revoir la forêt du pays infini, pour mieux suivre Melchior et Stéfanise, ou mieux sentir l'odeur du bateau d'arrivage – et n'avait plus bougé jusqu'au moment de son dernier souffle.

314

Papa Longoué, son vieux tricot gris collé à la peau, ses membres décharnés, ses yeux qui foraient un soleil dans l'ombre de la case. Il écoutait le vent au-dehors, la crue lente du vent qu'il était le seul à entendre, « c'est tout ce vent » disait-il ; les vieilles levaient la tête, elles essayaient de surprendre le secret de ce vent avec lequel le quimboiseur était en commerce. On avait creusé une fosse derrière la case, car vraiment papa Longoué, mort, aurait refusé de descendre jusqu'au cimetière. il aurait défiguré les porteurs qui se seraient hasardés à le convoyer jusqu'au bourg ; et il serait revenu soucougnan pour les tourmenter. La fosse était prête depuis trois jours ; de temps en temps un voisin venait voir si le vieillard avait « passé », afin de l'ensevelir tout de suite. Nul n'aurait supporté une veillée dans cette case, avec le corps du quimboiseur couché là dans l'ombre, toute une nuit. D'ailleurs, la case serait fermée aussitôt après qu'on aurait enterré le mort.

Mycéa s'était occupée de ces choses ; elle avait retrouvé la trace de Mathieu sur le chemin qui montait entre les bambous ; elle prenait le relais de papa Longoué, mais elle refusait de se mettre la main devant les yeux ; elle pistait le vertige, pour mieux le connaître – pour le combattre. Lui, Mathieu, attendait de guérir pour remonter là-haut, une dernière fois peut-être, et donner avec papa Longoué un semblant de conclusion à la chronique obscure, et décider au moins si la « suite logique » avait à la fin dominé la « magie ».

Mais, quelques jours après son entrée en convalescence, il apprit en même temps (par une vieille qui vint, portant un gros ballot et gémissant sous le soleil) que papa Longoué était mort et que le vieillard avait demandé qu'on lui remette le ballot. Et quand la vieille fut partie – elle s'était attardée, espérant que Mathieu déferait devant elle ce paquet – il fendit le gros sac de guano (sachant déjà ce qu'il renfermait) et en sortit l'écorce de bois sculptée *à l'effigie* du marron, la barrique rapiécée, la bourse de toile parmi les feuilles.

– Alors là, c'est la fin du monde, murmura Mycéa, contemplant ce déballage de vieux débris.

La barrique fascinait ; et pour l'écorce sculptée, elle évoquait de façon ahurissante le profil du grand Lomé, un cultivateur des hauts, qu'on croyait puissant dans les quimbois. Mycéa, qui connaissait bien Lomé, voulut savoir ; Mathieu préoccupé lui répondit : « Oh, des histoires de jadis... »

Il connaissait la mort. D'abord sa tante Félicia, à qui on avait fourré des morceaux d'ouate dans les narines, les oreilles et la bouche. Pétrifié, il avait guetté (à peine âgé de sept ans) les taches délicates de blanc découpées sur la peau noire, et vérifié si le coton ne bougeait pas sous l'effet d'un dernier souffle. Ensuite, son cousin, amené de la campagne, rachitique et tout blanchi, déjà plus que mort dans l'anémie. C'était pendant la guerre. Ils dormaient, le cousin et lui, dans le même lit. Et une nuit, il avait su que son cousin était mort. Et il était resté sans bouger sur le sommier de paille, à côté du corps dont il lui avait semblé qu'il sentait le poids grandissant. Jusqu'à six heures du matin, quand sa mère madame Marie-Rose s'était levée pour préparer l'eau de café.

Il connaissait la mort ; il voyait celle de papa Longoué. Les vieilles affolées qui couraient avertir l'homme, pendant que les ombres du soir noyaient déjà les sommets. Puis, dans cette sorte de course haletante contre la nuit proche, l'homme qui arrivait en bolide lancé à travers les feuillages, prenait papa Longoué dans ses bras comme une poupée de son et l'emportait jusqu'à la fosse, le recouvrait d'une toile de sac, et commençait aussitôt à remplir le trou, bientôt presque invisible sous les herbes qui se recouchaient. Et, devant ces trois ou quatre femmes figées, alors que la nuit était déjà sur eux, l'homme fermait la porte de la case, qu'il calait du dehors avec la caisse de bois sur laquelle papa Longoué avait coutume de s'asseoir. Et ils s'éloignaient sans se disperser, comme s'ils craignaient que l'un d'eux fût rappelé de force pour veiller sur la case vide.

316

Et, bien mieux que cette mise en terre précipitée, Mathieu voyait le véritable départ du quimboiseur, la réelle descente que papa Longoué lui avait si souvent décrite. Le vieillard solitaire n'essayait pas de résister à la puissance qui le halait ; il appelait Longoué l'ancêtre, il appelait Melchior, il descendait le morne. Il allumait sa pipe, il regardait Mathieu debout près des deux citronniers, il disait : « Ah ! c'est toi, monsieur Mathieu. » Puis debout, tranquille, avant de continuer vers la ravine, il disait : « Qu'est-ce que j'ai fait dans toute ma vie, si ce n'est pas que j'attendais ? Tu es venu. Mais ton chemin part de ce côté, le mien tombe à pic sur l'autre bord. C'était dit que je n'irais jamais sur la route goudronnée ! Alors, il faut séparer nos corps. On ne peut pas tout chanter d'un seul coup, ni tenir d'un seul coup le morne dans sa main. » Puis il tirait sur sa pipe et, se détournant, disparaissait lentement sous les ombrages. Mathieu le voyait partir.

Le plus fou était donc cette chaleur de terre entourée d'eau ; mais c'était aussi le vertige de ceux qui avaient oublié la mer et le bateau de l'arrivage, et qui ne pouvaient même pas prendre une yole pour traverser les eaux. Papa Longoué était parti ; et peut-être que quelques-uns dans le pays penseraient : « Ah ! Voilà que le vieux fou a démarré. » Mais combien de folie en effet tournoyait dans le cirque alentour, attisée de rhum et d'inespérance ? Fallait-il la recenser, elle serait certes plus drue et vaillante que le paludisme ou le pian ; acceptée, normale.

Ce joueur de flûte sans flûte qui par exemple chantait inlassable la même phrase sur le même ton : « J'ai tant pleuré de vous – MA BELLE ! » Celui qui courait d'un passant à l'autre, tendant la main et claironnant : « Cordiales phalanges ! Mon sang et ma famille. » Alcide qui préparait depuis vingt ans un plan de répartition des terres, et qui écrivait au pape et au Président des États-Unis. Alexandre dont les discours savants, hors de portée du commun, et nourris de citations latines (il était licencié ès lettres) accablaient le public de son mépris véhément. Celui qui tout d'un coup refusait de bouger. Garcin, fondateur de secte et authentique visionnaire. Tous témoins inentendus. Acteurs sans acte. Soleils tombés.

Tous ivres de n'avoir pas éprouvé la longue filiation dont Mathieu, pour l'avoir devinée puis, grâce à papa Longoué, approchée, d'une autre façon subissait l'ivresse. Et cette révélation de l'antan lui était comme une massue de lumière.

Alors il parlait – dans sa vision – au vieux quimboiseur, tant que celui-ci était encore visible sous les branchages du bois. Et : « C'est le vertige, disait-il, cette vitesse à tomber sans souffler sans parer dans tout de suite une lumière si solide, on bute dedans... »

Car il eût préféré suivre tout en paix la longue et méthodique procession de causes suivies d'effets, la chronologie logique, l'histoire déroulée comme un tissu bien cardé ; voir tout du long la terre d'abord intouchée, dans cette solitude primordiale où ne frappait nul écho de l'ailleurs (où nul égaré ne débattait entre étouffer dans le feu clos ou partir pour la parade), puis, de manière suivie, avec les détails et l'accident du temps – le bois qui roussit et la roche qui devient labour – consigner le lent peuplement, l'étreinte calamiteuse par quoi ces « gens » et ce pays avaient mérité d'être inséparables, puis encore, et toujours par voie de logique et de patiente méthode, examiner comment un La Roche et un Senglis s'étaient isolés, ausculter ce moment, méditer pourquoi le sol qui leur fournissait richesse avait cesssé de leur parler (si c'était parce qu'ils l'avaient toujours considéré comme un bien brut, un avoir qu'aucune folie de haine ou de tendresse ne forçait à risquer) et ensuite – mais là, en scrutant les nuances – étudier cet autre moment, quand ces « gens », sortis de la canne, lavés de son suint, commencèrent à devenir ce qu'on appelle *gentil*, au point que le premier imbécile de gouverneur venu – son costume flamboyant, le mépris affleurant imperceptible son regard tandis qu'il écoute une adresse fleurie – se croyait autorisé, après six mois d'exercice, à *expliquer* le pays, donnant (et pourquoi pas lui aussi après tant d'autres) dans l'invraisemblable profusion de das et de doudous, de nounous et de nanas, qui constituait le fonds reconnu de la tradition. Et peut-être aussi, oui, aussi, chercher la région profonde où tout ce cirque s'effondrait, c'est-à-dire l'endroit, le temps, le dessous misérable où étaient pourtant gardés saufs un couteau noir et quelques cordes, un vieux sac attaché à un boutou, la chaîne de vie et les os décolorés.

Oui, tout cela selon l'ordre et la progressive montée du vent dans le goulet d'acacias, tout cela raisonnable et concluant – au lieu que tout soudain il dérivait lui Mathieu dans ce pays comme nouveau à ses yeux, tout soudain voyant (pour la première fois depuis tant de siècles) ces maisons, bâties on dirait dans un autre univers, où les Larroche et les Senglis s'enterraient plus solidement que dans un à-pic de falaises ; tout soudain voyant Longoué (qui était entré à la nuit pleine dans la maison de M. de La Roche) et Louise (qui avait couru enfant sous les branchages des deux acajous) et les entendant crier qu'ils n'avaient aucun descendant : aucun du moins qui ait retrouvé le sentier devant les acacias.

Car il eût préféré ô présent vieux présent ô fané ô jour et accoré moi patience (« soudain, figées dans le bleu, les façades blanches, lointaines derrière les jardins ombrés, qui étaient tout ce qu'on pouvait deviner des Larroche ou des Senglis, de leur âme ou de leurs maisons : des drames glauques y stagnaient peut-être : un fils dégénéré – l'heureux système des mariages n'ayant pas que du bon – qu'on enferme, ou une passion d'amour qui rancit dans la pénombre d'une chambre et n'ose plus courir dehors ni s'abattre en ravages sur les haies et les branches, ou c'est peut-être un enfant naturel, né d'une négresse, et auquel il faut songer à payer des études ») toi veilleur vieux veilleur écume à ta bouche et profond toi momie et rester ensoucher enfoncer enterrer ô passé (« ni Familles certes ni Dynasties, la vieille rugueur dépolie, l'orgueilleux rêve dénaturé, ni ce bourgeonnement de forces cruelles qui avait noué sa force dans La Roche ou Senglis ou Cydalise Éléonor, mais l'indistinct, le grain de chapelet, le cousin casé à la Banque, le gendre commerçant du Bord de mer, tous englués dans la morne force exsangue et avide d'où la terre était retirée – mais lointains, évasifs, incapables certes de comprendre qu'une barrique peut renfermer le sel de la malédiction – et implacables, redoutés, gravé leur nom dans le registre de ceux qui par nature, par naissance, ont droit d'argumenter ») ô acacia moi terré jour tombé horizon ô passé toi pays infini le pays toi rocher, et : – « Tonnerre ! cria Mycéa, c'est cette fièvre qui revient au galop ! Elle monte dans ta tête. » Mathieu sourit, lui répondit (pendant qu'elle pointait les lèvres pour affirmer qu'il était vraiment sur la mauvaise pente) : « Non, non. C'est toutes ces feuilles de vie et de mort qu'il faut laisser pourrir maintenant. »

Et puisque s'ouvraient en effet d'autres chemins, puisque cette ombre de la case ne l'appelait plus là-haut mais au contraire allait peut-être (ramenant le passé dans le présent fébrile) désormais conduire et aider chacun sur les terrains alentour, Mathieu réapprit ce que Mycéa disait être « la civilité ». Cette sauvagerie de caractère qui l'avait si longtemps éloigné du commun des gens, il connut qu'elle s'était fortifiée dans l'inquiétude et le désarroi : déjà elle cédait, non certes dans l'éclat d'un clair savoir, mais au moins dans l'ivresse de ce qu'il avait lui-même appelé « une lumière si solide », et qui était révélation. Mycéa l'encourageait à recommencer l'apprentissage de la vie réelle.

Parfois, encore tremblant du feu de fièvre, il revenait à la tombée du jour s'asseoir sur les marches de la Croix-

Mission. Les deux majors n'avaient pas changé, ils s'affrontaient chaque soir en des tournois oratoires vertigineux dont Mathieu ne pouvait jamais rapporter le meilleur à Mycéa. Ennemis, complices, Charlequint et Bozambo (pour le premier, c'était son nom – le second devait le sien à sa ressemblance avec un héros de cinéma) érigeaient Mathieu en arbitre de leurs joutes et faisaient appel au témoignage de son instruction. Édentés l'un et l'autre, ils trouvaient dans cette particularité l'amorce convenue de leurs controverses. Ce soir-là, Charlequint réfléchit un peu, la tête théâtralement relevée, puis :

– Ho Bozambo, dit-il, ta bouche vraiment, c'est la savane sans bancs.

– Ah ! dit Bozambo, quand tu parles moi je vois que tu as une gueule, mais c'est une gueule buste-nu !

Mathieu applaudit, criant : « Bozambo ! »

– Tu fais toujours la préférence, dit Charlequint.

– Il ne fait pas la préférence. Celui qui a collé deux oreilles derrière sa tête n'a pas oublié de déboucher les conduits !...

La Croix-Mission plongeait dans l'ombre que caressait d'en haut la lumière d'un vieux poteau de bois. Les cases délabrées, fantômes incertains, apparaissaient à moitié derrière les pruniers et les manguiers ; au coin, la boutique de madame Fernande laissait échapper par la porte entrouverte un très lent filet du fumée, né de cette lampe à pétrole qui n'avait jamais voulu fonctionner. Voilà. Mathieu baignait dans le balancement des jours, confondu à la quotidienne et joyeuse détresse, il ne voyait aucun morne alentour. Les chiens gris sans poil couraient jusqu'en haut de la Croix, ils redescendaient ventre à terre, boulés au bas des marches par leur propre vitesse. Charlequint, qui travaillait pendant cinq mois de l'année à l'usine, et Bozambo, vendeur de crabes ou astiqueur de voitures (c'était selon) s'affrontaient. Autour, le bourg étalait sa quiète décrépitude ; parfois le redan imprenable d'une zone de végétation triste avançait entre deux pans de cases.

C'était le pays, si minuscule, en boucles, détours ; possédé (ah, non pas encore, mais saisi) après la longue course monotone. Le pays : réalité arrachée du passé, mais aussi, passé déterré du réel. Et Mathieu voyait le Temps désormais noué à la terre. Mais combien étaient-ils alentour à pressentir, à supputer, sous l'apparence, le sourd travail ? Combien à connaître ? (Une science pouvait-elle, ainsi non partagée, profiter ? N'allait-elle pas, cette connaissance, plutôt engendrer sans fin l'ivresse inquiète qui n'était peut-être qu'un stigmate de solitude ? Le savoir n'est-il pas fécond, d'être avant tout commun ?) Personne dans le pays ne se demandait par exemple si la Pointe des Nègres n'avait pas connu les mêmes arrivages que la Pointe des Sables ; si ce nom ne lui était pas venu du marché de nègres qui s'y tenait jadis, ou peut-être du parc à engraissement qu'on y avait installé ? Le passé. Qu'est le passé sinon la connaissance qui te roidit dans la terre et te pousse en foule dans demain ? Quinze jours auparavant, les femmes des campagnes étaient descendues sur la ville, la police avait arrêté un coupeur de cannes, responsable d'un « mouvement de sédition », il était avéré que ce dirigeant syndicaliste *s'était cassé un bras* en tombant dans la pièce où on l'interrogeait, la gendarmerie avait tiré sur la foule, morts et blessés avaient suri au soleil avant qu'on ait pu les relever. Cela, ce n'était pas le passé, mais le mécanisme hérité du passé, qui, à force de monotone répétition, faisait du présent une branche agonisante. Ah ! On ne rattrape jamais le présent, on court, les yeux aveugles dans la chaleur, on tombe – expédition punitive hier ou aujourd'hui fusillade de grévistes – puis tout soudain on débouche dans l'avenir, la tête éclatée contre cette lumière plus solide que mahogani.

La longue descente, commencée au mystère paisible de la case sous les acacias, finissait donc là dans ce bourg de

chaque jour. Mais qu'était ce bourg ? Il ne marquait certainement pas une borne au bout du chemin. Car s'il fallait
continuer de pister ce vertige, de le définir, ne pouvait-on
pas dire qu'il naissait de l'ignorance (ou de la crainte) du
futur, autant que de la révélation trop brutale d'un passé ? Il
y avait à venir, et Mathieu ne le savait pas, le temps des
aveuglements. La monstrueuse, rampante, paradante,
risible bêtise où se complairaient les petits pourvus, échap-
pés de la canne, qui trousseraient leurs lèvres en savourant la
Déclaration des Droits de l'Homme et en bénissant la Mère-
Patrie. Tous ceux-là qui mépriseraient en eux-mêmes la
chair dont ils étaient chair, et qui ne reviendraient au pays
infini qu'afin de témoigner que La Roche avait bien œuvré ;
qu'afin d'aider La Roche et de prouver ainsi qu'ils avaient,
quant à eux, renoncé non seulement à leur passé mais
jusqu'à l'idée qu'ils pussent en avoir un. Et le temps,
l'énorme, désespérant, désertique temps qu'il faudrait, simplement pour leur ouvrir la tête sur ce Temps passé noué à
la terre, et pour les ramener vers le haut des mornes.

— Mais il ne faut pas du temps, disait Mycéa, il faut des
actes.

Puis, les *Sociétés,* dont les maîtres du pays seraient de dis-
crets actionnaires, mais dont les bureaux se trouveraient à
Bordeaux ou à Paris. Les spécialistes du rapport, qui se
moqueraient bien d'histoires anciennes ou de combats de
nègres marrons. Les Lapointe, qui ne seraient plus traiteurs
de nègres sur des bateaux aventureux, mais fonctionnaires
nantis d'une indemnité de séjour... — Ceci est une autre histoire.

— Entre moi ver de terre et papa Longoué, dit Bozambo,
c'est le jour et la nuit. Celui-là, il s'enterrait sous les acacias,
tu arrives, tu cries : « Il n'y a personne ? » Et tu voyais un
grand serpent debout sur sa queue qui te répondait : « Non,
mon fils. »

— Ah ! dit Charlequint, ma sœur Marie-Thérèse qui est

mariée on dit au gros Loulou, et ma sœur Marie-Stuart qui a
perdu ses cheveux, elles ont vu un serpent le même jour au
même endroit ; c'était une vision. Car ma sœur Marie-
Thérèse est employée au privé *Ni pain ni eau,* et ma sœur
Marie-Stuart mène la vie à Terres-Sainville.

« Oui, le serpent, la bête, pensait Mathieu. Et nous avons
beau remplir le pays de mangoustes jusqu'à tant que la bête
disparaisse, et organiser des combats où nous savons que la
mangouste gagnera – la bête reniée, irritée, nous poursuit. Si
on pense que ce n'est pas seulement La Roche qui a porté
dans les bois cette poussière de bête calfeutrée dans une barrique où le temps immense s'était déposé, afin de l'offrir par
défi à Longoué qu'on appelait La-Pointe et de retourner
ainsi le signe dont lui La Roche était marqué à jamais : si on
pense que ces colons faisaient venir par centaines dans les
caisses bien amarrées à fond de cale les bêtes grouillantes
qui cherchaient leur revanche, et qu'ils les lâchaient ensuite
dans les bois, parce que c'était le meilleur moyen qu'ils
avaient trouvé de combattre les marrons. Et celui qui, même
entouré d'un régiment sous les armes et d'une troupe de
chiens dressés, ne serait pas entré dans la forêt là-haut, il fallait faire ouvrir les caisses à la lisière des bois et, bien botté,
faisait chasser sous les racines les dizaines de bêtes sur quoi
il comptait pour l'extermination des marrons. Une idée si
complète, si somptueusement appropriée, n'est-ce pas la
bête elle-même qui l'avait suggérée, qui l'avait fléchée dans
la tête de ce colon (bien digne de Senglis) qui le premier
s'était levé un matin en criant : " Les serpents, on va leur
foutre des serpents dans les pattes " ? Et quand les marrons
furent tous descendus, après l'abolition, qu'il n'y eut plus à
la ronde qu'un seul corps d'hommes brûlant sous le soleil,
on introduisait à leur tour les mangoustes dans le pays, pour
détruire la bête. Mais la bête était là, elle guettait. Car pour-
suivie et terrassée par les mangoustes sous toutes les racines,
elle n'en dormait pas moins dans la barrique ; et dans

chaque infime invisible grain de cette poussière qu'elle était devenue il y avait un œil pour nous guetter. Et nous n'avons pas cessé de la craindre ; même après que ce vieillard sans descendance ni espoir eut cassé la barrique et tendu dans sa main, sous l'aplomb du soleil, la poussière de malédiction qui avait accompli son œuvre. Et si la malédiction tombe et s'efface, ah ! n'est-ce pas tout simplement parce que le nuage de la mémoire monte enfin au grand jour de ce ciel ? Que nous ne sommes peut-être déjà plus sur la branche tremblants à chaque vent par-ci par-là sans raison ? Et chaque jour l'effort grandit, comme de quelqu'un qui serait né sans arrêt de la vision de sa propre naissance. Bozambo, ho Charlequint ! Car je sais aujourd'hui que sous votre langage sans apparence a grandi et s'époumone en silence le grand *goumin* de la terre qui à peine sûre d'elle-même enfin se prend et tout de bon se retourne, et grosse et profonde, et son ventre s'est ouvert pour laisser sortir ses enfants. Moi qui vous parle ainsi sans parler déjà je comprends la parole que vous me criez tout bas pendant que superbes vous allumez avec des mots ce plein silence. Et même si vous dressez devant nous (vous et moi) l'écran des choses trop éclatantes la fascination, l'éclat du jouet, la griserie, les voitures, les mécaniques, tout cela qu'ils nous jettent dans les mains pour nous faire oublier le temps qui passe et si vous béez enfants dans la poussière de l'auto qui file aveugle sur le goudron et même si vos cris en premier lieu sur nous (vous et moi) et non sur l'autre, inaccessible, jettent la farine de dérision et la poussière du bas-chemin ah ! sans parler ou plutôt sous les mots pour rire et détournés vous criez toi Bozambo moi Mathieu Charlequint nous le lever de la bête qui à soi-même réunie (sa poussière conjointe à nouveau étirée sous la racine et dans le trou de barrique où le temps se dépose refaite en corps) nous regarde enfin et savez-vous pardonne et peut-être apaisée sous la souche se replie non pour guetter mais enfin s'endormir pendant que le vent le vent ô le vent... »

– Ah je racontais, dit Bozambo. Tu restes là devant, tu dis : « Non, monsieur serpent. Tout de suite que je redescends, monsieur serpent. Et bien le bonjour, monsieur serpent. »

– Mais tout ça n'empêche pas que les voitures, ils disent, vont arriver comme des titiris dans la louche. Plus rouges que homards.

– Ils disent bleues comme le roi de Prusse.

– Et ils disent l'autoroute va passer du nord au sud pour les voitures.

– Ils disent, droit comme un balai dans les cheveux de Charlequint !

– C'est vrai ça. Et ils disent, regardez enfants, est-ce que vous savez faire un goudron aussi droit ? Vous ne savez même pas ce que vous êtes. Vous êtes les fils de la mère.

– Ils disent, monsieur Béril qui sait causer, il l'a reconnu partout, il est le vrai fils de la mère.

– Ils disent tout ça c'est la folie, n'écoutez pas les hommes sans foi ni loi. Rien ne change.

– Et tu cries : « Je ne voulais pas, monsieur serpent. Pardonnez, monsieur serpent. À votre service, monsieur serpent ! »

Et le plus fou était en effet qu'il ait fallu tant de vertige et de folie en une besogne qu'on aurait crue si simple : connaître la mousse tremblante sous une racine, l'empreinte d'un pied dans la terre durcie comme marbre, le cri des frégates sur une rade où l'odeur d'un bateau depuis des siècles se tasse. Comme si – par-dessus la volée de terre où plus personne ne pouvait scruter le point de rupture, l'endroit élu où la forêt et le labour avaient joué leur tournoi sanglant – en effet le long oubli (enraciné au corps) brouillait la vue, et sur les feuilles éternelles faisait miroiter devant l'œil la poudre illusoire, l'immobile perlimpinpin qui engageait à fermer l'œil et à se bercer comme un filaos.

– Mais tout change, quand on le veut, disait Mycéa. Il faut piéter sans faiblir et s'accorder sans reculer.

« Je demande, murmurait Mathieu, ce que tu as le plus, de Louise ou de Stéfanise ? » Et tandis qu'elle répondait d'un de ces « tchip » claqués de la bouche par quoi les femmes se débarrassent des questions importunes, obscures ou, à leur sens, dérisoires – il pensait une fois encore à Raphaël Targin leur ami (qu'ils avaient si longtemps appelé Thaël : jusqu'à cette nuit où il avait veillé le corps de Valérie, seul avec sa femme morte dans la maison sur les hauts) qui avait simplement abandonné la maison, sans cris ni lamentations, et qui, après avoir tué les deux chiens meurtriers de Valérie (morte pour ainsi dire avant d'avoir vécu) était revenu dire à Mycéa : « Voilà, moi je pars pour un temps. Au revoir. »

Car Raphaël Targin n'était pas, comme lui Mathieu Béluse, tremblant d'impatience devant la chose à faire : il s'attelait paisible et ne relevait la tête qu'une fois le travail achevé. Il avait tout simplement quitté la maison où, dernier des Targin, il avait espéré prendre souche. Il était parti lui aussi. Parce que la terre, quoique partout égale, équilibrée (pour avoir échappé à cette dualité – du morne et des fonds – qui l'avait si longtemps opposée à elle-même) parfois encore couvait des recoins où deux chiens étaient à même de donner la mort, où un vieux quimboiseur, dernière branche d'une souche énorme, mourait presque à la sauvette ; où le désespoir et la solitude s'établissaient. Car de n'être véritablement ni à ceux qui la travaillaient, ni à ceux qui la possédaient, lui donnait un air d'irréel et de chose suspendue en l'air, que la souffrance et la misère elles-mêmes ne pouvaient alourdir ; et au contraire elle ménageait inquiète ces lieux si éclatants sous le soleil et où pourtant l'incommode et l'incertain pouvaient dégénérer soudain en tragique stérile. Et Raphaël Targin, dont l'arrière-grand-père s'était installé dans cette maison des hauts (espérant ainsi prospérer à l'écart), à son tour devait recommencer : la quête, le choix, la maison à bâtir, la vie à ordonner.

– Mais Thaël reviendra, disait Mycéa. Il est têtu. Il s'attache comme l'arnica.

Peut-être consciente de ce qui, par ailleurs, pouvait rapprocher un Targin d'une Celat : l'obstination à durer dans l'indistinct du temps, et une épaisseur, une densité coriace dans le corps et l'esprit. Ces Targin avaient, d'Aurélie à Raphaël, défriché les campêches, bâti leur case, tracé les carrés de légumes, planté les grands troncs, nourri les bêtes, trouvé le temps (et la grâce) de sarcler deux bordures de fleurs au long de l'allée devant le flamboyant – jusqu'au moment où il n'était plus resté dans la maison usée que ce jeune homme qui avait confié les chiens aux soins d'un voisin et avait fermé la porte, attiré vers le bourg par une force irritante. Un à un séparés de la souche : le père, la mère, les trois fils et les trois filles (sans compter Edmée qui n'avait même pas eu le temps de connaître la nouvelle case plantée sur ce qu'on appelait la montagne), la femme du troisième fils, ses enfants les enfants de ses enfants – jusqu'à Raphaël qui certes n'était pas homme à répéter : « Ce sera pour une autre fois », et qui d'un coup avait fondu dans l'éclat du vaste monde (tout comme les Celat s'étaient jadis amalgamés sans fracas à la masse des gens), attendant sans doute le moment, l'heure, l'endroit où il pourrait s'avancer et dire : « Voilà, je suis Raphaël Targin. » Car il n'y avait pas d'autres fois pour les Celat ou les Targin ; seulement la même patience terreuse, solide.

« Pour bien parler, disait Mycéa, et si je tombe dans ta folie, et en somme, le fait est qu'il faut apprendre ce que nous avions oublié, mais que, l'apprenant, il nous faut l'oublier encore. Et moi, dans tout ce conte que tu me dis, ce qui me fait plaisir c'est quand Louise avoue à Longoué : Je connais ma mère ; La Roche ne le sait pas, mais je la connais. »

Voulant faire admettre à Mathieu qu'une autre chose était née ce jour-là, qui remplaçait toutes les anciennes.

Puisque, à propos d'une lignée qui avait commencé là (et non pas dans un lointain merveilleux), la mémoire avait enfoui son plant dans la terre nouvelle ; que Louise, s'il se trouve, avait passé sa vie à penser à la mère connue et inconnue qui avait souffert loin d'elle – et si près. Voulant, avec tendresse, faire comprendre qu'elle aussi Mycéa loin au-delà des eaux avait cherché cette moitié du corps sans quoi nul bonheur ne durait. Mais que, l'affaire maintenant dite, il fallait attraper de plus sûrs outils. Puisque papa Longoué était mort. Puisque des manières, plus abruptes, d'agir et de connaître s'imposaient. Puisque la mer avait brassé les hommes venus de si loin et que la terre d'arrivage les avait fortifiés d'une autre sève. Et les terres rouges s'étaient mélangées aux terres noires, la roche et la lave aux sables, l'argile au silex flamboyant, le marigot à la mer et la mer au ciel : pour enfanter dans la calebasse cabossée sur les eaux un nouveau cri d'homme, et un écho neuf.

S'arrêtant, elle Mycéa, soudain songeuse, dérivée, au haut de la crête d'où l'on découvrait la mer (le chaud de sel gonflait dans les yeux au moment précis où on écartait une dernière branche – le ciel trouait de blancheurs insoutenables l'éclat de chaleur fixe – on vacillait dans cette légèreté accrue, comme dilaté sur la portée d'air salin – on voyait au lointain l'écume, la frange caracolante, puis, à partir de l'écume, le lent élan de savanes, de champs brûlés, la boue séchée, les basses herbes, les taillis, la houle des larges branches, le fouillis de cimes, le frisson du vent dans les hauts – on respirait ensemble la mer qui s'évapore, la canne qui surit, la feuille épaisse dont l'odeur étourdit) et disant plaisamment à Mathieu : « Alors donc, c'est déjà 1946 ; ça en fait du temps depuis qu'on a traversé la mer. » Puis s'éloignant, pour s'isoler ou mieux apprécier le silence, et – tâtant distraite du bout du pied l'ortie ou l'amarante – hélant vers Mathieu : « Thaël, on le verra bientôt, c'est par ici qu'il a retourné la terre, il viendra vérifier si elle a jauni. »

Et dans sa certitude, il y avait le monde enfin ouvert, et clair, et peut-être si proche. Les pays qui de partout accouraient et te parlaient avec leurs sables, leurs boues rouges, leurs fleuves à l'infini, la clameur de leurs habitants. Les pays réels, et la science d'au loin qui à ta science profitait. Un bateau, un bateau lui aussi ouvert et transparent, qui enfin faisait suivre un arrivage d'un départ, un départ d'une arrivée. Le trou noir du temps et de l'oubli, d'où tu émerges. Le terrain autour de toi qui n'est pas comme une ratière où tu te sentirais rancir : il y a la mer (la mer est là !) et ce fil qui sur le fond des eaux profondes se renforce pour amarrer le grain de terre au grain de terre, la rive d'ici à la rive visible en face.

Et qu'importait l'endroit où, dans le pays, Raphaël Targin s'installerait et recommencerait ? La difficulté serait partout la même. Et puis, il n'était plus de lieu élu ; quant aux lieux marqués, sinon maudits, la claire connaissance peu à peu les investissait. Les Longoué, seigneurs des hauts, étaient taris. Les Béluse qui les avaient si longtemps suivis (pour les rattraper ou peut-être les vaincre) étaient dispersés, inconnus les uns des autres. La ville, le bourg, la rue plate sous le soleil n'étaient pas la borne, la pointe, ce qu'un La Roche eût nommé « rigoureusement, le terme ». René Longoué n'avait-il pas cherché là, dans le cailloutis des cases entassées, inextricables, la chaleur maternelle qui lui avait été dérobée au moment où Edmée sa mère avait dévalé le morne, poussée par le vent ? Plus aucun volcan – espérons – n'aurait à vomir sur l'inconscience agrégée à l'impudeur son tonnerre de cendres. Il n'était plus besoin d'un volcan, depuis que des profondeurs de la terre l'homme lui-même, incertain mais inlassable, avait vu poindre sous ses pieds cette lumière venue de loin, et avait gratté la couche d'orties (guetté le profond des mers) pour déblayer la lumière.

Les Longoué étaient taris. Et certes le pays infini là-bas au-delà des eaux n'était plus ce lieu de merveilles dont le

330

déporté avait rêvé, mais le témoin irréfutable de l'antan, la source d'un passé suscité, la part qui, niée, à son tour niait la terre nouvelle, son peuplement et son travail. Taris, les Longoué reposaient en tous. Dans un Béluse, dont le vertige et l'impatience portaient la connaissance jusqu'au bord du chemin où elle était bientôt partagée entre tous. Dans un Targin, corps impavide, créé pour l'acte, c'est-à-dire pour le moment où le vertige et la folie *tombent*, autour de la racine réensouchée. C'est la vie qui ne tombe jamais. Elle paraît s'enliser. Elle patiente, imitant les herbes et les lianes dans le carême, elle prend force dans l'ardent embrasement, elle se rencogne sur la terre brûlante. Elle distrait (de mots flamboyants ou ironiques – comme ceux de Bozambo ou de Charlequint, sur les marches de la Croix-Mission) l'impatience de son flux. « Elle vient de si loin, pensait Mathieu, et ferrée, jetée aux chiens, si trouble, dénaturée, pas étonnant qu'elle trébuche, elle boule sur elle-même, elle attend ; mais toi, ne désespère pas d'elle. » Et dans la calme monotone bienveillance qui montait de la nuit, et loin sur toutes les îles et les champs à ras et les bois résonnant, il voyait entrer le haut bateau transparent qui naviguait dans les terres. Il entendait le bruit des chaînes qu'on manœuvrait, les *oué* en cadence, les cannes qui craquaient sous l'hélice, dans le soleil, oui, dans la grande saison chaude – c'est la fièvre c'est un monde le monde et la parole enfonce la voix grossit la voix brûle dans le feu fixe et il tourne dans la tête emportant balayant mûrissant – et qui n'a ni fin ho, ni commencement.

Apostrophe Stéfanix   St Yves

Zéphirin

Papa Longoué

Mathieu

petit-cousin

« DATATION »

<table>
<tr><td align="center">LONGOUÉ</td><td align="center">BÉLUSE</td></tr>
<tr><td>

1788. Le premier débarque.
Vendu sur la Plantation l'Aca-
jou.
Marronne.

Enlève une esclave.
1791. A un fils : Melchior.
1792. A un fils : Liberté.

</td><td>

1788. Le premier débarque.
Vendu sur la Propriété Senglis.
Entre dans le personnel de la
Maison Senglis.
Accouplé à une esclave.

1794. A un fils : Anne.

</td></tr>
</table>

1820. Les premiers « Targin » occupent La Touffaille.

<table>
<tr><td>

1830. Melchior quimboiseur dans
les bois.
1831. Liberté tué par Anne.
1833. Melchior a une fille :
Liberté (aïeule des Celat).
1835. A un fils : Apostrophe.
1848. Les marrons descendent.

</td><td>

1830. Anne prend une femme
convoitée par Liberté.
1831. Anne tue Liberté.
1834. Anne a une fille : Stéfanise.
1835. A un fils : Saint-Yves.
1848. Libération des esclaves.

</td></tr>
<tr><td>

1858. Apostrophe vit avec Stéfa-
nise.
1872. Naissance de papa Lon-
goué.

</td><td>

1872. Saint-Yves engendre Zéphi-
rin.

</td></tr>
</table>

333

1873. Naissance d'Edmée Targin.

1890. Edmée quitte La Touffaille pour aller vivre avec papa Longoué.

LONGOUÉ	BÉLUSE
1890. Papa Longoué a un fils : Ti-René.	1891. Zéphirin a un fils : Mathieu.

1898. Mort d'Edmée.

1905. Les Targin abandonnent La Touffaille.

1915. Ti-René meurt à la guerre.	
	1920. Mathieu revient de la grande guerre.
	1926. Naissance de Mathieu le fils.
1935. Première rencontre de papa Longoué et de Mathieu le fils au cours d'une « séance ».	
1940. Première des visites régulières de Mathieu le fils à papa Longoué.	
1945. Mort de papa Longoué.	
	1946. Mathieu Béluse et Marie Celat (Mycéa) se marient.